本书是湖南省高校思想政治工作研究"湖湘非遗文化融入新时代大学生思想政治教育研究"（23A47）阶段性成果

湖南省教育厅科学研究优秀青年项目"精神共富视域下民间文学类湖湘非遗文化的活态传承研究"（23B0779）阶段性成果

湖南省一流本科专业"汉语言文学"（湘教通【2020】248号-238）成果

湘南学院"十四五"应用特色学科"中国语言文学"成果

湘南学院学术著作资助

知库

文学与艺术

——

铁保诗文研究

黄 文 著

新 华 出 版 社

图书在版编目（CIP）数据

铁保诗文研究 / 黄文著 . —北京：新华出版社，
2023. 10

ISBN 978 - 7 - 5166 - 7143 - 6

Ⅰ . ①铁…　Ⅱ . ①黄…　Ⅲ . ①铁保—文学研究　Ⅳ .
①I206. 2

中国国家版本馆 CIP 数据核字（2023）第 210115 号

铁保诗文研究

作　　者：黄　文

责任编辑：樊文睿　　　　　　　　　**封面设计：**中联华文

出版发行：新华出版社

地　　址：北京石景山区京原路 8 号　　**邮　　编：**100040

网　　址：http：//www. xinhuapub. com

经　　销：新华书店

购书热线：010-63077122　　　　　**中国新闻书店购书热线：**010-63072012

照　　排：中联学林

印　　刷：三河市华东印刷有限公司

成品尺寸：170mm×240mm

印　　张：18　　　　　　　　　　　**字　　数：**323 千字

版　　次：2024 年 2 月第一版　　　　**印　　次：**2024 年 2 月第一次印刷

书　　号：ISBN 978 - 7 - 5166 - 7143 - 6

定　　价：98. 00 元

图书如有印装问题，请与印刷厂联系调换：010-89587322

前　言

铁保（1752—1824），栋鄂氏，先世姓觉罗，字冶亭，号梅庵，室名惟清斋，满洲正黄旗人。清代乾嘉时期的书法家、诗人、学者，在清代乃至整个中国古代文学史上都具有一席之地。铁保少有诗名，与百龄、法式善并称"三才子"。他的著作颇丰，尤擅诗文，辑有八旗诗作总集《白山诗介》与《熙朝雅颂集》以外，独立完成的著作尚有《惟清斋全集》十九卷，其中诗文作品较多，诗歌共六百七十五首，文共七十六篇，词作共三十二首，此外还有近三万字的《梅庵自编年谱》两卷。目前学术界对于铁保的研究还比较薄弱，仍没有一部铁保诗文研究专著，本文将弥补这一不足。论文将现存铁保诗文，结合相关文献资料，综合运用文献研究法、比较研究和文学批评理论进行多重维度的研究，旨在已有的研究基础上，对铁保诗文有一个清晰、准确、全面的认识。

论文包括绪论、正文和附录。绪论部分，首先明确进行铁保诗文研究的目的，探讨本文研究的价值所在，其次简要介绍关于铁保诗文的研究现状，最后简要说明本文所用的研究方法。

正文共设六章。第一章介绍铁保的生平、交游与著述。考证铁保的生平事迹，以《梅庵自编年谱》作为主要参考资料，通过文献典籍、地方志、时人的文学作品作为补充，按照其人生经历分为五个部分进行研究。梳理铁保与当时文人的交游情况，主要考察铁保的交游情况，注重研究他们之间诗文创作方面的互动和相互影响。此外，从创作者和编撰者的视角考察铁保的文学贡献，考辨铁保著作的版本以及考述其编撰的典籍。

第二章考察论述铁保的思想性格以及创作思想。铁保积极学习汉民族文化，儒家思想潜移默化地成为其主导思想。铁保为满族诗人，他对于文学的崇尚，直接来源于汉文化的影响。铁保在主动学习汉文化的同时，又始终保持着满族的习武传统。总结铁保的创作思想并与同时期的创作思想作对比，可以突出其别具一格之理念。铁保的诗歌创作理念与同时代的袁枚"性灵说"有所不同，他追求表现"真性情"，对于规避性灵派"浮滑"的缺陷有所裨益。此外，铁保对作词以及戏曲创作亦有所见解，了解其基本的创作理念可以更深入地分析理解他的文学作品。

第三章将对铁保的诗歌按照时间段进行分类研究。铁保诗歌集《梅庵诗钞》五卷保存了大量诗歌，原集按照诗歌体裁分类，分别为：古乐府、五七言古、五七言律、五言排律、五七言绝句。本文为了便于把握铁保创作的思想内涵，注重其文学的社会效果，按照创作时间进行分期研究，主要研究晚年贬谪至西域的诗歌。通过分期研究，凸显铁保诗歌不同时期的特色，并且能够把握不同地域文化对于诗歌风格的影响。

第四章将对铁保的词作进行研究。目前关于铁保词的研究尚且不够全面，为了深入研究铁保词作将这些作品归为一章，进行详细研究。首先对词进行时间考述，除词中的内容提示，还从铁保的其他诗文作品以及他人的诗文集中寻找依据。再对词的内容进行分析，按照内容主要分为四个类别。此外，对铁保词的创作心态进行剖析。最后对词的艺术特色进行概论。

第五章为铁保文研究。本文对铁保文进行研究，主要分为公文类文与非公文类文，又借鉴《惟清斋全集》原有的分类方法细分多种类别，分析各自的发展与流变过程，对这些作品的审美价值与社会价值做出评价与总结。此外，归纳铁保文的艺术特色，主要通过对铁保文的详细解读，从语言、表现手法、选材范围以及行文结构多个方面，全面把握其创作的艺术特色。

第六章讨论铁保诗文的地位及影响。确定铁保诗文的地位，分别论述其在清代乾嘉文坛中的地位以及在满族文学史中的地位。由于其他人没有明确定论，本文将结合铁保的诗文研究作出较为客观的定位。最后将研究铁保诗文对其他文人及后世创作产生的影响，对他人的影响以及后人的评价。

附录部分主要包括三个方面的内容：一是关于铁保的人物评记；二是关于铁保的序跋评点；三是铁保生平大事记列表，对这些资料进行处理，为后续学者进行研究提供方便。

总之，通过对铁保的生平经历进行考证，总结其思想性格与创作思想，并对其诗文进行分期研究并归纳艺术特色，对铁保诗文地位以及产生的影响进行分析，可以窥探出铁保真实而潜在的内心世界，对于认识和评价铁保的文学地位起借鉴作用。

关键词：铁保；诗；文；研究

目 录
CONTENTS

绪　论

一、选题依据、研究目的与意义

（一）选题依据

在中国文学的发展进程中，唐诗、宋词、元曲、明小说称雄一时，威扬后世，有清一代，几乎无所不擅，集前代文学之大成。诗歌与散文在这一时代，焕发出特有的活力，颇具学术价值，应该给予高度重视。

1. 选择铁保诗文进行研究，符合目前清代诗文研究的学术规律。近年来，清代诗文研究大炽，取得了一些成效，但相对小说与戏曲研究领域而言，力度还不够。部分研究者从宏观角度出发，对清代的诗文创作进行整体性分析，力图建构清代文学的框架。有些研究者致力于单个作家作品研究，以求从个体出发，总结出他们各自的文学成就。就个案分析而言，仍存在一定局限性，表现为集中对所谓"大家"与"名家"进行研究，对于取得了一定成就而且颇具特色的文人研究较少。事实上，当学界把一流的文人作品研究透彻以后，将研究视角转移到具有一定文学成就的二三流作家中，符合当前学术发展趋势。本书对铁保的诗文作品进行个案研究，有助于公平地评价他在清代诗文史上的地位。

2. 铁保的诗文，无论从数量上还是质量上，都具有一定的研究价值，值得进行探讨。他的人生颇具传奇色彩，一生三为学士；兄弟同为学士；以学士兼参赞大臣总理回疆。他的著作文体皆备，而以诗文数量最多，并且在当时得到不少赞誉，值得进行研究。铁保诗文研究的完成，将有助于引发对同时代作家作品的关注与研究，有利于把握乾嘉时期诗文创作的整体风貌，为丰富清代文学作品研究作出贡献。

基于上述状况，以铁保诗文作为研究对象，有充分的依据，本研究将对今后进行相关问题研究起到一定的参考作用。

（二）研究目的

搜集和整理铁保诗文并结合相关文献资料，综合运用文献研究法、比较研究、文学批评理论和社会生活史研究方法进行多重维度的研究，旨在已有的研究基础上，通过对铁保的生平经历进行考证，总结其思想性格与创作思想，并对其诗文进行分类研究并归纳艺术特色，对铁保诗文地位以及产生的影响进行分析，实现对铁保诗文全面深入的研究。目前学术界对于这一领域的研究还比较薄弱，仍没有一部铁保诗文研究专著，本书将弥补这一不足。

（三）选题意义

铁保经历乾隆、嘉庆、道光三朝，饱尝官场沉浮辛酸，为典型的满族大臣。他一生经历丰富，辗转多地为官，并有贬谪西域与流放吉林的经历，诗文作品具有研究价值。对铁保诗文进行研究的意义在于：

第一，为铁保诗文研究打下文献基础。铁保诗文作品较多，除少数已经研究过的诗文，大部分作品还处于待整理状态。铁保诗文研究相关资料分散在众多文献当中，需要展开搜集并进行梳理。本书将对这些资料进行处理，并选择铁保传记以及序跋点评作为附录，为后续学者进行研究提供方便。

第二，有利于完善清代作家作品的研究。清代作家作品数目众多，就目前的研究而言，对单个作家作品的研究仍有重要意义。在前人研究的基础之上，对铁保诗文进行深入而细致的研究，有助于补充清代作家群体的诗文研究，对于丰富清代诗文研究发挥一些作用。

第三，有利于丰富清代西域诗文的研究。铁保因失察贬谪西域，留下了大量品质优秀的西域诗文。铁保流放乌鲁木齐以后所作《玉门诗钞》两卷，以及在喀什噶尔写下《徕宁果木记》《卡浪圭异石》《回民风土记略》等篇目，具有浓厚的西域特色。因此，对铁保西域诗文进行研究，将进一步完善西域文学的研究。铁保在西域期间的创作，对西域以汉文化为中心的文化建构起到了重要作用。他的作品对于研究清代边疆与中原文化互动、联动，考察文人与文化创作在文化凝聚过程中所发挥的作用，都有很好的借鉴意义。

第四，有利于确定铁保诗文在清代文学史中的地位。铁保为满洲正黄旗人，其家族多为武将，而他却独喜文学。研究者大多关注其政治家的身份，而对其文学方面取得的成就分析还不够透彻。本书将对铁保的诗文进行解读，将进一步确定其在清代文学史中的地位，更合理地对铁保诗文的价值作出评价。

因此，该选题具备一定的理论意义以及现实意义，颇值得研究。

二、研究现状及述评

目前关于铁保诗文的研究还很薄弱。清代已经有关于铁保以及其文学作品的研究，资料较为零散。在今人研究中，主要研究成果是学术论文，共计 17 篇，其中生平考证研究论文有 8 篇，诗歌研究论文 8 篇，散文研究论文 1 篇，其中硕士论文 2 篇，提到他的相关论述的篇目 2 篇。根据搜集到的资料，对已有的研究成果进行分期分类梳理，从清代至今的相关研究成果如下。

（一）清人的评论

对铁保其人其文的评价，从清代就已经开始出现，主要散见于史书、传记、地方志、序跋以及诗文集等材料当中。

1. 史书、地方志中的点评

《清仁宗实录》为考证铁保任官经历提供了参考依据。书中分条记载铁保每次调任的情况，包括其担任各个职位时所做出的贡献，还有关于贬谪新疆以及流放吉林的相关资料[1]。

赵尔巽《清史稿》卷三百五十三有铁保传，位于列传第一百四十。这篇传记考证铁保的家世渊源，介绍其生平，按照时间顺序对铁保一生重大事件进行介绍，从"年二十一，成乾隆三十七年进士"，直到"道光初，赐三品卿衔"的为官经历进行概论。篇尾总评文学方面取得的成就："优于文学，词翰并美。"[2] 这篇传记成为迄今为止论证铁保生平经历最为权威的文献之一。

《清史列传》卷三十二有铁保传，按照时间顺序，遍叙处于各个职位的功绩[3]。又有《清代七百名人传》一书有铁保传，此传篇尾点评铁保："能诗，尤工书法。"[4] 李元度著《国朝先正事略》第 43 卷，有《铁冶亭先生事略》一文，为梦麟、李锴与朱孝纯合著。值得注意的是，这篇略记的作者皆工诗文。梦麟，为清朝官员，诗人。李锴字铁君，号眉山，汉军镶白旗人，其诗歌很有名望。朱孝纯，字子颖，号思堂，诗画得家法，工山水。他们都是清代有一定影响力的文人，称铁保少有诗才，"偕其弟阆峰并以诗名。菊溪称其诗如王子晋向月吹笙，声在云外，至其气韵宏深，如河流之发源天上"[5]，借用百龄的评

〔1〕（清）官修．清仁宗实录［M］．北京：中华书局，1985.
〔2〕（清）赵尔巽．清史稿［M］．北京：中华书局，1997：11281.
〔3〕（清）不题撰人．清史列传［M］．北京：中华书局，1928：2504.
〔4〕蔡冠洛．清代七百名人传［M］．北京：北京图书馆出版社，2008：200.
〔5〕（清）李元度．国朝先正事略［M］．长沙：岳麓书社，2008：1138.

价肯定了铁保的诗歌成就。

台湾大学周骏富所辑《清代传记丛刊》第192册为《国朝书人辑略》，铁保位于艺林类卷六。铁保辑略是清代著名学者戴钧所作，评其"文名清望朝野同声"[1]，并引用《小沧浪笔谈》《神道碑》《湖海诗传》中对铁保的人物评价，肯定其文学成就以及书法才华。

清道光年间萨英额撰《吉林外记》[2]与光绪年间长顺、李桂林等撰《吉林通志》[3]都记载了铁保贬谪吉林期间的活动，并详细记录铁保改修白山书院一事，对吉林的文化建设有重大贡献。

对于铁保的综合评价以及生平经历的考述，清代史书以及地方志是较为可靠的资料，可以补充铁保自编年谱中未记录或记录不详的内容。

2. 铁保集中序跋的评价

铁保在清代中叶已经是具有一定影响力的文人，时人对他的为人为文已有评点。

阮元于嘉庆十年为《梅庵诗钞》作序，追溯诗歌流变过程，言及宋代黄山谷、苏东坡以及王龟龄之作后，点评铁保诗歌："陶写性灵，乃至体有四变。"[4]指出铁保的诗歌有承接关系，继承前人诗风之后，又能保持自己的风格。阮元，字伯元，被尊为一代文宗。康乾五十四年，铁保以吏部右侍郎，充会试副考官，阮元通过此次会试授编修，两人师生情谊超三十余载。阮元又于道光二年为铁保诗文集作序，对其为人表示极大的推崇，"吾师渊源家学笃诚""人伦群望，仰如山斗"[5]，崇拜之情溢于言表。

汪廷珍于道光二年为《惟清斋全集》作序，言铁保诗文："足陶铸文人学士者，即先生古今体诗久为艺林传诵。"[6]汪廷珍颇有创作才能，与阮元为同年，同为铁保的门下，他提及铁保的古今体诗的传诵情况，可见铁保诗文在当时已经具有一定影响力。

〔1〕（清）戴钧．国朝书人辑略［M］．周骏富辑．清代传记丛刊．台北：明文书局，1985：443.
〔2〕（清）萨英额．吉林外记［M］．台北：成文出版社，1974：193-194.
〔3〕（清）长顺，李桂林等．吉林通志［M］．长春：吉林文史出版社，1986：803.
〔4〕（清）铁保．惟清斋全集．清代诗文集汇编第432册［M］．上海：上海古籍出版社，2010：432.
〔5〕（清）铁保．惟清斋全集．清代诗文集汇编第432册［M］．上海：上海古籍出版社，2010：351.
〔6〕（清）铁保．惟清斋全集．清代诗文集汇编第432册［M］．上海：上海古籍出版社，2010：349.

道光元年辛巳秋七月刘凤诰为《惟清斋全集》作序文，从整体上对铁保的文风进行概括认为"其文典质而昌明"，"其文深厚，而邃密少为贵"〔1〕。强调铁保诗文的艺术特性，认为他的诗文创作不拘泥于某家某格。刘凤诰工古文，著有《存悔斋集》传于世，与汪廷珍、阮元为同年，铁保对他有知遇之恩。他认为恩师："塞外所迁官遭遇之奇，古所绝无""其诗文亦为古所未有"。刘凤诰主要从铁保诗歌风格以及诗歌特点进行分析，对于后世对其诗风的评价有借鉴作用。

英和对铁保的诗文进行整体评价："闳侈而巨丽，博厚而优雅，如望江河洸汪。"〔2〕又分别论述铁保各种文体的功用，读年谱可以见公体，读奏议可以知公之忠诚，读古文集可以知其才识之大，读韵文可知交友怀人、感时触物。

道光元年，浙江人魏成宪为《梅庵自编年谱》作序，极力赞誉铁保的才识，称其为："一代宗臣学者，仰之如泰山北斗。"〔3〕他认为铁保一生有如此高的成就，主要原因在于他具有宠辱不惊的性格，读万卷书的修为以及行万里路的经历。总评铁保的诗文成就认为："公之诗、古文、词，驾愚山先生而上之。"〔4〕愚山先生为施闰章，文章纯雅，尤工于诗，在清初文学史上享有盛名。魏成宪说铁保古文词在施愚山之上，可见其对铁保诗文创作水平极度认可。

道光元年冯元锡作梅庵全集序文，提出"文实自因人而重"〔5〕的主张，并以唐代韩愈、白居易，宋代欧阳修、苏轼作为典范，进而讨论铁梅庵的为人与作文之间的关系。他论铁保诗歌，称其"善诗歌，负奇气，为文辞操笔立成，才识高迈，时争传诵"。正是铁保具备良好的文学修养，才能受到皇帝器重，任命其担任重要职务。这篇序文最后还记述铁保编撰《熙朝雅颂集》的功绩，以及介绍《惟清斋全集》的背景。

徐端总结出铁保诗与书之间的关系："读其诗而知其书之工，读其所作之诗

〔1〕（清）铁保. 惟清斋全集. 清代诗文集汇编第432册［M］. 上海：上海古籍出版社，2010：350.

〔2〕（清）铁保. 惟清斋全集. 清代诗文集汇编第432册［M］. 上海：上海古籍出版社，2010：352.

〔3〕（清）铁保. 惟清斋全集. 清代诗文集汇编第432册［M］. 上海：上海古籍出版社，2010：353.

〔4〕（清）铁保. 惟清斋全集. 清代诗文集汇编第432册［M］. 上海：上海古籍出版社，2010：354.

〔5〕（清）铁保. 惟清斋全集. 清代诗文集汇编第432册［M］. 上海：上海古籍出版社，2010：355.

而知其所选之尽善。"〔1〕 他认为只知道铁保"工于为书""精于选诗"都是"未知先生之深者也",铁保才华的"至精"是诗文。吴蔼对铁保的评价尤为精辟:"窃以为公之立言,所以跻于古者,本乎性情之正,兼乎忠孝之全也。"〔2〕他是铁保的门下,对于铁保诗文推崇备至,以"性情"概括其诗之本,以"忠孝"归纳其诗之内核,成为经典的评述。对于区分"性灵"与"性情"的诗歌理论有所启示。

嘉庆十年冶亭担任山东巡抚时,令王芑孙为他的文集作序。王芑孙介绍铁保手缉《熙朝雅颂集》的背景并评价其功绩,他认为铁保为官数十年,精力置于文字上,"所结知于圣天子者不专用文字,顾犹以文字为性命"〔3〕,并把这部八旗诗集作为"一世之文"加以赞许。

嘉庆九年笪立枢作《选刻八旗诗集序》,主要介绍这部诗集的内容、篇幅、体制以及功绩。铁保与志同道合之人致力于把八旗诗人的作品进行保存,这部诗集的价值在于保存了八旗满洲、蒙古汉军、名公巨卿以及绅士布衣的作品,值得注意的是还选取了闺阁女子的诗歌:"共得两百人,诗四十卷,仿唐人《河岳英灵集》汇为一编,以成大观,以垂不朽。"〔4〕可见铁保在保存八旗诗人的作品方面有所贡献,并对于诗歌的评定不以身份论贵贱,只以诗品论高下。笪立枢又作《玉门诗钞跋》,推崇铁保"以真意为宗"〔5〕"自写其真境而已"的诗歌主张,以"真"评述这些西域诗的创作主旨,可谓精妙无比。庆格,字敬斋,为旗人,梅庵先生旧属,协赞徕宁,有《玉门诗钞跋》一篇,创作时间为梅庵先生出镇疏勒之时,两人曾经"勉相倡酬,以志同朝",他称铁保为:"一代宗匠,诗集遍海内",为人"忠爱慈惠"。

百龄作《梅庵诗钞》序,不仅指出铁保诗歌的数量多,而且风格也多样,既有雍容也有明快,称:"为诗歌弥复宏富,其音淳庞而雍容。"〔6〕 百龄与铁

〔1〕 (清) 铁保. 惟清斋全集. 清代诗文集汇编第 432 册 [M]. 上海: 上海古籍出版社, 2010: 481.

〔2〕 (清) 铁保. 惟清斋全集. 清代诗文集汇编第 432 册 [M]. 上海: 上海古籍出版社, 2010: 483.

〔3〕 (清) 铁保. 惟清斋全集. 清代诗文集汇编第 432 册 [M]. 上海: 上海古籍出版社, 2010: 484.

〔4〕 (清) 铁保. 惟清斋全集. 清代诗文集汇编第 432 册 [M]. 上海: 上海古籍出版社, 2010: 442.

〔5〕 (清) 铁保. 惟清斋全集. 清代诗文集汇编第 432 册 [M]. 上海: 上海古籍出版社, 2010: 571.

〔6〕 (清) 铁保. 惟清斋全集. 清代诗文集汇编第 432 册 [M]. 上海: 上海古籍出版社, 2010: 478.

保同出王春甫门下，"两人交谊之久，无有如此深切挚者"。同样论及铁保诗风的还有吴锡麒，于嘉庆十年作《惟清斋全集序》提出铁保诗："其间性情之挚在，忠爱之深""著述不尚浮华沉思，极乎杳冥真气酿为醇厚"[1]，较为鲜明地指出铁保的诗歌风格。

金湘《梅庵诗钞后跋》一文，开端即言："梅庵夫子以诗名天下"[2]。认为铁保五七古诗出入韩苏，"直登少陵"，又称"七律乃唐十子之遗音，而五律则有唱而愈高者，羚羊挂角无迹可寻"。不仅对铁保各种体制的诗歌渊源进行探索，而且也揭示其诗学倾向。此外还有铁保侄子曾燠作《梅庵诗钞跋》，不吝赞美之辞，称铁保诗文为"百代之宝模，九垓木铎矣"[3]。

清代文人对铁保诗文的评价多为高度概括，碍于篇幅所限，都没有做出系统的评述，但是也可以从中获得启发。

3. 清人文集中的评价

关于铁保及诗文研究的评论还存在清代文人的诗文集或其他作品当中。

对铁保创作才能的赞赏是文人评论的主要内容。清人王昶总评："冶亭少入词垣，偕其弟阆峰并以诗名，而冶亭尤工书法。北人论者，以刘相国石菴、翁鸿胪覃溪及君为鼎足。"[4] 说明铁保与他的弟弟玉保都擅长作诗，具有家学渊源。更指出铁保书法超群，认为他的作品能与刘墉和翁方纲鼎足而立。李桓《国朝耆献类征初编》收录清代诗人符葆森《寄心庵诗话》中的言论，评价与王昶几乎一致，肯定铁保与其弟玉保出众的诗歌才华[5]。阮元《小沧浪笔谈》于书中第二卷中，评论其座师铁冶亭："学深才健，体格高华……又词林佳话也"[6]。

时人对铁保辑录功绩也有所论述。袁枚《随园诗话·补遗》卷五第二十七则，开端言："铁冶亭侍郎选《长白山诗》，皆满洲已故之人，命余校勘"[7]，肯定铁保对于满族诗歌的保存有一定贡献。此外，法式善《陶庐杂录》卷三，

〔1〕（清）铁保．惟清斋全集．清代诗文集汇编第 432 册［M］．上海：上海古籍出版社，2010：480.
〔2〕（清）铁保．惟清斋全集．清代诗文集汇编第 432 册［M］．上海：上海古籍出版社，2010：554.
〔3〕（清）铁保．惟清斋全集．清代诗文集汇编第 432 册［M］．上海：上海古籍出版社，2010：555.
〔4〕（清）王昶．湖海诗传［M］．上海：上海古籍出版社，2013：225.
〔5〕（清）李桓．国朝耆献类征初编［M］．扬州：广陵书社，2007：30.
〔6〕（清）阮元．小沧浪笔谈［M］．上海：商务印书馆，1936：34.
〔7〕（清）袁枚．随园诗话［M］．北京：人民文学出版社，1982：686.

有关于他与铁保编修满族文人诗集的记载，第七十八则称："铁冶亭漕督向藏《长白诗序》《诗钞》二书。后奉命辑《八旗通志》，又得递钞八旗人诗，合旧存得二百余家，题曰《大东景运集》。"[1] 铁保前期做了大量作品搜集的工作，才使得八旗人的诗歌得到很大程度的保存。

另有八旗人文章总集《八旗文经》第五十九卷，对铁保以及作品的基本情况介绍[2]。用二百字简要概述铁保的主要经历，还摘录铁保的十一篇代表作，包括《后园赋》《浴鹤赋》《白山诗介自序》《人帖书后》《吉林白山书院榜额跋尾》《编录八旗满洲蒙古汉军诗成进表》《徕宁果木记》《记与止斋司空谈药》《甘道渊传》《瑛梦禅庆似村合传》《恒中允益亭传》等。

诗文集、总集或文人笔记中关于铁保的记述较分散，多为只言片语的点评，并不是为了专门论述其人其文，尽管如此，前人的研究也为后续研究提供了思路，给后续研究提供文献资料上的支持和研究方法上的启示。

（二）今人的研究

20世纪80年代以后，由于文化热的影响，铁保研究得以重新发展，取得了一些成果。从现有的论文以及论著看，或可从生平及交游考证、诗歌研究、文研究三个方面加以述评。

1. 对于铁保生平、交游的考证

讨论铁保的生平事迹，有利于更加立体地了解作者，为研究作者的文学作品提供个性依据，从而深刻理解作品中体现出的思想内涵。

现今学者关于铁保生平考证，关注其生平事迹与创作之间的关系，这方面文章有五篇，其中硕士论文一篇。张佳生的《铁保与〈惟清斋全集〉》将铁保一生所为分成三个方面：前后九次出任、会试及翻译科考官；出任地方官；致力于文学、书法。以《惟清斋全集》为中心，探讨铁保的诗歌成就。此外，论及铁保反对盗袭古人和强调"随时随地，语语纪实"的诗歌主张[3]。《济南名士评传（古代卷）》有《铁保在济南》一文，论述铁保在济南时的生活，并介绍《济南闲中作》与《趵突泉》的创作缘由，以及分析作品的艺术特色[4]。《铁保与吉林》记录铁保贬谪吉林时的事迹，主要介绍他对当地的文化建设所做

〔1〕（清）法式善. 陶庐杂录［M］. 北京：中华书局，1959：91.

〔2〕（清）盛昱，杨钟羲. 八旗文经［M］. 台北：华文书局，1969：469.

〔3〕张佳生. 铁保与《惟清斋全集》［J］. 满族研究，1987（3）：38-44.

〔4〕济南社会科学院编. 济南名士评传（古代卷）［M］. 济南：齐鲁书社，2002：549.

出的贡献，特别是致力于白山书院的建设[1]。文琭主编的《西域风起塔里木，阿克苏历史人物》评价铁保在阿克苏两个月赈灾工作中取得的效果，还摘录诗歌《阿克苏城被水，驰往勾当纪事》部分原文[2]。辽宁大学李国娇的硕士论文《铁保之政绩与文化成就研究》论述铁保的家世及生平概述；从主持科举考试、治理河道、加强海防等方面论述为官政绩；最后简要分析诗歌、书法方面取得的成就[3]。

文学史中也有部分铁保生平的论述。严迪昌《清诗史》下册中，把铁保列入《八旗诗人史略》这一章中，分三个阶段介绍其生平事迹，包括中进士后得满洲才子之誉；先后担任过礼部侍郎、兵部侍郎兼奉天府府尹、漕运总督、山东巡抚、两江总督等职务；因事贬谪新疆、吉林。此外，也涉及铁保诗歌的评论，认为铁保诗歌有锋锐劲健和耽于山水两种风格。最后，还分析铁保诗歌追求"愈真愈奇"的审美效果[4]。马清福主编的《满族文学史》第三卷第七节为"铁保的生平事迹"。概括铁保从十岁入学到七十三岁的求学与任职经历，把铁保的一生所为分三个方面：前后九次出任乡试、会试及翻译科考官；出任地方官；致力于文学、书法[5]。

将铁保归于文人群体中进行研究，也有不少著述。邸永君《清代满蒙翰林群体研究》将其划入满族翰林群体进行研究，称铁保为"书法天才"，同时也肯定"其诗词文学上成就亦著名"[6]。又有王学信《清代的满蒙八旗进士》将铁保归入其中，文章收录"清廷定鼎，由武功转向文治""康熙、雍正朝满蒙八旗子弟人才迭出""乾隆朝满蒙子弟群星荟萃"三个阶段的满蒙进士代表人物，认为铁保为乾隆朝满族文人，并简要介绍他的为官经历。周轩把铁保纳入流人群体进行研究[7]，《铁保的文学起家与失察流边》论述铁保一生三任督抚的经历，认为他尽心公务却不善用人，因而屡次失察导致被谪[8]。周轩的《清宫流放人物》详细论述铁保以"失察"获罪发往乌鲁木齐的经过，后又被皇上冤枉处置发配吉林之始末[9]。

〔1〕 任树民. 铁保与吉林 [J]. 紫禁城，2010 (5)：175-176.

〔2〕 文琭主编. 西域风起塔里木 [M]. 乌鲁木齐：新疆人民出版社，2009：175.

〔3〕 李国娇. 铁保之政绩与文化成就研究 [D]. 沈阳：辽宁大学，2016.

〔4〕 严迪昌. 清诗史 [M]. 杭州：浙江古籍出版社，2002：763.

〔5〕 马清福主编. 满族文学史 [M]. 沈阳：辽宁大学出版社，2012：147.

〔6〕 邸永君. 清代满蒙翰林群体研究 [M]. 哈尔滨：黑龙江人民出版社，2005：149.

〔7〕 王学信. 清代的满蒙八旗进士 [J]. 海内与海外，2010 (1)：51-54.

〔8〕 周轩. 铁保的文学起家与失察流边 [J]. 紫禁城，1991 (3)：6-9.

〔9〕 周轩. 清宫流放人物 [M]. 北京：紫禁城出版社，1993：167-174.

铁保的交游也是研究者论及的一个重要方面。《清代满族诗人铁保与朝鲜文臣的诗文友谊》以铁保的唱和诗文为研究对象，肯定其对于中国与朝鲜官员之间的政治与文化交流的作用[1]。金丹《阮元书法金石交游考（上）——阮元与刘墉、翁方纲、铁保之师生交谊考》论证了阮元与铁保之间的交游事迹，按照时间顺序论述了两人之间的师生情谊[2]。

对铁保的生平考证，仍停留在主要经历的述评方面，虽然其中有一些研究者寻求新的研究领域却效果不明显，研究的深度与广度都还不够。

2. 铁保的诗歌研究

20 世纪 80 年代关于铁保的诗歌研究得到较大发展，取得的学术成果相对丰富。

一些专著中有铁保诗歌研究的相关章节。《清代满族诗词十论》是张佳生的主要研究成果，关于铁保的诗歌研究见之于各篇当中[3]，比如《论清代满族诗歌的特点》谈及铁保诗歌对满族传统的继承。此外，《论八旗诗歌的主要风格及形成原因》引用了铁保《续刻梅庵诗钞自序》与《白山诗介自序》两篇文章，对铁保的诗歌创作观进行分析，认为八旗诗人对自己的文学有自觉意识，从而促进八旗诗风的形成。《清代满族诗学精华》介绍清代满族诗坛中具有代表性的人物与主要理论著述。王佑夫所作前言有关于铁保的评价，认为铁保的诗论主张在当时独树一帜，别有新见[4]。星汉著有《清代西域诗研究》列出铁保《关心天山南路民众的诗作》一节，着重于分析其在喀什噶尔参赞大臣任内的诗作[5]。

针对铁保的单篇诗歌进行分析的文章有三篇。肖宏《奇气足，波澜阔——铁保西域诗〈登智珠山〉赏析》鉴赏此诗并评价其西域诗有气势雄浑的艺术特色[6]。涂宗涛于 1996 年发表在吉林师范学院学报的论文《铁保〈联床对雨集稿本〉与〈梅庵诗钞〉对勘记》简要介绍了他珍藏的铁保"稿本"的书籍面

〔1〕 曹春茹. 清代满族诗人铁保与朝鲜文臣的诗文友谊 [J]. 中央民族大学学报，2011（6）：142-146.

〔2〕 金丹. 阮元书法金石交游考（上）——阮元与刘墉、翁方纲、铁保之师生交谊考 [J]. 荣宝斋，2013（8）：248-259.

〔3〕 张佳生. 清代满族诗词十论 [M]. 沈阳：辽宁民族出版社，1993：176.

〔4〕 王佑夫，李红雨，许征编. 清代满族诗学精华 [M]. 北京：中央民族大学出版社，1994：8.

〔5〕 星汉. 清代西域诗辑注 [M]. 乌鲁木齐：新疆人民文学出版社，1996.

〔6〕 肖宏. 奇气足，波澜阔——铁保西域诗《登智珠山》赏析 [J]. 新疆地方志，1991（1）：86.

貌，并对"稿本"与传世的《梅庵诗钞五卷》进行了对勘，发现铁保对诗歌进行了改动，通过这种诗歌改动分析铁保修改诗歌的原因[1]。贺莉《略述铁保手迹孤本及〈白山诗介〉》介绍铁保所辑东北最早的一部地方诗集，肯定铁保辑录这部诗集的功劳[2]。

从整体上分析铁保诗歌创作的有五篇文章，其中有一篇硕士论文。张菊玲所著的《清代满族作家文学概论》中，第九章为"北方三才子之一——铁保"，从铁保的生平、对满族文学遗产的整理、文艺思想及其诗歌方面都作了简要的介绍。在文艺思想方面，在铁保的诗论作品的基础上简要论述了铁保反对复古、拟古的倾向的基本出发点是认为"诗以通性情"[3]。李希金的《清代满族诗人铁保》中用大量的篇幅论述了铁保"力主性情的诗歌理论"，作者从铁保的序文及年谱共六篇作品中探讨其"性情"论诗学思想[4]。岳永《铁保诗学思想初探》论证铁保诗学思想，主要从文学的本质论、创作论、功能论、发展论四个方面进行详细阐释[5]。钟义彦《铁保诗学思想研究》是从文艺学的角度进行研究，以铁保诗学思想中的民族文学观为主线，分析清代诗学兴起的背景，探讨铁保作为选家的诗学思想，研究铁保主性情的诗学主张[6]。

铁保的诗歌作品数量较多，而关于他的诗歌研究，无论是从单篇或者从整体上对其诗作进行研究，尽管也有成果，但还远远不够。

3. 铁保文研究

铁保文作品数量不少，而且造诣颇深，但学者对其散文作品总体上研究不多。

对铁保文的研究，主要出现在一些散文选的评述当中。1987年《中国历代少数民族文论选》，收录了铁保的四篇序文，即《〈梅庵诗钞〉自序》《续刻〈梅庵诗钞〉自序》《恒益亭同年诗文集序》《选元人百种曲序》，选本对这些序

〔1〕 涂宗涛．铁保《联床对雨集稿本》与《梅庵诗钞》对勘记［J］．吉林师范学院学报，
1996（1）：13-15.
〔2〕 贺莉．略述钦保手迹孤本及《白山诗介》［J］．齐齐哈尔师范学院学报，1998（1）：
41-48.
〔3〕 张菊玲．清代满族作家文学概论［M］．北京：中央民族学院出版社，1990：144.
〔4〕 李金希．清代满族诗人铁保［J］．满族文学研究，1998（3）：41-48.
〔5〕 岳永．铁保诗学思想初探［J］．宁夏大学学报（人文社会科学版），2010（4）：148-
150.
〔6〕 钟义彦．铁保诗学思想研究［D］．乌鲁木齐：新疆师范大学，2012.

文进行了点校〔1〕。1994年由王佑夫主编的《清代满族诗学精华》收录铁保的三篇序文《〈梅庵诗钞〉自序》《选元人百种曲序》和《〈白山诗介〉自序》，在每篇序文之后也有简析，指出铁保对文学与生活的认识、对文学功能的重视，得出结论是铁保重视通俗文学传统，具有反对拟古的创作倾向。彭书麟主编的《中国少数民族文艺理论集成》选择篇目为《〈白山诗介〉自序》和《选元人百种曲序》。序文前有说明，介绍文章写作的背景，并对序文作出注释〔2〕。

铁保的作品《徕宁果木记》入选众多文集。这篇文章被分别收录进了《历代杂文选》〔3〕《散文精华》〔4〕《清代散文选注》〔5〕《千古传世美文·清代卷》〔6〕等文选中。对其进行分析的是刘世南、刘松来选注的《清文选》〔7〕，分析指出这篇文章的创作背景是铁保流放到乌鲁木齐，对西域风光物产好奇，发出喟叹。认为铁保文的重点在于表现出对世间人才错位的无奈，写法上与柳宗元《永州八记》有异曲同工之妙。此外，还有《铁保〈惟清斋全集〉序跋研究》，将《惟清斋全集》〔8〕中的所有序跋集中起来进行研究，对这些文章的文献价值、文学价值以及学术价值进行论述。

单篇论文研究只有一篇考辨类文章，没有分析其文学价值。李秋、任树民的《铁保〈白山书院跋〉考辨》，考证铁保《白山书院跋》的撰写时间应该是嘉庆二十四年六月十三日之后至嘉庆二十五年末道光元年初的某一时间〔9〕。

目前铁保文研究还处于起步阶段，大多数研究者只是以选文的形式对其进行选录，而没有分析其艺术成就，其文学价值还需要进一步挖掘。

（三）分析评价

目前对于铁保诗文的研究正在逐步进行，通过以上对铁保及诗文研究的综述，可见已经取得了一定成果，分析归纳如下。

〔1〕 买买提·祖农，王弋丁.中国历代少数民族文论选〔M〕.乌鲁木齐：新疆人民出版社，1987.
〔2〕 彭书麟，于乃昌，冯育柱主编.中国少数民族文艺理论集成〔C〕.北京：北京大学出版社，2005：582.
〔3〕 贝远辰选注.历代杂文选〔M〕.长沙：湖南人民出版社，1985：397.
〔4〕 聂石樵编.历代杂文选〔M〕.成都：巴蜀书社，1998：687.
〔5〕 祝鼎民，于翠玲选注.清代散文选注〔M〕.长沙：岳麓书社，1998：314.
〔6〕 漆永祥，杨韶蓉编.千古传世美文〔M〕.北京：九洲图书出版社，1999：504.
〔7〕 刘世南，刘松来选注.清文选〔M〕.北京：人民文学出版社，2006：302.
〔8〕 黄文.铁保《惟清斋全集》序跋研究〔J〕.山西档案，2017（6）：168-170.
〔9〕 李秋，任树民.铁保《白山书院跋》考辨〔J〕.长白学刊，2011（2）：123-126.

第一，研究成果逐步增多。对铁保诗文的研究获得了一些学者的关注，研究成果逐年增长，主要表现在专题论文的数量增长。由部分史书或文学史当中的简要点评，到有单篇期刊论文发表，到逐步有硕士论文出现；由零星的介绍到《满族文学史》和《清代西域诗研究》等书目列出专节进行分析。

第二，研究重点较为突出。关于铁保的生平事迹以及人物评价，是清代学者就开始关注的问题。今人又秉持着知人论世的治学态度，继续对其生平进行论述，史书、著作和论文中都有所体现。铁保诗文研究的另一重点在诗歌，尤以诗歌艺术和诗歌创作主张为研究重点。

第三，研究角度有所扩展。清代文人对铁保诗文进行总体评价，概论其诗歌艺术上有一定见地，对于后世研究提供了颇具价值的参考。今人又将研究继续发展，把他置身于某一群体进行研究，如满族翰林群体、流人群体、满族文人群体，为进一步研究铁保诗文提供了新的思路。

然而就铁保诗文总体研究而言，仍有一些环节尚显不足。

第一，缺乏创新性。一些研究者在进行铁保诗文研究时，仅按照前人的思路进行复述，未突破前人之见。比如关于诗歌的研究创新性观点不多，以对单篇诗作的校勘、鉴赏的形式为主，缺乏与时代的诗学风尚以及与乾嘉诗坛的关系进行关联研究。此外，铁保的创作思想研究大多内容重复，集中探讨以"性情"为核心的诗学观，对于文和曲的创作思想还缺乏相关研究。

第二，全面性不足。对于铁保诗文研究，一些著作或者文章由于选题限制，仅仅只能从其中某一部分进行研究。关于铁保在文学方面所产生的影响论述较少，或只是简单罗列代表作品，或者用只言片语进行零星点评，或者对极少数作品进行鉴赏，缺少系统的研究。铁保文创作题材丰富，有表、奏疏、传、序、记、说、杂文，但对文的研究明显不足，更没有关涉到词作的分析，远远谈不上对铁保诗文的全面把握。

第三，深入性不够。从现有研究成果看，许多问题都有很大研究空间。例如对铁保生平的研究，仅关注其在吉林以及在西域的部分活动，尚未进行全面细化研究；关于铁保的交游，只涉及与法式善、阮元的交游情况，以及与朝鲜文人诗歌唱和情况，却没有深入进行分析。铁保诗论研究，只涉及"主性情"与"反拟古"内容分析，将前人评论视为"定论"，并未详细深入探索；只关注其诗学观的论述，没有考察铁保诗学理论与各诗派的异同。

纵观学术界关于铁保诗文的研究现状，已逐渐引起时贤的关注，但是对铁保的其人其文还缺乏整体研究，因此这一研究领域尚有广阔的开垦空间。

三、研究方法

（一）文献研究法

合理运用文献资料，在大量搜集、认真整理、仔细校对原始资料的基础上，认真细读铁保的作品。查阅同时代与铁保有过交往的其他文人资料，整理出铁保的生平、交游考略；通过对作品的详细分析，梳理出铁保的文献思想以及创作特点，从而认识铁保作品所具备的价值。同时，在大量阅读文本的基础上，对作品进行分析，从而进一步进行文本的理论研究。由分析作品得以推断创作的动机及其心态，从而明确其在特定时期反映出的立场与价值取向。

（二）比较研究法

比较研究法主要是以铁保为研究主体，同时关注与乾嘉时期的其他文人进行比较研究。铁保与同时代许多著名文人交往密切，通过他们部分诗文作品及主要观点的对比，分析铁保诗歌与文的创作特色以及诗学主张和创作理论，这样才有利于从比较当中发现异同，从而能够更科学和全面地把握铁保在当时文坛及文学史上的地位、作用以及产生的影响。

（三）文史结合法

文史结合法主要是将文学与史料学、考据学相结合的方法。本文主要采取以文学分析为主、考据佐证并重的研究方法。在考述铁保家世、生平、思想、交游、著述的基础上，以乾嘉诗坛为背景，对铁保诗文的分析结合相关史料，多处求证，谨慎立论。并借鉴"史家论诗"的视角，注重揭示诗文的历史背景，将其人其文相结合，力求对诗文内涵的诠释准确精当。

四、拟解决的问题及突破点、难点、创新点

（一）拟解决的问题

本书拟设置六个章节的内容，从多个角度来分析和阐释铁保诗文的特色以及其历史和文艺研究价值与意义。本书注重各章节之间的逻辑关系，避免内容重复，以期达到对铁保诗文的全面研究。同时做到每章节各有侧重，亦能自成单元，重点解决一个问题，具体概括如下：关于铁保生平与交游的问题；关于

铁保思想性格以及文学思想的问题；关于铁保诗歌、词、文分类及诗歌风格分析问题；关于铁保诗文地位以及影响的问题。

（二）突破点

本文将参考国内外对铁保的相关研究成果，试图寻求铁保诗文研究领域的新视角。

1. 保持研究的独特性。清代诗文研究是一个逐渐成为文学研究重点的领域，选取铁保的文学作品进行研究，首先注重的就是其独特性。在进行研究时，要将铁保置于清代中叶的历史背景下去考察，并结合乾隆诗坛风气，联系铁保本人生活经历、交游情况以及创作思想等多种因素，对其个体创作进行多方位的分析。研究结果既能突出铁保创作的独特个性，又利于概述清中叶文人群体的共同特征。

2. 注重研究的全面性。铁保诗文研究既是一个旧话题，又是一个新领域。说它是旧话题，是因为自其诗文问世以来，研究者不断，辑录者有之，考辨者有之，评说者有之，特别是 20 世纪 80 年代以后，研究者渐多，研究阵地逐步扩大。说它是新领域，是因为回顾铁保诗文的研究历史可以发现，其研究的深度还远远不够，研究的范围还比较狭窄，全面性的综合研究几乎是个空白。因此，对铁保的研究将在前人的基础上，注重其全面性，尤其对于目前研究较少的文与词，进行全面细致的研究，以期弥补不足。

3. 力求研究的深入性。本书致力于以铁保的诗文为主要研究对象，力图从原始文献阅读当中寻求新的突破，不仅对其诗文进行分析评价，还要系统梳理其核心创作理念，结合当时创作环境、清代中叶文人创作的时代风貌。本书试图从文献的整理和细读入手，探讨铁保文学思想的精神源流与时代内涵，并联系其身处的时代背景与活动地域，演绎出铁保诗文思想所蕴含的时代精神，力求把铁保作品研究进一步推向深入。

（三）本文的难点

1. 艰巨的资料搜集。开展铁保诗文的全面研究，只有在大量的资料占有、整理后，才能建构研究命题的逻辑框架。虽是对铁保及其诗文的考察，却需要对整个乾隆时期的政治、经济、文化、学风、文坛等诸方面作全盘的了解。甚至上溯其源，下追余韵。同时，围绕同时代人的诗文集、诗词选本、笔记等，进行收集、辨析，作横向、纵向的比较延伸，需要收集查阅大量文献资料，并对其进行整理。

2. 繁重的文献梳理。材料梳理的过程既是一个认识的过程，也是一种创造的过程，要对已有的材料进行仔细认真和富有发散性的分析、归纳后，才能得出准确结论。在梳理铁保的人生经历时要有所取舍，着重于与文学创作相关联的人生经历。讨论交游问题时，要梳理的文献也要从多方入手，做到全面以后再提炼，提升文献资料价值。铁保诗歌、文和词作以及参与编撰的文学作品都需进行详细阅读，从而进行分类以及提炼艺术特征，做到不溢美也不隐恶，立足于求真唯实。

3. 合理的谋篇布局。相对而言，铁保本身流传下来的资料并不多，前人的研究成果也大都集中于诗学思想研究方面，这项研究所发现的许多新观点、新结论必须有缜密的论证，运用严密的推理方法对观点进行支撑。鉴于目前研究成果的浅散，本书在总结前人的基础上，力求做到论证严密，结论准确。

（四）创新点

1. 研究对象的创新。主要体现在对铁保研究的全面、充分、深入上，力求有所发现，弥补前人研究的不足。目前国内学术界还未对铁保诗文研究予以足够的重视，相对于同时代的王士禛、沈德潜、袁枚、翁方纲、纳兰性德等人相关的文学创作研究成果累累，关于铁保的研究则相对不足。本书在清代中叶文学发展背景之下，结合铁保的人生经历，进行诗歌、文以及词的系统研究，形成铁保诗文研究的第一本较为系统的专著，力求在清代诗文研究领域有所贡献，这是本选题的第一个创新点。

2. 研究内容的创新。通过对铁保诗文的分析，总结前人的经验，补充之前研究的不足，力求发现和总结出与别人不同的结论。本书将以全面搜集铁保的诗文以及资料为前提，对前人得出的结论进行重新审视。从文本出发，按照铁保诗文所具备的文学价值进行实事求是的分析，摒弃一些有失偏颇的结论。因而，本书的第二个创新点就在于对前人的观点进行补正，对观点有所发展，力求从实际出发，表达新观点。

第一章

铁保的家世、生平、交游与著述

铁保（1752—1824），栋鄂氏，先世姓觉罗，字冶亭，号梅庵，室名惟清斋，满洲正黄旗人，是清代重要的文学家、书法家以及政治家。铁保历经乾隆、嘉庆以及道光三朝，历时七十三年，生活阅历丰富。他出身于武官世家，却主动习文，乾隆三十七年考取进士之后步入仕途，为官五十余载。纵观铁保一生之经历，可以分为接受教育、入仕为官、遭遇贬谪以及赋闲家中几个时期，各个阶段都与诗文创作密切相关，可以说铁保的一生始终与文学相伴。

第一节　铁保家世考述

关于铁保的家世，记载众多。正史记录，稗官野史，纷繁复杂，但都未成体系。本章对涉及铁保家世论述的文献加以整理以及辨析，试图挖掘更多遗漏材料，主要从其先祖起源、家族谱系以及家庭成员几个方面进行考述。

一、先祖起源

铁保的祖先为赵宋之裔。关于这种说法，主要文献依据是昭梿所著《啸亭杂录》第十卷"宋人后裔"当中有文字记载：

> 两汉以下惟宋氏最为悠久。虽屡遭变迁，其业犹存，即亡国后，其后裔亦未有遭酷毒者。按野史谓元顺帝为天水苗裔，事虽暗昧，未必无因也。近日董鄂冶亭制府考其宗谱，乃知其先为宋英宗越王之裔，后为金人所迁处居董鄂，以地为氏。[1]

根据上述说法，他提及铁保在考辨宗谱时，得知自己为宋英宗越王的后裔。文中只是提供了一个结论，但是没有说明他是如何得知自己的家世渊源。不少

---

〔1〕（清）昭梿. 啸亭杂录［M］. 北京：中华书局，1980：325.

学者认为这种说法是可靠的，周轩《清代新疆流放研究》中指出：铁保的先人为宋英宗越王赵曙[1]。他认为铁保的先祖属于汉族中的皇族，经过朝代的更迭，并未遭遇荼毒。虽然一些野史对于铁保是否属于赵宋之裔这件事情还存在疑惑，但铁保的家世考证来源于他本人，这种信息较为可靠。

铁保如果属于赵宋之裔，那么后来又是如何成为满洲正黄旗人的呢？实际上，这与宋英宗后裔迁徙有关。关于宋英宗后裔迁徙的过程，孙诚、张德玉作《建州女真暨董鄂部研究》摘录了《东北古迹》中的记录：

> 适金兵侵宋俘虏徽钦起，宗室越王族属随之。金主令居东边。至元灭金，此一族人以久处变为土著，至明万历年代已称东古氏。以音读即栋鄂部落也。清太祖起兵时，何和礼受招，统兵归清，即以栋鄂为族姓。[2]

文字讲述金兵俘虏宋徽宗、宋钦宗，宗室越王一族也随之前往。金主将他们安排在东边，东边指的是延边一带，地名叫珲春，与朝鲜接壤。等到元灭金以后，这些赵宋的后裔已经在此安居乐业，随着时代的变迁已经和当地民众融为一体，到明代万历年间时称作"东古氏"。清太祖之后，才以栋鄂为族姓。这就是铁保先祖的来源。

因此铁保家族姓氏由赵氏改为觉罗氏，后又由觉罗氏改为栋鄂氏。铁保《序宗谱二十二韵》一诗中有自序云："余家书谱姓觉罗氏，后改栋鄂。盖觉罗为彼时尊称，非与天潢同派也。"[3]《清史稿·铁保传》称其："先世姓觉罗，称为赵宋之裔，后改今姓。"[4] 又根据《清史列传》记载铁保是"栋鄂氏，满洲正黄旗人"[5]，从中可知铁保家族氏姓的演变过程。

此外，《八旗文经》卷第五十九记载铁保："字冶亭，一字铁卿，号梅庵。旧谱姓觉罗氏，自称赵宋之裔，后改栋鄂，隶满洲正黄旗。"[6] 根据《八旗满洲氏族通谱》卷八记载，此姓氏的命名来源是地名："董鄂。本系地名，因以为

〔1〕 周轩．清代新疆流放研究［M］．乌鲁木齐：新疆大学出版社，2004：153.

〔2〕 孙诚，张德玉．建州女真暨董鄂部研究［M］．北京：中国文史出版社，2006：243.

〔3〕（清）铁保．惟清斋全集．清代诗文集汇编第432册［M］．上海：上海古籍出版社，2010：546.

〔4〕（清）赵尔巽．清史稿［M］．北京：中华书局，1997：11281.

〔5〕（清）不题撰人．清史列传［M］．北京：中华书局，1928：2504.

〔6〕（清）盛昱，杨钟羲．八旗文经［M］．台北：华文书局，1969：469.

姓。其氏族世居董鄂地方。"〔1〕以上资料与之前的史料记载一致，进一步佐证铁保先祖姓氏发展过程。

由此可见，铁保的先祖为赵宋之裔，后被金兵俘虏到延边一带，到明代为"东古氏"，后改尊姓为觉罗，之后又改为栋鄂氏。

二、家族谱系

为了考证铁保的家族谱系，需要对他的先祖进行考证。依据《宽甸先民与大清王朝》的记载，可知董鄂氏有二十二支系，铁保先祖属于卓托支系，努尔哈赤初起时期入关〔2〕。

《八旗满洲氏族通谱》一书中，对于卓托之后裔有所记载，具体如下：

> 卓托，正黄旗人。和和礼同族。世居董鄂地方。国初来归。其元孙费赫齐，由佐领从征云南贵州等处，屡立战功，后于泰州击贼阵亡。优增骑都尉，兼一云骑尉。其子赛柱。孙色克图相继承袭，色克图卒，其亲弟富起臣现承袭。又卓托四世孙雅塔海，原任笔帖式。五世孙讷尔森原任员外郎，法特哈原任佐领，多济原任护军校，图占原任防御，马鼎原任笔帖式。六世孙萨郎阿原任护军校，马郎阿原任笔帖式，那泰现任护军校，托洛诺现任骁骑校。〔3〕

根据上文，可以梳理出卓托四世孙、五世孙、六世孙的基本情况。又根据铁保门人那彦成《予告三品卿前太子少保吏部尚书梅庵铁公神道碑》所言，铁保的曾祖为赛柱，祖父是富启臣，父亲名为诚泰。并且结合铁保《梅庵自编年谱》的论述，以及孙诚《董鄂氏人物传略》中所列卓托后裔"人物表"〔4〕，可以比较详细地罗列出卓托家族谱系表，如表1-1所示。

〔1〕（清）鄂尔泰. 八旗满洲氏族通考 [M]. 沈阳：辽沈书社，1989：138.
〔2〕卢秉宇主编. 宽甸先民与大清王朝 [M]. 北京：中国文联出版社，2007：138.
〔3〕（清）鄂尔泰. 八旗满洲氏族通考 [M]. 沈阳：辽沈书社，1989：143.
〔4〕孙诚. 董鄂氏人物传略 [M]. 北京：中国文史出版社，2006：282.

表 1-1　卓托家族谱系表

谱系	姓名
四世孙	费赫齐（铁保高祖）；雅塔海
五世孙	赛柱（铁保曾祖）；讷尔森；法特哈；多济；图占；马鼎
六世孙	色克图；富起臣（铁保祖父）；萨郎阿；马郎阿；那秦；托洛诺
七世孙	诚泰（铁保父亲）
八世孙	铁保；玉保（铁保弟）
九世孙	瑞元（铁保长子），瑞恩（铁保次子），瑞龄（玉保长子），瑞英（玉保次子）
十世孙	廷桢（铁保孙）；廷楷（铁保孙）

注：由于卓托后三代并无显赫事迹，直至费赫齐才因立军功受到关注，故表中未提。

　　根据上述表格，可知铁保的高祖为费赫齐，曾祖父为赛柱，祖父为富起臣，父亲为诚泰。按照上述考证，可以列出铁保的家庭谱系表，见下图。

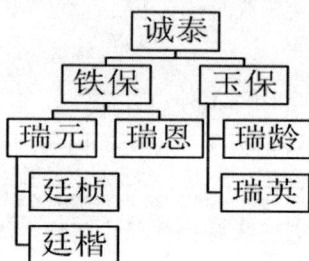

铁保家族树状图

　　铁保家族世代为武官，自卓托一支入关之后编入满洲正黄旗，其后三代并无突出成就，因此鲜少史料记载。直到卓托四世孙费赫齐建立军功，才重新得到关注。《八旗通志》中对于费赫齐的主要事迹有比较具体的记录，云：

　　费赫齐，满洲正黄旗人。顺治十五年，以牛录章京从征云贵。败伪侯李成蛟于凉水井，又败伪晋王李定国于双河口，并有功。十七年，从征山东土贼于七、吕思启等，战于锯齿崖败之。康熙十三年从征逆藩吴三桂，由陕西进四川……费赫齐奋击败之。又败贼于小梅岭，笼潭驿等地方。大兵至秦州，城内贼出犯我营，费赫齐力战阵亡。[1]

铁保的高祖费赫齐以佐领身份出征云贵，奋勇击战，又先后出征山东、陕西、四川，立下战功，最后在秦州战亡。凭借军功，其后代可以世袭官职骑都尉兼云骑尉。正是由于他的赫赫战功，才使得铁保的曾祖赛柱、祖父富起臣均世袭爵位。

铁保的先辈均以武官步入仕途，可以说铁保出生在一个名副其实的武官家庭。正如铁保父亲诚泰所云："吾家世武职。"[2] 他武官家庭的出身，对于作诗写文也产生了影响，最直接的表现就是文学作品中浸透的豪迈雄奇之气概。此外，世代为武官的家庭氛围还对他的日常生活产生影响，铁保尽管从事的官职多为文官，但也不废功。他在《梅庵自编年谱》中云，"乾隆五十七年壬子，余四十一岁是年五月，射布靶中三箭，赏戴花翎"[3]，可见他仍然保持了八旗"骑射为本"的特色。

三、家庭成员

铁保出生在一个氛围轻松愉快的家庭，成年后娶得称心如意之妻子，并纳了一位贤惠之妾，可谓一生家庭幸福美满，这对于诗文创作中体现的真性情有直接影响。

其父诚泰，字淳斋，初任二等侍卫。在《梅庵自编年谱》中记录其父淳斋公仕宦经历，可以列出诚泰的生平职官表，如下表。

表 1-2　诚泰职官表

时间	地点	官职
乾隆二十二年（1757）	甘肃	甘肃镇海营参将
乾隆二十七年（1762）	陕西	陕西神木协副总兵

---

〔1〕（清）鄂尔泰．八旗通志〔M〕．长春：东北师范大学出版社，1985：5064.

〔2〕（清）铁保．惟清斋全集．清代诗文集汇编第432册〔M〕．上海：上海古籍出版社，2010：358.

〔3〕（清）铁保．惟清斋全集．清代诗文集汇编第432册〔M〕．上海：上海古籍出版社，2010：362.

时间	地点	官职
乾隆二十九年（1764）	新疆	伊犁修筑惠远城兵
乾隆三十三年（1768）	河北	直隶泰宁镇总兵

诚泰一生担任武官，足迹遍及甘肃、陕西、新疆、河北，于乾隆三十九年（1774），卒于泰宁镇署。他在任期间，克己奉公，廉洁自律。铁保回忆父亲身后所留遗产，数量微薄，"节省历年马乾银两，除为兵丁制皮衣御冬及修整本营军装外，尚余存五千余金"〔1〕，足证诚泰为官多年始终清正廉洁。铁保对于父亲高尚的品质倍感骄傲，并将他作为榜样人物加以效仿，正如铁保谕众人言"先大人镇泰宁五年，丝栗无所取"〔2〕，从中可以看出铁保言语之中充满了对先父廉洁奉公品质的推崇备至。

母亲辉赫夫人，身份高贵，温柔慈爱。关于辉赫夫人的生卒年，在《梅庵自编年谱》载："乾隆五十六年辛亥，余四十岁是年十二月转礼部左侍郎，时十一月辉赫太夫人卒……享年七十有三。"〔3〕据此可推断出辉赫夫人生于康熙五十七年（1718）。汪廷珍的《梅庵先世墓志铭》记载铁保的"曾祖妣刘氏，妣辉赫氏，俱赠一品夫人"〔4〕。可见铁保曾祖母和母亲的身份地位之尊贵。铁保从小受到母亲的疼爱，在《梅庵自编年谱》中记录了母亲照顾他的情形："乾隆十九年申戌，余三岁出痘极危，医者谓，次日五更头顶一粒如不起即不救，辉赫太夫人坐守至五更。"〔5〕母亲无微不至的关爱，对于铁保的健康成长以及心智发展都至关重要。铁保评价母亲，"经理家政数十年，内外井井""深居颐养不与外事"，足见她是勤劳能干、深居简出的贤德之人。

铁保有一姊，生年不详，卒年为乾隆五十九年，无子嗣。《梅庵自编年谱》云："余姊氏卒，无出。姊丈，承公保年已望六，无力置妾。余晓以嗣续事大，

〔1〕（清）铁保．惟清斋全集．清代诗文集汇编第 432 册［M］．上海：上海古籍出版社，2010：359.

〔2〕（清）铁保．惟清斋全集．清代诗文集汇编第 432 册［M］．上海：上海古籍出版社，2010：359.

〔3〕（清）铁保．惟清斋全集．清代诗文集汇编第 432 册［M］．上海：上海古籍出版社，2010：357.

〔4〕中华大典编纂委员会编．中华大典文学典明清文学分典［M］．南京：凤凰出版社，2005：896.

〔5〕（清）铁保．惟清斋全集．清代诗文集汇编第 432 册［M］．上海：上海古籍出版社，2010：357.

必须急图。赠金百五十两置一妾，不三年得子女各一。女早夭，子竟成立，现承袭世职。"〔1〕可知铁保有着根深蒂固的儒家孝悌观念，也从侧面证明姑舅之间的关系紧密，他对于亲人的关注细致入微，并且慷慨大方。

其弟玉保，字阆峰，比铁保年幼八岁，生于乾隆二十四年，卒于嘉庆三年。玉保二十一岁举于乡；二十二岁成进士，改翰林院庶吉士；三十二岁任盛京兵部侍郎；三十九岁卒。玉保凭借文采步入仕途，铁保谓其"诗工五言，应制体尤佳，故由翰林入职尚书房，高宗纯皇帝大加器重，擢之吏部左侍郎。"〔2〕著有《阆峰诗钞》。他的性格与铁保相差甚远，为人过于拘谨，因与权臣和珅不恰〔3〕，抑郁辞世。生有二子，长子瑞龄，次子瑞英。

铁保与妻妾之间琴瑟和鸣，情投意合。铁保于乾隆三十五年庚寅十九岁那年娶妻。根据《梅庵自编年谱》云：

> 娶夫人，宁古塔氏，内阁侍读学士巴克棠阿次女。夫人字如亭，一字竹轩。归余后，始识字，读四子书及唐宋人诗。时作截句，楚楚有致。喜大草书十七帖，素师自叙帖，日不离手。〔4〕

如亭夫人家世显赫，两人门当户对，情投意合。夫人为了配合丈夫的爱好，从只字不识到能作诗写文，甚至还勤于练习书法，夫妻之间相敬如宾，举案齐眉。戴钧《天咫偶闻》卷四中称："莹川字如亭，满洲宁古塔氏，尚书铁保夫人。好读经史，工大草，善写兰竹，兼精骑射，识大体。"〔5〕莹川可谓诗、书、骑、射皆善，还时常与铁保进行诗文交流。铁保有一妾，名马孺人，性格温和，聪慧可人，《梅庵自编年谱》言："次年三十有五，长子瑞元生母也。孺人性端庄，寡言笑，十四岁侍余，赞理家政。如亭夫人重之，称以姨而不名。生一子二女病革。"〔6〕这位侍妾不争不抢，温柔贤良。铁保两位妻妾之间的关系融

〔1〕（清）铁保. 惟清斋全集. 清代诗文集汇编第432册［M］. 上海：上海古籍出版社，2010：363.

〔2〕（清）铁保. 惟清斋全集. 清代诗文集汇编第432册［M］. 上海：上海古籍出版社，2010：364.

〔3〕关纪新. 清代满族文学家铁保素描［J］. 大理学院学报，2011（11）：21.

〔4〕（清）铁保. 惟清斋全集. 清代诗文集汇编第432册［M］. 上海：上海古籍出版社，2010：358-359.

〔5〕震钧. 天咫偶闻［M］. 北京：北京古籍出版社，1982：99-100.

〔6〕（清）铁保. 惟清斋全集. 清代诗文集汇编第432册［M］. 上海：上海古籍出版社，2010：369.

洽、善理家务，给他提供了良好的生活环境，利于他安心料理官场事务以及静心创作。

铁保有二子，长子瑞元，字容堂，一字少梅，号春山，生于乾隆五十九年（1794）。关于长子的命名，铁保取自瑞元出身时正于他"榜后得家信，举一子，即闱中定元时也，遂命名曰瑞元"[1]。从《长子瑞元乡试中式谢恩疏》中可知，瑞元也继承了父亲良好的文学传统："瑞元年二十八岁，由嘉庆三年荫生蒙恩，赏给主事签掣刑部行走。于嘉庆二十四年，提牢任内因公去职，奏明降捐司务加捐员外郎奏留刑部，恭逢道光元年恩科乡试中式，一百五十一名举人。"[2]可以窥见其子继续担任文官，并且才华出众，得中举人。《清国史》有《瑞元传》记载，瑞元官至湖北按察使署布政使，咸丰二年城陷殉难[3]。

铁保次子瑞恩，生于嘉庆九年（1804），次子的命名也与铁保的官途息息相关。因铁保是年三月加太子少保，为叩谢隆恩，遂为其子取名瑞恩。铁保对儿子的教育很严格，并且期待他们能够考取功名，步入仕途，曾云"唯有严谕瑞元，并次子瑞恩努力当差，不负科名"[4]，表现出他对儿子的殷切希望。

铁保有十个女儿。铁保《马宜人传》中有："余衰年谪戍，如亭夫人又多病，子女十余人，婚嫁频频无人襄办。"可知他至少有十个儿女，除了瑞元与瑞恩是儿子外，其余都是女儿。根据《闺海吟》中的记载，得知铁保的第八位女儿名为栋鄂少如，名珍庄，如亭之女，与妹修篁并能诗画[5]。又据铁保墓志铭中介绍，十女"俱适名族"，可见她们的婚姻对象主要都是官僚或者读书人。

根据上述论述，可知铁保的主要家庭成员的基本情况，如下表所示。

表 1-3　铁保主要家庭成员情况表

关系	姓名	别名	生年	卒年
父亲	诚泰	淳斋	不详	乾隆三十九年

〔1〕（清）铁保．惟清斋全集．清代诗文集汇编第 432 册［M］．上海：上海古籍出版社，2010：363.

〔2〕（清）铁保．惟清斋全集．清代诗文集汇编第 432 册［M］．上海：上海古籍出版社，2010：425.

〔3〕清国史馆编．清国史第 13 册［M］．北京：中华书局，1994：630.

〔4〕（清）铁保．惟清斋全集．清代诗文集汇编第 432 册［M］．上海：上海古籍出版社，2010：426.

〔5〕嶙峋编．闺海吟下册［M］．杭州：华龄出版社，2012：467.

关系	姓名	别名	生年	卒年
母亲	不详	辉赫夫人	康熙五十七年	乾隆五十六年
姐姐	不详	不详	不详	乾隆五十九年
弟弟	玉保	德符，阆峰	乾隆二十四年	嘉庆三年
妻子	莹川	如亭，竹轩	不详	不详
侧室	马孺人	宜人	乾隆三十三年	嘉庆六年
长子	瑞元	容堂，少梅，春山	乾隆五十九年	咸丰二年
次子	瑞恩	不详	嘉庆九年	不详

注：限于文献资料不详，铁保女儿因而未能一一列举。

铁保出身于武官世家，父亲为官清廉，母亲贤良温厚，良好的家庭氛围对于铁保文学修养的培养以及思想性格的塑造都产生了重要影响。他与姐弟相处融洽，尤其是其弟玉保，经常与之进行诗文方面的交流，在他的诗集中保存了不少与其弟之间往来的唱和诗。铁保娶如亭为妻，纳马孺人为妾，有二子十女，可谓幸福美满。这样的家庭环境，与他高尚的人格品质塑造以及随遇而安的处事方式的养成都联系密切。

第二节　铁保生平考证

按照铁保一生的行迹以及思想变化过程，主要可以分为五个阶段：一是接受教育期间，即乾隆十七年（1752）至乾隆三十六年（1771）；二是官场升迁阶段，即乾隆三十七年（1772）至嘉庆十三年（1808）；三是贬谪西域期间，即嘉庆十四（1809）年至嘉庆十八年（1813）；四是发配吉林期间，即嘉庆十九年（1814）至嘉庆二十三年（1818）；五是赋闲在家期间，即嘉庆二十三年（1818）至道光四年（1824），终年七十三岁。通过分期考证他的生平，可以清晰地掌握铁保的思想发展脉络，并能从中发现各个阶段的经历对于他的诗文创作所产生的影响。

一、接受教育

铁保于乾隆十七年（1752），农历正月十四日出生于北京，五岁之前均居住于此，六岁到十岁随父在西宁（今青海省西宁市湟源县）生活，十一岁随父前往西安，十二岁由于父亲调往伊犁就职，铁保才归京生活。少年时期铁保体验了不同地域的生活，扩宽了视野，丰富了见闻，这段时间的生活为他的文学创作打下了坚实的基础。

铁保虽然出生在武官家庭，但是他却自主选择学习诗文，通过科举考试进入官场。根据《清世宗实录》中记载"满洲官员子弟，有愿读清书或愿读汉书及汉官子孙有愿读清书者，俱送入国子监"[1]。据《梅庵自编年谱》记载："余十六岁是年成人，入国子监，肆业。"说明铁保进入了当时的最高学府国子监进行学习，但是并没有完成学业。他的父亲诚泰担心其未来的发展，对他说："我家世武职，汝独喜习文，固大好事，然须自量无两误，盖以亲友中多劝保改习国书也。"[2] 其父恐怕铁保习文不成反而错过了世袭武职的机会，落得文武不就的地步。他的亲戚也多劝其改学国书，即学习满文。铁保已经决定学习举业，并解释原因，"举业虽难，自受书以来，攻苦六七年，于制艺及诗古文词自觉有得。若舍而习国书，无论前功俱弃，且随任出京亦无通晓翻译者，朝夕请求是两失也，愿专攻举"[3]。铁保少年时就立志习文，并为之努力，其父对此也表示支持。十七岁时，其父成为直隶泰宁总兵，铁保随任，并择师而学举业。

铁保十九岁回京，参加应顺天恩科乡试，中第二十一名举人。第二年本应该参加会试，后来因病未能参加。他借此机会继续学习，铁保对于老师的选择十分谨慎，"余性放达不喜为寻行数墨之文，易数师皆不相得"[4]。终于经过徐墨汀的引荐，拜童湘岩为师。此人出身书香门第，博学多才，诗艺奇高。铁保在他的悉心培养下，诗文水平得到提升。多年以后铁保撰写《童湘岩夫子》纪念恩师，诗云：

---

〔1〕（清）官修. 清世祖实录［M］. 北京：中华书局，1985：105.

〔2〕（清）铁保. 惟清斋全集. 清代诗文集汇编第 432 册［M］. 上海：上海古籍出版社，2010：358.

〔3〕（清）铁保. 惟清斋全集. 清代诗文集汇编第 432 册［M］. 上海：上海古籍出版社，2010：358.

〔4〕（清）铁保. 惟清斋全集. 清代诗文集汇编第 432 册［M］. 上海：上海古籍出版社，2010：359.

束发从游细柳营，百年天地几师生。汤盘禹鼎供研索，月窟天根见性情。百里才非客小试，千秋业在近无名。康成老去笙歌歇，肠断天风蹴海鲸。[1]

他师从童湘岩学习诗文创作，为他的文学创作提供了新养分。诗文描述了铁保十几岁开始拜童湘岩为师，认真研习功课，师生情深的经历，并且赞叹其师有"百里才"，并且能成"千秋业"，字里行间都透露出对恩师才华的崇敬，表现出深深的怀念之情。

二、官场升迁

经过多年勤奋学习，铁保于二十一岁时考取会试第十一名进士，至此步入仕途。

（一）铁保乾隆朝仕宦生涯

铁保于乾隆三十七年（1772），授吏部文选司额外主事。四年后，补文选司主事并承袭恩骑尉。乾隆四十一年（1776）十二月，铁保凭借沉稳大气的办事作风得到当时主管吏部事宜的阿桂认可。主要的事迹就是铁保当时在吏部就职，当时阿文成公自金川凯旋，以大学士总理吏部。一天阿桂"忽欲而议各司员，震慑威重俱有难色，掌选郎中忠君德等推余独任事。翌日，文成公至，众皆屏息竦莫敢仰视。余从容敷陈，共议官一百余员无一紊误"[2]。铁保凭借这次出色的表现，次年即升为吏部员外郎。

两年后，补吏部郎中，掌考功司印；半年后又兼内务府六库郎中。铁保在吏部任职期间，公私分明，得到阿桂赏识。他自己也表示："于公私议处，案件轻重权衡一本成例，无所附和，介然孤立，不肯趋附当道，文成公尤器重之。"[3] 可以看出铁保处理案件时能够秉公职守，保持公正廉洁的品格。正是如此，他凭借阿桂的欣赏，官途畅达，此后又担任多个职位，分别是乾隆四十四年（1779），任户部颜料库郎中仍兼吏部行走；乾隆四十五年（1780）至乾隆四十六年（1781），为詹事府少詹事，仍兼吏部行走；乾隆四十七年（1782）至

〔1〕（清）铁保．惟清斋全集．清代诗文集汇编第432册［M］．上海：上海古籍出版社，2010：534.

〔2〕（清）铁保．惟清斋全集．清代诗文集汇编第432册［M］．上海：上海古籍出版社，2010：359.

〔3〕（清）铁保．惟清斋全集．清代诗文集汇编第432册［M］．上海：上海古籍出版社，2010：360.

乾隆四十九年（1784），任户部员外郎；乾隆五十年（1785），任吏部郎中掌考功司印，三月补翰林院侍讲学士仍兼吏部行走；乾隆五十二年（1787）十一月，充起居注官，以翰林、詹事坊局官原衔兼充。这段时间，他处理的事务也限于户部和吏部，范围有限。

乾隆五十三年（1788）得到乾隆皇帝的赏识，成为他仕途的转折点，对此《梅庵自编年谱》有明确记载：

> 余以讲学应阿文成公荐，保举副都统，引见高宗纯皇帝。素稔保名谓用副都统，尚觉可惜，引见后即命题考试，五言排律一首。逾三日，又传集科甲出身大小诸臣，以一诗、一赋左军机考试。时冬月午刻出题时甚促迫，不及构思即奋笔挥洒。酉初交卷同考诸公，尚未脱稿奏上称，旨钦定第一。[1]

铁保在阿桂的引荐之下，通过即时命题的作诗测试，得到皇帝的赞许，获得升迁机会。以此为契机，铁保的官位得以升迁。乾隆五十六年（1791）十二月，转礼部左侍郎。乾隆五十七年（1792）五月，射靶中三箭，赏戴花翎。乾隆五十八年（1793）三月，调补镶黄旗汉军副都统，五月调补正白旗蒙古副都统。

在乾隆朝任职期间，铁保的仕途大致上呈现上升趋势，不过也因过失受到处分，但并未影响官职。乾隆五十五年（1790）正月，高宗元旦上朝，因铁保失礼，革职留任。乾隆五十九年（1794）四月，京畿遭遇大旱，皇帝祈雨，礼部迟延陈奏一切应办事宜，革职留任。两次处分并没有对铁保造成大的影响，稍加惩戒后，又恢复原级，官职亦没有多大变动[2]。

（二）铁保嘉庆朝期间仕宦经历

嘉庆元年至嘉庆二年，铁保继续担任正白旗蒙古副都统。嘉庆三年（1798）八月，调吏部右侍郎；十二月调正白旗满洲副都统。

直到嘉庆四年（1799年），铁保开始前往地方任职，主要原因是乾隆帝驾崩，嘉庆帝开始亲政。铁保因弹劾官员过激，贬为内阁学士，赴盛京（沈阳），以刑部侍郎兼奉天府尹[3]。自此，他开始仕宦地方，经历盛京、山东、两江各

---

〔1〕（清）铁保. 惟清斋全集. 清代诗文集汇编第432册［M］. 上海：上海古籍出版社，2010：361.

〔2〕（清）官修. 清仁宗纯皇帝实录［M］. 北京：中华书局，1986：533.

〔3〕吴汝连. 济南历代名士选传［M］. 济南：黄河出版社，2014：307.

地，所到之处，政绩突出，对当地的经济、政治以及文化发展都做出贡献。

嘉庆四年（1799）一月，转补吏部左侍郎；二月降补内阁学士，仍兼办各衙门事务；三月调补盛京（今沈阳市）兵部侍郎；五月调补盛京刑部侍郎，兼奉天府府尹。他在盛京就任的短短三个月时间就革除四大弊病：一是解决旗屯欺压民屯的问题；二是去除威远堡边门旗员任意收取银钱之陋规；三是对罪重的挖参者和罪行较轻的偷挖黑菜、私打牲口者进行区分处罚；四是解决吉林、黑龙江官兵过境扰民之事。任职期间办事效率高，为当地百姓谋取福利。同年九月，仍调补吏部侍郎，兼正红旗汉军副都统；十一月调正蓝旗满洲副都统。

他于嘉庆四年十二月至嘉庆七年十一月，担任漕运总督兼兵部侍郎。嘉庆五年，新官上任，就致力于革除流弊：一是革除漕粮加赋的陋规；二是奏请改拨调剂旗丁银两；三是调剂浙省运务；四是处理帮船水手聚众滋事的案件；五是添派副参大员亲驻河干，传司防护；六是酌定新漕事；七是调剂江南帮；八是实奏从前承办大差流弊。嘉庆六年，又组织疏通河道、修整北仓廒坐以及筹集款项。

嘉庆七年（1802）十二月，补授广东巡抚，未到任[1]。次年正月，调为山东巡抚，任期两年。铁保"汇历年筹办事宜，得二十余条约，略书石镌之堂壁"[2]，为后任者提供参考。这一年，他处理了众多事务，包括灾情、救济、办案，都用心办理。

嘉庆九年（1804）三月，将筹备赈灾的三十万银两解赴衡工，此事得到皇帝赞誉，称赞其"心无畛域，深得大臣之体"[3]。因为赈灾有功，著赏太子少保衔。是月，他还筹划堵筑张秋漫口。五月，恭进八旗诗，委派专员疏通兖州、沂州、济宁州漕运。铁保还派人密查沂州恶棍田氏五虎拐卖妇人案件，又查处冠县恶棍戴老红串通县胥霸据一方的事宜，查访出德州差役李凤祥无恶不作，收监办理。调离山东之前，还筹办修缮邹县孟庙之事宜，将捐修之银两转交运库以备工用。

嘉庆十年（1805）正月，补授两江总督，在任四年。到任第一年就处理多项事务。一是整顿营伍；二是加强海防；三是严查赈灾；四是筹议河务，畅通人字河、茫稻河、盐河，以通入海之路；五是缉拿洋盗。

〔1〕 皮福生. 吉林碑刻考录［M］. 长春：吉林文史出版社，2006：383.
〔2〕 （清）铁保. 惟清斋全集. 清代诗文集汇编第432册［M］. 上海：上海古籍出版社，2010：369.
〔3〕 （清）铁保. 惟清斋全集. 清代诗文集汇编第432册［M］. 上海：上海古籍出版社，2010：373.

嘉庆十一年（1806），铁保处理秋汛赈灾事宜，提出让灾民用以工代赈的办法修建堤坝，颇有新意。此外，他还筹议吴淞口防海章程，分条陈奏。

嘉庆十二年（1807）四月，失察寿州张大勋案，此案"铁保并未亲自审理，命苏州知府周锷查办，受贿以自中毒蛇定案"[1]。铁保因受理此案失察，降为二品顶戴仍兼兵部尚书都察院右都御史；十月秋汛安澜，赏还头品顶戴仍赏戴花翎。二月，组织勘办黄河两岸大堤。是年冬，手书劝谕之词，提出文武并重的治理方案。

嘉庆十三年（1808）三月，亲随皇上巡视天津。铁保先开放天然峰山两闸，以泄黄流，又开余家坝及信智两坝以泄淮水。此外，他又缉拿田五、董际云、陈沛川几名无恶不作之枭匪。

嘉庆十四年（1809）三月，巩固河堤。他还重视教育，与汪稼门抚军筹议添设尊经、正谊书院，同时也注重营伍弓箭技艺的培训。江南收漕之弊由来已久，主要原因是生监不守学规，出现破靴党，导致官不能制。铁保亲自前往苏州紫阳书院加以劝诫，再无秀才滋事之案。淮阳二府为私枭聚集之所，铁保派遣督标妥弁五六员，各带兵二十名，分路稽查，不及一年，查获二百余起案件。

铁保在此期间，处理了多项事务，对朝廷始终忠心耿耿，每天勤于政务，在当时受到百姓的爱戴，对于当地的稳定和建设都起到了一定的促进作用。

三、贬谪西域

铁保的一生，可谓经历丰富，在乾隆与嘉庆年间担任多种职位，为官清廉，恪尽职守。嘉庆十四年（1809）七月十九日，因为失察而贬谪至西域，成为他人生道路中的一大波折。

《清史稿》记载铁保贬谪西域的主要原因是失察山阳县谋毒冒赈案。嘉庆十三年（1808），黄河决口，淮安一带受灾。当时担任两漕总督的铁保，委派当年新进士李毓昌前往山阳县督查赈灾银两的发放情况。经过李毓昌调查得知，山阳县县令王伸汉存在贪污行为，并且他欲将此事上报朝廷。王伸汉企图用贿赂手段阻止李毓昌呈上举报公文，遭到李毓昌的果断拒绝。王伸汉便伙同李毓昌的三个仆人将李杀害，并为掩盖罪行，刻意造成自杀假象。铁保负责处理此案，他并没有发现李毓昌死于他杀，便将案件移交给吏部。次年，李毓昌的妻子以及叔父李太清从其遗物中发现草拟文书，又进行开棺验尸，证明其死为奸人所害。此案件一出，嘉庆帝遂下令进行重新审讯，经过刑部严查，王伸汉得以伏

---

[1] 周轩.清宫流放人物［M］.北京：紫禁城出版社，1993：168.

法归案。此次案件性质恶劣，秉公执法的查赈官员李毓昌正直不阿，却惨遭贪官迫害，涉及官员不作为、地方官贪污以及朝廷官员死因不明的问题。仁宗对此事龙颜大怒，批评铁保没有做到恭敬谨慎地办理公务，一味偏听人言，固执己见，将其革职发往乌鲁木齐赎罪。

嘉庆十五年（1810）六月，铁保被重新起用为叶尔羌（今莎车县）正办大臣，后又升至喀什噶尔参赞大臣，七月又补授翰林院侍读学士，仍留参赞之任。铁保以戴罪之身重新被委以重任，心怀感激，尽心办事。嘉庆十六年（1811），铁保发现阿奇木年班入觐旧例六年一轮，考虑路途之远以及经费之多，此事并不合理，于是奏请改成九年一轮。三月，铁保查阅各城从前参赞例带随员过多，为减轻负担，减少所带官员。五月，阿克苏突发山洪，铁保前往查勘，抚恤灾民，进行长达两个月的救灾活动，灾情得以控制。十月补授浙江巡抚，十一月升授吏部左侍郎兼管国子监事务，奉诏回京。嘉庆十八年（1813）正月，补授礼部尚书镶白旗汉军都统。四月抵京，八月补吏部尚书正蓝旗满洲都统。

铁保此次前往西域，无亲丁随往，只有笪立枢不忍恩师年老远行，毅然共赴戍所。铁保在此期间"闭门思过，无所事事。闻理旧业，临唐宋人字帖，以消长日"[1]。这段时期，成为铁保进行文学创作的重要阶段。

四、发配吉林

铁保正在筹办吏部核议事宜之时，因嘉庆十九年（1814）喀什噶尔回民敛钱一案，误听回民捏造事实，办理错误，革职发往吉林。

铁保这次并非失察，其实铁保和玉努斯遭到诬陷与弹劾实属冤枉。《清史稿》中说他"误听人言"，评断并不公允。关于铁保发配吉林的原因，他的好友昭梿在《啸亭杂录》中道出了其中真正原委：

> 后闻其历任督抚，以傲戾称，考核下属，往往因苞苴多寡定其优劣。又袒庇科目，颇蹈明人恶习。乃因王伸汉之狱，谪贬西域。召用未逾年，又以在西域时滥毙人命，致遣戍吉林，颇诧其言行不符乃至若是。后闻人言，当癸酉秋林清之变时，公独召对，尽述阉宦不轨之谋，又发十七日夜之事，故上从其言，搜捕逆党颇急。太监杨进忠造刀逆谋，又为其门生御史陆沨、曹恩绎所劾发，致阉宦恨之切齿，造

〔1〕（清）铁保．惟清斋全集．清代诗文集汇编第432册［M］．上海：上海古籍出版社，2010：386.

诸蜚语上闻。适遇西域之咎，重遭重谴。[1]

铁保年少时便与昭梿交好，二十余年的情谊，他深知友人的为人。昭梿听人评价铁保，说他为人傲庚，对下属的考核方式也十分苛刻，多人偏袒，又时常包庇，后来因为王伸汉的案件，贬谪西域。有人传闻，铁保被召回起用不到一年，又因为在西域时滥杀无辜而谪戍吉林，昭梿对于这种虚假传闻表示惊愕，直指这些传言不符合铁保的为人标准。言辞之间，可见对自己的友人遭遇不实诽谤的气愤。

铁保贬谪吉林是遭受宦官迫害的结果。嘉庆十八年（1813），发生天理教首领林清率领教徒攻打皇宫的"紫禁城之变"[2]。在此期间，铁保极力追查参与其事的太监，招致不满。他指出奸佞之人意图不轨的事实，遭遇报复，才受到发配吉林的严厉处罚，属于蒙冤遭贬。此次发配到吉林后，他以临摹书法、创作诗文为生活重心。对此他的长子瑞元说："闭门思过，日惟以学书自遣，凡古人字迹无论大草细书，无不临摹。"[3] 铁保在吉林生活约五年时间[4]，嘉庆二十三年（1818）奉恩旨补授司马经局洗马，六月回京。此时的铁保已经饱受仕途沉浮，他的生活重心也由原来的乐于举业转为耽于文字。

五、晚年赋闲

回京之后的铁保，因在戍所专心研习书法、绘画以及文学，视力日渐衰退。道光元年（1821）四月，眼疾已经十分严重，不得已于四月初八日据实上报，请求进行休息调理。经过吏部奏明，得到皇帝批准，并赏给三品卿衔休。铁保向皇帝请辞，旻宁召见，温语抚慰。至此，他告别了朝廷，归家赋闲。

他的门生提出让铁保继续编写年谱，却遭到他的拒绝。铁保说明了不愿意继续书写年谱的原因是："余六十年以前，三任督抚，六十年以后奉职不及一年即外戍东陲，内还翰苑，有何足录？徒费文洞，可以不必。"[5] 这是他对于自己的一生之评价，说明对早期生活表示自豪与满意，对于六十岁之后的贬谪生

〔1〕 （清）昭梿. 啸亭杂录 [M]. 北京：中华书局，1980：432.
〔2〕 淮安市淮安区文广新局编. 明清漕运总督传略 [M]. 北京：中国文史出版社，2013：137.
〔3〕 （清）铁保. 惟清斋全集. 清代诗文集汇编第 432 册 [M]. 上海：上海古籍出版社，2010：391.
〔4〕 胡国军主编. 吉林市志 [M]. 长春：吉林文史出版社，1994：397.
〔5〕 （清）铁保. 惟清斋全集. 清代诗文集汇编第 432 册 [M]. 上海：上海古籍出版社，2010：391.

活却是不愿意多触及，言语中饱含慷慨悲凉之感。他的晚年生活就是在对过往生活的追忆与反思中度过。铁保于道光四年（1824）正月初三卒于家中，享年七十三岁。那彦成撰《予告三品卿前太子少保吏部尚书梅庵铁公神道碑》言："道光五年四月十六日，葬于八宝庄之原"[1]。

第三节　铁保交游考略

铁保一生足迹遍布各地，他的交游范围广，十九岁之前随父前往甘肃、陕西任职，二十一岁步入仕途，辗转京城、江苏、山东、浙江、江西等多地为官，晚年遭遇贬谪，被发配到新疆和吉林两地，为官期间先后九次担任乡试、会试考官。丰富的人生经历，让他结识了各个领域颇有作为之人。通过考证铁保的交游情况，可以更全面掌握作家的社会生活面貌，更深入了解他的创作风格以及思想意趣，通过梳理他的交游行为，可以从中发现社会交往对他文学创作产生的影响。

一、乾隆四家之间的互动

铁保不仅能诗会文，同时还精于书法，擅长绘画，可谓不可多得之通才。与之结交的人物众多，交游甚广。铁保是清代著名书法家，与翁方纲、刘墉、成亲王永瑆并称四大书家，世号"翁、刘、成、铁"，所著《惟清斋贴》为艺术之宝。铁保与这些志趣相投之人进行互相切磋，对于书法艺术的提升起到推动作用。鉴于此，本书对铁保与其他三大书法家之间的交游进行考述。

（一）铁保与刘墉

刘墉（1719—1804），字崇如，号石庵，又号青原、香岩、东武、穆庵、溟华等。刘统勋子。山东诸城人。乾隆十六年（1751）进士，官至体仁阁大学士。卒后赠太子太保，谥文清，著有《石庵诗集》等[2]。清代徐珂将其书法推为"一代书家之冠"[3]。

关于铁保与刘墉交游的具体时间，可以通过比对他们的为官经历得出结论。乾隆四十三年（1788）底，刘墉迁吏部右侍郎，此时铁保担任吏部郎中，掌考

〔1〕　皮福生.吉林碑刻考录［M］.长春：吉林文史出版社，2006：381.
〔2〕　（清）不题撰人.清史列传卷七十［M］.北京：中华书局，1928：5725.
〔3〕　（清）徐珂.清稗类钞第9册［M］.北京：中华书局，1984：4055.

功司印。乾隆五十六年（1791），刘墉擢升为礼部尚书，铁保为礼部左侍郎。两人曾经同于吏部、礼部任职，必定有所交集。铁保对刘墉的书法成就推崇备至，曾评价石庵："先生窃用《瘗鹤铭》笔意，其机趣则出于杨少师。"[1]《瘗鹤铭》摩崖石刻在中国书法史上具有坐标意义，而杨少师的书法被视为承唐启宋的重要作品。《清铁保书自序诗稿册》中保存了他手书对刘墉的评语，曰："石庵先生书浑厚浓郁处直到古人，非阿江好也。"[2] 他们两人对书法都颇有研究，志趣相投，互相欣赏。

铁保的传记类文《瑛梦禅、庆似村合传》中提及："梦禅素与刘文清公墉为文字交，刘书梦画，每每合作得者以为至宝。"[3] 此处虽言梦禅与刘墉的交往甚笃，"刘书梦画"细节的描写，也可以看出他与刘墉之间的交情也颇为深厚。

铁保与刘墉的唱和诗《步石庵参知题任月山进马图韵》四首，是见证两人友谊的重要材料。

> 骕里追风轶众材，骎骎叱拨几龙媒。
> 毫端绘出千金骨，一片阴山秋色来。
> 凤颈龙文取路长，汉庭八骏久分张。
> 何人天马书成赋，名笔遥遥继阿章。
> 韬弓橐笔笑吾曹，马上裁诗兴亦豪。
> 我见丹青如见猎，平沙白草雁行高。
> 边事何须借箸筹，大宛争贡紫骅骝。
> 飞黄谱入天闲里，月驷云螭万里收。[4]

石庵参知即刘墉。步韵，是和诗的一种方式。郑振铎认为："不过以步和前人或同时人的韵，而能工切，益可显出他们的雕斫的才能。"[5] 步韵诗的弊端就是不利于真情的流露，但也不得不承认从步韵诗中可看出诗人的创作才能。铁保的这些诗都符合次韵唱和的标准，表现出他工于韵律的才情。这些词还说

〔1〕（清）李放. 敦煌书史. 丛书集成续编［M］. 上海：上海书店，1994：186.

〔2〕（清）铁保. 清铁保书自序诗稿册［M］. 上海：上海书画出版社，2005：17-19.

〔3〕（清）铁保. 惟清斋全集. 清代诗文集汇编第 432 册［M］. 上海：上海古籍出版社，2010：435.

〔4〕（清）铁保. 惟清斋全集. 清代诗文集汇编第 432 册［M］. 上海：上海古籍出版社，2010：551.

〔5〕郑振铎. 郑振铎全集第 6 卷［M］. 石家庄：花山文艺出版社，1998：151.

明铁保与刘墉之间关系密切，对艺术作品进行客观品评与交流。其一，"毫端绘出千金骨"，是评价任月山绘画技术之高超。所谓画虎画皮难画骨，能够体现出骨韵，足见功底。其二，"何人天马书成赋"，则是对画中之赋的评价，"名笔"二字就是结论。其三，"马上裁诗兴亦豪"图中展示马上裁诗的豪情。其四，写边事不需要别人代为筹划，大宛就有进贡之"紫骅骝""飞黄""月驷"以及"云螭"，表现出画中骏马种类之多。

（二）铁保与翁方纲

翁方纲（1733—1818），字正三，著有《复初斋文集》等作品。直隶大兴（今属北京市）人，乾隆十七年（1752）进士，授编修。历督广东、江西、山东三省学政，官至内阁学士。乾隆十八年辛未（1753），翁方纲读《汉书》，因为偏爱"扬子云覃思"这句诗歌，自号为覃溪，又号彝斋。同年，又以苏斋为书室。[1]

铁保的《过翁覃溪詹事苏斋观长公墨迹用卷中韵题九绝句》，是见证两人情谊的诗歌作品，写两人品读苏轼作品时的场景：

> 长公墨妙垂金石，忽睹晨星眼乍明。
> 一卷新诗数行字，今人笔法古交情。
> 偶然轶事传身后，不觉柔情露笔尖。
> 如此风流称学士，客愁合向鬓毛添。
> 飘零红纷事堪惊，肠断筵前唱白翎。
> 博得苏公留妙迹，芳名传并品茶经。
> 西园桃李竞残红，荣落无须怨不同。
> 莫向江边轻解佩，武陵洞口易秋风。
> 珠箔琼楼碾作尘，鸟啼花落忆前春。
> 猴笙一别无消息，柳絮飞时不见人。
> 雨行红粉春生座，一曲琵琶夜泊船。
> 争似钱唐陈太守，不将金屋老婵娟。
> 回首欢场已作翁，当年佳丽易追风。
> 苏门自是钟情客，证取禅床一梦中。
> 水调歌残断客魂，归来旧事不堪论。
> 怒猊奇鬼争心得，大海风涛入墨痕。

---

〔1〕 沈津. 翁方纲年谱［M］. 北京：中央研究院中国文史哲研究所出版社，2002：13.

奎章学士妙词华，真赏丹邱岂浪夸。

我美苏斋老詹事，千金何处得披沙。[1]

铁保一生除了诗歌之外，还爱好书法，他除欣赏翁方纲之"墨妙"之外，又赏"新诗"，都给他带来美的享受。这些诗歌主要内容是铁保与翁方纲对苏轼的字画真迹、诗歌水平以及性格特征的评价，赞颂其高妙的书法艺术："长公墨妙垂金石""博得苏公留妙迹"。铁保总结其新诗特色是"今人笔法古交情"，可谓"奎章学士妙词华"。从这些诗句当中，可见他们对于苏轼书法的爱好与推崇。

除了上述诗歌外，铁保还作《朱碧山银槎图歌》赞叹："耆英散后继者谁，覃溪詹事风雅师。"[2]对翁方纲的诗学才华、风雅气质表示欣赏。《腊月十九日集苏斋作坡公生日观宋漫堂小像及西陂草堂圆用西陂集中祭坡公诗韵》：覃溪继公后"我绘覃溪继公后，旗鼓角胜分一隅。"[3]更是将覃溪推为东坡之后继者，足见评价之高。又有《米老砚山歌为罗两峰赋》称覃溪："两峰妙笔继仲圭，如写胸中旧碨礧。"仲圭[4]，是元代著名画家，与黄公望、倪瓒、王蒙合称"元四家"。铁保称覃溪"妙笔继仲圭"，就是对他的绘画技艺的肯定，又言"如写胸中碨礧"是对他书法所表达出来的思想内容进行说明。

铁保与翁方纲时常交流，从他们的诗歌主张当中也能找到蛛丝马迹。铁保主张"性情说"，翁方纲主张"肌理说"，都是以推崇儒家学说为立足点提出。两人对苏轼的文学与书法都十分推崇，共同的兴趣爱好也促进了他们友谊的升华。

（三）铁保与永瑆

永瑆（1752—1823），清代书法家。字镜泉，号少厂。清乾隆皇帝第十一子，封成亲王，谥曰哲。嘉庆年间为军机处行走。因皇太后赐陆机《平复帖》，又号诒晋斋主人。对书法艺术情有独钟，几十年刻苦练习，加之身份高贵，拥有接触内藏的条件，因而名重一时。著有《诒晋斋诗文集》及《续集》《随笔》

〔1〕（清）铁保. 惟清斋全集. 清代诗文集汇编第432册［M］. 上海：上海古籍出版社，2010：548.

〔2〕（清）铁保. 惟清斋全集. 清代诗文集汇编第432册［M］. 上海：上海古籍出版社，2010：506.

〔3〕（清）铁保. 惟清斋全集. 清代诗文集汇编第432册［M］. 上海：上海古籍出版社，2010：511.

〔4〕仲圭，即吴镇（1280—1354），是元代著名画家，与黄公望、倪瓒、王蒙合称"元四家"。

《仓龙集》等。

铁保对永瑆的书法成就评价为："书胎息率更，而出以松雪之流润，遂造极诣。近之学者但能仿其规模而不能溯其生平，得力处失之愈远。保学书三十年亦未能窥其堂奥也。"主要评价成亲王的书法渊源是欧阳询以及赵孟頫，汲取两人之所长后呈现出来，自谦地称自己几十年学书都不能参透其中奥诀，不吝赞美之词。

铁保所撰《华岳庙碑歌》，其中记录了成亲王与铁保之间交流的情形：

> 成邸示我华山碑，照我须眉入太古。元精中贯岳色寒，耿耿光芒射寰宇。郭香查书辨者多，臆说纷纭互嘲侮。季海复谓中郎书，摭拾无凭吾不取。古人能书无书名，汉碑传者谁能数。独于岳庙叩姓名，翻为前贤笑迂腐。……残石虽埋等粪土，呜呼！残石虽埋等粪土，此碑能传遇亦苦。[1]

诗歌中"成邸示我华山碑"表示成亲王向铁保展示华岳庙碑的宋拓本，并进行相互切磋与交流。根据阮元《汉延熹西岳华山庙碑考》记载，"华岳庙碑歌……嘉庆丁巳四月，铁保谨题"[2]，铁保撰写该诗的时间是嘉庆二年。通过这首诗歌，能够体会到铁保对于书法艺术之热爱，对于华山汉碑遭到侵毁的惋惜。

二、铁保与朋友的唱和

铁保一生交游之人众多，其中尤以恒益亭、甘道渊、刘虚白、瑛梦禅、法式善等人的交情最为深厚。

（一）铁保与恒益亭

恒益亭，中允，名恒裕，字益亭，满洲人。与铁保同举乾隆三十五年庚寅孝廉，两人结识后便结下深厚友谊。

铁保与恒益亭有过一段相互唱和、游历河山的美好时光。根据《梅庵自编年谱》记载："乾隆四十二年丁酉余二十六岁是年补吏部员外郎，余负诗癖郎署事简日，与甘道渊、刘虚白、恒益亭相唱和，分题联句。朝夕无间，暇复携酒

〔1〕 （清）铁保．惟清斋全集．清代诗文集汇编第432册［M］．上海：上海古籍出版社，2010：516-517.
〔2〕 （清）阮元．汉延熹西岳华山庙碑考［M］．北京：中华书局，1985：25.

果游翠微山、钓鱼台、蓟门烟树诸胜，吟咏最多，诗载本集。"〔1〕字里行间透露出铁保这段时间的欢快心情，充分表现出与友人之间的亲密感情。他们以文会友，在游山玩水之中增广见闻，并且进行文学切磋，可以管窥这些良友对铁保的积极影响。铁保留下了《秋日偕恒益亭张云滕德树之及弟阆峰登翠微山绝顶》《登西山最高处》《秋夕》《九日偕刘九虚白、恒六益亭登钓台》《登石景山浮图》等佳作。这段时间成为铁保记忆中最为愉快的岁月，他晚年也时常回忆这段相互唱和的往事。

铁保与恒益亭交情甚笃，《梅庵自编年谱》有一段写两人最后一次见面的情形：

> 余往视不觉陨涕，中允洒然曰："生寄死归胡，为作此态瞑目。"少时复瞠目问曰："吾身后若何？"余曰："有吾在，断不至苟简。"中允领之，已复向余曰："吾素宝山高月小研，公屡索未予。今永别以此为赠。"呼儿取研，至摩挲再四，欠身授余曰："研背有爪痕，公善磨去，毋损石。"语毕不言，视之逝矣。〔2〕

这段往事发生于乾隆四十七年（1782），铁保探望临终前的友人恒益亭，见其病状，不觉潜然泪下。相反恒益亭却对自己的身后事表现出淡然的态度，并且将自己的身后事托付给铁保来处理。恒益亭问了铁保一句："我的身后事如何办理？"铁保承诺，只要有我在，断然不至于简陋。有了可靠的朋友的允诺，他也就放心了。临终前他将自己最珍爱的物件"山高月小"砚台交给铁保。此前，同样爱好书法的铁保数次索要都没有得到，益亭在临终前却将这枚珍贵的小研赠予，并且交代将研石的抓痕抹去，不要损坏了研石。铁保是重情重义之人，妥善处理朋友后事，为经理丧葬如礼，又刻其遗诗《墨卿堂集》序而传之。如此周全妥善的安排，可知两人感情之深。

恒益亭离世后，铁保时常撰文悼。比如《有怀亡友益亭宫允》云：

> 中允声名大，残诗掩泪看。身应穷到骨，心更冷于官。旧雨如星

---

〔1〕（清）铁保．惟清斋全集．清代诗文集汇编第432册［M］．上海：上海古籍出版社，2010：360.

〔2〕（清）铁保．惟清斋全集．清代诗文集汇编第432册［M］．上海：上海古籍出版社，2010：361-362.

散，新交绝古欢。魂归枫树黑，缺月压窗寒。[1]

从泪、冷、寒等几个字，就能感受失去这位朋友后，铁保内心的不舍与凄凉。又有《哭恒益亭宫允》一诗，回忆过往一道谈古论今时的场景，而今却不能再见，不觉悲从中来。铁保还作《恒益亭同年诗文集序》云："读益亭之集，缅益亭之人，可以废然返矣。余与益亭交最久，知其生平最详，因弟阆峰萃遗集为述其毕生得力，如此至文之跌宕，诗之华赡，久学者所共赏。"[2] 这篇序文忆往昔十年情谊，对朋友的遗集传世表现出强烈的责任感，此番深厚情谊，感人至深。

此外，《恒中允益亭传》成为记载恒益亭最为详细的文章，为后世了解他的性格、品格、思想等方面留下了珍贵资料。全篇先写到两人之间的友谊缘起，并抓住中允"孤介"这一关键性格进行描写，介绍了他不依靠门人显贵，不依托夫人显赫出身的事迹。又写到年少时一起横槊赋诗时的场景，以及朋友溘然离世时的悲怆之景，表现出两人之间的真挚感情，以及铁保对益亭的欣赏之感。从这篇传记中，能够得知恒益亭具备以下特点：

性格孤介，疾恶如仇。益亭搬迁到僻陋的小巷中"家壁萧然"，靠每日教授学生课业作为生计。想寻找一人继承先人之事业，却因为家境贫寒而无法养活妻子。正是如此，益亭变得更为贫穷。他的性格耿直，结交了不少志同道合之人。侍郎的公亲曾经担任过会试总裁，那一年所得人才最多，大学士金坛、尚书都是他父亲受其门下，与定圃、周海山等成为同门，情谊深重。

淡泊名利，品格高雅。益亭的夫人是大学士温公的女儿，有许多家世显赫的亲戚，可是益亭却特意不与他们往来，以至于在他生活窘迫时也无亲戚周济。他越穷反而品格越高尚。喜欢诗歌，最喜爱六朝之作品，诗歌风格与唐代诗人中的李商隐相近。他还喜欢书小楷，模仿黄庭坚，得其神韵而不沿袭其外在，当时贤能之人没有能与他相比较的人。醉后，则喜欢泼墨如云，喜欢书狂草。恒益亭还擅长医术，时常给铁保的家眷治疗疾病。按照铁保的说法："先母辉赫太夫人，及如亭夫人、侧室马宜人，每有疾一药即愈。"[3] 可以了解恒益亭的

———————————

〔1〕（清）铁保．惟清斋全集．清代诗文集汇编第 432 册［M］．上海：上海古籍出版社，2010：520.

〔2〕（清）铁保．惟清斋全集．清代诗文集汇编第 432 册［M］．上海：上海古籍出版社，2010：442.

〔3〕（清）铁保．惟清斋全集．清代诗文集汇编第 432 册［M］．上海：上海古籍出版社，2010：437-438.

性格孤介，爱好书法，还精通医术，可谓个性鲜明。

铁保还说他与恒益亭是性命之交，"无三日不来，来必小酌"，足见交情之笃。铁保回忆他与恒益亭、甘道渊、刘虚白及弟阆峰一块到郊外纵情游玩，于烟霞之间寄怀歌咏的场景，只觉得天地之间的所有美景都是为他们而准备。恒益亭喜好发言，每次都能高谈阔论，气吞长虹，尤其对于二十一史的谈笑，总能倾倒众人。

总之，铁保对于恒益亭的欣赏主要源自三个方面，分别是：安贫乐道的品格；高雅孤介的性格；诗歌与书法的才华。铁保也是如此，对于物质生活的追求并不热衷；急公好义，不阿谀奉承；喜爱文学以及钻研书法。正是两人有共同的价值取向，才能成为挚友。

（二）铁保与甘道渊

甘道渊也是铁保一生中重要的朋友之一。关于两人交游的最早记录为乾隆四十二年一起游览山河、吟咏唱和，当时铁保二十七岁。

铁保所作《甘道渊传》，开篇即介绍他的基本情况："道渊，姓甘，名运源，号啸岩，又号十三山外史。道渊其字也，汉军巨族……思以科第继前业，屡试不中，遂侈然自放隐于诗酒。"[1] 甘道渊出身汉族名门望族，本来想建功立业，可是没能考中科举，只能选择纵情于诗酒之间。后文中又云："道渊性拘谨而疏慢，睥睨一切与人无可否援之。"可见他的性格拘谨，却保持着孤傲气质。又言其："性耽诗，能书画，旁及篆隶，八分诗学宋人，远追汉魏得其神，而不效其体。"充分肯定道渊的书法、绘画以及诗学才能。

值得注意的是，文章中提及上元节他们举办了一次诗文聚会。铁保尝与道渊、益亭上元作元宵联句，一百韵漏下得四十韵。道渊携归以六十韵卒之，典重博雅，传诵一时。从中看出他们在如此重要的节日共同作诗度过，既有意义又有趣味，表现出他们之间的志趣相投，也反映出他们之间的交情匪浅。

文中还提及甘道渊"口吃喜议论"，并详细记录了两人冬夜讨论史事的事情：

> 余谓古人做事有幸有不幸，张子房博浪一击，似匹夫市井所为，使不能助汉成帝业，又随赤松子游以避祸，亦不过于《侠客列传》内增一荆轲、聂政耳，又何能功名烜赫如此其盛也？道渊举狄梁公，受

---

[1] （清）铁保. 惟清斋全集. 清代诗文集汇编第432册 [M]. 上海：上海古籍出版社，2010：436.

武后封屈身女朝，虽一语挽九庙之失，其功甚伟。倘其时五王之兵不竞，敬业之檄空传，梁公能以只手复唐祚乎？两论默合，相视狂笑。道渊愈吃愈笑，愈笑愈吃，汗泪俱下，戟髯怒飞，座客俱为倾倒，其性情风致类如此。[1]

这个片段展示出铁保与道渊以"古人做事有幸有不幸"为题展开讨论。铁保认为张子房的行为与荆轲、聂政一样没有取得效果，不能成就霸业。甘道渊举了狄梁公的事迹来反驳铁保的观点。尽管两人对事物的看法会有不同，却能够通过不同思想的碰撞，产生乐趣，最后不在于争论高低对错，而是达到"默和相视狂笑"的状态，更见两人的情谊之深。

此外，铁保还写《怀甘道渊》二首，两首诗歌都表现出对于年已七十的友人甘道渊前往荒蛮之地的担忧以及不知何时才能见面的不舍。还作《与韩旭亭话甘道渊事次韵寄怀》，写秋天下着秋雨，铁保与韩旭亭说着过往，回想曾经游览祖国美好河山的场景，感慨多年为官之后发现朋友之间的情谊才最坚固，充满了友人惜别的悲叹之情。

又有《读甘道渊感怀人诗题赠》二首：

> 千古知心怨别离，玉京空有凤楼期。
> 怜才最爱甘风子，扰向人间说项斯。
> 话旧情浓酒一厄，天涯无处寄相思。
> 落花风细茶烟冷，肠断巴山夜雨时。[2]

铁保读了甘道渊的感怀诗，想到自己马上就要与他分离，心生不舍之感。一句"怜才最爱甘风子"，表现出对朋友的怜惜，"甘风子"的称谓，表现出铁保与甘道渊的交流随意无顾忌。第二首诗歌，则化用李商隐的《夜雨寄北》中"何当共剪西窗烛，却话巴山夜雨时"的意境，表现出对朋友的思念。

（三）铁保与刘虚白

刘虚白，名冠军，工于诗。与铁保、甘道渊、玉保均交好。乾隆

---

〔1〕（清）铁保．惟清斋全集．清代诗文集汇编第432册［M］．上海：上海古籍出版社，2010：436-437.

〔2〕（清）铁保．惟清斋全集．清代诗文集汇编第432册［M］．上海：上海古籍出版社，2010：548.

四十二年丁酉，铁保补吏部员外郎，他们一起进行诗文唱和，交情深厚。铁保云，"维时有甘道渊、刘虚白及弟阆峰，俱雄于诗"〔1〕，说明刘虚白也善于诗歌创作。

铁保撰《读乡前辈遗诗感赋十二首》之十一《刘冠军虚白》，对其进行点评：

> 老骥耻伏枥，悲鸣性不驯。青年推将种，白首作诗人。
> 幽与穷山水，奇踪托鬼神。此身真梦幻，鸿爪委缁尘。〔2〕

老去的千里马耻于伏食在马槽前面，哀鸣着始终不会被驯服。年轻的时候希望封侯作将，等到年老了纯粹成为一个诗人。幽静的山，无尽的水，身处其中，如梦如幻，人生在世追求的究竟是什么？往事留下的痕迹也只能留在尘世间。铁保以此写自己的朋友刘虚白，年轻时候具有建功立业的心态，等到年长之后，没能实现自己的梦想，也依旧保持着一份傲骨。从中可以看出，铁保与刘虚白之间必定时常进行交流，才能随时掌握其思想变化，将年轻与年老的理想进行对比。又有《怀旧十首》其五《刘虚白冠军》云：

> 萧骚华发对吴钩，白眼看人老不休。苦忆封侯输燕颔，伤心交友失龙头。维扬棹冷波涛息，燕市歌残草木秋。酾酒西郊徒怅望，暮门苦雨叫鹈鹕。〔3〕

从题目中"怀旧"二字，可以知道这首诗歌是铁保为了怀念友人所作。从诗中"华发""老"这些字眼，便能推测这首诗作于晚年。此时的铁保已经与刘虚白交契数十年，"苦忆""伤心""冷""残"，无论从嗅觉、感觉、视觉等多个角度出发，都给人一种萧索破败之感。为何诗人会有如此感受，只是因为回忆其曾经一起在西郊交游的场景，如今只能"徒怅望"，再回不去年轻时候的愉快生活。

---

〔1〕（清）铁保．惟清斋全集．清代诗文集汇编第 432 册 [M]．上海：上海古籍出版社，2010：437.

〔2〕（清）铁保．惟清斋全集．清代诗文集汇编第 432 册 [M]．上海：上海古籍出版社，2010：521.

〔3〕（清）铁保．惟清斋全集．清代诗文集汇编第 432 册 [M]．上海：上海古籍出版社，2010：535.

从铁保怀念刘虚白的两首诗歌中便可以知道，他们年少时就成为朋友，多年之间一直有联系。他们都热衷于诗歌创作，属于志同道合之良友。

（四）铁保与瑛梦禅

梦禅名瑛宝，满洲人，大学士永文公长子。年少时便喜爱读书，广博涉猎典籍名著。然而性格高洁，三十岁时便遂解粗归。

铁保撰写《瑛梦禅、庆似村合传》写到梦禅的性格、爱好、秉性：

> 冬一裘，夏一葛，不喜肥甘，疏食饮水。性喜画，尤善运指。酣时解衣磅礴，泼墨如云，每作奇想，不落古人窠臼。近时高则圆传凯亭外，无与比者。然性孤介，不多与人画，以故得者甚罕。素与刘文清公墉为文字交，刘书梦画，每每合作得者以为至宝，虽连城不易也。[1]

关于两人何时定交，只能从"与余论交时，年已五十余"一句中寻找线索，瑛梦禅初次与铁保见面时已经年过半百。从"冬一裘，夏一葛，不喜肥甘，疏食饮水"的描述中，可以看出他对于梦禅这种安于清贫的品质尤为赞许。两人相互交好，友谊已经超越五十余年。虽然梦禅已经白发飘飘，在铁保眼中还是一副老当益壮的模样。主要的原因，是梦禅能够保持自己内心的淡然，"不以荣落贫富动其心，不以功名奔走劳其形。俯仰之间，自得天趣"[2]。他们之间的结交，正是建立在对于书法、绘画的共同爱好之上，以及对于高贵品格的共同追求之上，属于精神层面上的知音知己，友谊愈久弥坚。

铁保还创作了诗歌《瑛梦禅指墨山水幛歌》，表现出对这位朋友的赞许，云：

> 天地奇气无所泻，名山大泽撑八垠。文人游戏拟造物，乃为山泽传其神。吾乡指墨数高传，衣钵授受相陶甄。谁其嗣者梦禅子，私淑二老标妍新。兴来解衣墨濡手，迳丈大幅恣染皴。指声墨彩震廊屋，怒龙哮虎谁能驯。勾勒盘折屈金铁，绾结映带抽经纶。遂令天地不传秘，万类鼓铸归鸿钧。庐山不能遁面目，沧海几欲随埃尘。胸中粉本

〔1〕（清）铁保．惟清斋全集．清代诗文集汇编第432册［M］．上海：上海古籍出版社，2010：436.

〔2〕（清）铁保．惟清斋全集．清代诗文集汇编第432册［M］．上海：上海古籍出版社，2010：436.

自结构，蹊径迥欲超前民。须臾满壁落风雨，千岩万壑争嶙峋。我生好书等好画，对君挥洒如效颦。真者在前气已馁，腕僵指涩缩不伸。安得长廊千楹作粉壁，卧游五岳同比邻。朝把洪崖暮碣石，章亥夸父空艰辛。与君同领书中趣，认取丹青身外身。[1]

铁保对瑛梦禅的绘画艺术进行赞美，也点明两人能够成为好友的基础就是有共同的艺术向往。另外，还有《题瑛梦禅小照》："天末裁诗日，披图喜见公。面庞增矍铄，心事托虚冲。不问今来去，都忘老病穷。故交零落尽，有梦到关东。"[2] 刻画友人见面的喜悦场景，也描摹出梦禅精神矍铄的状态。

另外还有两篇《题梦禅居士照》，也是铁保对梦禅的描写。其一为"青鞋布袜著黄冠，谁识前身是宰官。莫向维摩参妙谛，几人真个坐蒲团"[3]。其二为"偶然拈笔称词客，是处随缘作画师。慧业到头都忏尽，茶烟禅榻鬓丝丝"。从诗歌的题目就可以看出，梦禅是一位居士形象。第一首是用"青鞋、布袜、黄冠"来代表梦禅的隐士形象，这种穿着与之前的官宦身份相去甚远。通过书写人物外在体貌特征与身份地位之间的反差，可以表现出梦禅不以外界的评价为标准来指导自己的生活，正是特立独行心态的外在表现。梦禅认为参透佛法，不一定要通过出家的方式，坐在蒲团上才能完成，也说明心态能够决定结果，而非形式。第二首诗歌言主要表现出梦禅的才华出众，说他既是"词客"又是"画师"，勾勒出一位在家参禅领悟佛教真谛的居士形象。

（五）铁保与法式善

法式善（1753—1813），原名运昌，字开文，号时帆，又号梧门、诗龛、小西涯居士。蒙古族，内务府正黄旗人，是当时著名的学者、诗人与诗论家。法式善与铁保的关系亲密，结交友情数十载。

法式善与铁保初次相遇是在西华门僧寺读书时期[4]，依据是法式善《罗月轩诗集序》中自序："乾隆三十四五年间，余读书僧寺中……交冶亭，乃识为

〔1〕（清）铁保．惟清斋全集．清代诗文集汇编第 432 册［M］．上海：上海古籍出版社，2010：516.

〔2〕（清）铁保．惟清斋全集．清代诗文集汇编第 432 册［M］．上海：上海古籍出版社，2010：525.

〔3〕（清）铁保．惟清斋全集．清代诗文集汇编第 432 册［M］．上海：上海古籍出版社，2010：551.

〔4〕（清）李淑岩．法式善诗学活动研究［M］．哈尔滨：黑龙江大学出版社，2013：116.

阆峰作，遂得尽窥所著述。"〔1〕从他的描述中得知，二人于乾隆三十四年和乾隆三十五年就已经有所交流，当时两人同在一处学习。法式善结识铁保和玉保，一起品读诗书，交情甚笃。交谊二十年后，法式善还有诗作《补题冶亭、阆峰联床听雨图后》，诗中有云："忆我交二君，今已廿年矣。"又有法式善为铁保的诗集《梅庵诗钞》作序，此序文保存于《存素堂文集》中，文中点明他与铁保、玉保交契已经三十年。这几十年间，他们同在朝廷为官，时常有来往。铁保还作诗纪念两人之间的交情，有诗《冬日邀百菊溪、法时帆、文芝厓诸君子石经堂小集》，证明他们时常进行小聚：

> 岩风吹霜冰挂帘，白日键户思幽潜。佳客接踵探遐室，臭味与我同酸甜。浊醪数斗客大醉，盘飧不腆无伤廉。二红饭熟等儿戏，冬菘启瓮尝新醋。近窗寒气更凛冽，熏炉兽炭催人添。罗坐向火试白战，毛骨凄紧神则恬。腊月寒威偏天地，暖气未必先穷檐。此时馈粥不果腹，我辈余沥难同沾。况复人生异金石，故旧瞥眼身凋残。时泉已陈盆亭古，交情当日如胶粘。对此茫茫百端集，忍令短晷沉西崦。我歌未终客起舞，座右险韵看同拈。狂呼落拓越礼数，嬉笑怒骂皆针砭。酒酣炙砚记佳日，呵冻挥尽吴州缣。〔2〕

寒冷的冬天，铁保邀请百龄、法式善、文芝厓几位朋友于家中聚会，饮酒、品菜、聊天，无所顾忌，不用拘泥于礼数，可谓快意人生。铁保、法式善以及百龄，因为少有诗才，被称为"三才子"。他们之间自然会进行诗文唱答，事实上也是如此。比如，法式善于嘉庆九年写给时任山东巡抚的铁保《次冶亭中丞见怀韵》。又有嘉庆十一年，铁保调任为两江总督，法式善作《冶亭书来奉答二律》，赞美铁保心系国家安危的为官原则。

铁保也有与法式善唱和的作品存世，比如《次韵答时帆学士寓居滦阳僧舍》两首：

> 性僻依兰若，高吟万籁空。官闲僧舍外，诗冷宦途中。排闼山云

〔1〕（清）法式善．存素堂文续集．续修四库全书第 1476 册［M］．上海：上海古籍出版社，2002：737.

〔2〕（清）铁保．惟清斋全集．清代诗文集汇编第 432 册［M］．上海：上海古籍出版社，2010：512.

变，掀窗塞日红。清心通梵呗，吾道任西东。

独抱冰衔久，同来逆旅中。径荒疑拒客，马病怯嘶风。老屋枯灯暗，危墙穴鼠空。夜深怀旧雨，山月照迷蒙。[1]

上述两首诗歌都作于早年求学期间，作于滦阳一个僧舍中。以此可见两人在僧舍之中交流，成为见证友谊的代表作。又如《次时帆学士韵》三首：

滦阳栖旧馆，风景未全殊。云海屯阴密，诗天抱影孤。街坳千涧落，树远一蝉无。忽忆巴山夜，关河梦与俱。

我有高堂病，偏当行役时。家书疑塞雁，归梦卜灵蓍。艺圃期频谢，欢场到每迟。思亲复怀友，苦语酿真诗。

载趁南交役，来宾驿路长。情真天亦动，恩重愿能尝。快睹亲颜霁，忻调药裹香。衰迟得颐养，覆载识难忘。[2]

这些诗歌是铁保告假归省途中所写，诗句中透露出当时铁保的母亲病重，自己远离家乡的亲人，对家人以及朋友的思念。第一首是看到自己与法式善曾经学习过的滦阳旧馆已经改变了过去的面貌，触景生情，引发对朋友的不尽思念之感。第二首写到自己的母亲病重，可是自己却在外地，连家书也难以寄出，希望卦象中显示的是能够归家的愿望。此时思亲与怀友的心情都一同涌上心头，只有体会到其中的苦楚，才能将这种情感用诗歌表达出来。第三首是写回家路远，希望自己的真情能够感动上天，能够回报母亲的恩情，可以亲自侍奉汤药，让母亲颐养天年。这几首是向朋友诉说自己内心最真实的心愿，是一种只有朋友之间才会进行的最真诚与亲密的对话。

铁保与法式善能够成为挚友，是基于两人共同的艺术追求。法式善对铁保的书法艺术赞不绝口，作《惟清斋石墨跋》称"冶亭尚书翰墨，北方学者久奉为楷模"。又作《题交游尺牍后·铁冶亭尚书》记载"江湖客至搜君书，辨别正赝时烦余"，别人求得铁保墨宝需要法式善来甄别真伪，可见他们之间的友谊已经为世人所知。后来，铁保被发配到新疆，法式善作诗《病中杂忆》，回想曾经一起围坐谈论诗歌，研讨书法的过往。得知铁保归京的消息，又作《闻铁冶

〔1〕（清）铁保．惟清斋全集．清代诗文集汇编第 432 册［M］．上海：上海古籍出版社，2010：522.

〔2〕（清）铁保．惟清斋全集．清代诗文集汇编第 432 册［M］．上海：上海古籍出版社，2010：522.

亭将自西域抵京豫作是诗》《喜笪绳斋将偕冶亭至》等诗歌,难以抑制喜悦之情。

三、铁保师徒间的交谊

铁保曾经多次担任乡试、会试考官,门生数不胜数。铁保对于门生十分看重,其核心思想就是对于人才之器重。从铁保《偕及门诸子游棲霞喜成绝句》一诗:"栖霞山上白云横,云影山光递送迎。今日从游忘主客,新门生闲旧门生。"[1]中看到国家拥有众多优秀人才,如此情景,自然心生喜悦。他的门生数量之众,不能一一列举,选取其中与铁保交流最多的门生作为代表进行介绍。

(一)铁保与阮元

阮元(1764—1849),字伯元,号芸台,江苏仪征人。乾隆五十四年(1789)进士,官体仁阁大学士,加太傅衔,卒后谥文达。《清史稿》列传一百五十一有传。

铁保将为国家选拔优秀人才视为己任,唯才是举。《梅庵自编年谱》中保存了一段文字:"乾隆五十四年,余与管松崖阁学副之王公数典会试,深以各房荐卷不足,尽凭欲细搜落卷,以拔真才。余与管公同事搜罗,无一卷不经主司之目,榜发多知名士。不数年,那彦成、阮元、刘凤诰、刘镮之、荣麟、钱楷、胡长龄、李钧简、汪兹畹、汪廷珍,或擢部堂,或应督抚。会试得人之盛,无逾此科。"[2]阮元处于中试者之列,至此成为铁保门生之一。铁保典试山东时,还有一首诗赠予阮元,名为《戏赠阮学使伯元》,诗为:

> 六千髦士汇群英,半是宗师作养成。我向齐州悬玉尺,门生门下申门生。[3]

赞叹当时得人之盛,表现出对人才的爱惜之情。此外,还作《次及门阮中丞寄怀元韵》四首,与阮元进行唱和。

嘉庆十年时,阮元为铁保的《梅庵诗钞》作序。从体制、风格、内涵等多

---

〔1〕 (清)铁保.惟清斋全集.清代诗文集汇编第432册[M].上海:上海古籍出版社,2010:551.

〔2〕 (清)铁保.惟清斋全集.清代诗文集汇编第432册[M].上海:上海古籍出版社,2010:361.

〔3〕 (清)铁保.惟清斋全集.清代诗文集汇编第432册[M].上海:上海古籍出版社,2010:551.

个方面进行描述，言恩师作品"吐纳珠玉之音，卷舒风云之气"〔1〕。道光二年，阮元作《梅庵全集序》云："出《自编年谱》及诗文全集授元读之。"撰写此篇文章时，两人已经认识三十四年。阮元从铁保的德谊、政绩、文章、性情、经历等各个方面作出总结以及评价，崇拜之情溢于言表。

铁保作《梅庵诗钞》序，其中提及："甲寅余与试山左馆阮阁学伯元，方以宫詹视学，其弟索观稿本，竟留付样，伯元调两浙续索近作，并锓之伯元，笃于师友。"〔2〕说明铁保创作的作品，伯元都会及时阅读，师生之间经常会对作品进行探讨。

（二）铁保与笪立枢

笪立枢，号绳斋，句容人，重光公裔孙，以教习授知县。善作山水画，〔3〕其高者得宋元人气骨。他的家世贫寒，乾隆后期成为生员后，用教书收入赡养父母，并将土地让给兄长。〔4〕

笪立枢乾隆五十七年（1792）八月考中举人，成为候补官员。铁保正是江南乡试正考官，因此成为铁保门生。他将对铁保的崇拜之情付诸行动，最令人叹服的就是跟随铁保前往西域。

铁保的诗歌《戏题及门笪绳斋山水障子》，先写"读书万卷破天根，况复从游到塞垣"〔5〕。讲述了笪立枢跟随自己前往塞外之事，只言片语中流露出感动。又写"收拾山川奇气足，玉门关外画昆仑"。用一种豪迈的笔调，书写未来将要面对的关外生活，表现出乐观积极的心态。

笪立枢成为铁保在西域最为密切的人，时刻都知道对方的动向。比如，铁保《卜说》中提及："及门笪绳斋读书之暇，殚心于河洛之学，昏夜一灯冥搜罔懈。"随时关注弟子所读之书，所想之事。文中还记录了两人之间关于"卜"的讨论：

绳斋曰："然则先生何以卜？"而友人必婉转其词，以广余意，十

〔1〕（清）铁保．惟清斋全集．清代诗文集汇编第 432 册［M］．上海：上海古籍出版社，2010：452.
〔2〕（清）铁保．惟清斋全集．清代诗文集汇编第 432 册［M］．上海：上海古籍出版社，2010：486.
〔3〕何光岳．中华姓氏源流史［M］．长沙：湖南教育出版社，2003：689.
〔4〕张仲礼．中国绅士的收入［M］．费成康，王寅通，译．上海：上海社会科学院出版社，2001：267.
〔5〕（清）铁保．惟清斋全集．清代诗文集汇编第 432 册［M］．上海：上海古籍出版社，2010：560.

卜九吉。余第存其说，亦不问其验否。此则余之所为卜也。绳斋废书而起，相视莫逆瞿然曰："吾知所以卜矣。"作卜说。[1]

正是由于笪立枢首先提出问题，铁保作出相应的解读，由此引发思考，从而创作了一篇名为《卜说》的文章。

笪立枢时常受到铁保的教诲，嘉庆十三年撰《梅庵年谱》跋曰：

受业笪立枢，谨案：公素喜书，与及门言："名书如名士，如美人，必容貌、气骨、精神、脉络，色色完备，始争上流。近日，丰者无骨，瘦者不腴；气魄胜者，剑拔弩张；风韵胜者，柔姿媚态，皆非书家正格。"吾知之，愧未能也。公书碑版，大楷真得颜法，草书学怀素，及十七帖、书谱。[2]

从这些文字中可以看出，铁保从容貌、气骨、精神、脉络等多个方面来总结"名书如名士"，更指出当时出现的一些书法作品"丰者无骨，瘦者不腴；气魄胜者，剑拔弩张；风韵胜者，柔姿媚态"，这些都不是"书家正格"。正是聆听了铁保的教诲，笪立枢才刻苦钻研书法，技艺大有长进。

最令人叹服的还是笪立枢跟随铁保前往西域之事，对于此事铁保有云：

嘉庆十四年，笪孝廉立枢廉静专一之士也。性笃师友为余壬子典江南所得士。时再幕襄理笔札，见余年老远行，无亲丁随往，毅然同余赴戍。[3]

铁保晚年遭遇贬谪，没有亲丁伴随前行，笪立枢不忍业师遭受孤独折磨，主动与师前往。此等尊师重道之行为，深深感动了铁保。师生之间的情谊如此，确属难得。

此外，还记载了两人前往西域之后日常的生活：

〔1〕（清）铁保. 惟清斋全集. 清代诗文集汇编第 432 册［M］. 上海：上海古籍出版社，2010：457.

〔2〕（清）铁保. 惟清斋全集. 清代诗文集汇编第 432 册［M］. 上海：上海古籍出版社，2010：384.

〔3〕（清）铁保. 惟清斋全集. 清代诗文集汇编第 432 册［M］. 上海：上海古籍出版社，2010：386.

偶仿放翁作小诗数首，与笪生相唱酬，亦不求工，适意而已。[1]

笪立枢的行动给予铁保的不仅仅是陪伴，还带来生活的趣味。对于热爱诗文创作的铁保而言，在远离亲友的地方，有人能够与他进行心灵上的交流，是十分重要的安慰。两人亦师亦友，通过吟诗作对来排遣贬谪生活的无奈之感，也颇有意趣。

究竟是什么原因让笪立枢主动请缨陪同铁保前往西域？从笪立枢的《玉门诗钞跋》中可以找到答案：

先生论诗以"真意"为宗，旧刻《梅庵诗钞》六卷，传遍海内。
近作另辟一格，情随事迁，亦自写其真境而已。[2]

这篇序文，笪立枢写到了铁保的诗学观念是以"真意"为宗旨，又写到先生在为官时为了国家社稷考量。铁保用自嘲的方式，谈自己如今齿危目昏的状态，仍然不敢称为老。贬谪西域之后，生活并不繁忙，不如权当作休息，这种观念无不代表着铁保的豁达性格。笪立枢总结了铁保四十几年来，为了国计民生所付出的辛劳。字里行间承载的是对铁保诗学观念的肯定，为官做人的佩服。这就能够让人充分理解，他对铁保崇拜不已，以至跟随铁保前往西域。

（三）铁保与汪廷珍

汪廷珍（1757—1827），字瑟庵，江苏山阳人。乾隆五十四年一甲二名进士，授编修，官至礼部尚书，协办大学士，加太子太保，赠太子太师。谥文端。有《实事求是斋诗文集》存世。《清史稿》有传。廷珍少孤，母程抚养长大。家道中落，致力于学习，十年之后才中乡试。

铁保担任乾隆五十四年的考官时，汪廷珍中进士，自此两人成为师徒。

嘉庆十八年（1813）四月，铁保作《礼部师弟一堂同官记》，极赞各门生弟子一同共事之盛况：

保以吏部左侍郎擢礼部尚书。时汉尚书为王春甫先生，先生名懿

〔1〕（清）铁保. 惟清斋全集. 清代诗文集汇编第 432 册［M］. 上海：上海古籍出版社，2010：386.

〔2〕（清）铁保. 惟清斋全集. 清代诗文集汇编第 432 册［M］. 上海：上海古籍出版社，2010：570.

修，青阳人……保壬辰会试出春甫先生门下，而煦斋诸君，又保己酉癸丑戊午春秋典试所得士也。[1]

铁保当时擢升为礼部尚书，壬辰年会试恩师王春甫则为汉尚书。文中提及朝廷中左右侍郎英和、胡长龄、秀堃、汪廷珍四先生，俱出自冶亭门下。如此形成礼部师徒一同为官之状，表现出自豪与欣喜之感。身为考官，能够得此良才，铁保表现出发自内心的欣喜。他珍爱人才，并且与他们保持良好的关系，许多门人愿意为他的诗集刊刻出力。许多门人还为他的诗集作序跋，赞颂他的美德与成就。比如，

道光二年，汪廷珍为《梅庵全集》作序。序中言：

古今不朽之业有三，曰：立德、立功、立言，三者道本一原，而才难兼擅言，虽较德功为末，然考在昔名。[2]

汪廷珍遍述铁保一生之行迹，早年步入仕途之后，一直致力于文学创作，为官之后由京城到地方，历试艰巨，出入中外凡数十年。于案牍未尝一日以息，其于词翰宛若不暇为者。汪廷珍从不朽之业的三个方面来赞美铁保的德、功、言，表现出他对于座师的崇拜。汪廷珍一生都感念师恩，铁保去世之后，撰写《梅庵先生墓志铭》以念旧恩。

此外，他还有英和、魏成宪、冯元锡、徐端、吴骞、金湘等诸多门生，都曾经为铁保的诗文集作序或跋，说明他们一直都有联系，随时关注这位人生导师的动向。

第四节　铁保著述考述

铁保作为满洲文学的代表人物，活跃文坛几十年，著作颇丰。独立完成的著作有《惟清斋诗文集》《梅庵诗钞》《玉门诗钞》《淮西小草》等，其中《惟清斋全集》为他一生著述之精华，他一生最具代表性的诗文作品都收录其中。

---

〔1〕（清）铁保. 惟清斋全集. 清代诗文集汇编第432册［M］. 上海：上海古籍出版社，2010：451.

〔2〕（清）铁保. 惟清斋全集. 清代诗文集汇编第432册［M］. 上海：上海古籍出版社，2010：349.

铁保不仅是一位创作者，同时他也是一位整理者，经他之手整理过的书籍数量众多，其中有《八旗通志》《白山诗介》以及《熙朝雅颂集》。

一、铁保诗文集考述

铁保一生"性嗜诗"，他创作的作品中大部分是诗歌，主要有两部诗集，一部诗文总集，《梅庵文钞》六卷，《梅庵诗钞》五卷，《玉门诗钞》二卷，《淮西小草》一卷以及《惟清斋全集》十九卷，其中前三部诗文集编入了他的诗文总集当中。本文主要考述《梅庵诗钞》《玉门诗钞》和《惟清斋全集》的版本情况。

（一）《梅庵诗钞》版本考述

铁保诗集《梅庵诗钞》的版本一共有三种：其一是乾隆五十九年（1794），阮元刊刻《梅庵诗钞》五卷；其二是嘉庆十年（1805），徐端校刊的《重订梅庵诗钞》五卷；其三是清代张友松抄本。

1. 初刻《梅庵诗钞》编辑刊行情况

关于这部诗集第一次刊刻情况，铁保有《梅庵诗钞序》进行说明：

> 于以验少时之性情，证中年之得失，励晚节之操舍，所关甚重，非徒较章句短长，自附于文人之末也。诗四卷起丙戌十五岁，讫癸丑四十二岁。应制诗一卷，则多属近作云。

铁保编制《梅庵诗钞》篇幅一共五卷，其中前四卷是十五岁到四十二岁的作品，还有一卷应制诗则是刊刻《梅庵诗钞》时的近作。序文中还概括了这部诗歌集的主要内容，云：

> 且诗以述事，纪君恩，缅祖德，申屺岵之思，写棠棣之乐，笃室家之爱，联友朋之情，推之山水奇纵，风云变态，鸟兽草木，托兴适怀，诗存则境存。[1]

由此可知，铁保的诗歌主要包括叙事诗、抒情诗、写景诗、抒怀诗几种类别，说明诗歌内容与他的日常生活密切相关，这也从侧面反映出他所倡导的

---

〔1〕（清）铁保. 惟清斋全集. 清代诗文集汇编第 432 册［M］. 上海：上海古籍出版社，2010：443.

"诗存则境存"的诗歌创作观。

这部诗集的刊刻者是阮元，他多次向铁保索要诗稿，依据就是诗钞序文，铁保自序提及：

> 甲寅，余典试山左，值阮阁学伯元方以宫詹视学其地，索观稿本，竟留付梓。伯元调两浙，续索近作，并锓之。[1]

甲寅即乾隆五十九年，当时铁保正在山东担任考官，阮元多次向他索要书稿，并且表达想将书稿刊刻成集的想法。最终于乙卯秋，即乾隆六十年，刊刻成《梅庵诗钞》。

2.《续刻梅庵诗钞》编辑刊行情况

铁保再次刊刻《梅庵诗钞》是嘉庆十年。他作《续刻梅庵诗钞序》，说明刊刻的起因以及目的，文中言：

> 余年来宦况奔驰或兼尹留都，或视漕淮上，不能专心于声律之学。然积习难除吟情未减，偶有所作聊纪岁时，及门陈耳庵、张百亭请续刻，遂以付梓并述学诗之旨，与耳庵诸君交相勤勉云。[2]

由序中可知，铁保仕宦地方时，常年奔波劳累，公务繁忙，不能专心创作。但是，他仍旧对创作诗歌保持热情，偶尔也会于闲暇时期进行创作。此时，门人陈耳庵、张百亭向铁保提出请求，于是他又将近作与前作一同进行整理，将诗集再次刊行。

根据金相作《梅庵诗钞跋》，可知这部诗集的刊刻者是徐端，刊刻时间是嘉庆十年：

> 梅庵夫子以诗名天下，浙中丞阮芸台先生，尝刊以行之。既为艺苑矜式矣。甲子冬，夫子自编其所作，又得五卷。[3]

---

[1]（清）铁保．惟清斋全集．清代诗文集汇编第432册［M］．上海：上海古籍出版社，2010：486.

[2]（清）铁保．惟清斋全集．清代诗文集汇编第432册［M］．上海：上海古籍出版社，2010：444.

[3]（清）铁保．惟清斋全集．清代诗文集汇编第432册［M］．上海：上海古籍出版社，2010：554.

嘉庆甲子年（1804）冬，由铁保自编。此时，铁保将诗歌交给门人阅读之后作序与跋，诗集的刊刻时间是嘉庆乙丑年（1805）。

3. 清代张友松抄本

此次刊定是以阮元、徐端刊刻的诗钞为底本。增删了一些内容。

（二）《玉门诗钞》版本考述

铁保的《玉门诗钞》共两卷，是铁保在西域时所作，由笪立枢于嘉庆壬申年（1812）冬，进行编次而成。

关于这部诗集的刊刻情况，庆格有《玉门诗钞跋》作详细说明，文章中说：

> 余闲寄情歌咏，著《玉门诗钞》二卷。经济识力以及忠爱慈惠之诚，于是乎在非如昔人塞下诸曲，仅备铙歌一体也。时余以先生旧属协赞徐宁间，亦勉相唱酬，以志同声之应。壬申冬，先生以稍窄还朝，余亦拜直臬恩。命既归，请其稿为付剞劂。〔1〕

从这则跋中，可见《玉门诗钞》是铁保在贬谪西域期间，于闲适时寄情歌咏所作。从中还可推测出庆格是这部诗钞的刊刻者。此外，笪立枢也为这部诗集作跋，说明创作时间以及主要内容，文中言：

> 《玉门诗钞》先生于役轮台及总制西域之作也。时枢负笈从游，受命编次。先生自记以老自嘲，枢窃谓："先生总督两江时，筹海防河心力交瘁，齿危目昏不敢言老。"今以边陲务简，泛可小憩。齿之摇者复坚，目之昏者复明，裁决庶务，敏速周至，胜少年十倍。〔2〕

笪立枢为铁保门人，对他的了解最深，《玉门诗钞》由他进行编次。文中讲述师徒二人的对话，铁保常常以"老"自嘲，笪立枢则认为他比之前担任两江总督时裁决事务更果断敏捷。《玉门诗钞》这部诗集作于铁保贬谪时期，鲜有哀怨之气，与笪立枢所言相符。

（三）《惟清斋全集》版本考述

铁保一生著述之精华，标题取自书室名，曰《惟清斋全集》，共十九卷。由

---

〔1〕（清）铁保. 惟清斋全集. 清代诗文集汇编第432册［M］. 上海：上海古籍出版社，2010：570.

〔2〕（清）铁保. 惟清斋全集. 清代诗文集汇编第432册［M］. 上海：上海古籍出版社，2010：571.

铁保晚年编订，于道光二年（1822）刻成。

根据阮元《梅庵全集序》的记载，铁保以年近七十的年龄，仍笔耕不辍，将自己毕生所作之精华进行整理，文中有云：

> 今上御极眷念耆旧，方欲响用公时，患目疾，以年跻七旬，鉴大夫悬车之义，因乞致事。恩旨优允晋爵，家居乐志，颐和儵然林下道取，自著年谱，并前后所作赋、序、传、记、杂说诸篇及旧刻诗钞，附以诗余，厘为六卷，题曰：《惟清斋全集》。[1]

汪廷珍作《梅庵全集序》，介绍这部诗集的主要内容，包括："年谱二卷，其所著文字，为奏疏二卷、文集六卷、应制诗一卷、梅庵诗钞五卷、玉门诗钞二卷、附诗余一卷，付之剞劂。"[2]可谓内容丰富，体制博大。铁保《惟清斋全集》成为研究其人其文的重要资料，他一生的主要文学作品都收录于此，可谓诸体皆备。

二、铁保编纂典籍述略

（一）重新修订《八旗通志》

在雍正皇帝时，就提出编订关于八旗弟子的志书。具体时间为雍正五年（1727）十一月初八，《清世宗宪皇帝实录》中记载：

> 今各省皆有志书，惟八旗未经记载。我朝立制，满洲、蒙古、汉军俱隶八旗。每旗自都统、副都统、参领、佐领，下逮领催、闲散人，体统则尊卑相承，形势则臂指相使。规模宏远，条理精密，超越前古，岂可无纪述其盛？况其间伟人辈出，树宏勋而建茂绩。与夫忠臣孝子、义夫节妇，潜德幽光，足为人伦之表范者，不可胜数。若不为之采摭荟萃，何以昭示无穷？朕意欲论述编次，汇成八旗志书。[3]

此道谕旨中，指明清代八旗志书编订的价值在于体现八旗之尊卑体统，记

〔1〕（清）铁保．惟清斋全集．清代诗文集汇编第 432 册［M］．上海：上海古籍出版社，2010：355.

〔2〕（清）铁保．惟清斋全集．清代诗文集汇编第 432 册［M］．上海：上海古籍出版社，2010：349.

〔3〕（清）官修．清世宗宪皇帝实录［M］．北京：中华书局，1986：267.

载八旗盛况，对后世起到垂范作用。正是出于这种政治需求，雍正帝命鄂尔泰主持编撰《八旗通志初集》，直到乾隆四年才得以完成。

乾隆三十八年，趁着编撰《四库全书》之时，又将修订《八旗通志》提上议程，高宗仍然将八旗放置于重要位置，颁布谕旨称："八旗为国家之根本，凡教养之处，联无时不系于怀。著各旗都、副都统等悉心筹划。"[1] 乾隆五十一年，高宗御览修订后《八旗通志》，指出这部书中存在的不足之处，一是《忠烈传》中缺乏乾隆年间的恩恤政策。二是关于人名与地名的记录，缺乏加案注释，处理方式不够严谨。三是修改力度不足，仍有些内容不够详细。

为了解决上述存在的问题，乾隆五十九年又将书重新修订，由铁保担任修订书籍的总裁。直至嘉庆年间成书，共成三百五十六卷，计五百万字左右，成为研究清代前期清王朝政治、军事、经济、文化、外交和东北各民族史事的重要参考书。铁保致力于搜集满洲蒙古汉军遗集，留心文献，广泛收集，为保存八旗满洲、八旗蒙古以及八旗汉军各个方面的资料作出重大贡献。

（二）编纂《白山诗介》

《白山诗介》是一部八旗诗歌集，为研究清朝八旗满洲、蒙古、汉军的历史及社会生活提供了珍贵的资料。康熙五十九年，铁保在担任《八旗通志》修订总裁时期尝编辑八旗满洲蒙古汉军遗集。嘉庆五年，终于成《白山诗介》。

1. 成书过程

关于这部诗歌总集的编纂过程，主要经历了两个阶段。

首先，铁保汇集八旗人诗歌二百余家编成《大东景运集》。对于这部诗集的由来，法式善记载道：

> 铁冶亭漕督向藏《长白诗存》《诗钞》二书，后奉命辑《八旗通志》，又得递钞八旗人诗，合旧存得二百余家，题白《大东景运集》。[2]

法式善是铁保的好友，他对于《白山诗介》的成书过程了然于心。他提及的铁保所收藏书的诗集是卓奇图的《白山诗存》与伊福纳《诗钞》[3]。又提及《白山诗介》的搜集时间与《八旗通志》的修订时间一致，即乾隆五十九年。

---

〔1〕（清）铁保. 钦定八旗通志［M］. 长春：吉林文史出版社，2002：240.

〔2〕（清）法式善. 陶庐杂录卷三第七十八则［M］. 北京：中华书局，1995：91.

〔3〕 李杨. 八旗诗歌史［D］. 杭州：浙江大学，2014：230.

最初共搜诗家二百余家，成《大东景运集》。

其次，法式善又增加八十余人，并作小传，成《白山诗介》。法式善在诗歌之后加小传，并且加入诗歌的源流以及梗概。通过这样的编次，就增加了诗集的文献价值。对此，铁保在《白山诗介》序中言：

> 余性嗜诗，尝编辑八旗满洲、蒙古、汉军诸遗集，上溯崇德二百
> 年间，得作者百八十余人，古近体诗五十余卷，欲效《山左诗钞》《金
> 华诗萃》诸刻，为《大东诸家诗选》，卷帙繁富，卒业为难。兹撮其精
> 粹脍炙人口者，为分体一编，以供同好。质之翁覃溪、纪晓岚、彭云
> 檐、陆耳山诸先生，咸谓有裨风雅，亟宜付梓，遂颜其集曰《白山诗
> 介》。[1]

铁保的上述说法与法式善的说法一致。他是因为喜爱诗歌，因此想将八旗满洲、蒙古以及汉军的遗集汇为一集。事实上，铁保编纂八旗诗集的目的并非只是出于"性嗜诗"那么简单，而是对于满族诗歌搜集有天然的使命感，希望通过自己的努力为保存优秀的文学作品作出贡献。

2. 编纂原因

考察铁保编纂《白山诗介》的原因，从他的自序中便能了解：

> 及观诸先辈所为诗，雄伟瑰琦，汪洋浩瀚，则又长白、混同磅礴
> 郁积之余气巧结成者也。余尝谓：读古诗不如读今诗，读今诗不如读
> 乡先生诗。里井与余同，风俗与余同，饮食起居与余同，气息易通，
> 瓣香可接。其引人入胜，较汉魏六朝为尤捷，此物此志也。以所收不
> 广，不足概全，集约之又约也。读是集者，怀前辈典型战伐之余，不
> 废歌咏；从政之暇，抒写性情，不必沾沾于章句，而自有卓荦不可磨
> 灭之气，流露天壤，可以兴，可以观，争自策励。[2]

通过上文中的说法，可以总结出编辑此书的原因是铁保欣赏八旗先辈所作的诗歌，推崇"雄伟瑰琦，汪洋浩瀚"的豪放诗风。他认为今诗中的同乡诗歌

---

[1] （清）铁保撰．杨钟羲辑．李亚超校注．白山诗词．白山诗介 [M]．长春：吉林文史出版社，1991：1.

[2] （清）铁保撰．杨钟羲辑．李亚超校注．白山诗词．白山诗介 [M]．长春：吉林文史出版社，1991：1.

中这种豪放诗歌风格表现最为突出，为此他将这部诗歌总集进行精简之后才与人传阅。他在文中还提到这部诗歌集的意义在于"可以兴，可以观，争自策励"。这种观点与孔子提出的诗可以"兴观群怨"的说法一致。实际上，铁保是一个极具民族自豪感的满族诗人，当时已经存在以地名作为诗集名称的作品，但是却没有以"白山"作为标题的诗集。对此他始终耿耿于怀，曾言"本朝满洲、蒙古、汉军，既系从龙之彦，更生首善之区，名作入林，岂容缺略"，[1]于是开始编纂这部诗文集。铁保早在康熙六十年就开始搜集八旗文人的诗歌，通过不懈努力，终于完成这部蔚为大观的诗集。

3. 编纂意义

铁保编辑《白山诗介》的意义重大。主要包括以下几个方面。

学术价值。铁保所辑《白山诗介》是东北最早的一部地方诗选集，所辑录的满洲、蒙古、汉军诗人凡一百四十二位，其中有闺秀八人。大部分诗人是当时东北的地方官员，有些诗人是鲜为人知的，至今未见各家汇编成书。铁保将他们的诗歌汇成一集，对于进行相关学术研究有很好的借鉴作用。

文献价值。《白山诗介》的版本是嘉庆六年（1801）铁保自刻本，传世极为稀少。《白山诗介》全书四册，编为十卷，共辑诗六百七十六首，卷前有嘉庆五年（1800）铁保自序，首页上端刻有"嘉庆辛酉孟春镌"，纸张略有微黄，虽有近二百年历史，但字迹清晰工整，笔墨尚好，每页十行，每行二十二字，白口、四周双边，有"袁金铠印"白方印和"洁珊"朱方印，的确是不可多得的佳品。对于后人进行文献研究，提供了原始材料。

文学价值。《白山诗介》按诗的体裁分卷，卷一为古乐府诗，卷二为五言古诗，卷三为七言古诗，卷四、卷五为五言律诗，卷六、卷七为七言律诗，卷八为五言排律，卷九为五言绝句，卷十为七言绝句。卷前有凡例十四则，为了使读者更好地了解和利用这一部宝贵的资料爵里姓氏，姓氏下均附小传。里面保存的大量诗歌作品，能够为后人展示出他们的特色，对这些诗歌进行文学研究即凸显出诗歌的文学研究价值。

〔1〕（清）铁保撰，杨钟羲辑，李亚超校注. 白山诗词. 白山诗介〔M〕. 长春：吉林文史出版社，1991：2.

（三）主持编纂《熙朝雅颂集》

铁保极具民族情感和文化眼光，[1] 对于弘扬中华文化作出了重要贡献，其中最大的功绩就是主持编纂了最大的八旗诗歌总集《熙朝雅颂集》。他在《选刻八旗诗集序》（集成赐名熙朝雅颂集）中，明确说明他编纂这部诗歌集的起因、过程以及体制。

1. 编纂缘起

铁保认为自从建立清朝以来，国家逐渐繁荣，文学方面也取得丰硕成果，已经超越了明代。他用极其自豪的口吻，向世人展示出当时人才之兴盛局面。对此他在《选刻八旗诗集序》中言：

> 本朝自定鼎以来，文教之兴，超越前代，开国之初，达海、巴克什、范文程等创为国书，转注协声，成一代文字。其时人才代兴，如：敬一主人、鄂貌图、卞三元，于天聪崇德年间，究心词翰，开诗律先声，厥后源远流长，一倡百和。如：高章之、梦午堂、塞晓亭、李铁君、瑛梦堂、韩潮、苏海、宋艳班香，近法三唐，远追两汉，不愧燕许手笔。又有辽东三老农、曹七子，标新立异，叠出不穷，诗学之兴至此大备，猗欤盛哉。[2]

铁保列举了清代开国以来的一些诗词作家，分析他们的创作特点，并且得出"诗学之兴至此大备"的结论。他为了总结这些人的诗歌成果，立志整理以后进行刊行。

2. 编纂过程

铁保在序中说到自己编纂《熙朝雅颂集》的过程，从着手搜集各种诗集，到刊刻出版，一共耗费十年时间，足见他搜集资料之艰辛，当然还有更深层次的政治原因。《选刻八旗诗集》序中言：

> 近时伊肩吾、卓悟庵，俱有《白山诗钞》选本，卷帙浩繁，未能卒业。余十年前即有志编辑，欲广二子之书，集诸家之成，自惭未学，操选为难，因循未果。乾隆甲寅乙卯间，余奉恩命同纪晓岚宗伯充绩

〔1〕 关纪新. 清代满族文学家铁保素描 [J]. 大理学院学报，2011（11）：19.

〔2〕 （清）铁保. 惟清斋全集. 清代诗文集汇编第 432 册 [M]. 上海：上海古籍出版社，2010：441.

纂《八旗通志》总裁，编采遗书，汇入艺文志。又限于体例止列书目，不能采诗，因欲就搜罗各集，汇为一书。附通志以行，力半功倍，庶不负国家振兴文教，嘉惠士林之意。此八旗诗集一书，所以迟之十年而后成，非偶然也。[1]

铁保遍述了他从产生编纂想法，到付诸行动，再到成书这一漫长的过程。首先，他对伊肩吾、卓悟庵所辑的《白山诗钞》未能完成表示遗憾，因此产生对这些选本进行扩展，继续完成诗集搜集工作的想法。其次，序中言他于"乾隆甲寅乙卯间"，即1974年到1975年，修订《八旗通志》的同时，着手搜集八旗诗集。最后，嘉庆九年（1804）他将这部八旗诗歌总集进呈给嘉庆皇帝御览，书就成为定本。此书比他预计的晚十年才得以完成，编辑难度极大。当时的诗歌正处于待整理阶段，大部分搜集到的诗集多半属于抄本，尚未刊刻。而且有的诗歌已经散佚，只留下题目而找不到原文。这些诗歌在流传的过程中，经过了众多人的改编，原本难以搜集。铁保公务繁忙，单凭一己之力难以将这部规模博大的诗集付梓刊刻，由最初的抄本到《八旗诗》的初具规模需要其他学者共同参与完成，可以明确诗歌收集与整理过程中的艰辛，经过众人之手，不断进行校对才能形成体系，并且效仿前人之诗集进行体例编排，目的在于保存史料，以成大观。

从铁保的序文中，可以得知这部诗集晚出十年的原因。实际上更深层次的原因，他却没有揭露，只是避重就轻地言及编纂过程的不易。铁保着手搜集诗歌是在乾隆朝，而刊刻出版时已经是嘉庆朝，这之间经历了新旧皇帝的变化。《熙朝雅颂集》中不仅收录了一些为乾隆皇帝所恶作者的诗章，而且它亦与雍正、乾隆以来的文化政策不相合。[2]

铁保为了避免受到"文字狱"，不会将这部诗集进呈给乾隆皇帝，而是选择十年之后进呈给嘉庆皇帝御览。

3. 编纂体例

《熙朝雅颂集》可以称之为八旗诗歌的集大成者，全书汇集了天潢宗派到布衣绅士，甚至还有闺阁女子之诗，一共两百人，四十卷。此时还没有将诗集编订完备。

---

〔1〕（清）铁保. 惟清斋全集. 清代诗文集汇编第432册［M］. 上海：上海古籍出版社，2010：442.
〔2〕 王学泰.《钦定熙朝雅颂集》和旗人的诗歌创作［J］. 文学遗产，1992（3）：100.

自天潢宗派并八旗满洲、蒙古汉军、名公巨卿、绅士布衣以及闺
阁能诗者……仿唐人《河岳英灵集》汇为一编，以成大观，以垂
不朽。[1]

　　直到嘉庆九年（1804），铁保将所有搜集到的诗歌编订成集，嘉庆帝作序并
赐名《熙朝雅颂集》。铁保组织人员不断进行补充与完善，终成定本。最终经法
式善、陈希智、汪廷珍、汪春碗、吴蕊编次，朱虎、纪昀、彭元瑞校阅，共得
诗一百三十四卷，成为至今最完备的八旗诗歌总集。据《恭进八旗诗钞疏》言：
"谨编次凡例一卷，目录一卷，诗一百三十四卷，校录告竣。"[2]《梅庵年谱》
记载："嘉庆九年五月，余恭进所辑八旗诗，赐名《熙朝雅颂集》，御制序文冠
诸篇首，余具折谢恩奉旨，此擢亦刊入书内。"[3] 至此，这部收录大量八旗文
人的诗歌集完成，对后世进行满族诗歌研究起到了借鉴作用。

――――――――――

〔1〕（清）铁保. 惟清斋全集. 清代诗文集汇编第 432 册［M］. 上海：上海古籍出版社，
　　　2010：441-442.

〔2〕（清）铁保. 惟清斋全集. 清代诗文集汇编第 432 册［M］. 上海：上海古籍出版社，
　　　2010：395.

〔3〕（清）铁保. 惟清斋全集. 清代诗文集汇编第 432 册［M］. 上海：上海古籍出版社，
　　　2010：374.

第二章

铁保思想考论

铁保是一位典型的用汉字进行写作的满族文人，他的思想中既有对汉族儒家观念的继承，也有对少数民族文化之传承，具有多元性的特点。通过对其思想性格的把握，能够更好地理解其诗文中表达的核心主旨。通过对其文学思想的分析，则能从文学作品的创作理论中窥探出其诗歌、文的艺术旨归，从而对其作品进行更准确的剖析。

第一节　铁保的思想性格

铁保是满洲贵族，从小接受的是儒家文化的教育，形成以儒家思想为主的思想。他对于文学的推崇，则是尚文精神的集中体现。然而他常年受到武官世家氛围的熏陶，不自觉形成尚武思想，这种观念天然存在于他的血液当中，无法磨灭。

一、以儒为主

中国自汉之后，儒术盛行，直到清代仍是如此〔1〕。满族最高统治者大力宣扬儒家思想，崇儒读经成为社会风气。铁保在儒家文化的教育背景之下成长，以儒家经典为学习内容。他的思想尽管会受到佛家与道家的影响，但依旧不会偏离主旨。铁保作西域诗《回部》云："中国尊儒术，西方重释经。"〔2〕正是这种状况的反映。铁保积极学习汉民族文化，儒家思想潜移默化地成为其主导思想。铁保吸收儒家提倡的众多思想观念，最直接地体现在仁义思想、推崇礼法、忠孝观念三个方面。

---

〔1〕　吕思勉．秦汉史［M］．天津：天津社会科学院出版社，2016：61.

〔2〕　（清）铁保．惟清斋全集．清代诗文集汇编第432册［M］．上海：上海古籍出版社，2010：567.

（一）仁义思想

中华文化意识形态的骨干是儒家，其中"仁义"思想贯穿中国伦理的发展过程，也是中国价值体系中的核心要素。铁保始终保持着儒家推崇的"仁义"的思想。

首先，铁保诗文体现仁义思想。他时常引用儒家经典学说入文。比如，他在《送旅榇入关路引》中说："仁人之所心恻者也。"[1] 这句话引自孟子《告子上》："恻隐之心，仁也；羞恶之心，义也；恭敬之心，礼也；是非之心，智也。"[2] 从中可以看到铁保对于儒家仁义思想的认同感。又比如他在《记丧礼之敝》中引发对于丧礼的思考："孔子居有丧者之侧，则不歌，居丧而歌是无丧矣。"[3] 此处铁保化用的是孔子"此哭哀则哀矣，然非丧者之哀矣"[4]，借用圣人之言来支持自己的观点，可见他用儒家思想来指导自己的行为。他的这种思想还体现在他游览淮安古迹时所作《漂母祠》，诗云：

> 王孙哀一饿，真尝出风尘。身未依亭长，恩先藉妇人。奇才凌楚
> 汉，高义薄君臣。莫问千金报，业祠庙食新。[5]

根据《史记·淮阴侯列传》记载，韩信在穷途末路之时，漂母不求回报将饭带给他吃，韩信深受感动，对漂母说："吾必有以重报母。"漂母却生气道："大丈夫不能自食，吾哀王孙而进食，岂望报乎！"漂母的不求回报之义举，得到后人争相夸赞。铁保诗中先记录韩信受到漂母的恩惠，后用千金回报，是一种对知恩图报之"义"；漂母能够帮助生活苦难的韩信，是一种不求回报的"义"，诗中一句"莫问千金报"就是对这种精神的高度认同。

他以儒家"礼、义、廉、耻"作为自省的箴言。铁保将儒家道德规范熔铸在自己的文章中，更显深度。如吴骕《梅庵全集序》中记载：

> 于厅事，又于坐卧处大书公于节署悬礼、义、廉、耻四字疏其弊，

〔1〕（清）铁保. 惟清斋全集. 清代诗文集汇编第 432 册［M］. 上海：上海古籍出版社，2010：460.

〔2〕（清）阮元校刻. 十三经注疏下册［M］. 北京：中华书局，1980：2749.

〔3〕（清）铁保. 惟清斋全集. 清代诗文集汇编第 432 册［M］. 上海：上海古籍出版社，2010：461.

〔4〕（汉）孔安国，王盛元通解. 孔子家语通解［M］. 北京：北京联合出版社，2015：99.

〔5〕（清）铁保. 惟清斋全集. 清代诗文集汇编第 432 册［M］. 上海：上海古籍出版社，2010：526.

以自警骄奢淫逸四字。故能因心掞藻履道成章，七音中度而无繁声，五问焕彩而无间色。读者生其礼让之心，笃其君亲之爱诗，非小道于兹信矣。[1]

铁保将"礼、义、廉、耻"手书悬挂于大厅当中，用来警示自己避免形成骄奢淫逸之习气。正是在这样的精神指导下，他的文章品格高妙，让人读了之后可以受到教育，并不是一般的"小道"之文。

其次，铁保对仁义思想进行阐释。他在文学作品中直接对"仁义"思想进行辨析。比如，他的《秦氏义田序》开篇即云：

行而宜之，之谓义。本义而动，行无不宜，而义以仁起，则仁至而义亦尽。[2]

铁保认为恰当地去实现"仁"，就可以称为"义"。一个人的行为出发点是"义"，那么他的行动也就无不宜。"义"的出发点是"仁"，只有一个人的善良达到了限度，则他的义才会竭尽全力。这种观点与韩愈《原道》的观点一致："博爱之谓仁，行而宜之之谓义，由是而之焉之谓道，足乎己无待于外之谓德。"[3]韩愈作为唐宋八大家之首，他的这篇文章中的"道"，就是指作为儒家思想核心的"仁义"。

最后，从他人的评论中了解铁保的仁义思想。从流传下来的序跋、年谱以及诗文作品中，可以得出结论。比如，阮元《梅庵全集序》概括铁保奉行仁义思想：

日以仁义为渐摩，廉隅为砥砺，是以发为文词也，粹而精。所谓根极乎道德也。师以文学侍从，膺绝庙特达之知，职掌邦礼。[4]

---

〔1〕 （清）铁保.惟清斋全集.清代诗文集汇编第432册［M］.上海：上海古籍出版社，2010：484.

〔2〕 （清）铁保.惟清斋全集.清代诗文集汇编第432册［M］.上海：上海古籍出版社，2010：445.

〔3〕 （清）吴楚材，吴调侯选编.王英志，等注评.古文观止注评［M］.南京：凤凰出版社，2015：316.

〔4〕 （清）铁保.惟清斋全集.清代诗文集汇编第432册［M］.上海：上海古籍出版社，2010：351.

文中"廉隅为砥砺",亦作"砥砺廉隅",出自《礼记·儒行》:"近文章,砥砺廉隅。"阮元认为铁保的诗文是在遵循"仁义"的道德约束下,在这种心理指导下进行创作,文辞纯粹和精练。阮元以是否表达"仁义"作为诗文的评价标准,这就是深深植根时人心中的儒家思想。又如《梅庵自编年谱》中言:"嘉庆十年,余担任两江总督……是欲守护高堰,先须将出于仁、义、理、智、信各坝,坝底修砌坚固以备节宜,俾得操纵由人。"[1] 从时人为堤坝所取的名称上,可见儒家思想已经渗透到社会生活的各个领域,体现了中国人根深蒂固的仁义道德观念。

(二)忠孝观念

在中国儒家的伦理道德中,忠孝观念成为修身之要、立身之本。何为忠?谭嗣同的看法可谓精到:"忠者,中心而尽乎己也。"[2] 孔子就提出"夫孝,德之本也"。认为孝顺就是修身、齐家、治国、平天下的基本原则。铁保奉行儒家所推崇的忠孝观念。

首先,铁保具有忠君思想。从铁保门人对他的诗文评价中,可见其忠诚以及忠爱思想。阮元在《梅庵全集序》中说:"师赐历中外垂五十年,忠爱之忱至老弥笃。"英和也说:"读之而可以见公体国公忠之诚,则有奏议。"吴焘:"窃以为公之立言,所以跻于古者,本乎性情之正,兼乎忠孝之全也。"[3] 他们分别从为官与创作方面来言铁保之忠诚。铁保始终把君恩放在重要位置,诗文作品中时常会出现表达自己忠君爱国的思想。他曾作诗《感怀》云:

> 独夜寒天拥敝裘,半生心事五更头。已谙世故贫非病,未报君恩老不休。几见筹边推学士,敢将御寇羡通侯。即今少宰叨恩命,归去藤厅话旧游。[4]

这首诗通过写自己夜晚失眠之后的心境,表达自己对于皇帝的感恩,可见作为臣子的铁保对君王的一片忠诚。铁保奏疏也集中表现出他的"忠君"思想。

---

〔1〕 (清)铁保.惟清斋全集.清代诗文集汇编第432册 [M].上海:上海古籍出版社,2010:379.

〔2〕 谭嗣同.谭嗣同全集 [M].上海:上海三联书店,1951:108.

〔3〕 (清)铁保.惟清斋全集.清代诗文集汇编第432册 [M].上海:上海古籍出版社,2010:571.

〔4〕 (清)铁保.惟清斋全集.清代诗文集汇编第432册 [M].上海:上海古籍出版社,2010:565.

比如他在《恭进八旗诗钞疏》中表示自己编撰八旗诗目的是：

先泽倚邦家之庇，会附风云大旨，贵忠孝之言，敢夸月露。……
教立人知忠爱之陈，通志书成帝许艺文之载。[1]

此文中表明他搜集八旗诗集的选择标准是"忠孝之言"，目的在于教育时人能够忠君爱国。这就是他忠孝观念的直接体现。

铁保的忠君思想集中体现在他的应制诗中，内容都是表达知遇之恩，歌功颂德。比如《乾隆五十年乾清宫举千叟宴礼恭纪》中说"颂声传译馆，温语到群藩。好遂观光志，簪毫纪圣恩。"《御制咏安南战图六律元韵》中有诗句："共沐圣恩开一面，珊瑚入贡起欢声。"《恭和御制题鉴始斋元韵》又有："尧德勤无耄，乾乾仰圣怀。"他在《嘉庆元年元旦授受礼成纪恩》诗歌中，叩谢皇恩："五云高拥上皇前，授受仪成凤诰宜。瑞辑河山逢舜日，元周甲子纪尧年。衣冠万国图王会，礼乐千秋耀史编。更喜微臣叨侍从，玉阶恭导拜恩先。"这些诗歌都是铁保对于君王的一片忠心。

其次，他对国家忠诚。铁保为官为民，做有利于国家发展和百姓安康的事情。铁保在处理任何事务时，都是从有利于社会发展、人民安康的角度出发。他为官所到之处，都能有所成就。铁保在京期间，为了国家之文化以及选拔人才事业，鞠躬尽瘁。在两江总督任上管理漕运，为当地节约财政支出，并能在处理治理吏治、民生事宜、军队事宜以及河道治理、监督粮运、惩治盗贼等方面亲力亲为，为当地百姓能够安居乐业而心力交瘁。阮元总结其主要政绩：

仁宗睿皇帝亲政，历留都兵、刑二部侍郎兼府尹事，既而转督漕运，开府山东总制，三江所至之区，凡河防、财赋、兵谙、禁察吏，惠民诸善政靡不毕举。秉儒术为经济，切民物以恫瘝。[2]

铁保能够取得这些政绩，已经足以说明他的忠诚。铁保以"秉儒术为经济，切民物以恫瘝"为宗旨，取得的政绩表明他思想中"忠"的一面。

他还写诗颂扬忠臣，知其忠于国家之思想。比如七言古诗《南旺诣宋尚书

---

〔1〕（清）铁保．惟清斋全集．清代诗文集汇编第432册［M］．上海：上海古籍出版社，2010：394-396.

〔2〕（清）铁保．惟清斋全集．清代诗文集汇编第432册［M］．上海：上海古籍出版社，2010：351.

祠》，赞美山东治河功臣，有"大臣谋国贵殚忠，但计功堪补社稷"〔1〕之句，突出宋尚书的忠心。又有《古北口令公祠祀宋杨业》，表现出对忠臣杨业的崇拜，诗云：

> 将军本无敌，遗庙枕雄关。地险山河壮，时平朔漠闲。神犹栖锁轮，身未唱刀环。叹息孤忠尽，萧萧两鬓斑。〔2〕

铁保来到为纪念北宋名将杨业修建的令公祠，回想他曾经上阵杀敌，战无不胜的丰功伟绩，如今也只能"遗庙枕雄关"，因此作诗颂扬这位忠臣为国鞠躬尽瘁的忠烈行为。

最后，铁保对父母孝顺。铁保事母至孝，即使在外为官，也时常关心自己的母亲，尤其是得知母亲生病之后，心急如焚。他的诗歌中有不少表达孝道的作品，如《题蒋香杜孝廉母氏沈孺人纫箴课读图》一诗：

> 慈母手中线，游子身上衣。衣穿无补时，游子胡不归。孤灯照白屋，寒风透薄帏。拈针拥秃几，言笑犹依稀。昔课儿不读，针断如绝韦。学成亲不存，万卷终何为。咄哉衣锦锦，何如守庭闱。〔3〕

诗歌开端即引用孟郊《游子吟》中"慈母手中线，游子身上衣"诗句，着重强调深挚的母爱，于细节中见真情，最能体现出他对孝道理解的是："学成亲不存，万卷终何为。"铁保多年在外为官，始终恪守孝道，时刻记挂着家中老母，这种情感浸润在诗句中感人至深。

乾隆五十六年十一月，辉赫夫人病重，《梅庵自编年谱》言："余扈跸滦河太夫人病，即奏请省视。得旨后，一日夜驰归京邸，犹得亲侍汤药焉。"铁保得知消息时，正随侍皇帝于滦阳，为了见母亲，他随即奏请归家，回京后亲自侍奉母亲汤药。他于归途中，作《滦阳客中作》三首。诗歌如下：

---

〔1〕 （清）铁保．惟清斋全集．清代诗文集汇编第 432 册［M］．上海：上海古籍出版社，2010：516.

〔2〕 （清）铁保．惟清斋全集．清代诗文集汇编第 432 册［M］．上海：上海古籍出版社，2010：522.

〔3〕 （清）铁保．惟清斋全集．清代诗文集汇编第 432 册［M］．上海：上海古籍出版社，2010：505.

岁岁滦河役，兹游多苦吟。一官弛色养，独客减名心。望远愁鱼雁，闲居愧影衾。那看青镜里，白发逼华簪。

药里新调后，茫茫出塞河。亲颜违有日，子职效无多。谁解倚闾望，徒增陟屺歌。何来医国手，大药起沉疴。

旅馆真萧瑟，终朝睡眼矇。高怀因客减，新梦与愁通。渺渺趋庭想，萧萧出塞风。白云瞻望极，迢递怅飞蓬。〔1〕

这三首诗歌都是表达自己为家中病重的母亲担忧，归心似箭的心情。其一说的是自己随着皇帝前往滦阳，以"独客"自称，显得孤独寂寥，此时他忧心的是母亲在家中的情况。其二讲述自己身在滦河，没有机会面见母亲，身为儿子能尽孝的时日不多，只希望能有神医将病治好。其三写的是在旅馆中不能安心入睡，内心充满了愁绪，只盼望能早日归家。这些诗歌表现出铁保的拳拳孝心。

铁保二十三岁时父亲病逝于泰宁镇署，他时常追忆自己的父亲，于乾隆五十年作诗歌《哭奉恩镇国公益斋主人》，读之即能见其孝心：

风木含深悲，言笑无由传。中年重父执，为与亲周旋。唯公天潢胄，嗜学如枯禅。白头据稿梧，兀兀穷丹铅。人钦列尊爵，自视同一毡。桥山策宠命，星驾来幽燕。维时我先人，开镇易水边。奉祀重陵寝，设官文武全。外围荏总兵，内围内府员。外围议风树，内围司豆笾。内外事参伍，如唇齿相联。我父与公友，直道公称贤。相遭两淡泊，臭味无殊焉。委时我兄弟，垂髫侍几筵。趋庭偶有暇，问奇争后先。峨峨神石庄，潭府天半悬。快马疾如风，瞥眼蚕丛穿。入门脱形迹，高座镇相延。爱我如子弟，家世语缠绵。爱我如生徒，疑义穷啼笺。期我以远大，勉我以摩研。鼓我以聪明，绳我以尤愆。时或探物理，虫鱼手自笺。搜奇癖石研，汇谱综石钱。累累乌皮几，宝光耀新鲜。至今睹遗物，手泽犹莹然。严风撼大树，渺然难问天。唯公缔心交，犹子恩情专。胡为返虬驾，猝尔馆舍捐。昔为无父人，犹见父比肩。公今复下世，遗恨成风烟。愿为存没交，地下金石坚。贱子两无

〔1〕（清）铁保．惟清斋全集．清代诗文集汇编第432册［M］．上海：上海古籍出版社，2010：522.

状，腼面步花砖。竭力守遗训，不为异物迁。公言良不渝，或可慰重泉。[1]

铁保用饱含悲伤的情绪来写这首诗，先写父亲一生之主要行迹和重要功绩，字里行间饱含对父亲的崇敬。又写父亲言语温和，对子女进行谆谆教导，为教育铁保兄弟二人倾注了大量心血。最后对于不能再与父亲相见表示沉重悲叹，只能竭尽全力恪守遗训，不为外物所改变，这就是对泉下之父的最大慰藉，表现出对父亲的深切怀念。根据涂宗涛《苹楼夕照集》中的记载：这首诗歌中"我父与公友"一句，原来作"我父不读书"，后将"不读书"又改成"敦古谊"，到《梅庵诗钞》刊刻时才定为"与公友"[2]。他改动的原因既是为尊者讳，又表现出对父亲的赞颂。

（三）推崇礼法

中国素有"礼仪之邦"的美誉，对于"礼"的讲究源远流长。何为"礼"？根据《礼记》中的记载："夫礼者，所以定亲疏、决嫌疑、别同异、明是非也。"这就是说通过礼仪规范，可以明确人与人之间的关系，判断事情之是非。《左传》子产言"夫礼，天之经也，地之义也，民之行也"[3]，表示礼是天经地义、人道所依。孔子曰"克己复礼"，就是要恢复和振兴礼乐的精神。

首先，他提倡待人以礼。铁保作为一代名臣，他遵循的正是儒家所倡导的以礼待人思想。铁保为了改变生监不守学规的面貌，亲自前往紫阳书院，将诸生召集公开发表言论，曾言：

> 虽督抚之尊，亦我同类，必待之以礼。[4]

他认为，人与人相处必须要遵循以礼相待的原则，读书人更应该如此。他将这种崇礼思想推而广之，认为对于治理国家也同样适用，正如他在《恭进八旗诗钞疏》中言：

〔1〕（清）铁保．惟清斋全集．清代诗文集汇编第432册［M］．上海：上海古籍出版社，2010：499-500.

〔2〕涂宗涛．当代学者文史丛谈．苹楼夕照集［M］．太原：三晋出版社，2010：194-195.

〔3〕杨伯峻．春秋左传注第4册［M］．北京：中华书局，1981：1457.

〔4〕（清）铁保．惟清斋全集．清代诗文集汇编第432册［M］．上海：上海古籍出版社，2010：385.

置官师而立教，示以大防观礼乐，而宣和导之善气。[1]

他认为观礼乐具有宣扬和倡导与人为善的作用，这种观念充分体现了儒家提出的"以礼治国"的基本方略。关于这种观念的发展过程，《后汉书》卷四十四中言："诗书礼乐，定自孔子；发明章句，始于子夏。"[2] 可见"礼乐"思想，最早由子夏提出，在《章句》中得到发展，最后由孔子确定下来。

其次，他坚持待人以礼。铁保是满洲正黄旗人，又是一代名臣，获得皇帝赏识，在当时的社会地位高，但是他却能够礼贤下士，结交朋友不问出身，只以性情交往。他对待自己的恩师更是感激不已，他专门作诗怀念自己的导师。铁保待人和善，就算对待当时身份地位卑微的人也依旧如此。根据朝鲜文人朴思浩的《燕蓟纪程》记载：

曾闻年前使行马头崔云泰遇铁尚书于路中，问候乞书。铁保微笑点头，使之明朝来待。翌日云泰往见，则以极品各种纸、书给十余张。夫云泰，遐方一贱隶也，唐突乞书于上国权宠之大臣，其微笑点头，乃包容之量，而于渠何诛之意也。[3]

朝鲜官员朴思浩所记录之事，为其亲眼所见，真实可信。根据文中所载，铁保作为嘉庆时期位高权重的宠臣，对地位低微的"贱隶"能够保持温和的态度，并且以礼相待，朴思浩不由心生佩服。从此，也改变了朝鲜官员对于中国官员的成见。

最后，保持礼让态度。他对后生晚辈也保持礼让态度，性格谦让豁达。他的门生撰写了不少文章，对其进行评价，从中能够了解他的思想。刘凤诰评价他：

师性博达，当事敢为，无少顾忌。与人交和易可亲。[4]

---

〔1〕（清）铁保. 惟清斋全集. 清代诗文集汇编第 432 册［M］. 上海：上海古籍出版社，2010：394.

〔2〕（南朝宋）范晔.（唐）李贤，等注. 后汉书［M］. 北京：中华书局，2000：1012.

〔3〕（朝）朴思浩. 燕蓟纪程［A］.［韩］林基中. 燕行录全集（第 85 册）［C］. 首尔：东国大学校出版部，2001：440-441.

〔4〕（清）铁保. 惟清斋全集. 清代诗文集汇编第 432 册［M］. 上海：上海古籍出版社，2010：351.

刘凤诰，字丞牧，号金门，又号无庐，江西萍乡人。乾隆五十四年会试时，铁保任礼部侍郎时取为进士，是铁保的门人。两人相识年份久远，评价中肯。冯元锡也对铁保作出评价："吾师铁梅庵先生，钟乾坤之闲气，秉河岳之淳精，通敏性成宏伟博达。"[1] 他们都说铁保对人保持淡定温和的态度，性格豁达，这就是在儒家礼让思想的浸透下形成的性格特点。吴鼎评价铁保诗文："能使读者生其礼让之心，笃其君亲之爱诗，非小道于兹信矣。"[2] 更进一步说明，铁保的这种思想已经作用于文学创作当中。

二、尚文精神

清军入关之后，满族人的政治地位得到提高，经济条件也日渐优越，生活环境也趋于安定，逐渐受到汉文化的影响，乾嘉时期已经形成浓厚的习文风气。上到王公贵族，下到布衣百姓，以至于部分闺阁女子都开始用汉字进行创作，"文"体现了当时社会的整体风尚。清代浓厚的文风和文学全面发展的兴盛局面，给了满族文人以深刻的影响[3]。在这种社会环境下，铁保也对"文"产生了兴趣，并且成为一种精神自觉和对自身价值的认可，促进了他的整体修养的提升，以及对他的气质和性格的形成产生影响。铁保的尚文精神主要体现在主动学文、以文选才以及兴办学院三个方面。

（一）主动学文

根据《梅庵自编年谱》的记录，铁保自幼就对汉文学创作有浓厚的兴趣，并且主动习文，以举业进入仕途。从这种对未来发展的选择方式上看，他具有尚文精神。

首先，他学习古诗文词创作。铁保少年时就坚定了习文的决心，他对父亲诚泰说：

> 儿计之熟，举业虽难，自受书以来，攻苦六七年，于制艺及诗古文词自觉有得。若舍而习国书，无论前功俱弃，且随任出京亦无通晓翻译者，朝夕请求是两失也。愿专攻举业一求一当。淳斋公深器之，

〔1〕 （清）铁保．惟清斋全集．清代诗文集汇编第432册［M］．上海：上海古籍出版社，2010：355.
〔2〕 （清）铁保．惟清斋全集．清代诗文集汇编第432册［M］．上海：上海古籍出版社，2010：484.
〔3〕 魏福祥，张佳生主编．民族研究论集第1辑［M］．沈阳：辽宁民族出版社，1992：184.

命自择师同赴泰宁卒业焉。[1]

他认为如果放弃目前的学业，而改学满文，只能前功尽弃，并且将来也没有什么作为。可以看出，他已经接受汉族文化的熏陶，并且将此作为自己一生都要从事的事业来完成。他放弃可以世袭武官的机会，选择通过自身努力，参加科举考试进入官场。

铁保的尚文精神贯穿他的一生，他不断进行诗文词创作，尤其是贬谪之后，生活重心就是从事文学创作。贬谪西域期间，他创作了不少关于新疆地理环境、风土人情和民生民情的诗歌，汇成《玉门诗钞》两卷。谪居吉林时，也写了不少关于反映当地百姓生活的作品，比如《恭建吉林万寿宫记》《北山老榆记》《吉林穷棒子说》《服豨莶草说》等作品。他的长子瑞元就在《梅庵自编年谱跋》中说："大人褫职谪戍吉林，到戍后闭门思过日，惟以学书自遣。"[2]谪戍期间的铁保，仍然坚持写作。

其次，他通过科举考试步入仕途。中国儒家思想中有"学而优则仕"的说法。子夏《论语·子张》言："仕而优则学，学而优则仕。"[3]"优"意思是有余力。就是说，人需要在有余力的条件下进入仕途，以此推行仁政。需要注意的是，这里的"仕"只是一种方式，而最终的目的是在于完善自我，造福社会。铁保天资聪颖，对自己未来的发展道路有自己的看法，他相信自己能够通过学习举业，成为国之栋梁。当时他选择步入仕途的方式就是习文。同样，他的弟弟玉保也选择习文的道路，并且也通过参加科举考试，步入仕途。乾隆四十六年玉保成为进士，改翰林院庶吉士。他曾于《梅庵自编年谱》总结自己一生经历时云："余一身三为学士一奇也；兄弟同为学士二奇也；以学士兼参赞大臣总理回疆三奇也。"[4] 可见此事对他的影响颇深。

最后，他主张推崇文教。他的文章《多文以为富》，就集中体现出对于文才的崇尚精神。从这篇文章的标题就能得知其主要内容是对文的高度赞誉。文中又写到自己"挟万卷以吟咏"之后的感受，从其流畅自然的笔触中，可以感受

〔1〕（清）铁保．惟清斋全集．清代诗文集汇编第 432 册 ［M］．上海：上海古籍出版社，2010：358.

〔2〕（清）铁保．惟清斋全集．清代诗文集汇编第 432 册 ［M］．上海：上海古籍出版社，2010：391.

〔3〕杨伯峻．论语译注 ［M］．北京：中华书局，1980：202.

〔4〕（清）铁保．惟清斋全集．清代诗文集汇编第 432 册 ［M］．上海：上海古籍出版社，2010：390.

到铁保徜徉于学海之中的愉悦心情，也反映出他对于文的情有独钟。铁保还有不少体现尚文思想的诗歌，甚至影响身边的亲人也由武转文。他在送给其弟玉保的诗歌《再送阆峰》中云：

> 卅年同匡床，疑义互探讨。崭然头角新，次第科名早。同官守儒素，学士愧文藻。[1]

从这几句诗歌中，可以得知他与玉保时常在一起交流探讨问题。他希望玉保能够早日崭露头角，早登科名。又如《钱武肃王铁券歌》诗歌中有"立功立言两不朽"和"金匮石室文谁传"这些诗句，都表现出他对于文学方面有自己的理想，从中得知铁保的崇文精神。再如《书近况》中写自己对于学书以及学剑都有心得，从河北归家前收拾行囊，又增加了一个新的砚台，马上就要归家却一夜未眠，原因竟然是"奚囊犹有未完诗"，体现出他思想中对于文学艺术的孜孜不倦地追求。又如《与复淮安义学感赋》诗云：

> 四塾荒凉忆递初，堂留秋礼更愁余。吾徒作养耕桑外，名辈风流炫诵余。移俗敢期千古业，济时端赖数行书。圣功都自童蒙始，莫负迂生起废庐。[2]

这是铁保在担任两江总督时所作。"义学"是义塾，是由私人集资或用地方公益金创办的免费学习，学生多为民家子弟。淮安义学则肇始于清代[3]。铁保诗歌中谈论的就是兴办义学对于移风易俗、改变农家生活的重要意义，并且指出儿童教育的重要性。这首诗歌就能体现出他对于文教之推崇。

（二）以义选才

通过科举考试选拔人才，主要是选拔有文才之人，这就体现了铁保的尚文思想，作为"唯才是举"的践行者，他在任期间前后担任九次乡试、会试考官，选拔出众多人才。铁保对于选拔人才十分重视，《梅庵自编年谱》对于每次担任

---

〔1〕（清）铁保．惟清斋全集．清代诗文集汇编第432册〔M〕．上海：上海古籍出版社，2010：501.

〔2〕（清）铁保．惟清斋全集．清代诗文集汇编第432册〔M〕．上海：上海古籍出版社，2010：543.

〔3〕淮安市历史文化研究会编．淮安运河文化研究文集〔M〕．北京：中国文史出版社，2008：235．滕绍箴．清代八旗子弟〔M〕．北京：中国华侨出版社，1989：99.

考官都有明确记载，如下表所示。

表 2-1　铁保担任考官情况表

时间	等级	职位
乾隆五十四年	会试	副考官
乾隆五十五年	会试	知贡举
乾隆五十七年	江南乡试	正考官
乾隆五十八年	会试	副考官
乾隆五十九年	山东乡试	正考官
乾隆六十年	会试	知贡举
嘉庆元年	会试	知贡举
嘉庆二年	满洲翻译乡试	正考官
嘉庆三年	顺天乡试	副考官

由上表可知，铁保共担任五次会试考官，三次乡试考官，一次满洲翻译乡试考官。通过这些考试，获得的才人数量甚众。按照铁保自己的说法：乾隆五十四年，得钱楷等九十七人；乾隆五十七年，得陈鸿绪等一百十四人；乾隆五十八年，得吴贻咏等一百二十人；乾隆五十九年，得孙珏等六十九人；嘉庆三年得丁煦等三百人。

为了选拔出真正具有文学才能之人，他付出了不少心力。乾隆五十四年三月，三十八岁的铁保担任会试副考官。当时的主考官是管松崖，已经主持过多次会试，深切地体会到没有经过举荐的试卷中试的机会甚微，于是仔细阅读试卷，从而选拔出真正有文才的人。铁保秉持着为国家选拔人才的观念，经过多方搜罗，将所有的试卷都仔细阅读，无一卷不亲自过目，那次的科考榜发多位名士。当年选拔出的人才有那彦成、阮元、刘凤诰、荣麟、钱楷、胡长龄、汪廷珍等人，他们有的人擢升为部堂，有的人后来成为督抚，为国家贡献出自己的智慧。

乾隆五十五年，铁保又担任会试考官。此次考试他致力清除作弊弊端，提出采用誊录试卷的方式参加考试，即对考卷编号并模仿字迹进行誊抄，不准絜乱，这一方式改变了百余年所留下的弊病。他又于乾隆五十七年成为江南乡试正考官，此次督考事关体大。他认为江南是人文鼎盛之地，人才辈出，选拔之时容易错过真才，为了考试公平、避免漏选才人，对所有试卷都进行详细批阅，导致目肿腰痛，心力俱疲。

总之，铁保担任乡试、会试考官，一方面说明朝廷对他的信任；另一方面也说明他自己对于有文才之人的重视，体现出他的尚文精神。

（三）兴办书院

铁保生活于乾隆、嘉庆、道光期间，在这一时期汉文化影响已经日益扩大。无论是高高在上的王公贵族，还是普通的布衣百姓，以至部分闺阁女子也出现用汉文进行写作的局面，可谓已经形成一种社会风尚，已经形成"文风蔚起，彬彬弦诵"[1]的态势，正是在这种文化氛围下，铁保致力于文教事务。

首先，铁保兴办丽正书院。铁保对于后生晚辈的培养，主要从文教方面入手。集中表现在他在任期间积极筹办书院，为国家输送人才。他在担任两江总督时，最重要的文化功绩就是办理书院。根据《梅庵自编年谱》中记载，他于书院之事着力最深，连具体的经济开支都了然于心：

> 丽正书院原存银六千，两发典生息，嘉庆五年加捐三千两。经费稍裕，酌定：正课五十名，每名给膏火一两五钱；副课三十名，每名八钱。……义学止生徒数人，亦无膏火虚应故事而已。今将学旁空屋赎回，扩宽修盖在书院，课取诸生二人教读。[2]

他将管理的经验理刻在石壁上以示垂范。其中列举的第一条就是丽正书院的建设。第二条则是关于育婴堂的管理。第三条也是义学生徒的安置。这些都是文化事业的内容。正因铁保注重文化教育，才会将大量的时间以及精力投身于此，这就表现他思想中尚文的一面。

其次，铁保增设尊经、正谊书院。嘉庆十四年，他又在江南地区筹办增添了尊经学院以及正谊书院。江南为人文极盛之地，而江宁、苏州只有钟山、紫阳二书院，这还不能满足需要。尊经以商捐二万两生息为经费，正谊以入官抄产房地银二万余两为经费。一切规模与钟山、紫阳等，延请耆儒认真督课，乡

〔1〕（清）铁保. 惟清斋全集. 清代诗文集汇编第 432 册［M］. 上海：上海古籍出版社，2010：369.

〔2〕（清）铁保. 惟清斋全集. 清代诗文集汇编第 432 册［M］. 上海：上海古籍出版社，2010：384-385.

试获隽者甚多。[1] 他还亲自前往紫阳书院，将诸生召集起来，为了弊除江南包漕之弊和生监不守学规之害，发表演说：

> 士之所重者品，学问次之。汝等果能安分以读书，为事则以文会友。[2]

铁保认为文教可以纠正人的违法乱纪行为，强调读书人要安分守己，不能随意滋事。要以文会友，尽管是督抚这样地位尊贵的人，也是我们的同类，必须以礼相待，推行文教。如果不守法纪，随意滋事，则是玷污学校名声的罪人。尤其是官宦子弟，更应该遵守法纪，不能做出包庇之事。如果不顾法纪，则是自作自受，必将受到惩罚。

三、尚武精神

铁保的尚武精神源自满族传统，他们入主中原以前，主要以游牧生活为主，需要进行狩猎活动，长时间形成的生活方式，锤炼出骁勇尚武的民族特质。尚武精神的形成，汇集成一股强大的民族凝聚力，鼓励满族人民在艰苦的环境中保持强劲的力量不断进取，不断奋斗。满族入关以后，以游牧为主的满族和以农耕为主的汉族相互交融，尚武精神已经逐步转而成为一种民族精神。尚武的民族精神，逐渐又外化成为日常活动，最直接的就是进行骑射。铁保通过诗文记录骑射活动，使得诗文具有豪放之气，并且通过实行奖励武官的政策这几个方面表现出强烈的尚武精神。

（一）进行骑射活动

铁保在主动学习汉文化的同时，又始终保持着满洲人的习武传统。他在《恭进八旗诗钞疏》中称，要与骑射本务之外，留意讴吟。此处的"骑射"二字，并不仅仅是指一种技艺，而是一种"武"的符号，反映出铁保血液中流淌的尚武基因。王佑夫认为："骑射是满族文化传统及社会风尚。"[3] 在满族士大夫在日常生活中，骑射是他们生活中的一种乐趣。

铁保总结自己的生活，骑射已经成为不可或缺的一部分。他撰《奕说》云：

---

〔1〕（清）铁保. 惟清斋全集. 清代诗文集汇编第 432 册［M］. 上海：上海古籍出版社，2010：385.

〔2〕王佑夫. 中国古代民族诗学初探［M］. 北京：民族出版社，2002：155.

〔3〕（清）铁保. 惟清斋全集. 清代诗文集汇编第 432 册［M］. 上海：上海古籍出版社，2010：457.

综余一生，既无补于苍生，亦有惭于学者。凡八索、九邱、六韬、三略，一切射御书数之学，百无一能，而独欲以奕与世角。[1]

铁保所言之"射御书数"，其中的射便是儒家"六艺"之一，说明骑射保留了传统满族文化中重要的射箭文化，并与汉文化相契合。又如《吟余习射图小照自序》一篇，是梅庵与如亭夫人较射时所作：

吟余习射图者，为梅庵与其室人如亭校射作也。……夫家庭之乐无过居与食而已，以梅庵、如亭之射，而有隙地花木以娱闲，又得余资以酬筋力，而如亭者更藉习射以健饭而却病，其获益不亦多乎。[2]

铁保与如亭夫人时常会于家中进行比赛射箭活动，通过这种方式可以锻炼身体，愉悦心情。此时的骑射活动已经从过去的用以生存的技能，转为一种强身健体的活动项目。

铁保的尚武精神是从小就培养的，根据《黑龙江外纪》的记载："至小儿甫三四岁，置马背，略无恐怖；七八岁便喜叠骑骁马；过十岁，类能驰践阪如地；稍长，则马上射生，以虚发为耻。"[3] 他自幼在这种环境下成长，自然就会带有尚武思想。铁保的尚武思想体现在《读史杂诗》其三：

季龙不读书，论古破汉史。六国印俱销，天下赖有此。一言决祸机，何待谏方毁。乃云遇沛公，甘与韩彭比。右候足智勇，信任如鱼水。纵横戎马间，决胜千万里。磊落为丈夫，曹瞒狐媚耳。[4]

这首诗表现铁保读史书后的所思所感，讲述的人物是"汉初三杰"之一的张良，此人有勇有谋，通过自己的聪明才智帮助刘邦夺得天下。铁保写"右候足智勇"，就表明智勇的重要性。此外，他还作《恭和御制康安和琳奏攻克苏麻

---

〔1〕 （清）铁保.惟清斋全集.清代诗文集汇编第 432 册 ［M］.上海：上海古籍出版社，2010：446.

〔2〕 （清）西清.黑龙江外记 ［M］.哈尔滨：黑龙江人民出版社，1984：46.

〔3〕 （清）铁保.惟清斋全集.清代诗文集汇编第 432 册 ［M］.上海：上海古籍出版社，2010：503.

〔4〕 （清）铁保.惟清斋全集.清代诗文集汇编第 432 册 ［M］.上海：上海古籍出版社，2010：476.

塞一带贼巢诗以志事元韵》，诗中云"师谋将勇不遗力，宸算巨细何周详"[1]，提到谋臣与勇将对于辅佐君王的重要意义。

（二）表现豪放之气

铁保的诗歌中，以吟咏武功作为题材的篇目有不少。铁保的多篇诗歌写骑射，这些作品中显示出豪迈粗犷之气，都是铁保尚武精神的表现。

铁保这位不废武功的满洲才人，将习射活动写得波澜壮阔，字里行间透露着豪放之气。比如《塞上曲》四首，其一有"猿臂一声飞霹雳，平原争羡射雕人"，描写北方游牧民族的射猎生活，展示出充满斗志的精神风貌。另有《习射示同人》一诗：

> 绿杨红杏旧游处，日日日斜飞仆姑。猿臂我应输善射，虎头人不解操觚。当年倚马推佳士，此日雕虫愧壮夫。莫笑对侯无骨相，班生投笔是良图。[2]

这首诗歌创作于北京，他与同人之间进行唱和时所作。在绿杨红杏之间，来到过去游览过的地方，再次练习射箭。此时，想到的是过去的壮士，他们为了国家的建设作出自己的贡献。如今想到这些事情，真的感觉投笔从戎是一个好的选择。这就说明他内心对于武功也十分重视，并没有因为选择习文而放弃这项技能。正因如此，他于乾隆五十七年（1792）五月，射击靶中三箭，赏戴花翎。乾隆五十八年（1793）三月，调补镶黄旗汉军副都统，五月调补正白旗蒙古副都统。

刘凤诰撰写《梅庵全集序》，提到其师铁保："偕吾师母夫人，研六法、习诗射，服官后，无家计累职事举，而学力日以强。"[3]"六法"即古代绘画的总结，指的是绘画要讲究"气韵生动、骨法用笔、应物象形、随类赋彩、经营位置、传移模写"。[4]"射"是儒家"六艺"之一。《周礼·地官》"三曰五射"下，郑玄注云："'五射，白矢、参连、剡注、襄尺、井仪也。'"[5] 铁保

---

〔1〕 （清）铁保．惟清斋全集．清代诗文集汇编第 432 册［M］．上海：上海古籍出版社，2010：532.

〔2〕 （清）铁保．惟清斋全集．清代诗文集汇编第 432 册［M］．上海：上海古籍出版社，2010：350.

〔3〕 陈绶祥．遮蔽的文明［M］．北京：北京时代华文书局，2016：321.

〔4〕 （汉）郑玄注．（唐）孔颖达疏．周礼注疏［M］．北京：中华书局，1998：212.

〔5〕 （清）铁保．惟清斋全集．清代诗文集汇编第 432 册［M］．上海：上海古籍出版社，2010：382.

在无官职所累时，仍然研习射箭。

（三）注重奖励武官

铁保习文，但是也不废武功，他重视文官，同时也注重武官，指出要"以国家设科文武并重"。[1] 为保证国家人才均衡，需要文武并重，不可偏废其一。铁保的尚武精神表现在为官期间对武官提出奖励政策。

嘉庆八年，铁保为山东巡抚，处理案件需要用武官。铁保认为东北的临清、德州、济宁的各州县，有人强横野蛮，往往聚众滋事，酿成巨案。他正在为此事感到忧虑时，原任副将马兆瑞来谒。马兆瑞是乾隆丁未科武状元，出师军营，因腿伤休职。铁保见其身体强壮，腿疾已痊，特为奏请起用奉旨，仍以副将起用。通过他的治理，再加之铁保亲自撰写《训谕回民告示》，武官马兆瑞亲自前往各乡，劝谕俾安分守法。通过这种方式，这些地区再无滋事之案。这件事情说明，一个地方要想治理妥当，必须要文武并举，共同配合才能完成。

铁保对于文官以及武官都采取一视同仁的态度。他担任两江总督时，为了治理水灾，集合文官武弁的力量，于"三月二十四，衡工合龙，文武员弁奏请升赏有差，各绅士亦得邀恩议叙，是以人心鼓舞，乐于从事"。[2] 铁保在灾情得到控制之后，请求皇帝对有功劳的官员进行奖励，其中也包括了武官。

他在任期间，一直奉行的都是文武并举的思想。他总结多年管理地方的经验，言："国家设科文武并重。"[3] 铁保嘉庆十年为漕运总督，在位期间管理地方事务。他发现颖寿一带多武才，如果不多加以文治，就容易滋生祸端。可见他对于文武管理的运用得当，能够因地制宜。《恭进八旗诗钞疏》中有关于铁保对于国家兴旺强盛的形容："赳赳虎贲才兼文武，壁府换周庐之彩光与星辉，戟门联幽谷之芳章，依汉倬有若今日之盛者也钦。"其中就包括"才兼文武"的说法，这就是他既重视文教，又注重武功的直接表现。

〔1〕（清）铁保．惟清斋全集．清代诗文集汇编第 432 册［M］．上海：上海古籍出版社，2010：375.

〔2〕（清）铁保．惟清斋全集．清代诗文集汇编第 432 册［M］．上海：上海古籍出版社，2010：383.

〔3〕（清）纳兰性德．黄曙辉，印晓峰点校．通志堂集上册［M］．上海：华东师范大学出版社，2008：336.

第二节　铁保的文学思想

铁保作为一位力求在诗文创作方面有所建树的实践者，十分重视自己的文学作品创作，并在不断的实践当中总结出自己的诗学创作思想。铁保的诗歌理论，在乾嘉时期产生了一定影响。此外，铁保对戏曲创作亦有所见解，了解其基本的创作理念可以更深入地分析理解他的文学作品。

一、诗论

铁保是用汉语写作的满族文人，在诗文创作方面，他通过转益多师之后得到进步，并融合自身的民族特质，形成独特的艺术风格。他的诗歌创作理论也是如此，他结合自身的创作实践，融合了满族精神风貌，形成别具一格的创作观。铁保与当时盛行的诗歌主张不同，他的诗歌理论是汉族文化熏陶与满族文化浸染的产物。他的诗歌创作论主要包括"独抒性情""情随境迁""反对拟古"以及"气体深厚"等观点。

（一）诗歌本质论——独抒性情

诗歌的本质是什么？关于这个问题的探讨由来已久，引起历代众多文人的兴趣。

中国古代文学中关于文学与"情"的关系多有论述。《毛诗序》中言："诗者，志之所之也，在心为志，发言为诗。情动于中而行于言，言之不足故嗟叹之，嗟叹之不足故咏歌之。"这种观点强调的是"志"与"情"的关系，为"情"设置了一个道德范畴。西晋时期陆机在《文赋》中提出"诗缘情而绮靡"的说法。按照《文选》的解释，"诗以言志，故曰缘情"，把言志与抒情相结合。刘勰的《文心雕龙》有"情者，文之经"的说法，认为文言情，是自然之事。白居易的《与元九书》之"感人心者，莫先乎情"，指出情最能打动人心。汤显祖也云"志也者，情也"，与之前的论断相一致。明代出现了王阳明的"心学"，李贽的"童心说"，一时间派别林立，但是殊途同归，都主张"言情"。

清代初期，出现了不同派别的诗歌群体，王世祯的"神韵说"、沈德潜的"格调说"、翁方纲的"肌理说"以及袁枚"性灵说"影响力最大，形成蔚为大观之势。这些诗歌理论在铁保之前已经出现，并且占据重要地位。与此同时，纳兰性德作为满族贵族，他对于诗歌理论也有独到见解，认为"诗乃心声，性情中事也"〔1〕。乾嘉时期,这种"诗言情"的创作观念在八旗诗人当中最为明显。比如,鄂尔泰在《雷溪草堂诗集序》中提到"根于性灵"〔2〕。与铁保交好的法式善也提出:"诗者何?性情而已矣。"〔3〕 他们的主张在一定程度上继承了前代的传统观念,同时也有所发展。铁保的诗歌理论与他们的观点有相同之处,也有不同之处。在分析过程当中,将铁保诗论与这些理论进行比较,将更能体现出铁保诗歌理论的特质与价值。

铁保的诗歌理论中,最核心的观点就是"性情"。这与袁枚提出的"性灵说"看上去类似,但是他们却有本质上的区别。

首先,铁保认为诗歌的真情实感要在儒家文化的指导之下流露出来,而袁枚认为诗歌的感情是人情的自然流露,两者在源头上的立论有所不同。铁保的诗歌感情是受到儒家思想的限制和规范的,不能超越传统的诗歌理论。袁枚的诗歌则是一种自然之气,保持人性当中最本初的状态,受到的束缚最少。袁枚提出"诗不必载道,言志即言情",就是强调天性本真,反对文以载道的思想。铁保在《白山诗介序》中提到这部书的价值在于:"读是集者……可以兴、可以观。"〔4〕 这就继承了孔子所说的诗歌可以"兴观群怨"的功能,指出诗歌具备一定的社会作用,为社会发展服务。

其次,铁保认为性情是创作的本质,袁枚认为才华才是创作的主导。铁保在《秀钟堂诗钞序》中言,"夫诗之为道,所以言性情也"〔5〕,指出诗歌的本质是言性情。何为"性情"?王充在《论衡》中解释:"性,生而然者也,在于身而不发。情,接于物而然者也,出形于外。"〔6〕 铁保的说法与这种解释相类似,他认为"性情"就是一种诗歌中的真情实感,即诗歌创作的本质,它是诗人的情感、思想、态度以及观念的集中体现。

如他在《恒益亭同年诗文集序》中言:

〔1〕 (清)马长海.杨开丽校注.雷溪草堂诗集.长白化书第五集〔M〕.长春:吉林文史出版社,1991:13.

〔2〕 (清)法式善.存素堂文集.续修四库全书第1476册〔M〕.上海:上海古籍出版社,2002:680.

〔3〕 (清)盛昱著.杨钟羲,马甫生等标校.八旗文经.〔M〕.沈阳:辽沈书社,1998:165.

〔4〕 (清)铁保.惟清斋全集.清代诗文集汇编第432册〔M〕.上海:上海古籍出版社,2010:444.

〔5〕 (汉)王充.论衡〔M〕.上海:上海古籍出版社,1990:33.

〔6〕 (清)铁保.惟清斋全集.清代诗文集汇编第432册〔M〕.上海:上海古籍出版社,2010:442.

故其所为之诗、古文辞，不必以章句盗袭古人，亦不必以法度绳尺古人，而其发乎性情，见乎歌咏……此其所以为益亭之文、益亭之诗，而非他人所貌袭也。[1]

铁保以恒益亭的诗歌为例，说明"性情"就是一种自然而然流露出的真情实感，并不用刻意模仿古人的章法与句式，也不用以古人的创作方式为准绳，通过发出的歌咏，就能与古人相通。尽管创作出来的作品各有风格，也不会感觉诗品不高。

两者认为创作的动因不同。袁枚提出了诗歌创作需要依靠才华以及能力，天赋对于诗歌创作具有决定性作用，因此指出："诗不成于人，而成于其人之天。"铁保则认为需要后天的经历，才能够将自己的真情表现出来。

最后，铁保认为诗歌创作感情高于法度，袁枚则认为两者要相统一。铁保为了进一步解释"性情"，在《梅庵诗钞自序》中用自己的创作经历与诗歌理论相结合，认为自己"方攻举子业，不专事吟律，偶有所作，率写胸臆，不拘拘于绳墨，故其诗出于性情流露者居多"[2]。他用直抒胸臆的手法来抒发感情，并不拘泥于作诗的法度，反而能够创作出真性情的诗歌。同样的说法，他在《自编诗文集序》中也有记录：

且文以记政事，诗以道性情，孔子曰："辞达而已矣。"未闻有必如何起，必如何结，必如何敷衍也。今则舍自己之语言性情，略不经意而循行数墨，求皮相于古人之唾。[3]

铁保在这段话中，就直接指出了文章的本质是记录政事，诗歌的本质是抒写性情，更深层次解释"抒情"与"法度"之间的关系，如果不能正确表达自己的想法、观念，只是模仿和遵循诗歌的外在格式，那么写出来的诗歌也不能够打动人心。

根据铁保的记载，关于"性情"的说法不乏其人。他撰写《莲筏、澈公、

---

[1] （清）铁保．惟清斋全集．清代诗文集汇编第 432 册 [M]．上海：上海古籍出版社，2010：443.
[2] （清）铁保．惟清斋全集．清代诗文集汇编第 432 册 [M]．上海：上海古籍出版社，2010：446-447.
[3] （清）铁保．惟清斋全集．清代诗文集汇编第 432 册 [M]．上海：上海古籍出版社，2010：439.

觉天三和尚合传》，记载了莲筏和尚关于"性情"的论述：

> 僧家首重内典，可不作诗，然亦不妨偶为之。即如居士等事君泽
> 民，何藉于诗。然以之歌咏太平，陶写性情，亦不可少。若必求是汉
> 魏，是六朝，是唐，是宋则又为诗所累，而失其性情之正，可不
> 必也。[1]

莲筏，江南人，住锡西郊之万寿寺，通内典，喜作诗，认为诗歌的本质是
"陶写性情"，认为诗人创作的目的是表达自我的感受，诗歌是内心世界的外在
表现。莲筏认为，佛家本来就是以内典为重，可以不必写诗歌，但是如果偶然
写诗，也是一种意趣。如果居士等能够作诗表现有利于民的事，何不通过诗歌
来表达？然而歌咏太平，书写性情的诗歌也不可少，如果必须追求诗歌是汉魏、
六朝、唐或者宋的风格，又是为诗歌所累，这样作出来的诗歌就失去了原本的
意旨，那么作诗就没有必要了，这种看法可谓与铁保相吻合。可以说传记中的
观点实际上就是铁保的观点，只是他是借他人之口发出而已。

（二）诗歌创作论——情随境迁

不同的诗人会在相同的环境下创作出不同的诗歌，同样的作家在不同的环
境中也能创作出不同的诗歌，这就涉及诗歌的创作论问题。是什么决定了作家
的创作风格？铁保就这个问题提出了自己的看法，这就是诗歌的创作论。他认
为，诗歌与环境变化存在密切关联，放之更广泛的概念，应该是与社会生活具
有重大关系。

铁保对于诗歌之性情与客观事物之间的关系作出论述，在清代诗论家群体
中可谓独树一帜。《钟秀堂诗钞序》言：

> 夫诗之为道，所以言性情也。性情随境遇为转移，乐者不可使哀，
> 必强作慷慨激烈之语，以为学古，失之愈远。故穷愁落拓、草野寒士
> 之味，不可施之庙堂；高旷闲达、名山隐逸之作，不可出之显宦。[2]

作诗的目的是抒发自己真实的情感，一个人能够创作出什么样的诗歌，与

[1] （清）铁保. 惟清斋全集. 清代诗文集汇编第 432 册 [M]. 上海：上海古籍出版社，
   2010：444-445.
[2] （清）铁保. 惟清斋全集. 清代诗文集汇编第 432 册 [M]. 上海：上海古籍出版社，
   2010：374.

当时的具体情况变化相吻合。一个人心情愉快之时，不会创作出哀伤的诗歌，如果勉强自己去学习古人作慷慨激昂的句子，也只能失之千里。因此，穷愁落寞以及草野凄冷之况味，不可能出自处于庙堂之高之人；旷达高妙以及隐居安逸之作品，也不可能来自达官显贵之人。铁保所谓"境"，其实就是指客观存在的环境，以及创作时的心境，将两者统一起来，经过组合以及建构成为文学作品中的意境。因此，三者之间形成一个整体，这就成为"诗之性情"的形成原因。由此，得出的结论是"宜其诗和平忠厚，适性怡情，不必有意争奇，自足标新立异"。

同样关于诗歌与境界之间关系的论述，他在《梅庵自编年谱》中也有所提及：

> 盖天地变化不测，随时随境，各出新意，所过之境界不同，则所陈之理趣各异，果能直书所见，则以造物之布置，为吾诗之波澜。时不同，境不同，人亦不同，虽有千万古人，不能笼罩我矣。[1]

只要能够随着事物变化而变化，那么诗歌境界就会不一样，理趣也会不同。因此，时间、环境以及人物不同，创作出来的作品也会千姿百态。他认为一个人的遭遇以及人事的变化，都会对诗人造成影响，这就是传统的关于诗歌创作的命题。诗人如果是创作主体，那么他在接收到外部事物变化的刺激时，就会产生心理变化，从而使创作出来的作品也有不同的意境。铁保在进行诗歌评价时也采用这样的说法，他说恒益亭的诗歌：

> 境遇愈穷，骨气愈峻，可为真有古人之胸襟才识矣。[2]

正是因为恒益亭所遭遇的生活越困窘，他诗歌中的骨气就会越突出，形成一种"古人之胸襟"，这种境界必然是他生活窘迫到一定程度后，产生了欲吐之而后快的冲动，从而体现出诗歌中的风骨。

《梅庵诗钞自序》更是对这一理论进行更为详细地论证。他结合自己的社会生活，将人生的各个阶段创作出来的诗歌进行区分说明。第一境：年少时随父

---

〔1〕（清）铁保．惟清斋全集．清代诗文集汇编第 432 册 ［M］．上海：上海古籍出版社，2010：442.

〔2〕（清）铁保．惟清斋全集．清代诗文集汇编第 432 册 ［M］．上海：上海古籍出版社，2010：442.

亲前往各地为官，游览了不少名胜古迹，对慷慨悲歌之士多发感慨。第二境：考取进士，观政吏部筮仕之始，志气发扬，不知天下有难处事，抑塞磊落不减少时。第三境：擢升为詹事，初入校书之班，入世渐深，意气初敛，诗格亦为之稍变。第四境：三十七岁，得到相国举荐，廷试第一，得到器重之后心境又有所转变。铁保列举自己由少年到中年不同阶段的生活变化，导致自己心境的不同，从而创作出来的诗歌也具有不同的风格。他强调的是一个人的创作心态会与当时所处的环境有直接关系，并且能够对创作的风格产生影响。

从诗歌创作的角度出发，每个人的生活遭遇决定了他们的诗歌内容以及创作风格，因而从诗歌中可以看出诗人当时所处的生活状态。从这一观念出发，诗歌具备的功能就多了一重，不仅仅能够表现出情感，还能记录生活，投射出不同人物的不同生活，这就使得诗歌的价值得以升华。

（三）诗歌发展论——反对拟古

诗歌的发展过程需要继承前人的创作方法，也需要有所突破。铁保在关于诗歌发展的论述上，主张学古，但是却反对一味地模仿以及沿袭，彰显其勇于怀疑，敢于实践的创新精神。

铁保论诗反对只从章句上抄袭古人，也不以古人的法度来限制自己的感情抒发。他在评论恒益亭的诗歌时言：

> 人必有古人之胸襟才识，然后可以为古人之文、古人之诗。何者为汉，何者为唐，何者为八家，体裁虽殊，性情则一。得其道者，片言只字亦别具不可磨灭之气，可以上下百年，纵横万里，非必裁锦为文，敲韵为诗，猥足排倒一世也。[1]

铁保感受到乾嘉时期的诗词创作呈现拟古之风，为矫正时风而提出自己的诗词主张，在诗坛亟待转型的关键时期，对于时人的作品中出现的阻碍诗词发展的问题，提出诗词创作需要追求自然的主张。他认为古人有自己的胸襟以及才学，所以他们创作的诗文作品有自己的特色。汉魏风骨、唐诗风貌、唐宋八大家都各有自己的特色，体裁不一样，但是表达的核心都是"性情"。所以进行诗歌创作时，就要掌握其中的本质，不能只从片言只字去学习，而要得其气度、风格、感情。

---

〔1〕 （清）铁保．惟清斋全集．清代诗文集汇编第432册［M］．上海：上海古籍出版社，2010：443.

他就拟古的问题，在《律介亭》中也提出了自己的看法：

> 拟古者蔑古，所有难也。故初学为诗，先精律体，律不精而欲求为古，是未学步而先学趋，鲜有不蹶者。[1]

铁保就"拟古"问题作出解释，他说拟古的人如果对古诗采取蔑视的态度，这样的做法是不正确的。因此，在学习写诗之前，应该要精通音律、体制。如果格律不精，就想直接仿造古人的写法，这就是还没有学会走路就想奔跑，肯定是行不通的。所以，铁保对于时人的拟古现象进行抨击，《续刻梅庵诗钞自序》对避免语境雷同进行解析：

> 故于千百古大家林立之后，欲求一二语翻陈出新，则唯有因天地自然之运，随时随地，语语纪实，以造化之奇变，滋文章之波澜，语不雷同，愈真愈妙。我不袭古人之貌，古人亦不能囿我之灵。言诗于今日，舍此别无良法矣。[2]

铁保认识到诗词创作的不良倾向正在蔓延，试图寻找解决路径，直指时人进行诗词创作的弊端。铁保认为想要在众多诗歌中推陈出新，只有唯一的门道，就是要写自然之物，而非雷同之语。他指出创作诗歌不能一味因袭前人，创作诗歌没有别的路径，只有这种方法为最善。

铁保又在《自编诗文集序》中再次提出反对拟古的诗学思想：

> 今之人读数行书，有朝学搦管，暮已刻集，不知天下学问为何物，无足责矣。亦有老于一编，名闻一时，而终无一字示人，问其故，则曰："耻不如古人，不可同世。"此其人又未免轻视古人，吾不知其自分居何等已夫？古人之为诗文，抉经史之精，发天地之奥，一赋必十年，一诗必经岁，作为文章，如日月之经天，江河之行地，彪彪焉，炳炳焉，与天地不朽，此其所以传也。今以草芥聪明，一知半解，拾前人之牙慧，盗前人之糟粕，作为一文，作为一诗，辄欲与古人争高

---

〔1〕（清）铁保. 惟清斋全集. 清代诗文集汇编第 432 册［M］. 上海：上海古籍出版社，2010：443-444.

〔2〕（清）铁保. 惟清斋全集. 清代诗文集汇编第 432 册［M］. 上海：上海古籍出版社，2010：446.

下，其亦不知量矣。且诗文之有李、杜、韩、苏，犹政事之有萧、曹、房、杜也，犹理学之有周、程、朱、张也。今之人叩以经济，责以道义，全不敢以古人自况，而独以此雕虫末技，胫胫以不如古人为耻，不亦过乎？且文以记政事，诗以道性情，孔子曰："辞达而已矣。"[1]

铁保通过大量阅读，指出乾嘉时期出现的两种弊病：一种是担心不如古人，因而不敢下笔写作；另一种则是自不量力，只是雕虫小技就想与前人争高低。他批判这两种对待前人作品时的极端做法，认为恰当的做法应该是既学习前人优秀的作品，例如李白、杜甫、韩愈、苏轼等人的诗文，以政事闻名的萧何、曹参、房玄龄、杜加晦，理学家周敦颐、张载、程颢、程颐、朱熹等人的作品可谓精品。如果全然不顾经典作品的存在，只是以学习古人为耻，也是极其错误的做法。因此，铁保的主张是在继承优秀传统文学的基础上，寻求突破与创新，从而促进诗文创作不断向前进步。

（四）诗歌风格论——气体深厚

同本质论、创作论、发展论相比较，铁保的风格论也有着比较充分的论述。他的风格论主张气体深厚。

铁保的诗论有一种明显的倾向，就是以"气"来论诗歌之风格，并且主要强调气格"深厚"。从《白山诗介·凡例》中，他评论杜甫的诗歌时说：

> 诗以气味品格为上，词藻次之。然老杜谓"语不惊人死不休"，未尝不以炼字炼句为先务。是集遇清新奇逸之句，每多收入，非徒取悦人目，实不没作者苦心。[2]

杜甫的诗歌以"沉郁顿挫"风格为主，他的诗歌就是以气体为高，铁保认为杜甫的清新奇逸的诗句也需要炼字炼句。他的这种观点与王士禛的"神韵说"，沈德潜的"格调说"以及翁方纲的"肌理说"都有所区别，始终流露出一种崇尚真情实感的理念。

铁保在《自编诗文集序》中集中论述"气体深厚"与"贵说实话"之间的关系：

〔1〕（清）铁保，杨钟羲辑，李亚超校注．白山诗词·白山诗介［M］．长春：吉林文史出版社，1991：3．

〔2〕（清）铁保．惟清斋全集．清代诗文集汇编第432册［M］．上海：上海古籍出版社，2010：374．

余尝论诗，贵气体深厚。气体不厚，虽极力雕琢，于诗无当也。又谓诗贵说实话。古来诗人下数百家，诗不下数千万首，一作虚语敷衍，必落前人窠臼，欲不雷同，直道其实而已。[1]

诗歌贵在"气体深厚"，如果缺乏这一特质，尽管极尽雕饰，对于诗歌而言也毫无用处。此外，诗歌贵在"说实话"，总结过去众多诗人的作品，如果说的是虚话，那么肯定就会陷入俗套，想与众不同，就要"直道真实"。世间万物一直处于不断变化发展过程当中。他将这种诗歌理论应用到创作当中，因而他的诗歌无不表现出真情实意。他的门人对于他的诗论也十分熟悉，正如刘凤诰《梅庵全集序》中言："余暇进及门商榷今古，间从当时名公卿，上下其议论有得辄书，故其文深厚而邃密。"[2] 他认为铁保的诗歌"深厚而邃密"，指的就是铁保诗歌中保持着阳刚壮烈的民族特色，具有八旗诗人的深厚风格。

他的门人那彦成于道光四年为铁保撰写墓志碑中言：

公论诗贵气体深厚，又云：贵实境不贵虚词。论书云：丰者无骨，瘦者少腴，尚气魄者失怒，张矜风韵者趋柔媚，皆非书之正格也。论者谓惟公不愧其言。[3]

从他的评论中，可以得知铁保的诗论基本观点，"贵气体深厚"就是以诗歌的深厚沉郁为宗；"贵实境不贵虚词"，就是要说实话，贵真情。他的诗歌创作就成为诗歌理论最直接的诠释。

二、曲论

铁保不仅对诗歌的创作具有独到见解，对戏曲创作也有颇为深入的思考。要全面了解他的文学思想，不能忽视曲论。他的曲论集中体现在《选元人百种曲序》当中，尽管篇幅短小，但是内容丰富，只言片语就能将核心观念表达明确。概而言之，主要涉及戏曲地位的提升、戏曲音韵与结构、戏曲的娱乐以及

〔1〕（清）铁保．惟清斋全集．清代诗文集汇编第432册［M］．上海：上海古籍出版社，2010：350.

〔2〕皮福生．吉林碑刻考录［M］．长春：吉林文史出版社，2006：383.

〔3〕（清）铁保．惟清斋全集．清代诗文集汇编第432册［M］．上海：上海古籍出版社，2010：448.

教化功能等方面的内容。

（一）戏曲地位论——以体为尊

铁保在戏曲观念上颇有见地。他从曲的发展演变过程入手，以确定曲的地位。他在《选元人百种曲序》中，开篇即云：

> 诗一变为词，词一变为曲。词，诗之余；曲，词之余也。[1]

铁保继承了李贽以来重视通俗文学的传统[2]，将戏曲置于与诗文同等的地位，指出诗、词与曲三种文学体裁之间的承接关系，从而否定曲为小道的说法，把词与诗歌等价齐观，论词如此，曲亦然。铁保强调词的重要地位，认为词与诗一样具备承担比兴寄托的功能。纳兰性德《赋论》言："诗变为骚，骚变而为赋，赋变而为乐府，乐府之流浸淫而为词曲，而其变穷矣。"[3] 论述词曲的流变过程，将词与诗歌、乐府等量齐观，肯定词曲的地位。铁保的观点与纳兰性德颇为相似，都从发展源流角度肯定曲的价值。

实际上，诗、词、曲、小说本身没有高低贵贱之分，只是在发展的过程当中被人为地加以区分，旨在提高或贬损某种文体的价值。铁保认为词是诗之余，曲是词之余，并不是说词与曲的地位处于末流，而是说明他们之间一脉相承的关系。这一点，从他将自己的词作为"诗余"为一卷置于文集之后，可见其对词的重视程度。

他在确定了曲的地位之后，进一步对戏曲的创作特点进行分析。他结合乾嘉时期的戏曲创作存在的一些弊病，进行说明：

> 今近梨园，去古日远。市井所传，悦人耳目，既失之俚；士大夫所作，欲务博雅，又失之文。求语句之工者，不协音律；图讴歌之适者，衬字太多，均非曲家正宗也。[4]

〔1〕 王佑夫，李红雨，许征编. 清代满族诗学精华［M］. 北京：中央民族大学出版社，1994：134.

〔2〕 （清）纳兰性德. 赋论纳兰性德集［M］. 北京：北京古籍出版社，2006：493.

〔3〕 （清）铁保. 惟清斋全集. 清代诗文集汇编第432册［M］. 上海：上海古籍出版社，2010：448.

〔4〕 买买提·祖农，王弋丁. 中国历代少数民族文论选［M］. 乌鲁木齐：新疆人民出版社，1987：221.

他指出当时的戏曲偏离传统。市井所传唱的戏曲悦人耳目，却未免过于通俗；士大夫创作的戏曲想要追求学识渊博纯正，又显得太为华丽。如果一味追求语句的工整，就可能不和音律；如果能够适合歌唱，又会出现太多衬字，这些都不是曲家之嫡派。反观这些观点，铁保心中优秀的戏曲作品标准，一是能够让人耳目愉悦；二是能够雅俗共赏；三是能够协和音律。指出乾嘉之际的戏曲作品中的不足后，他也又一次强调了戏曲的地位，指出如果是好的作品，就同李杜诗歌一般别有滋味。戏曲在元代得到空前繁荣发展，地位已经不容小觑，但是他能够将其提高到与"史汉文、李杜诗"相媲美的地位，眼光独到[1]。

（二）戏曲审美论——音韵和谐

戏曲在唐朝时期称为乐府，宋代名为戏曲，金代名为院本，到元代的时候体制完备。元代的戏曲既有金元院本，也有宋杂剧、金院本等体制较短的剧本。金代以前传播较少，元曲五百余种，只有臧晋叔所选百种尚行于世。

铁保对于乾嘉时期的传奇作品给予负面的评价，而对元曲却赞叹有加。文中提到他读元曲，"其音节古雅，局度天成，如读史汉文，如对李杜诗；如食天人粮，淡然无味；如嚼橄榄，有味外味"[2]。文中提到区分戏曲优劣的标准，分别是"音节"与"局度"。"音节"指的就是戏曲要通音律；"局度"就是戏曲要讲结构。好的戏曲音节会显得古朴雅致，结构浑然天成，就像阅读《史记》以及《汉书》，就像读李白以及杜甫之诗歌，就像天人所食之粮食，淡淡的无味却有嚼劲，就像咀嚼橄榄，能够体会出味道之外的另一层境界。与之相反的是，他读乾嘉传奇本，就如同嚼蜡，曲家正宗之优美的艺术成就，今人已经遥不可及。

铁保对于吴竹间孝廉处看见的这本元杂剧刻本十分珍惜。通过仔细阅读及品味，他决定与孝廉相约将这部戏曲刊刻出来，并且经过自己的选择，从中择通本完善没有败笔的三十种戏曲，并从其剩下的几十种曲中选取一二折以存其精华，共得四十折，刊刻成册，以广为流传。

（三）戏曲功能论——寓教于乐

铁保的戏曲理论中还有一个重要内容，就是反对"曲小道也，可以不传"的观点，认为戏曲具备正史所缺乏的教育以及悦人的功能。

铁保认为戏曲具有教育功能。他甚至认为戏曲承载的教化作用甚至超越了

---

〔1〕 （清）铁保．惟清斋全集．清代诗文集汇编第432册［M］．上海：上海古籍出版社，2010：448.

〔2〕 （清）铁保．惟清斋全集．清代诗文集汇编第432册［M］．上海：上海古籍出版社，2010：448.

"六书"以及正史,《选元人百种曲序》云:

> 吾徒日对六经、二十三史,视为泛常,不能益其身心,往往于传奇中或感发其善心,或惩创其佚志,佛家天堂地狱之说,吾儒醒世牖民之旨,未必不具于此。[1]

铁保对戏曲的功能予以正视,正如他所说,一个人如果整日面对着《诗》《书》《礼》《易》《乐》《春秋》这些儒家经典,以及《史记》《汉书》以来的二十三正史,不能益于身心,却往往能于传奇中,"或感发其善心,或惩戒其佚志"。戏曲能够承担教育以及惩戒的功能,这种观念与乾嘉时期的传奇大家蒋士铨的观点类似,强调曲有关风化的作用。他言"天下之治乱,国之兴衰,莫不起于匹夫匹妇之心,莫不成于其耳目之所感触,感之善则善,感之恶则恶,感之正则正,感之邪则邪"。这就是戏曲所能产生的效果,通过表演来达到启迪人心的效果。

铁保还提出戏曲创作还有愉悦身心、陶冶性情的作用。戏曲内容包罗万象,既有佛家天堂、地狱之说,也有警醒世人、引导民众的要旨,这才是戏剧,并不是游戏而已。他认为戏曲的发展也随着时代的变化而变化,"且今之乐,犹古之乐,一变再变,即古贤大儒生今之世,亦不能舍此以悦人耳目,快人性情,不必定执《关雎》《麟趾》《郊庙》乐章,方为三代以上正声也"。[2]里面涉及的三个乐章出自《论语》,代表着和平中正,是夏、商、周三代的纯正乐声。戏曲要让人心生愉悦之感,并不一定要拘泥于纯正,无论时代怎么变化,都可以保持快人性情的功能。

---

〔1〕(清)铁保. 惟清斋全集. 清代诗文集汇编第 432 册 [M]. 上海:上海古籍出版社,2010:448.

〔2〕(清)铁保. 惟清斋全集. 清代诗文集汇编第 432 册 [M]. 上海:上海古籍出版社,2010:448.

第三章

铁保诗歌研究

铁保的文学作品中，尤以诗歌的数量最多，共有 675 首。对他的诗文作品进行分期研究，并且总结出各个时期呈现出的不同诗歌风格，有利于把握他的诗歌创作整体脉络。结合其生平事迹、活动地域以及创作心态等多个方面的因素，主要分为四个时期。早期是自乾隆十七年（1752）到乾隆三十六年（1771），少年随父前往各地任职，并苦修举业，为入仕做准备阶段，主要受到陕西文化以及河北文化的影响，形成了慷慨悲壮与率性自然兼备的诗歌风格。中期自乾隆三十七年（1772）到嘉庆三年（1798），是他在京城做官期间，这一阶段主要受到京城文化的影响，加之仕途顺畅，形成了雄健方刚与清雅疏放兼具的诗风。后期自嘉庆四年（1799）到嘉庆十三年（1808），是他游宦地方时期，受到盛京、山东、江南文化的影响，加之入世渐深，形成了苍劲雄奇与清新淡雅皆备的诗风。晚期自嘉庆十四年（1809）到道光四年（1824），是他遭遇贬谪之后，受到西域文化与吉林文化的影响，形成了雄浑沉郁的诗风。

铁保以诗歌闻名于世，在乾嘉时期就获得了盛誉，如张振德《淮西小草跋》评铁保写淮水的诗歌："若夫格律之精严，气味之浑穆，读者自领之。"符葆森《寄心庵诗话》言铁保："偕其弟阆峰并以诗名"[1]。铁保的诗歌还得到国外文人的认可，与他同时代的朝鲜文人申纬读了铁保的诗集后，作《读〈梅庵诗钞〉》评其诗："质厚沉雄格力臻，诗随境变验身亲。贤如老铁犹才尽，七律当家定几人。"[2]

第一节 铁保早期诗歌——入仕之前（1752—1771）

铁保出生于北京，从六岁开始便随出仕的父亲辗转各地，到达甘肃、陕西、

〔1〕（清）李桓. 国朝耆献类征初编 [M]. 扬州：广陵书社，2007：30.
〔2〕（朝）申纬. 警修堂全稿 [A]. 徐明源. 韩国文集丛刊第 291 辑 [C]. 首尔：韩国民族文化推进会，2002：257.

河北等地，了解社会现状，游历古迹旧址。同时他还攻读举业，并且延请童湘岩作为家庭教师，专门学习诗文创作。这些经历都为他的诗歌创作提供了良好的条件，少年铁保就是在这样的成长环境下，练就了诗歌才华。他凭借诗才与法式善、百龄并称为"北方三才子"。他具备开阔的文化视野，并将这些浸透到诗歌创作当中，形成慷慨悲壮的诗风，与此同时他又保持了少年时期的洒脱个性，一些作品呈现出率性自然的风格。

一、早期诗歌内容

诗歌的内容与生活经历密切相关，生活环境的变化导致思想情感的变化，从而决定了诗歌的创作风貌。铁保少有诗名，时人以才子称之，心中立下志向，诗歌中蕴含着雄心壮志，写言志诗寄寓怀抱。他少年时期的生活方式以游览各地为主，在此期间有机会前往历史遗迹，引发思考，写咏史诗寄托兴亡感慨。他生活阅历丰富，对社会现实有更深刻的理解，写叙事诗以表达对现实生活不平现象的看法。通过分析这些诗歌类型，有助于把握铁保早期的思想。

（一）言志诗

铁保作言志诗，主要的目的在于表达自己的志趣。他少年而广阅历，养成了远大抱负。这种抒发少年狂放的诗歌他写过不少，比如《结交少年场》：

> 结交贵知心，知心苦不早。谈笑挥黄金，金尽人已老。我有丰城剑，乃是百炼精。我有血汗马，千里可横行。[1]

这首诗题目中便言"结交少年"，可见其少年豪侠之情。他认为交友最重要的是知心。这位年轻人佩戴着丰城剑，骑汗血马，何等英姿飒爽。铁保通过刻画少年出游的形象，来表明自己内心的理想，希望能够骑马佩剑，迎接美好的未来。他的咏怀诗中，还有五言绝句《试马》二首，都是在长安古道中写成，写得意气风发，豪情勃发，喜悦兴奋的心情跃然纸上。云：

> 试马长安道，霜蹄蹴毂尘。怪他来往客，看马不看人。

---

〔1〕 （清）铁保．惟清斋全集．清代诗文集汇编第 432 册［M］．上海：上海古籍出版社，2010：497.

千金买骏马，血汗撑突兀。欲施锦障泥，无由见奇骨。[1]

这两首诗歌意境明快，与之前的诗歌风格一样，都表现得意气横溢。第一首写自己在长安道上任意驰骋，将少年意气写得生动传神。第二首写的是自己买马之后的感想，想要千金买骏马，想要驰骋在无垠之地，表现出想为国家建功立业的决心。这两首诗歌都表现出少年铁保的豪迈之气，把骑马表现得如此天马行空，读者仿佛置身于现场。

他还作《豫章行》以彰显自己的入仕愿望，诗云：

豫章有佳木，千尺干云霄。郁郁经岁时，不为霜雪凋。高枝集莺鹉，低枝巢鹡鸰。海日移扶桑，天风吹动摇。岂无匠石顾，材大不可雕。坐此枝柯全，深山蔚高标。遇为栋与梁，不遇刍与茏。[2]

铁保少年时期最喜爱乐府诗，通过翻新乐府旧题来表现自己的意趣。诗中的"佳木"，实际上就是铁保的自喻。此树高千尺，不畏严寒，稳固无比。如果没有巧匠愿意雕琢则毫无用处，在此深山之中全凭借机遇。诗歌的最后两句点明主旨，如果能够遇见赏识的人，则能够成为人才，如果不能遇见伯乐则只能白白浪费才华。这首诗歌表示他期盼遇见伯乐，展示自己的才能的强烈愿望。可见少年时期他已经信心满满，期待以后能够一展宏图，成为国家之栋梁。同样，他的这种理想还表现在《空城雀》中，写自己对于未来的希望，希望能够伸展才华，"朝食太仓粟，暮饮枯壕水"，太仓即为官俸，表现自己的心迹。

（二）咏史诗

铁保在长安生活，开始诗歌创作，并通过游览古迹增广见闻。随后又到陕西和河北，年纪虽小但是经历丰富。他对于社会现象的关注，使其诗歌思想呈现出一种超越了实际年龄的成熟感。他的诗歌中带有历史的厚重感。他创作过不少咏史诗，借历史人物和历史事件抒发个人的情怀，以古喻今。他少年时期的诗歌中，有一些诗歌是代表对历史事件的看法。

比如《走马引》就是这一时期的代表作。诗云：

---

〔1〕（清）铁保．惟清斋全集．清代诗文集汇编第 432 册［M］．上海：上海古籍出版社，2010：547．

〔2〕（清）铁保．惟清斋全集．清代诗文集汇编第 432 册［M］．上海：上海古籍出版社，2010：497．

壮士腰间一寸铁，练影铺风飞列缺。襄阳市上气呵云，鹏鹤光寒仇血热。出门囊剑去梼里，天下何人容不死。冰蠢铁骑声模糊，陡骇追兵动地起。遣踪稔视遍原野，不见追兵见天马。天马何知天使来，一啸愁波向天泻。歌走马慨以慷，沂泽之水何渺茫。荆轲不返摄政老，壮士天涯长寿考。〔1〕

这首诗歌咏荆轲，据《战国策·燕策三》中记载，荆轲往刺秦王，太子丹等送至易水。铁保十七岁时正与父亲居住在易，即河北易县境内。他身处其中引发思考，因而吟咏成诗。他以荆轲刺秦王之事抒发心中激情，诗中的"寒""冰""愁""慷慨""渺茫"等字眼，描摹出一幅雄浑广阔的意境。

从铁保的作品中可以看到，他当时年纪虽小，但是对历史中的事件有独到见解。铁保有诗《黄金台》，写自己有远大的理想与抱负：

黄金台，高崔嵬，昭王求贤贤不来。悲歌击筑燕市走，战国奇才半屠狗。屠狗之徒亦英雄，不爱黄金只爱酒。吁嗟乎！千金买骏马已死，更欲千金买国土。国土登台自隗始。〔2〕

铁保借用悲歌击筑典故，表达的是荆轲与高渐离英雄起于草泽，两人志同道合，举杯微醺后，高渐离伴奏，荆轲击筑高歌之事。铁保借历史人物抒发自己对舍身取义精神品质的推崇，指喻自己的人生理想，从中也能感受到他的少年之志。

他另有一首诗歌《长安酒家行》：

长安酒家酒正熟，少妇当垆对客鬻。五陵豪贵气纵横，走向垆头炫奇服。蹀焚宝马珊瑚鞭，锦衣窄袖争新鲜。青虬紫燕共一醉，十万笑解腰间缠。自言富贵本天赐，千金买笑寻常事。不问罗敷更有夫，绿珠亲见楼头坠。回头语少妇，少妇长咨嗟。君气高如云，妾命轻于

〔1〕（清）铁保. 惟清斋全集. 清代诗文集汇编第 432 册［M］. 上海：上海古籍出版社，2010：496.
〔2〕（清）铁保. 惟清斋全集. 清代诗文集汇编第 432 册［M］. 上海：上海古籍出版社，2010：497.

花。朱颜有分藏金屋，不嫁长安卖酒家。[1]

铁保此处以唐当垆少妇、五陵豪杰抒发少年激情，表达内心壮志。《雉朝飞》则是通过典故，抒发自己对于爱情的理解：

雉朝飞，麦畦下。雄雌比翼鸣，相逐不相舍。我胡茕茕步中野，南山有罗，北山有罝，亦翔亦翔，莫余能侮。援琴歌，歌未已，雉朝飞，暮同止，彼何为者？牧犊子。[2]

《雉朝飞》是战国时期齐国的琴师牧犊子所作之曲。该曲的创作背景是牧犊子年纪很大了，却没有妻子，他看见雄雌雉在空中双宿双飞，便触景生情，引发出别样的愁绪。从这以后，就将雉朝飞作为美好爱情的象征，成为定式。铁保将这个故事再现出来，表现出对于爱情的向往之情。

（三）叙事诗

叙事诗主要以叙事为主，具有完整的故事情节，鲜明的人物形象，并且带有一定的抒情色彩。铁保少年时的叙事诗，多有对社会中存在的不合理现象进行的揭露。他写《长安有狭斜》诗云：

珠房月户何处栖，绿熊座拥挥青虬。翻云覆雨变朝暮，指天誓日轻山邱。被服焜耀谁家子，夜夜酣歌燕市里。黄金如土散步收，买得佳人矢同死。鸳鸯同宿复同飞，珊瑚作枕翠作帏。歌残玉树人何在，梦觉青楼事已非。当年喜说长安好，至今愁上长安道。浔阳司马湿青衫，昨日琵琶今日老。[3]

诗歌中表现出富贵无常，人生韶华易逝的感慨，借写长安城内一些贵家子弟夜夜笙歌、醉生梦死的生活方式。他们对黄金挥霍如土，只为与佳人相伴，过着奢靡的生活。诗中选用白居易的《琵琶行》表现知识分子对国家和民族前

---

〔1〕（清）铁保．惟清斋全集．清代诗文集汇编第 432 册［M］．上海：上海古籍出版社，2010：497.

〔2〕（清）铁保．惟清斋全集．清代诗文集汇编第 432 册［M］．上海：上海古籍出版社，2010：396.

〔3〕（清）铁保．惟清斋全集．清代诗文集汇编第 432 册［M］．上海：上海古籍出版社，2010：497.

途命运的担忧，读之令人动容。他还作《出东门》，诗云：

> 出东门，将何之，野风吹沙天四垂。丈夫胡为泣路岐。儿牵衣啼，悲不见顾，妻前致辞，泪下如注。掉头拔剑东门去，贫贱不返东门路。[1]

诗中主人公需要走出城市的东门，前往外地，孩子不舍离去，妻子泪如雨下，表现亲人不得不面临离别的悲伤感，让人心生悲悯。从这首诗歌可见铁保对于汉乐府诗歌的学习以及模仿。汉乐府《出东门》云：

> 出东门，不顾归；来入门，怅欲悲；盎中无斗米储，还视架上无悬衣。拔剑东门去，舍中儿母牵衣啼："他家但愿富贵，贱妾与君共哺糜。上用仓浪天故，下当用此黄口儿，今非！" "咄！行，吾去为迟！白发时下难久居。"[2]

这首汉乐府表达的是男主人公复杂的心情，先出东门，后又回家。看见家中无粮无衣的情况，再次出东门，不顾妻子苦苦的劝阻，只能拼死一搏。铁保的诗歌与这首汉乐府都表现对贫苦人的同情，对社会现状的批判。语言古朴自然，只是铁保的诗歌中将口语隐去，化成工整的诗句。从中可知，铁保从汉乐府中寻找创作灵感，巧妙地化为自己的诗句，流畅自然而又内涵丰富。

铁保还创作了几首以女子作为吟咏对象的诗歌，也对现实生活不平事进行批评。他的五言绝句《贫女吟》二首，诗云：

> 蓬门余艳质，顾影独怜春。莫恨无媒识，经年耻见人。
> 平时嗟女伴，寂寞共清贫。忽嫁金闺婿，荆钗解笑人。[3]

这两首诗歌对社会中存在的不合理现象进行讽刺。其一是写尽管是在贫穷的家庭，但是却天生丽质，自己独自惜春。不要怨恨没有媒人能够认识我，只

〔1〕 （清）铁保．惟清斋全集．清代诗文集汇编第 432 册［M］．上海：上海古籍出版社，2010：496-497.

〔2〕 刘涌．简明中国文学史［M］．北京：中国文史出版社，2014：37.

〔3〕 （清）铁保．惟清斋全集．清代诗文集汇编第 432 册［M］．上海：上海古籍出版社，2010：547.

是这些年羞于与人相见。这是一首闺怨诗，通过女子之口，来比喻自己渴望得到重视的心态。第二首是写平日里嗟叹女伴，寂寞与清贫，忽然嫁给了金闺婿，荆钗解除了以后却嘲笑别人。这首诗揭露出一种社会现象，一个人在贫困的时候感觉失意与寂寞，有朝一日成为富贵之人以后，却不能感同身受，反而讽刺他人。这首诗歌具有深刻的批评精神。

他还有一首写女子婚姻观的诗歌《邯郸才人嫁为厮养妇》，云：

> 厮养亦有妇，才人亦有夫。不为邯郸人，嫁彼诚良图。昔为贵人妾，自爱同珍珠。一朝事老卒，谁问千金躯。伤心怀故宫，新人复何如？[1]

铁保写的是才人两次婚姻，一次是贵人妾，后改嫁给厮养。本来以为是一个好的选择，可是仍然不能达到心中预期，表现出哀怨的心情。从中也能了解铁保关于缔结婚姻的一些思想。这类诗歌主要以当时的社会现象为内容，反映出铁保诗歌贴近现实的一面。

二、早期诗歌风格

诗歌的风格可以体现出诗人的独特性，铁保的创作生涯从其随父任职阶段开始。这段时期是他创作的发生期，也是为后来的创作奠定基础的时期。他从乾隆二十二年（1757）开始学习诗文创作，并且表现出极高的文学造诣，所作诗歌内容充实，而且意蕴深远。他在成长阶段还有机会接触社会，感受不同地域的文化氛围，更为诗增加了深刻内涵。因此，铁保早期的诗歌无论是抒发志向，还是表达对历史的感慨，或是反映社会现实，都表现出一种慷慨悲壮的风格。又因为他正处于年少轻狂的年纪，仍然不失率真洒脱的个性。正因如此，他在少年阶段创作的诗歌呈现出慷慨悲壮与率真自然兼备的风格。

（一）慷慨悲壮

铁保有机会领略长安、易州等地的名胜古迹，感受到历史变迁的深刻变化，使得诗歌中少有少年的稚气，反而显得意味厚重，形成了铁保早期诗歌慷慨悲凉的风格。正如铁保在《梅庵诗钞自序》中说道：

---

〔1〕（清）铁保．惟清斋全集．清代诗文集汇编第 432 册［M］．上海：上海古籍出版社，2010：497.

余自髫龀随先大夫官于易，易为古名区，多慷慨悲歌之士。涉荆卿颓波，登金台故址，少年意气，动与古会。[1]

铁保回顾自己年少时的创作经历，随其父前往易做官，这里多慷慨悲歌之人。荆轲就是在易水与燕太子丹饯别，对此他作《走马引》以表达自己的少年壮志。他还前往金台，即招贤台，留下诗歌《黄金台》表示自己渴望得到重用的心情。这两首诗歌都是在少年时期完成，表达出自己的胸襟、才情以及审美意趣。

在其他的同一时期的诗歌中，也不乏此类风格的作品。比如《御沟怨》诗云："西风杀林林影裂，落叶殷殷杜鹃血。"诗歌中用"西风"来体现萧飒之感，以"杜鹃血"喻"落叶殷殷"更为秋天增加了一丝荒凉。这首诗歌主要是借助御沟秋叶的典故，写有情之人不能相见，却只能"背立呜咽"的悲伤之感。全诗营造出悲伤的气氛，让人心生悲悯。其《长安酒家行》一首，诗歌中借写长安当垆女与五陵豪杰，来言内心志向，具有慷慨之感。又如《长安有狭斜》，书写的是对于现实生活中不平之事的抨击，用"浔阳司马"与"昨日琵琶"的典故，让整首诗歌增加悲壮之气。这种境界源自铁保少年游览各地，在陕、甘名胜之地"姬汉旧邦"开阔视野的经历有关。

（二）率真自然

铁保诗歌还有一种风格，就是率真自然。根据《梅庵诗钞自序》中所说："然时方攻举子业，不专事吟律，偶有所作，率写胸臆，不拘于绳墨，故其诗出于性情流露者居多。"[2] 此处铁保将少时求学时期的诗歌风格进行总结，指出自己书写真实性情，直抒胸臆，不拘泥于规矩的约束，形成率性自然的风格。

他将自己的理想寄托于诗歌当中，用畅快淋漓的语言进行表现。他的这种率真自然的风格在《日出谣》中展露无遗。诗中云：

烛龙衔耀照海水，千尺鲸波射云紫。珠宫贝阙灵鳌翻，凭夷跳波老蛟起。天鸡叫云云冥冥，赭波怒激扶桑腥。羲和收鞭天帝笑，九点

---

〔1〕（清）铁保．惟清斋全集．清代诗文集汇编第 432 册［M］．上海：上海古籍出版社，2010：443.

〔2〕（清）铁保．惟清斋全集．清代诗文集汇编第 432 册［M］．上海：上海古籍出版社，2010：443.

齐烟一时晓。双丸跳跃年复年，彭祖巫咸几回老。[1]

他以充满跳跃性的思维，用夸张的手法，将原始神话当中的"烛龙""天鸡""扶桑""羲和"等形象入诗，整首诗歌充满神秘色彩，在众多表现正统思想的诗歌当中，这种借助神话意象的诗歌显现出云谲波诡、新奇多姿的艺术境界，对于多年在官场中浮沉的铁保而言，成为宣泄心中块垒的重要出口，抒发感情也更为直接自然。又有《玉阶怨》，云：

> 铜壶露涩漏声绝，湿萤偷光暗蚕咽。罘罳檐冷云母昏，斑竹啼烟泪痕减。玉绳耿耿云气冥，莺舆杂沓回双星。帝子停骖素娥笑，一夜梧桐背人老。下阶敛恨弹箜篌，飒飒西风猎白草。[2]

他用流畅的笔法，书写铜壶漏的声音、飞萤的呜咽、斑竹之泪痕，将这些独特的意象入诗，营造出浪漫与神秘的天宫图景，最后用箜篌的声音结束全诗，潇洒自然的笔风就显现出来。《明河篇》写的是秋风瑟瑟之际，银河高悬，遥远的天空中静谧而雪练白如新，柔情似水，想要渡过双星。一句"有客高歌中夜起"，结束了之前的柔软之气，格调与之发生变化。除了这种豪放风格的诗歌，他也作清新淡雅的五言绝句。比如《入山》："入山半入云，爱此云间屋。云归僧未归，知在云中宿。"[3] 表现出一种闲云野鹤式的雅趣，整首诗歌写得别致且饶有韵味。

铁保的诗歌创作与其人提出的诗歌理论相一致。他在《白山诗介·凡例》中说："诗贵真，各随其性之所近，不可一律相绳。……是集之选，就当时之际遇，写本地之风光，真景实情，自然入妙。不但体裁不巧一格，即偶有粗率之句，亦不妨存之，见瑕瑜不掩之意。"[4] 从中能够发现，铁保对于诗歌的追求是崇尚真情，进行诗歌品评时也以是否抒写真景实情为标准。他的这种创作思想在少年时期的诗歌创作中就已经得以彰显。因此这一时期创作的诗歌大多数

---

〔1〕（清）铁保．惟清斋全集．清代诗文集汇编第 432 册［M］．上海：上海古籍出版社，2010：496.

〔2〕（清）铁保．惟清斋全集．清代诗文集汇编第 432 册［M］．上海：上海古籍出版社，2010：496.

〔3〕（清）铁保．惟清斋全集．清代诗文集汇编第 432 册［M］．上海：上海古籍出版社，2010：547.

〔4〕（清）铁保撰．杨钟羲辑．李亚超校注．白山诗词．白山诗介［M］．长春：吉林文史出版社，1991：2.

都流露出真情实感以及自我性情。

铁保早期的诗歌在语言上追求古朴的风格，总体上呈现出通俗易懂的特点。通过分析这个时期的作品，可知他的诗歌风格受到乐府诗的影响，也能从中看出他早期学习古诗词的历程。是以铁保的早期诗歌呈现出两种风格，将慷慨悲壮与率性自然结合起来就是这一时期的整体风貌。

第二节　铁保中期诗歌——仕宦京城（1772—1798）

铁保步入仕途之后，于北京生活为官二十余载的经历，对他的创作产生重要影响。北京所拥有的秀丽河山、名胜古迹、鸟兽草木，均能成为铁保诗歌的素材。北京还是全国政治、经济、文化以及学术的中心，可谓具有集天下之大成、荟四方之精华的天然优势。北京独特的地域文化，孕育了铁保中期诗歌雄健方刚和清雅疏放兼备的诗歌风格。

一、中期诗歌内容

铁保仕宦京城的诗歌归在中期，主要分为三个类别：写景诗、怀人诗和咏怀诗。将铁保以京城为背景创作出的诗歌按照不同类别进行分析，有助于从整体上把握北京地域文化影响下的铁保中期诗歌风貌。

（一）写景诗

铁保喜欢结交朋友，二十一岁时中进士，更是与同年之间许多人成为知己。京城处处都有美景，与朋友纵情山水之间，乃是当时文人之一大乐事。

1. 自然景观

北京风光宜人、景色优美。铁保喜好出游，纵情山水之间，赋诗吟唱。西山、翠微山、登钓台、石景山、石经台、龙泉、孔水洞等，皆成为铁保诗歌的描写对象。从《梅庵年谱》的序与跋中可以清楚认识到，铁保交游面广，而且交往的多是知识分子。在京为官期间铁保常常与朋友进行诗文唱和，留下了不少描写北京风光的诗歌。从这些诗歌中，也可以看出北京地域文化给他带来的影响。

铁保与刘虚白、恒益亭是同年好友，三人一同领略祖国的大好山河，快意人生。铁保喜欢写登高望远，表现自己的博大胸襟，比如《九日偕刘九虚白、恒六益亭登钓台》，诗云：

白日被广野，惊风薄长林。连袂陟西原，奋履攀遥岑。遥岑下西曜，西原罗重阴。侧身钓台北，走眼潭千寻。嵯峨远山影，环块浮以沉。颓岸逗磷确，危溜悬欹鉴。激流无恬波，平水无近涛。长风破浪至，划然开我襟。我襟开向谁，涤此万古心。危坐惬远抱，引领挥长吟。峨峨戏马台，兔穴狐亦侵。渺渺龙山谷，人去复谁临。胜游良在兹，千载情难任。〔1〕

　　这首诗歌作于乾隆四十二年，此时铁保二十六岁。他与刘虚白、恒益亭为同年进士，一起游览山河，相互唱和，留下此作。诗中钓台之景色，表现出气象阔大、纵横捭阖的场景，以此表现出诗人心怀天下的伟大抱负，代表着一种充满希望与活力的人生态度。

　　同样写与友人登高的还有《登石景山浮图》一诗，前面写秋天寥廓之景，后面写山色之震撼人心，由景入情，融情于景。用"长风""巨壑""八荒"等辽阔旷达的字眼，表现出北京自然风景之神奇与雄伟。又如《秋日偕恒益亭、张云滕、德树之及弟阆峰登翠微山绝顶》，诗歌云：

　　招邀协胜游，迢递策马足。探幽款虚北，揽胜跨层麓。据险俨飞仙，攀萝得健仆。千章风怒排，万壑云倒束。长河引带浑，圆湖盘鉴绿。犬牙错迥野，蚁磨旋广陆。侧身飞鸟过，长啸众山肃。于焉迈豪饮，倏已忘薄俗。俯仰心峥嵘，呼吸气清淑。夕影屯繁阴，颓阳挂岩木。归路良渺茫，经游劳踯躅。〔2〕

　　这首诗歌笔意流畅自然，采用白描手法，将眼前之景写得雄奇高爽、磊落舒展。秋日，铁保与友人共登翠微山，感受"一览众山小"的感觉。俯仰之间，天地都与我为一体，呼吸新鲜空气，感觉轻松自在。他的《登西山最高处》写他在西山最高处的所见、所感、所思。诗人此时傲视群山，看缥缈苍烟，龃牙错落的山村，又有如锦带的滹沱水向西南奔流，远处的天目峰似乎与昆仑邱相接，此时高瞻远眺，能将所有的忧愁与烦恼全都抛却。正如李金希所评："诗歌

　　〔1〕（清）铁保. 惟清斋全集. 清代诗文集汇编第 432 册［M］. 上海：上海古籍出版社，2010：498.
　　〔2〕（清）铁保. 惟清斋全集. 清代诗文集汇编第 432 册［M］. 上海：上海古籍出版社，2010：498.

境界所呈现出来的是一种至阳至刚之美。"[1]

除了与朋友同行，铁保也经常独行领略北京风光。《重九后二日宿龙泉庵二首》，其一写的是重阳节两日后出游，寄情于山溪幽谷之景。其二写的是自己客居在龙泉庵，能够享受"流影松萝间"以及"人稀鹿扣关"的美好画面，在游览毕后抒发了对娴雅幽静、远离喧嚣的"出世"感的喜爱与仰慕。《滦阳九日登高》是他扈从乾隆皇帝前往滦阳时所作，写下"莫负壮游滦水上，聊舒清兴寄烟萝"的诗句，字里行间展露出对于此次出游的豪情壮志。

铁保在北京多年，对于西郊的美景喜爱备至，用诗歌记录出游看见的美景。其中《西郊晚眺》一首：

> 薄暮西郊望，遥天接翠微。滩声留雨住，云影带山飞。野阔秋容淡，寒霜落叶肥。隔溪樵路暗，人背夕阳归。[2]

诗人在薄暮笼罩的西郊极目远望，遥远的天空仿佛要连接翠微山，云影能够绕着山飘飞。诗人用一种朴素直白的笔法，对秋天微凉的季节作出描摹，隔着溪水都能看见有樵夫循着夜路，人影背着斜阳而归家。远离城市的西郊显得静谧而富有人情味。同样出游的还有《西郊纪游》，写乍雨还晴之际出游的场景：

> 西郊走马动豪兴，欲雨不雨岚光清。薄暮林中障火伞，乍阴天际迷铜钲。三家两家钓竿立，十里五里荷香迎。罢游归去兴勃勃，梯云更拟西山盟。[3]

西郊出游，天气阴寒，薄暮笼罩山林，在这个时候，有人在远处三五人家处鱼竿垂钓，十里五里远就有荷花相迎。游玩之后兴致勃勃，心情变得愉悦明朗。《西山道中》写秋天，自己在雨后骑马来到西山的一次出游，诗云：

> 荦确西郊路，凉生雨后天。马衔当路草，人漱出山泉。远树平于

---

[1] 李金希.清代满族诗人铁保[J].满族文学研究，1998（3）：46.

[2] （清）铁保.惟清斋全集.清代诗文集汇编第432册[M].上海：上海古籍出版社，2010：497.

[3] （清）铁保.惟清斋全集.清代诗文集汇编第432册[M].上海：上海古籍出版社，2010：534.

岸，秋峦澹入烟。一官清俸足，祗少买山钱。[1]

诗中书写的是平实雅致的自然之景，抒发了对清闲生活的向往。从以上的诗歌中，可见铁保因为青壮年忙于交游，而产生的对清闲优雅避世生活的某种向往。

2. 人文景观

铁保是一位热爱出游之人，同时又"性嗜诗"，以自己的诗才，书写祖国之风光，可谓妙哉。北京具有深厚的文化底蕴，铁保时常游览名胜古迹，并用诗歌记录下来，供人欣赏。诗歌中总能将游览地写得富有深度，或描写游览之兴趣，或抒发对历史的思考，可见内容之深意。

他对北京的人文景观十分感兴趣，以《孔水洞》一诗为例，此诗有序有文，序文：

今名云水洞，载孔子悬崖千尺石，实有人乘槎，穷源五六日，无所底。唯见仙鼠书飞、颊鳞游泳而已。唐开元岁大旱，遣使授金龙玉璧祷之立应。金太和中有桃花瓣浮出，其大如无当钱。今洞载上方，山深三里许，有一百八景，各肖人物。明末徐文长有《游云水洞记》。[2]

诗歌的序文，从云水洞的地理位置、地貌特征、历史典故几个方面，概述了此景的特质，使读者能更好地理解诗意，展现当地所蕴含的文化底蕴。序文之后，诗人又用铺陈的手法，将洞中美景表现得包罗万象、光怪陆离。

铁保写诗，注重体现历史文化内涵。《石经台》开篇定下对历史进行反思的基本格调"我登石经台，不见石经古"[3]，铁保登石经古迹，回想元和年间，刘公镇与刘总传都在此建功立业，现在已经成为过去，体现了宏大历史的苍凉之感。还有《登石景山浮图》，诗云：

---

〔1〕（清）铁保．惟清斋全集．清代诗文集汇编第 432 册［M］．上海：上海古籍出版社，2010：534.

〔2〕（清）铁保．惟清斋全集．清代诗文集汇编第 432 册［M］．上海：上海古籍出版社，2010：499.

〔3〕（清）铁保．惟清斋全集．清代诗文集汇编第 432 册［M］．上海：上海古籍出版社，2010：497.

峨峨石景山，凌虚跨金阁。侧身登浮图，秋声满寥廓。洪涛卷地轴，天外桑干落。澜梗万马奔，浪蹴五丁凿。如伸巨灵臂，来撼阴山脚。吾行距绝顶，走眼入广漠。俯兹青云梯，积铁壁如削。昂首引长风，倒影摇巨鳌。茫茫穷八荒，孤怀此焉讬。〔1〕

这首诗前面写秋日寥廓之景，后面写山色之震撼人心，其中"长风""巨鳌""八荒"等雄伟壮阔的景色，表现出自然的神奇与独特。《登古蓟门二十四韵》中自序，"是日同游者为甘渊道、益亭、德树之及弟阆峰"〔2〕，同行之人都是他的朋友，这首诗歌"古蓟门"是今都城德胜门外土城关〔3〕。诗中写的是"秋声来大漠，暝色赴平原"的旷远景象。

铁保中期的诗歌往往具有高旷昂扬的感情基调，他和朋友一起登上颇有历史底蕴的古迹，结合自己的人生经历，发出了人生无常的感慨。比如《经西山废寺感赋》就是铁保一次偶然经过西山废寺所写，诗歌中描写出荒无人烟的颓废景象，诗云：

荒凉祠宇此经过，人去空庭鹊有巢。白草迷离陈迹少，破墙颠倒乱碑多。燕云渐促嗟财尽，客魏虽诛奈政何。一洗烟尘归净域，龙飞冀北足恩波。〔4〕

荒凉的寺庙，人去楼空。白草星星点点很难看出陈迹，到处都是破旧的墙壁，倾倒的石碑胡乱丢弃，这都表现出一个破败不堪的寺庙给人的心理带来的冲击。《破寺》写的是铁保在一个寺庙之中停留时，看到此处破败的景色，"伤心"二字足堪表达铁保此时的心绪。

3. 物候描写

铁保书写北京多变的天气，从中可知他具备诗人的敏感。他以大自然的物候现象为写作对象，表现出对自然造化之惊叹。

〔1〕 （清）铁保. 惟清斋全集. 清代诗文集汇编第432册［M］. 上海：上海古籍出版社，2010：497.
〔2〕 （清）铁保. 惟清斋全集. 清代诗文集汇编第432册［M］. 上海：上海古籍出版社，2010：545-546.
〔3〕 李兴盛主编. 历代东北流人诗词选注［M］. 哈尔滨：黑龙江大学出版社，2014：301.
〔4〕 （清）铁保. 惟清斋全集. 清代诗文集汇编第432册［M］. 上海：上海古籍出版社，2010：534.

铁保用寄托比兴的手法来写诗，寄寓自己的人生追求。比如《春雪》：

> 春风冻不发，避此春雪寒。枯枝忧冰蕊，响缀千琅玕。掬取煮石鼎，渐沥清肺肝。涤兹尘虑净，俯仰心何宽。跂彼鹤氅翁，徙倚空长叹。[1]

这首诗前八句借雪晶莹雪白的独特性质，赞美高洁的品质，表现出作者对于高尚美德的追求。诗歌末两句化用陆游诗歌"斜阳徙倚空三叹，尝试成功自古无"，写自己晚年的生活，足迹遍布各地，晚年又回到京城，青年时期的理想和抱负并没能全部实现，只能长叹。这一声长叹，倾注了晚年时期的诗人满腔无奈与悲愤。他的另一首写天气的诗歌为《久雨》，诗为：

> 久雨昼昏黑，余阴暧幽屋。天影逗明晦，云脚递伸缩。枯杨发新姿，低藤下深绿。土花夹荒迳，垣衣被墙木。散发奏广野，振衣睇层麓。潜蛟匝奔湍，激雷闭穷谷。快意溯清流，开襟逆飞瀑。六合清气蟠，一吸欲满腹。宣然发浩吟，环坐媚幽独。[2]

诗中主要分为两部分，前部分写景色：天气变得灰暗，屋舍变得幽静。天空中的影子忽明忽暗，云脚也逐步变得伸缩。干枯的杨柳发出了新芽，低垂的藤树已经变得深绿。荒芜的小路上装点着野花，一切都显得安逸自然。后部分突然又出现了湍急的水面，飞流的瀑布。天气变得舒服，让人想要在这种氛围中吟咏作诗。从"快意"一句开始抒情，描绘了风景之后，又转而论述自己的心境。比如《雷雨》一诗：

> 激雷蛰空山，蓄势俨畏缩。狞飙掀大野，拔地裂山腹。我来傍岩居，巨响振古屋。纸窗碎欲飞，渐沥溅囊簏。须臾快雨过，螺髻试新沐。披襟南山陲，枕上落飞瀑。[3]

---

〔1〕（清）铁保．惟清斋全集．清代诗文集汇编第 432 册［M］．上海：上海古籍出版社，2010：498．

〔2〕（清）铁保．惟清斋全集．清代诗文集汇编第 432 册［M］．上海：上海古籍出版社，2010：498．

〔3〕（清）铁保．惟清斋全集．清代诗文集汇编第 432 册［M］．上海：上海古籍出版社，2010：501．

诗歌通过前后天气的变化，突出自然界的变化莫测。前面写雷雨天气，激雷惊着了空旷的山，蓄积了气势来抵御微距。后面写的是天气突然感觉恐怖与不安，而过后又是新的面貌，风景变得平静而美丽。再如《霹雳》，写道：

空山霹雳拔地起，绝壑云埋啸山鬼。雷鞭一掉万户惊，隔总督见赤龙尾。[1]

天空中惊现又急又响的雷，引发人们对自然的敬畏感，一时间"万户"人家都遭遇惊吓。诗人突发奇想，将这种天气变化写得传神惊奇。

（二）怀人诗

铁保是家庭观念浓重的典型知识分子，他对父母孝顺，对兄弟友爱，对妻妾尊重，对儿女温和。他尊师重道，对自己的恩师怀感恩之心。同时他还乐于与人交际，结识了不少朋友，比如甘道渊、恒益亭等都是其中代表。他还乐于提携后辈，毫无保留地对他们进行指导。铁保作了不少怀人诗，借诗歌来抒发内心的情感。

1. 对亲人的牵挂之情

铁保作诗表达对父亲的怀念。铁保失去对他关怀备至的父亲，每每想起过往，悲痛之感都会喷薄而出。他的诗歌中有一首让人不禁引发悲伤之感的《哭奉恩镇国公益斋主人》。这首诗作于其父去世十一年之后，整首诗歌呈现出质朴平实的诗风。他用最平淡的语言书写最真挚的感情，其中最为感人的诗句是"爱我如子弟，家世语缠绵。爱我如生徒，疑义穷啼筌"[2]。诗歌中表现出父亲对于自己的无限关爱，同时又寄予厚望。

他是至孝之人，时常牵挂家中母亲。他以父母的安危作为要务，在辉赫夫人病重时表达出对病重母亲的挂念。《滦阳客中作》[3]三首都是写对母亲的担忧之情。其一说："望远愁鱼雁，闲居愧影衾。"其二说："亲颜违有日，子职效无多。"其三说："高怀因客减，新梦与愁通。"都表现出不能侍奉母亲的自责。

---

〔1〕（清）铁保. 惟清斋全集. 清代诗文集汇编第432册［M］. 上海：上海古籍出版社，2010：507.

〔2〕（清）铁保. 惟清斋全集. 清代诗文集汇编第432册［M］. 上海：上海古籍出版社，2010：500.

〔3〕（清）铁保. 惟清斋全集. 清代诗文集汇编第432册［M］. 上海：上海古籍出版社，2010：522.

同时他又写下《次时帆学士韵》[1]三首以示牵挂。其一，"街坳千涧落，树远一蝉无"。其二，"我有高堂病，偏当行役时"。其三，"情真天亦动，恩重愿能尝"。他将自己的心中懊恼向朋友法式善进行倾诉，可见其心中急切程度之深。

铁保与玉保的感情深厚。为送玉保科举，他特意写就《再送阆峰》。诗云：

> 联骑城东门，送子驰远道。远道何茫茫，秋风吹茂草。卅年同匡床，疑义互探讨。崭然头角新，次第科名早。同官守儒素，学士愧文藻。联翩趋花砖，时誉继二保。司马官匪轻，乘传抵丰镐。胜任难复难，胡能列上考。愿保千金躯，努力事远造。嵯峨医闾山，健笔纵横扫。更溯鸭绿江，词源莽浩浩。丈夫志四方，何能郁怀抱。[2]

此诗是铁保以兄长身份对其弟玉保提出的谆谆劝解。他秋日骑马送其弟出城门，前往科场。回顾过往兄弟之间感情甚笃，时常就某个问题进行探讨。希望玉保能够发挥出自己的优势，获得科名。尽管他希望玉保能顺利考取功名，这样就不枉费过去付出的艰辛，但最后他劝勉弟弟要把心胸放开，树立伟大的理想。

他与玉保相互交流的诗歌还有许多。比如《答仲梧用东坡韵见寄诗兼示阆峰》是铁保与友人的唱和诗歌，并将此诗出示给玉保阅读，可见他们的感情融洽。又比如《姜女庙见弟阆峰题名感赋》二首，于姜女庙见玉保之题诗，即在此赋诗感怀。其一：用"大节凛天地，谁能辨有无。"[3]来写妇女大节。其二："吊古诗空纪，怀人兴易关。"是写来到此地之后，吊古伤今，怀人感慨。再如《次韵答阆峰》是兄弟两人的唱和诗，表示出对于弟弟的关切，诗云：

> 草树纵横鸟道新，猎场奇境到方真。黠奴胆壮供驱策，老马蹄攒识苦辛。望远亦添骚客思，冯河每试宦官身。篝灯细写平安帖，多恐传闻误老亲。[4]

〔1〕（清）铁保.惟清斋全集.清代诗文集汇编第432册［M］.上海：上海古籍出版社，2010：522.

〔2〕（清）铁保.惟清斋全集.清代诗文集汇编第432册［M］.上海：上海古籍出版社，2010：501.

〔3〕（清）铁保.惟清斋全集.清代诗文集汇编第432册［M］.上海：上海古籍出版社，2010：525.

〔4〕（清）铁保.惟清斋全集.清代诗文集汇编第432册［M］.上海：上海古籍出版社，2010：533.

他将自己在京城为官的生活进行总结，写出心中的真实感受，内心所有不能向外人道的苦闷都能向兄弟诉说。正是如此，才愈能显示出亲情的可贵，两人只需要互道平安，就是一种莫大的安慰。兄弟的感情深厚至此，因此铁保对于玉保之抑郁而终始终不能释怀，时常作诗以示怀念。比如《怀弟阆峰》："君归辽远曲，我向大江边。歧路人千里，联床梦隔年。关河腾塞马，风雨上吴船。忽忆趋庭日，登高泪洒然。"[1] 是写自己的弟弟已经不能回到自己身边，从此以后只能回忆他，登高之后不觉心伤的场景。此外还有《哭弟阆峰少宰》四首、《寄弟阆峰》二首、《济南闱中闻弟阆峰典试顺天喜赋》，读之都能感受到他与玉保的感情甚笃。

2. 对前辈的崇敬之情

铁保的怀人诗歌中，主要写现实之人，表现出他求真务实的态度。他的诗歌中也有写对前辈的推崇之感。通过诗歌中吟咏对象的选择，以及诗歌中的内容，能反映出铁保自身的精神追求。

中年时期京城仕宦期间，铁保还不断学习，他将自己阅读前辈的诗歌后的感想用诗歌表达出来。这在怀人诗中是重要的篇目，录入了《读乡前辈遗诗感赋》[2] 十二首，由于后面四首已经在考察铁保交游的情况时论及，且看其一、其四、其六、其八：

> 北海留遗籍，文章关草莱。功名马上得，声教日边开。朝野瞻新治，台衡起异才。书生号麟阁，词赋鄙邹枚。（《额学士麟阁》）
> 落日田盘幕，乾坤老布衣。诗成蚊睫古，魂返鹰峰非。入市嫌泥滑，依山爱蕨肥。水云真不玷，词客似君稀。（《李处士铁君》）
> 何处牧牛子，穷愁迸肠断。夕阳一声笛，天地久低昂。性证寒山净，诗宗贾岛狂。冰花结成字，展卷梦魂凉。（《兆处士牧牛》）
> 海内瞻山斗，嗟余忝及门。怜才真破格，知己不言恩。旧梦传心诀，遗书见指痕。瓣香垂不朽，千载溯渊源。（《观补亭夫子》）

此处第一首诗歌写的是清代初期满族第一位诗人鄂貌图，他的诗集《北海集》在清代满族文学中有开创之功。铁保在诗歌中表达了对鄂貌图作诗写词的

---

〔1〕 （清）铁保．惟清斋全集．清代诗文集汇编第 432 册［M］．上海：上海古籍出版社，2010：523．

〔2〕 （清）铁保．惟清斋全集．清代诗文集汇编第 432 册［M］．上海：上海古籍出版社，2010：498．

赞赏，同时批评了邹阳和枚乘的夸张与铺陈文风。此处第二首写的是李锴，《清史稿》载："李锴，字铁君，汉军正黄旗人。祖恒忠，副都统。湖广总督辉祖子。锴娶大学士索额图女，家世贵盛，其于荣利泊如也。"[1] 铁保对他追求淡泊生活的布衣进行称颂，揭示出李锴"入市嫌泥滑"的心灵感悟，表现出自己内心也同样追求高雅淡泊的生活。第六首写兆勋，他是一个"穷愁"之人，爱贾岛，追求奇特之诗风。第八首写观夫子，铁保对他的作品赞叹有加，从"千载溯渊源"这句就能有所体会。

此外，《读乡前辈遗诗感赋》第二首写的是马大盉，铁保用"长留居士影，不改布艺装"。就将一位典型的居士呈现在世人面前，并说其人一生都"托老庄"。这首诗表现出这位友人不为世俗生活所累，专注于研究老庄思想的归隐追求。第三首是写马九如，他喜欢阮籍、司马相如的诗歌，以及金石著作，这与当时时代风貌相近。第五首提及卓悟庵很早便立志要搜集编选八旗人诗歌，铁保《白山诗选》的完成就是受到他的启发。第七首写副将军，写他的功成名就，诗才高妙，一句"老怀看故剑，白发爱儒冠"将文武俱佳的儒将形象写得生动传神。

上述诗歌吟咏对象是先辈，《哭阿文成公》悼亡诗二首则是写对他有知遇之恩的阿桂，写得感人至深。云：

> 伤心元老谢朝班，廿载包容今斗山。知己情深贫贱日，感恩身到死生闲。萧曹事业垂三辅，褒鄂功名振百蛮。易箦未忘君国计，犹留遗蔬济时艰。
>
> 昭昭国史信堪传，欲拟汾阳作比肩。名并日星朝野恸，功兼将相子孙全。三登麟阁垂遗像，两与耆英冠大年。我愧龙门叨一顾，愁将面目玷班联。[2]

铁保写这首诗歌时，两人已经相识二十余年，阿桂对铁保有知遇之恩。其一写的是自己对于阿桂的感激之情，又写阿文成公对国家立下丰功伟绩，于公于私都对他充满了崇敬之感。其二写的是阿桂的家庭圆满，朝野上下得知他的去世表现出悲恸，自己更是为之伤心忧愁。董文成评价这两首诗歌"感情更近

―――――――――

〔1〕 中国文史出版社编. 二十五史卷15清史稿下［M］. 北京：中国文史出版社，2003：2361.

〔2〕 （清）铁保. 惟清斋全集. 清代诗文集汇编第432册［M］. 上海：上海古籍出版社，2010：540.

于无私之境"〔1〕，可见其境界之高妙。

铁保还有《怀旧十首》，除了前面三首写的是前辈，后面几首诗歌写的都是他的朋友。此处分析前三首，其一写的是他的恩师童湘岩。前面两联写的是自己束发时就跟随导师学习，师生情谊深厚，而后又对老师的才华进行称赞，最后表示对他的深切怀念。其二写的是赵北溟，也是曾经教导过铁保的导师。其三《福松岩将军》吟咏福老将，赞誉其人文韬武略的才华以及潇洒畅快的性格。

铁保能够对这些人的主要特征进行概括，并且说明与他们的交流情况，对于了解铁保其人也有所裨益。从他对老师的怀念，可知他是一个尊师重道之人。从他对布衣前辈的称赞，可知他对待时人的态度，不以身份地位论高低，而是以品性为标准。

3. 与朋友的深情厚谊

铁保在北京时期结识了众多朋友，友人之间时常进行诗词酬唱。比如《题郑秋浦侍御小照》二首。诗云：

> 披园怀旧雨，迢递隔烟霞。之子理归棹，满园飞落花。交情半鸥鹭，生计足桑麻。白板青莲屋，孤吟滞岁华。
> 结交燕市北，踪迹数年疏。远梦形犹隔，高怀书不如。小闲聊学圃，比岁漫悬车。好返莼鲈思，金门待上书。〔2〕

这两首都是为郑秋浦所作题画诗。第一首写郑秋浦交情"伴鸥鹭"，生计追求桑麻足，用"青莲"来比喻他品格的高洁。第二首写的是两人在北京结交，却很久不知道他的踪迹，过去的交游场景至今还记得，在学圃中畅聊惬意非常。又如《赠铁夫》："君才非百里，翻合广文穷。性僻官宜冷，缘悭气益雄。半生成潦倒，万类入牢笼。好树千秋业，文章夺化工。"这首诗歌评价的是王芑孙。此诗创作于乾隆六十年"十月廿三日，（王芑孙）以馆职任期将满。引见于养心殿，以教职用。铁保、法式善闻之，皆为芑孙惜，因赋诗相慰"〔3〕。铁保从诗风、性格、遭遇来评价王芑孙。

人生最大的无奈与伤痛莫过于生离死别，朋友仲梧的离世对他的心理造成

---

〔1〕 董文成主编. 清代满族文学史论［M］. 北京：中国文联出版社，2000：173.

〔2〕 （清）铁保. 惟清斋全集. 清代诗文集汇编第432册［M］. 上海：上海古籍出版社，2010：521.

〔3〕 杜桂萍主编. 明清文学与文献第2辑［M］. 哈尔滨：黑龙江大学出版社，2013：348.

打击，于是写下《雨窗听仲梧弹琴分得雨字》这首悼亡诗。诗中写道：

佳日霭重阴，微云淡天宇。兀坐凄以清，空阶散寒雨。何来素心友，抱琴出环堵。不见曾几时，胸中秘全谱。展琴置案上，为我一再鼓。一弹心欲清，再弹手欲舞。遂令万籁寂，渊渊入太古。此时雨未休，淅沥洒廊庑。如闻归风操，点滴助凄苦。离莺与别鹤，愁肠分缕缕。琴为心之声，中怀托手抚。靡靡厌俗耳，古徽谁复取。君怀宝洒落，君调岂陈腐。愿为清庙音，巨响振天府。罢弹拥琴坐，天葩互吞吐。瑟瑟蕉叶飞，余首战凉圄。〔1〕

先写"佳日霭重阴，微云淡天宇"，天气阴霾，自己独自坐着显得凄冷悲凉，天空中飘着寒雨，营造出阴郁的氛围。然后问我的朋友什么时候会来，再次抱琴给我弹奏一曲。可是，这是不可能的事情了，这时候雨还没有停，淅淅沥沥滴在走廊护栏上。好像听见了琴声，又凄苦又惆怅，原来琴是心的声音，表达对挚友的怀念，回忆过往的感情。又再如《雨窗听仲梧弹琴分得雨字》，是铁保为了纪念这位朋友而创作的诗歌，天空中弥漫着低沉的气韵，想着自己的朋友何时能够回到自己的身边，一个"归"字，一个"苦"字，说明铁保对友人离世之悲伤欲绝。

铁保还会对友人的诗文集进行评述，比如《题黄心盦所选今诗所见集》就是其中典型篇目。全诗如下：

赫矣名山业，搜罗仗散人。鬼神争显海，天地惯沉沦。斯道流传苦，吾徒月旦真。一编垂不朽，大雅此扶轮。
山人秘徽尚，性僻独耽诗。作客悲王粲，逢人说项斯。律严真鉴在，心苦故交知。欲殿时贤后，孤吟信复疑。〔2〕

铁保这两首诗歌都是站在朋友的角度而作。第一首是介绍黄心盦所选今诗所见集，诗歌雅致，流传度广。第二首则写创作的过程，类似于苦吟。再写自己与黄心盦的深刻交谊。他将对人的评价与对文的评论相结合，正如他自己曾

───────────

〔1〕（清）铁保．惟清斋全集．清代诗文集汇编第 432 册［M］．上海：上海古籍出版社，2010：500．

〔2〕（清）铁保．惟清斋全集．清代诗文集汇编第 432 册［M］．上海：上海古籍出版社，2010：525．

经所提出的"作诗如作人"的观点，表现出对其人其文的认同感。

铁保的怀人诗还有许多，比如《怀旧十首》后七首都是吟咏朋友，包括恒益亭、刘虚白、善眉滨、德定圃、瑞芝轩、圆时泉以及德树堂，从才华、品德、性格等方面做出评价。另外还有《怀甘道渊》二首怀念友人甘道渊；写法式善的有《次韵答时帆学士寓居滦阳僧舍》以及《次时帆学士韵》；怀念瑛梦禅的《题瑛梦禅小照》。

（三）咏怀诗

铁保中期有不少咏怀之作，体裁包括五古、七古、五律、七律，这些诗歌以自己的思想感情作为书写重点，能够从中剖析诗人真正的内心感受。他早期的抒怀诗表现的是自己的理想与抱负，中期的这些诗歌则是基于如今的生活引发出与少年时期不同的感慨。他在北京为官二十余年，将自己的日常生活、官场生活以及闲暇生活的不同感受通过咏怀诗表现出来，这一时期咏怀诗的主要内容一是咏史抒怀；二是感慨抒怀。

1. 咏史抒怀

铁保在这一时期创作了不少咏史抒怀诗，他或通过阅读史书从中获得感悟，或者通过评价历史人物来表明个人情怀，或者通过历史事件来抒发情感，都表现出一种高远旷达的思想。从他的咏史抒怀诗中，能感受到诗人心中蕴含的对历史的深刻思考以及价值取向。

《古北口令公祠》是铁保在宋代杨业的祠堂观瞻之后的感受，表达自己壮志难酬之感。又如铁保的《古北口道中雨》其二，诗云：

> 大漠天高凤巳商，萧萧落木野云黄。草深僻路客谈虎，日暮远山
> 人牧羊。飞瀑千寻横雪练，平沙十里走星芒。道逢猎骑归来晚，敕勒
> 声摇满地霜。[1]

这首诗作于铁保扈跸滦阳的时候，通过写塞上之风光，表现出豁达豪放之感。诗中化用杜甫"无边落木萧萧下，不尽长江滚滚来"写秋天的意境，表现出扣人心弦的感慨。铁保将《敕勒歌》入诗，增加了诗歌的豪情。全诗爽朗豪爽、意境阔达、音调高亢，充满阳刚之气，艺术感极强。《古北口道中雨》都是如此，借写历史中的人与事，来暗喻自己的思想。铁保还作了一首七古《银瓶

---

〔1〕 （清）铁保．惟清斋全集．清代诗文集汇编第 432 册［M］．上海：上海古籍出版社，2010：530.

娘子词》，写的是穆王女宋岳武之事，对其勇气与品德进行盛赞。他还有机会回到三十年前随父亲做官时居住的地方易州，在此地写下了不少感叹过去的诗歌。比如嘉庆二年所作《易州》。写道：

> 千古悲歌地，茫茫易水东。一从埋壮士，无复起秋风。地远搜奇骏，天高贯白虹。重游感今昔，辛苦注鱼虫。[1]

重新回到故地，感受这个千古悲歌之地，在易水遗迹当中领略到燕文化的慷慨激越，加之故地重游，想到少年时期与父亲在此生活的场景，不觉悲从中来。同样作于此时的还有《重经易州镇署感怀》四首引发感慨。诗歌如下：

> 每忆趋庭日，音容怆素怀。那堪风木恨，重睹旧衙斋。久矣微音隔，依然画戟排。口碑满道路，顾我话同侪。
> 卅载童游地，重来感百端。乍更新馆舍，犹列旧材官。山水绿难尽，风云兴与阑。拂街花溅泪，不独雨声酸。
> 老屋庭阴合，联床此下帷。每当旧游处，益爱少年时。窗外绿杨古，阶前红杏萎。不堪问摇落，相对将吟罢。
> 白发老兵在，含悲认故吾。犹存公子号，不改秀才呼。奕世欢如昨，当年惠尚孚。旁观谁解此，行路为嗟吁。[2]

这四首诗歌写得情感深沉，感人肺腑。铁保再次来到易州，这里就是他随父亲任职的地方，自然会引发感慨。第一首写铁保来到其父曾经处理公务的旧衙斋，其父的音容笑貌就浮现出来，如今仍有人在传说父亲的事迹，在百姓当中的口碑极佳，表现出对父亲之思念，以及对父亲为人做官的钦佩。第二首写自己来到三十年前童年旧游之地，看见如今翻新的馆舍，牵动心中所想，最后用"花溅泪"和"雨声酸"来表现内心悲恸，这分明是对已经逝去的父亲表现出深切怀念。第三首写的是来到少年经常去的屋舍，想到曾经过往，引发感慨。第四首用简单质朴的语言刻画出内心并不平淡的心境，尤其是与白发老兵的见面，还记得铁保的姓名，写得感人心扉。这些诗歌都汇集了诗人的真实感情，

---

〔1〕（清）铁保. 惟清斋全集. 清代诗文集汇编第 432 册〔M〕. 上海：上海古籍出版社，2010：524.
〔2〕（清）铁保. 惟清斋全集. 清代诗文集汇编第 432 册〔M〕. 上海：上海古籍出版社，2010：524.

句句能够打动人心。他还有一首《旧游》，也作于易州，诗云：

> 六合旷无际，旧游良渺漫。我忆易水东，翩尔心飞翰。近窗竹树幽，排闼岗峦攒。颓云拔冷岫，日夕挺伟观。明霞堕古峰，流影晖笔端。山禽媚幽往，林木欣独看。侧身燕昭台，长啸荆卿澜。息心秘微尚，绝迹成古欢。旧雨散步收，新诗寄亦难。愿登千仞峰，引领挥长叹。〔1〕

这些咏史抒怀诗正是情感的表达，表现出铁保对建功立业的向往，以及对于过去生活的总结。这首诗歌写到旧游易水东，心情随着眼前之景色翻飞，感受到历史古迹带给人的震撼，引发思考，余意未了。

2. 感慨抒怀

铁保的情感丰富，就算天气变化、季节转变、夜中独坐、阅读书籍，都会激起心中波澜写成抒怀诗。尽管是写内心感受，但是他的诗歌中少有自怨自艾的语言，就算偶尔有所感慨也终究会释然。

铁保感受季节变化，引发感想，以秋天作为创作背景的诗歌有《秋夕》，诗云：

> 凉宵耽孤寐，露坐酒盈樽。天近云低树，秋疏月到门。瘦蛩迟短梦，寒杵乱吟魂。天末凉飙起，萧骚万敦喧。〔2〕

写自己在这种萧索微凉的季节孤枕难眠，只能将酒杯盛满。在空寂的幽斋中，独坐思考。看到眼前的景象，引发对古往今来事情的怅惘。一个人独处的时候，特别容易引发感慨，尤其是在萧索寂寥的秋季，或是在宁静的夜晚，因此铁保的不少抒怀诗都是在这种情境下完成，比如《良夜》《严宵》《舟中不寐》等。这些诗歌都是由他对世事人生的感慨而作。其中最打动人心的是《除夕感怀》，云：

> 荆树雕残逼岁除，孤怀渺渺正愁予。亢宗我独承先祀，犹子谁还

〔1〕 （清）铁保. 惟清斋全集. 清代诗文集汇编第432册［M］. 上海：上海古籍出版社，2010：497.

〔2〕 （清）铁保. 惟清斋全集. 清代诗文集汇编第432册［M］. 上海：上海古籍出版社，2010：528.

读父书。时去那堪椒作颂，悲来唯觉雪盈梳。思亲更触鸰原恸，一夜联床梦有余。[1]

除夕之夜，本来是与家人团圆的日子，可是事与愿违。其父已经离世，在这种节日想到父亲更觉悲从中来。诗中最后一句点明自己的思亲情绪，于平直质朴的语言中显出深挚的情感。再如他的《秋夜》写的是他夜晚看《汉书》引发的思考，诗中有云："有客秘微尚，兀坐守其拙。挥杯读汉书，灯寒醉眼缬。"[2] 表现出自己在秋夜独自阅读史书的自得之感，就算天气微寒，已经困乏也毫不在意。

铁保还将当下之事写入诗歌当中，具有现实意义。比如《喜闻金川捷报十四韵》为五言排律，诗歌中写到"百年兵气盛，万里捷书飞"，体现出对于国家获得胜利的豪情，从万里之远传来的胜利消息，此时传递的是歼灭敌虏的消息，最后言"为惭百夫长，章句渐知非"都表现出诗人对于重大历史事件的所想所思，是他爱国情怀的集中体现。全诗写自己的感性思想，浸透着豪爽的气质，少有无病呻吟式的哀怨，对人生的感悟大多数沾染了积极的态度。

铁保在京工作期间，最多的是对于官场生活的回顾。比如《道中感怀》回想这些年的官场生活，看到往来的车马劳顿，想到自己的亲人，又引发怅惘。诗云：

往日歌行役，慈亲闷倚闾。今来承使节，犹似望回车。墓草连云暗，征衫掩泪舒。夜台应怅望，何以慰离居。[3]

他的感慨抒怀诗还有不少，比如《腊尽立春日偶成》写于铁保三十六岁，立春那天，整条街道都在击鼓欢笑，一夜东风之后又是新的一年。梅花凌雪开放的精神持续到腊尾，杏花已经攀上枝头预示着春天已经开始。诗歌充满了勃勃生机，能感受到诗人此刻的愉悦心情。《守岁》写的是一年之计在于春，不知今夕是何夕。诗中云"顿觉诗情胜宦情"表现出对于官场生活的一种淡泊心态。

〔1〕（清）铁保．惟清斋全集．清代诗文集汇编第 432 册［M］．上海：上海古籍出版社，2010：540-541.

〔2〕（清）铁保．惟清斋全集．清代诗文集汇编第 432 册［M］．上海：上海古籍出版社，2010：500.

〔3〕（清）铁保．惟清斋全集．清代诗文集汇编第 432 册［M］．上海：上海古籍出版社，2010：523.

《兴京道中》作于前往盛京的前夕，写自己骑马走在兴京路上，旅衣已经沾染了雪寒。层层阴云排在宏伟的山麓旁，积石响彻奔流湍急。淳朴的风气依旧与旧俗一致，就好像看见了过去古人的衣冠。

二、中期诗歌风格

铁保作为满族文人中的一员，尚武精神根植于他的血脉中，他生于北京，乾隆朝期间一直在京任职，加之置身于满汉文化碰撞的时代，民族的特性愈加凸显。这一时期他的诗作中有鲜明的民族特色，诗歌以锐劲刚健见长，[1] 表现出雄健方刚的诗歌风格。《南野堂笔记》说是"笔可洞铁"，在当时诗坛难能可贵。铁保在北京时期仕途顺利，生活中有友人相伴，于繁忙的事务之外，又能出行游玩，也有些诗歌表现出清雅疏放的风格。

（一）雄健方刚

铁保在京城仕宦期间，可谓顺风顺水，平步青云，这一时期的铁保，将自己的真情实感写入诗歌，无论是写景、纪事、抒情，都表现得气象阔达、充满惊奇色彩。正如他的好友法式善所说："冶亭侍郎少负逸才，为人阔达有奇气"[2]。这种气质融入诗歌当中，就形成了雄健方刚的风格。

描写自然景观的诗歌，表现出新奇阔大的意境，足见刚劲雄奇。书写自己的生活，表现出豪迈雄壮、慷慨激昂的诗歌风格。比如《雷雨》一诗："激雷蛰空山，蓄势俨畏缩。狞飙掀大野，拔地裂山腹。我来傍岩居，巨响振古屋。纸窗碎欲飞，淅沥溅囊簏。须臾快雨过，螺髻试新沐。披襟南山陲，枕上落飞瀑。"雷雨天气，激雷惊着了空旷的山，蓄积了气势来抵御微距。突然感觉恐怖与不安，而过后又是新的面貌，风景变得平静而美丽。

铁保以自己的骑射生活入诗，体格雄浑。比如《试马》两首，第一首写的是骑马驰骋在天地间，感受到的是流沙以及大漠，带给人一种广阔无垠的景象，由此引发"漫道书生无臂力，一番驾驭壮心同"的感慨。第二首是指天马行空挣脱了缰绳，驾着马仿佛坐在云雾中，茂密的树林、丰沛的草地淹没了影子，左右都在争着称雄，在伯乐的眼中，究竟谁才是千里马呢？全诗不蔓不枝，具有雄奇的风格。再如《习射》以及《习射示同人》这类关于学习射箭的诗歌，表现出气势宏大，体格雄浑的意境，表现出他豪迈的个性以及放达的心态。还

---

〔1〕 严迪昌. 清诗史下册［M］. 杭州：浙江古籍出版社，2002：867.
〔2〕 （清）法式善撰. 张寅彭，强迪艺编校. 梧口诗话合校.［M］. 南京：凤凰出版社，1979：109.

有《秘魔崖》写少年之气宇轩昂，来到巍巍百尺的山崖，心中充斥的是一种豪迈之气。《前画虎行》《后画虎行》《古赤铜刀》等七言古体诗，是他在绘画时的心得体会，表现出铁保极具北方特色的气韵雄浑的诗歌特点。

尽管铁保身在北京，但是心中依旧保留着北方民族游牧生活传承下来的对于游猎生活的向往，诗歌意象雄豪，风格雄浑粗犷，且看《塞上曲》四首：

> 雕弓白马陇头春，小队将军出猎频。猿臂一声飞霹雳，平原争羡射雕人。
>
> 嘹呖霜天律雁鸣，贺兰山月照连营。枕戈入睡无金鼓，散作一天刁斗声。
>
> 高原苜蓿饱骅骝，风起龙堆塞草秋。陌上健儿同牧马，一声齐唱《大刀头》。
>
> 大漠风尘竞着鞭，摩崖功许勒燕然。材官自具封侯骨，归去南熏看赐蝉。[1]

这组诗歌是铁保书写北方少数民族的生活，其一写射猎、其二写戍边、其三写放牧、其四写军事，诗歌中洋溢着一种斗志昂扬、激情澎湃的气度，表现出一种民族自豪感。此外，《塞外口占》《塞外夜雨》都是其中颇有特色的作品。

写自己的性情，感情丰富，格调高昂。铁保所作《放歌》亦是他对于历史的思考，提出"不知何人在北平之北射虎，有人截蛟龙于东海之东"的见解，遍述逐鹿之战的旧战场已经变得老旧，黄金台下才人已经离去，此地只剩波涛怒吼，落木惊撼的场景。"书生凭吊气龃龉，怀铅握椠徒雕虫"，何等无奈。《偶成》虽看题目此诗是偶然所作，但意境依旧不失阔达。

铁保诗文中饱含进取精神。满族先民在渔猎经济时代就已经养成了勇猛尚武，不惧牺牲的气质，后来逐步升华成民族精神。他的诗歌中出现马、虎、山等意象，代表了他的审美倾向。铁保的诗文中有不少作品体现出这一点，比如他的《自题相马图小照》："平生每惧衔变至，此胆气增粗豪。"他的这种粗豪之气，就源自勇猛尚武的民族个性。他的诗歌《送福将军督师台湾》四首，反

---

〔1〕（清）铁保. 惟清斋全集. 清代诗文集汇编第 432 册［M］. 上海：上海古籍出版社，2010：549.

映了 1787 年台湾林爽文起事和清廷命福康安统兵平乱的内容[1]。

（二）清雅疏放

在进行铁保诗歌研究时，会发现他的诗歌中不仅表现出对于理想的追求、对于历史的思考，同时也会有一些追求闲适生活的诗歌，表现出一种清雅疏放的风格。

他将北京风光描绘得清新可人。从他的名作《环溪别墅看荷花作》中就可见一斑。这首诗歌写得妙趣横生，诗云：

> 环谿堂上烟雨濛，环谿堂下春波红。青莲香接御河北，碧沼派引
> 昆明东。高眠但觉世尘远，著体不知花气融。秋风又逼纳凉候，主人
> 不归菡萏空。[2]

环溪别墅的主人是明义，是乾隆堂兄贝子弘景（敬一主人）的园子[3]。铁保在此处游玩，将所见之景进行描摹。首联和颈联描绘在环溪别墅看到的景色，颔联写的是自己的感受，在这种远离城市喧嚣的环境中，不觉与花气融合在一起。尾联则写秋风纳凉的舒适，一句"主人不归菡萏空"更是将喜爱之感进行升华。诗歌用自然流畅的口吻，借用白描的手法，将所见之景用凝练的语言进行刻画，清朗疏放之风格尽显。他的另一首写景诗《晨起》，写的是自己清晨起来看见的幽静风景，尤其是颔联"漱涧通泉脉，攀萝动石鳞"一句更是将所见之景写得恬淡舒适，情韵悠然。诗歌将自己置于幽山绿莽之间，充满了奇幻色彩，令人不得不佩服诗人对于自然景色的塑造能力，同时又可以跟随诗人进入如幻如梦的境界。又如《秋夜》一首，诗歌前两联"余音动幽竹，苍龙竞摆掣。唧唧候虫鸣，草根才呜咽"表现出秋天夜晚冷清的环境；后两联"栖禽坚抱枝，敛翼寒结舌。有客秘微尚，兀坐守其拙。挥杯读汉书，灯寒醉眼缬"则用平静的语言来书写自己独自阅读《汉书》的场景，前后虽然笔法不同，但是都表现出读史书让人充实的思想。

值得注意的是铁保这一时期并不全部都在北京度过，偶尔也会因为职务的需要前往地方。铁保在嘉庆五十九年时就短暂在济南停留，当时是因为奉旨典

---

〔1〕 涂宗涛．苹楼藏书琐谈［M］．天津：天津古籍出版社，2013：44.

〔2〕 （清）铁保．惟清斋全集．清代诗文集汇编第 432 册［M］．上海：上海古籍出版社，2010：534.

〔3〕 吴恩裕著．曹雪芹丛考［M］．上海：上海古籍出版社，1980：204.

试山东，创作出一些有关济南风景的诗篇。这些作品也归属于他的中期诗歌，因他以京官前往地方，并不会长期在此地停留，因此创作心态仍然与在京之时一致。他的这些诗歌风格也是清雅疏放。且看《济南闱中作》：

> 大明湖畔佛头青，天影遥涵历下亭。北去灵源环岱岳，东来云气接沧溟。逢时人拟登龙客，近海天侈好雨星。七十二泉清可濯，臣心如水合渊渟。[1]

诗人来到济南，为此地的风光所迷醉，写下此篇。在他的笔下，大明湖畔充满了神秘宜人的色彩，又有小雨的晕染，显得灵动十足。除了湖光山色，济南还有丰富的人文资源，是齐鲁文化相互交融之地，汇集了不同地域之特色，占有先天的发展优势，也加强了不同地区的文化交流步伐。在这座极具魅力的城市生活，必将让人感觉心旷神怡。这首诗歌作于八月，大明湖畔隐约可见佛影，天空高遥。北边接灵源，周围环山，东边仿佛接着茫茫之天。这个时候恰好飘着雨，七十二泉的水清澈可濯，而臣子的心也如这水一般忠心不贰。

铁保还创作了《又用会南丰韵》："地近名泉留使节，满怀冰雪涤埃尘。心源泻玉原无滓，学海探珠合有真。长白峰头云似墨，大明湖上月如轮。高悬青眼看文战，排突雄风剩几人。"同样是以大明湖为创作背景，写看到的景致美不胜收。还有一篇《济南闱中闻弟阆峰典试顺天喜赋》，也是创作于此，诗为："棘院遥传宠命颁，宾兴典重喜追攀。一时梦合关河外，两地文衡伯仲闲。老骥君应空冀野，荒壮我欲偏齐山。挑灯苦忆联床夜，头脑冬烘几汗颜。"美好的景象入眼，喜悦的消息入耳，此时的铁保为玉保感到高兴，多年的挑灯苦读终于得到回报。

此外还有一些写闲适生活的诗歌，呈现出清新雅致的特点。比如《晚宿姚家庄》两首，表现出山水田园之趣：

> 晚就田家宿，荒村路不歧。炊烟穿白屋，落叶下疏篱。鸡黍供嘉客，蓬茅馆旧知。不须绳礼数，妇子共嘻嘻。
> 徙倚柴关静，苍茫夕影屯。野禽饥啄陇，秋树瘦闹村。犬熟当窗

---

〔1〕 （清）铁保. 惟清斋全集. 清代诗文集汇编第 432 册 ［M］. 上海：上海古籍出版社，2010：537.

卧，人闲负日蹲。安居远尘市，应笑客停轩。[1]

第一首写的是晚上投宿田家，荒凉的村落不会迷失道路。炊烟袅袅穿过白屋，落叶纷纷落在篱笆。鸡肉与粮食提供给宾客，茅屋馆是过去就了解过的地方，不需要拘泥于礼数，妇女和孩子都十分开心，表现出一种农家田园生活的舒适与自由。第二首写的也是如此，写远离城市喧嚣，追求闲适生活的人生追求。两首诗歌内容朴实憨厚，富含乡土气息，语言表现得明白晓畅，尽管语言简练，但是表达的内容却充实丰富。

铁保的写景诗善于用流畅洗练的手法，表现出清雅疏放的风格。比如《莲花池》自序中言"在大觉寺有金鱼数百头拍手即至"，这已经能够给读者留下印象，仿佛一下就能将人带入大觉寺中欣赏金鱼。这首诗写的是莲花池中数百尾金鱼的可人场景，读来仿佛能将诗中之画面在脑海中还原出来，若能亲自前往游玩，必别有一番趣味。《瀑布泉》写的是大觉寺旁边的瀑布，壁上的飞泉雪练浸透衣褛，"不须界破青山色，三尺悬流万斛珠"，似乎有一种唐诗的气韵，表现得洗练清丽。《小寨石洞》此地路极险相传为明末避兵所，诗人写这个地方在高千寻之璧，鸟在此横飞。阴森古怪的洞穴，有形状奇特的云悬浮在此处。居住在这里的人用醉语说着农桑之事，回忆过去在此处避乱的事情。有景有情，有人有事，内容丰富，风格自然。《游丰台》表现的是铁保在游丰台时的怡然自得的心情，诗云："走马丰台跨碧湾，怀人春色欲关珊。东风不负看花约，芍药开时我正闲。"情景在诗歌中游走，而让人能将诗人在此闲庭信步的场景通过想象还原，这就是诗歌的造景妙处，将诗人以及读者的感受加以勾连，这样就能给人身临其境之感。

此外，他还将历史中的真实人物入诗，从这些人的身世之感，可以推测出他自己的生活领悟。比如《李老人歌》《腾禧殿词》《玉熙宫词》，他对这些人的身世寄托同情，诗风哀婉缠绵，铁保的诗歌风格呈现出多样性的特点。

第三节　铁保后期诗歌——游宦地方（1799—1808）

铁保的诗歌风格随着人生经历不同、所处的地域不同，而呈现出不同的面

---

〔1〕（清）铁保. 惟清斋全集. 清代诗文集汇编第 432 册［M］. 上海：上海古籍出版社，2010：521.

貌。铁保因为职位的变动，前往不同省份生活，为他的诗歌创作注入了新的元素。他于嘉庆四年（1799）调盛京兵部侍郎兼奉天府府尹，后升任漕运总督。八年（1803）调山东巡抚。十年（1805）担任两江总督。这段时间他辗转于辽宁、山东、江苏、江西、安徽等地，所到之处必吟诗作对，留下了丰富的诗歌，可对题材内容进行分类研究，并总结出诗歌风格，从而把握铁保后期诗歌创作的整体面貌。

一、后期诗歌内容

铁保自从四十八岁之后开始前往各地为官，开始了他后半生的游宦生活。受到不同地域文化的影响，诗歌又呈现出与之前在京城做官时不同的面貌。他游宦各地创作的诗歌题材内容丰富，主要可以分为四种类型，包括行旅纪游诗、感慨抒怀诗、寄怀赠答诗和咏物题画诗。各类诗歌都写得颇有特色，本书通过对这些诗歌进行分类分析，以期了解他后期诗歌创作的风貌。

1. 写景纪游诗

铁保在多年游宦生活中，记载了不少当地风景的诗歌，此外还有一些旅途路上的诗歌。从这些诗歌中能够感受到他对于百姓的关注，对生活之热爱，以及对未来之憧憬。

（1）自然景观

铁保在山东留下"四面荷花三面柳；一城山色半城湖"的对联，现在这副对联的刻石仍嵌在大明湖公园铁公祠西门内两侧。这副对联就是铁保对于济南自然风光之高度概括，也说明了这里的风景优美，有花有柳，有山有湖，秀美之景为文学作品提供了直接素材。铁保在此留下的诗文，也熔铸了当地的特色。

铁保在前往山东的路上也有诗歌作品存世。比如《雨中过邹县峄山作》诗云：

> 峄阳千仞郁崔嵬，雨濯芙蓉面面开。碑碣字消秦帝后，风云气拥岱宗来。山川地有参天势，邹鲁人多旷世才。我欲登高縻使节，隔溪空翠湿龙媒。[1]

诗人用淡雅自然的笔调来写雨中的邹县，此地有千仞山、芙蓉、碑碣、风

---

[1] （清）铁保. 惟清斋全集. 清代诗文集汇编第 432 册 [M]. 上海：上海古籍出版社，2010：536.

云气，用山川高耸之势来比山东人才之多。这首诗从写景入手，以千仞之巍峨高山，对比雨水洗涤过的荷花，将险峻之景与柔美之物相结合，显得妙趣横生。由写碑碣与云气，通过想象过去秦帝之功绩，最后引发"邹鲁人多旷世才"之感慨。这首诗歌写得潇洒自然，气格爽朗，整首诗融情于景，是一首精彩的抒情诗。他抚山东之后，来到华不注山，作《望华不注山》，以华不注山为吟咏的对象，写得可圈可点。诗歌云：

> 危峰铁立势嶙峋，瘦削芙蓉济水滨。岳麓岗峦通地脉，海天风雨变秋旻。齐师战已迷陵谷，李白诗犹动鬼神。搔首丹梯登有日，招邀多士蹑清尘。缥缈摩笄古雾濛，虎牙千仞插高穹。文章有待搜罗后，山水先归鉴赏中。七十泉多疏灏气，六千卷合验雄风。金锼刮处余青眼，拾级军椒瞰大东。[1]

这首诗歌写的是华不注山立于济水之滨，危峰高耸入云，芙蓉依水而开。诗歌中还引发历史感慨。春秋时期，此处曾经是齐、晋"鞍之战"的战场。《左传》中记载：鲁季行父与晋郤克率领军师追击齐师，三周华不注。李白也有诗歌对此处作了描绘，这首诗犹如惊动了鬼神。一定会有一天可以登上丹梯，招纳有识之士。铁保笔下不仅描绘山之形，还得山之神。华不注山耸立挺拔，铁保希望日后有机会与朋友一同登上华不注山之巅。诗风自然真实，不矫揉造作，不失为一篇优秀作品。

除了济南之外，铁保还在其他地方停留过，给他带来的都是美好的体验，他在此期间也变得心情愉快。比如写彭口的有《泊彭口晚眺》一首，诗道：

> 解缆维舟傍闸门，闲踪培塿望河源。千章夏木排云黑，一派明湖卷浪浑。奕世津梁超海运，汉家汤沐入荒原。不须夏镇虞糊口，指日军储万灶屯。[2]

写的是山东之名山秀水，或者写路途之中的所见所想。这些诗歌笔调轻而不浮，动而不流，寄深于浅，寄厚于轻。同时又能保持清新自然，不矫揉造作，

〔1〕（清）铁保.惟清斋全集.清代诗文集汇编第432册［M］.上海：上海古籍出版社，2010：537.

〔2〕（清）铁保.惟清斋全集.清代诗文集汇编第432册［M］.上海：上海古籍出版社，2010：542.

不刻意渲染，可谓佳作。

铁保喜欢游览山水风光，担任两江总督时期，于案牍之外感受江南秀丽之美，作了不少诗篇，歌咏江南之美。江南山明水秀的自然风景、雅致逸乐的风土人情，是铁保在江南时诗歌描写的重要内容。他的诗句中蕴含着非一般人所能及的豪迈旷远。比如他的《郁郁》是一首咏物诗。诗云：

> 郁郁千章木，用乃为栋梁。惜哉枝叶疏，荫无一亩方。托根久得地，引干如扶桑。下可生茯苓，上可巢凤凰。狞飙撼坤轴，倒影卧大荒。培植岂不固，剥蚀难自强。化为青牛神，乘风入渺茫。[1]

铁保用高大树木繁茂比喻努力达成目标就必须打牢基础，作学问更是如此。他在此期间的诗歌，以金山、焦山为描摹对象的数量最多。这两处景点位于镇江，是江南名古城，这里"依山傍水，地势险峻，水以山得威，山以水称雄，是川原咽喉"[2]，金山有水漫金山寺，焦山有焦光三诏不出仕。铁保来到此地游览留下不少诗歌，其中《焦山纪游用东坡游径山诗韵》气象宏大、意蕴深远，诗云：

> 大江天堑限南北，奇气突兀留山川。人生壮游不到此，空与浮世相周旋。江流南去入沧海，日月腾踔沉虞渊。齐烟九点混碧落，侧身直上焦山巅。焦山绝顶拥兰若，峰峦攒簇环青莲。对岸北固划半臂，萦青绕白形蜿蜒。焦先仙去剩仙迹，空留丹室栖枯禅。借庵上人富文翰，沙门万选推青钱。我来名山宿名刹，僧寮抵足成安眠。诗禅活泼悟上乘，真如妙谛参鱼鸢。更沦新茗沃肠胃，惠泉水冽活火煎。我生舟车日劳攘，屈指几日能安便。禅床一夜证蕉鹿，俯仰身世真茫然。明朝大笑挂帆去，不与山水争长年。[3]

这首诗歌写焦山的景色，有天堑，有宏伟的山川，如此美景若不到处观赏，真是人生之憾事。江流、日月都将焦山映衬得尤其壮丽。诗人用比喻手法，一

〔1〕（清）铁保．惟清斋全集．清代诗文集汇编第 432 册［M］．上海：上海古籍出版社，2010：503.
〔2〕镇江市档案馆编．京江赋历代名人赞镇江［M］．镇江：镇江市档案处，1986：1.
〔3〕（清）铁保．惟清斋全集．清代诗文集汇编第 432 册［M］．上海：上海古籍出版社，2010：518-519.

个"拥"字就将景色写活。自古名山多古刹，可以借住其中，与僧人谈上乘佛教的教义，对于俗世之人而言，无疑是涤荡心灵的良机。另外还有一首《游焦山》，诗歌中谈论"吾闻金焦二山，焦更奇"，这两山各有特色，金山以小巧玲珑著称，最著名的建筑是辉煌的塔寺；焦山以雄奇高大闻名，铁保来到焦山顶峰，四目展望仿佛"大江澎湃撼山脚"，将两岸之风光尽收眼底，此处流传了许多传闻，大家"纷纷考据增狐疑"。他对此不以为意，因为他追求的是"好古不泥古，但取其意"，这就将自己的美学思想表露无遗。最后一句"对花一笑心眼豁，背客先补焦山诗"更是将出游的喜悦心情直接表述出来。此外还有《登焦山最高阁》《寄焦山借庵和尚用东坡寄澄慧大师韵》以及《冬日于役广陵过江游金焦返棹维扬得诗》六首，勾勒出金山和焦山的美丽景象，表现出对此地的热爱之情。

（2）人文景观

铁保游宦之地不仅风景秀丽、千姿百态，而且名胜古迹众多。铁保经常去当地著名的古迹，感受当地历史积淀。比如他的《淮安古迹》八首就是担任两江总督时的代表作，里面记录了他在淮安参观古迹的场景。大部分诗句都是对历史中的忠君爱国、特立独行、气节高遥之人的赞誉。且看《淮安古迹》的其二、其三、其四：

> 枚皋遗旧址，白屋老荒榛。环堵讴吟地，文章侍从臣。江淮悲去客，班马继前尘。寂寞扬雄宅，谁为问字人。（《枚皋宅》）
> 赫矣袁公路，争标不世勋。壮怀低落日，兵气散江云。欲拔曹刘帜，空轮淮海军。苍葭横极浦，败垒驻斜曛。（《袁江浦》）
> 畸人不可见，落日古台荒。天地容高隐，山川入醉乡。一湾淮水碧，十里菜花香。会有独醒者，携樽问酒狂。（《刘伶台》）[1]

题中"淮安"位于江苏省。铁保当时作为两江总督，于此地参观考察，写下这些诗篇，饱含了对历史人物以及历史事件的思考。此处第一首中的"枚皋"即枚乘之子，是汉赋作家，这首五言律诗是铁保对于历史上的大文学家的评价，借此又引申出对班超、司马迁两位历史学家的感慨，最后还用扬雄自称寂寞的典故引发出对历史人物命运的感叹，蕴含了悲悯之感。此处第二首中的"袁江

〔1〕（清）铁保．惟清斋全集．清代诗文集汇编第432册［M］．上海：上海古籍出版社，2010：526.

浦"是东汉末年的袁术，此人荒淫奢侈，横征暴敛，对江淮地区造成破坏。铁保评论袁江浦之事留下诗篇，从中可见愤懑之感，从诗中"欲拔曹刘帜"写出袁术的野心，"败垒驻斜曛"代表他对于袁公路的批判态度。此处第三首写的是"刘伶"，他是魏晋时期的名士，"竹林七贤"之一。铁保前往刘伶台，作诗吟咏，这首诗歌对这种具有高义的隐士进行赞叹，不禁写下"会有独醒者，携樽问酒狂"的诗句，将别具一格的典型名士形象刻画得精妙绝伦。

铁保的《游醉翁亭》也是他这一时期的重要作品，呈现出委婉清丽的整体特色：

> 滁山万笏青，选胜得幽邃。中有欧阳亭，翼然卧空翠。枯梅挺异姿，云昔公手植。老干标千年，余叶发新致。四维匝修竹，天影不到地。潇潇君子风，林壑自生媚。亭南疏酿泉，百尺漱清沁。曲折云碓穿，喷簌崖骨坠。亭中何所有？屡祀富碑记。屹立坡翁书，斑驳露神异。遥遥六一翁，乐岁勤抚字。醉饱滁人同，酣歌岂游戏！我来醉翁亭，不识醉翁意。咄哉群吏醒，何如此翁醉？[1]

这首诗歌写的是滁山峭立如笏板，处于幽邃之地，其中欧阳修亭翼然坐卧，而"潇潇君子风"指的是古梅风姿潇洒，有如君子。借称颂古梅称颂欧阳修的高洁大义。

他在山东时还有写聊城的东方朔故居《过东方曼倩故里》，诗云：

> 我来高唐州，一识曼倩里。遗址没荒墟，余风振遐轨。[2]

这首诗歌写的是铁保来到高唐州，见到曼倩里遗址的面貌。此时已经只有废墟，但是遗风仍在。过去读先贤之传，感慨历史的厚重感，这种意境与陈子昂《登幽州台歌》"前不见古人，后不见来者"相类似，显得苍茫遒劲。同样作于山东的还有《南旺诣宋尚书祠》，这首诗歌写的是铁保前往宋尚书祠。《宋尚书祠记》中言："用白英计、作戴村坝，横亘五里过汶水，令尽出南旺，乃分

---

〔1〕（清）铁保. 惟清斋全集. 清代诗文集汇编第 432 册［M］. 上海：上海古籍出版社，2010：502.

〔2〕（清）铁保. 惟清斋全集. 清代诗文集汇编第 432 册［M］. 上海：上海古籍出版社，2010：502.

为二水，以其三南入于漕河，以接徐吕。"〔1〕此处的宋尚书指的是宋礼，字大本，河南永宁人，明代工部尚书，一生清正廉洁，刚正不阿，因治水有功为世人称颂。铁保来到此祠，发表"呜呼！大臣谋国贵殚忠，但计功堪补社稷"的感慨，以缅怀宋礼这位治水功臣。

他的诗歌中也有旧的封建节义思想，体现了历史局限性。比如《乔女词》，他写的是袁浦人王氏女子之"节"，是当时所推崇的节义思想。还有《过露筋祠》二首，也是为了夸赞守节之"露筋女"。诗歌为：

> 乐府新题乔女传，扁舟又拜露筋祠。但今巾帼持名教，野史功同雅颂诗。
>
> 荒凉遗庙枕河干，渺渺官舟欲驻难。莫读渔洋旧题句，白莲花萎野风干。〔2〕

铁保在第一首诗后还有小注："乔女守志不污准入徵诗，余作七言古诗表其事。"点明创作诗歌的目的是为了表彰乔女之守节行为。根据《舆地纪胜》的记载："露筋祠去高邮三十里。旧传有女子夜过此，天阴蚊盛，有耕夫田舍在焉。其嫂止宿。姑曰'吾宁死不失节。'遂以蚊死，其筋见焉。"这两首诗作于铁保担任两江总督时，表现出对于女子守节的赞扬。

3. 旅途之作

嘉庆五年，铁保为漕运总督，在水上四个月之久。《淮西小草》保存有这一时期创作的诗歌，后又收录在《惟清斋全集》中。他在序中说，自己不常坐舟，半生的游宦都习惯骑马出行，这样的方式还是比较罕见。如今督漕北上，在舟中行驶，由荻草在岸边，能够在篷窗中听雨，也能耳目一新，因此创作了一些诗歌。他的《督漕北上杂诗》六首就是在此完成。其一云：

> 维舟排行衙，森森列高蠹。手版纷送迎，材官递奔逐。镇日整冠履，危坐披案牍。应接无暇时，手足为拘束。起看篷窗外，鱼艇和烟宿。抑扬欸乃声，音叶绿杨曲。茫茫一水间，水能辨雅俗。

〔1〕 刘玉平，高建军主编．运河文化与济宁下［M］．北京：中国社会出版社，2012：716.
〔2〕 （清）铁保．惟清斋全集．清代诗文集汇编第432册［M］．上海：上海古籍出版社，2010：552.

其二云：

> 东南风水消，西北风水长。风水雨无凭，胡能恃鲁莽。急流挽一缆，努力事勇往。呼声如雷霆，远近闻余响。伤哉挽运难，无功愧坐亭。[1]

第一首写铁保对于工作认真负责的态度，案牍文书，认真阅览，忙碌中手足都受到束缚。为了放松心情，极目远眺，发行窗外的风景如此迷人，却无暇顾及。其二写铁保在此期间增长了见识，懂得了东南风水消，刮西北风水长，行船必须熟悉掌握风向、水位，不能鲁莽行事。从这些诗歌中，能够看出铁保对于生活环境的适应能力强，体现出随遇而安的平和心态。

铁保在前往山东的路途之中的所见所想，表现出鲁地的湖光山色、当地风情，对于了解当地环境都具有重要意义。比如《夏镇舟中》："夏镇初过日已曛，明湖一片路中分。近溪农尽谙鱼性，隔岸山多带水云。转漕昔会留宦迹，治河谁更建殊勋。传闻秋汛波光险，莫听人随鸥鹭群。"[2] 为诗人在夏日于明湖舟中所作，感受到农村的恬静风景，此时接近大王庙有杨情恪公祠，想到这位治河功臣的事迹，听闻秋汛歌不禁又想到此次前来山东的目的。这首诗歌由景入情，让人能够了解诗人心系百姓的心迹。又如《舟中慢兴》和《鱼台舟中》，诗人都用"宦游"和"宦况"来点明自己前来此地的身份是地方官，又用"壮怀欲拟归飞躅"来表达自己想要有一番作为的决心。

他的不少旅途中所作诗歌都表现出自己为官为民的思想。比如《重兴道中》中写的是此地湖光潋滟、山色苍茫的风景，抒发了自己无论是在祖国的任何地方，都要有所作为的雄心壮志。《临淮关望淮水作》："风雨江乡涧，山川霸业孤。"《雄县舟中》："舟车同利涉，王道总康庄。"《滁州道中》："高风怀六一，渺矣醉翁亭。"《盐城舟中》："一叶扁舟仆从稀，轻装合与世情违。"《高邮舟中》："三十六湖春水满，片帆南下是扬州。"《召伯舟中》："夕阳一片官河柳，挽住行人说谢安。"这些诗句都是铁保游宦时期心理活动的再现。从上述的诗句中可以看出，不管他所处的环境如何，他都能够创作出表现自己心态的诗歌，呈现出一种积极向上的心理状态。

---

〔1〕 （清）铁保. 惟清斋全集. 清代诗文集汇编第 432 册 ［M］. 上海：上海古籍出版社，2010：504.

〔2〕 （清）铁保. 惟清斋全集. 清代诗文集汇编第 432 册 ［M］. 上海：上海古籍出版社，2010：542.

2. 感慨抒怀诗

中国古代文人时常会由于环境的变化、日常生活中发生的事件，引发思考，发表感慨，抒发自己的怀抱，并将这些感受用诗歌表达出来。铁保也是如此，他由京城到不同地域做官，这一时期最主要的感慨内容有对故土的思念，感慨自己的经历，以及抒发闲情逸致。

铁保写感慨抒怀诗，表现对故土的思念。嘉庆四年铁保前往盛京，即如今的沈阳。他到此地后，作《忆故园梨枣》，云：

> 故园梨枣压霜条，佳宝无由寄沈辽。乡味最宜闲处忆，旅怀难藉醉时消。客如桃李人多散，画作林泉迹亦遥。恰喜一官桑梓地，白山风景慰无聊。[1]

题目中的"故园"指的是京城，自己已经来到了盛京，从这个称谓可以知道他浓重的乡土情结。他到盛京，思念北京的乡味，借梨与枣来写自己对于家乡的向往，但是值得高兴的是，此处是故籍，而且白山风景也能消解部分相思之愁。

铁保游宦期间，写了大量关于日常生活的诗歌，抒发内心的感慨。他的《元儿六岁解问字颇有德色戏记以诗》一诗，是对儿子瑞元提出的希望。愿儿子能够与宋代阿章一样，在文学方面有所成就。他在同一年写下《庚申清明》，此时诗人回到京城，回首去年在榆关的生活好像已经十分遥远，"恰喜军储占利涉，坐看飞挽赴神京"收束全诗，表现心中的无限喜悦。

铁保是一个追求闲情逸致的文人，《幽栖》再现其追求雅致的生活方式，诗云：

> 幽栖白屋事丹铅，茶鼎香炉结静缘。书到心忘方合法，诗求人爱已非禅。新蝉穴地闲遗壳，老竹翻阶卧引鞭。消得日长清兴足，公余仍恋旧青毡。[2]

这是诗人在公务闲暇之时的真实生活写照。于书斋之中，点上香炉，沏上

〔1〕（清）铁保. 惟清斋全集. 清代诗文集汇编第 432 册 ［M］. 上海：上海古籍出版社，2010：541.

〔2〕（清）铁保. 惟清斋全集. 清代诗文集汇编第 432 册 ［M］. 上海：上海古籍出版社，2010：536-537.

一杯清茶，在此练习书法，创作诗文，可谓惬意。其中的妙处只有具有闲情逸致的人才能知道。诗歌取材清雅，写得自然天成。他的另外一首诗歌，题目同为《幽栖》。诗歌全文如下：

> 落木澹秋夕，幽栖白屋冥。寒葩横短砌，斗雀堕疏櫺。室小书尽席，心闲笔效灵。诗禅参一指，兀坐合忘形。[1]

他以典雅清新的笔法描摹出幽栖之所的别致环境。置身其中能够安静地挥笔泼墨、吟诗作答，显得饶有兴趣，呈现出明快流畅的诗风。《小闲》写的也是同样的内容，首联和颔联写铁保居住的环境，此处有老阶墀沾染秋天的气息，有蜜蜂飞过小窗，残花攀越篱笆；颈联和尾联写在此居住的方式，可以吟诗作对，这正是他雅致生活的集中体现。此外还有《读书》，写的是他读《九邱》《八索》的感受，从他自称"白首穷经"便能感受到他对于学习秉持活到老学到老的态度，这也是他能够创作出众多佳作的原因。

铁保还会将日常小事写入诗歌，从而引发出感慨，也饶有兴致。比如《夏日浸兴》就是其中代表。诗歌云：

> 啸月披云兴未央，炎蒸难避黑甜乡。聚头扇狭回风缓，夹注书多引卧长。蟹眼偶烹汤已活，乌丝小试腕仍僵。微云乍起铜钲隐，薜荔阴浓下粉墙。[2]

此诗描写了一幅夏日休闲图，天气炎热，轻轻地扇风，烹煮螃蟹汤的画面，富有生活气息，平实却不落俗套。这首诗歌中的内容是生活中的平常小事，但他却能够写得富有诗意，这就得益于他的诗歌来源于生活，而又能够用艺术的方式表达出来。

《辛酉岁杜言感怀》四首，他自注云"时年五十"，说明此诗作于嘉庆六年（1801），是他对于自己过去五十年生活的总结。第一首是对自己多年仕宦生活的感慨，此时铁保经历多次罢黜之后，心中遗憾的事情是"笔债难偿"。第二首写三十年前初入官场时心怀欣喜，经过多年的官场摸爬滚打才知道其中艰难。

---

〔1〕（清）铁保．惟清斋全集．清代诗文集汇编第 432 册［M］．上海：上海古籍出版社，2010：522.

〔2〕（清）铁保．惟清斋全集．清代诗文集汇编第 432 册［M］．上海：上海古籍出版社，2010：537.

第三首是写他用十年时间搜集满洲八旗诗集之事。第四首写的是此时对世事已经了解得更为深切，化用杜甫《杜位宅守岁》中"烂醉是生涯"的诗句，书写自己想过无拘无束的生活。

另外如《独坐》《露坐》《眼倦》都是铁保后期的感慨抒怀诗，反映宦游时期的思想状态。其相思之情、孤吟之苦、宦游之倦，都写得真切感人、发自肺腑，这就是一个辗转各地为官的清朝官员的真实感受。

3. 寄怀赠答诗

铁保重视友情，交友广泛，大多数友人都富有诗情，留下不少寄怀赠答诗歌。通过分析这些诗歌，能够对于他这段时间的交友情况有大致了解。

铁保在前往督漕途中作《舟中读冯星实鸿胪笺注苏诗寄怀》，将自己多年的为官感受写入其中。题目中的冯星是一位致力于为苏东坡的诗歌作笺注之人，按照清代钱泳《履园丛话》的说法：

> 桐乡冯星实先生应榴，中乾隆辛巳恩科进士，历官至四川布政使。告养回籍，从事苏诗，罗百氏之说，以证王、施、查三家之讹，勤心博考，朝夕不辍者至七年。先是，己酉十二月，忽梦文忠公来，高冠长髯，相视而笑，自此益力成之，凡五十卷。[1]

铁保在游宦途中读冯星实的苏东坡诗歌笺注，引发出对自己仕途生涯的感慨。诗歌第一首中，首联对自己做官的心迹进行剖析，同时又突出当今皇帝的功绩；颔联和颈联写自己为官为民的执政理念；尾联点明自己希望能够被委以重任的心愿。第二首则写书中的笺注精要，这种认真程度需要耗费不少精力。铁保的寄怀诗能够将自己对朋友的感情寄寓在诗歌当中，同时还能委婉地将自己的怀抱抒发出来，提高诗歌的内涵。比如《与韩旭亭话甘道渊事次韵寄怀》为铁保与友人的赠别诗。关于韩旭亭的事迹，《啸亭续录》言："旭亭先生寄予尚书公家书，余已载前卷矣。先生少貌歧嶷，目炯如电，喜作奚刻语，使人莫能禁受。……及病愈，貌和蔼[2]。"从上述描绘中，可以了解到韩旭亭的性格转变过程。铁保与甘道渊、韩旭亭之间友谊醇厚，他在诗歌中言"宦途地作萍踪合，故友身无金石坚"，是铁保评价将自己宦游的真实心境反映出来。又如《雪夜读牧亭诗》：

---

〔1〕（清）钱泳．孟裴校点．履园丛话下册［M］．上海：上海古籍出版社，2012：403.

〔2〕（清）昭梿．啸亭杂录［M］．北京：中华书局，2010：404.

牧亭遗稿半凋零，一檠昏灯抱影看。读到孟郊清绝处，雪花如手打窗寒。[1]

这首诗是铁保读完兆勋的诗歌后对这些诗歌进行评价。诗中"孟郊清绝"，点名兆勋的诗歌与孟郊一样追求险怪寒瘦、幽深奇异的境界。

他经常通过诗歌与朋友进行交流，这样既能够促进友情，还可以寄托情感。比如《读程禹山冬夜杂感诗情见乎词即次元韵广之》，第一首有："江湖多少飘蓬客，若个能撑逆水船。"第二首有："得失不关真理学，浮沉无准是名场。"第三首有："黄尘十丈埋愁易，广厦千楹庇客难。"第四首有："一语刍荛堪听取，穷途有泪莫轻挥。"从这些诗歌中，能够体会到他对于宦海沉浮的看淡，他于名利场中却始终能够保持一种淡泊名利的状态，实属不易。此外还有《寄同社诸君子》以及《冬日约诸同人雅集已定期矣，因有扬州之行诗以代柬》都是与朋友之间相互赠答的诗歌，表现铁保与朋友的关系密切。

铁保的赠答诗主要是与友人之间的应酬之作，通过自己对于朋友的描述来表现个人意趣。比如《赠摄山张处士玉川》：

我爱玉川子，结庐苍翠边。病添酬画累，老费买山钱。梅鹤联新谱，烟霞谢俗缘。长安交旧尽，别泪佛灯前。

铁保首联就写对于玉川子的喜爱之情。而后又写到他的生活艰难，但是能够保持高洁品质。又如《赠广时斋侍御》这首诗歌写的是铁保将官场比作游戏名场，并且在此已经"五十春"，用自嘲的口吻来说自己是沿门托钵人。再如《元圃移居喜赠》记录了元圃喜迁新居的事情，他希望能够在此"高堂重颐养"，表达内心喜悦与安心的感觉。同样还有《冬日小集赠元圃中书》借写此斋的寂静，以及和友人闲谈古今。诗歌抒发自己的日常生活，同时也用"薄俸成儒业"来表明自己的心迹。

4. 咏物题画诗

铁保的绘画水平高，结合诗才创作出一些咏物题画诗。根据《历代画史汇传》的记载："书法晋人，工画梅花[2]。"《关东书画名家辞典》中记载铁保

---

〔1〕（清）铁保. 惟清斋全集. 清代诗文集汇编第 432 册［M］. 上海：上海古籍出版社，2010：551.

〔2〕（清）铁保辑. 赵志辉校点补. 熙朝雅颂集. 辽宁民族古籍整理文学类之二［M］. 沈阳：辽宁大学出版社，1992：1699.

"作墨梅数幅，烟烘明染，各有奇趣，写意花卉，墨具五色的事迹"[1]，足见铁保绘画艺术之高妙。他凭借其深厚的绘画功底，将画中的精髓用题画词再现出来，不仅能把握所题之物的主要特征，还能挖掘出更深层的含义，给人以无限的遐想，达到身临其境的效果，可谓"词中有画"。

嘉庆四年他从盛京回到北京，携夫人如亭路过山海关，与夫人相互唱和，诗兴大发。嘉庆六年他已经到达漕运总督任上，仍写下《自题临榆望海图照》。诗歌中表现出夫妻两人同游山海关之景，对于这一壮举，两人都赋诗以记录。

铁保还创作《题黄心盦填词图》二首。诗歌云：

> 依人王粲笑途穷，落拓非关句不工。学剑未成书未就，闲敲铁板
> 唱江东。
>
> 渭城一曲谱新词，好继苏黄树鼓旗。拈出晓风残月句，柳郎原是
> 女儿诗。[2]

这两首诗歌都是评价黄心盦词的事。第一首注重的是整体风貌，注重工与不工。诗歌借"建安七子之一"的王粲来指黄心盦词之妙。第二首写的是黄心盦词对于苏东坡词与黄庭坚词的继承，而其中又有一些如同柳永创作的婉约之词。两首诗歌都是写同一个人的词，但是从中可以看出黄心盦词风格的多样性。《题五老会》给世人展示出一幅其乐融融的五老图画，诗云：

> 扶鸠曐铄足精神，醉舞欢场气绝伦。若合五人论甲子，计年堪作
> 宋元人。
>
> 耆英佳会岂寻常，海上谁传却老方。笑我春秋过五十，对君才入
> 少年场。

诗歌中的"五老会"指的是养老逸事。《中国长寿大典》渑水燕谈录言："宋庆历末，杜养老逸事。宋庆历末，杜祁公退休后住在商丘，和另外四个退休官员王涣、毕世长、朱寔、冯平时相欢聚，为五老会。当时五人的年龄都在八

---

〔1〕 罗春政编.关东书画名家辞典［M］.沈阳：万卷出版公司，2006：88.

〔2〕 （清）铁保.惟清斋全集.清代诗文集汇编第432册［M］.上海：上海古籍出版社，2010：553-554.

十岁以上。"[1] 铁保用一种积极向上的口吻来赞誉这些老人，说明自己也希望以后的人生也能如此。尽管已经年过五十，但是在这些老人的眼中，自己仿佛"才入少年场"。这首诗歌中洋溢的是一种圆满的感觉。

铁保总是能够将所题画之人的主要特征进行解释。比如《题徐心如观察秋屯夜月圆照》两首诗歌都是对徐心如的评价，从这些说法当中可以窥探出铁保的大致内容与思想。第一首开头直接就提出"书生多为请缨行"，此处的"书生"带有神秘色彩，是中国刺史传中的一种具有象征意义的身份。接着他又说他们在深山大泽当中，忍受着苦雨凄风的折磨，才能够在战火中发挥出自己的作用。这首题画诗，将读者迅速拉进诗歌的意境当中，让人能够立刻在脑海中形成具有书生意气的刺客形象。第二首诗歌写的依旧是书生形象，用笔写文章，议论政事，可以传递檄文，还具备丰富的知识和能力。又如《题蛟门先生三好图卷》，是为清代初期名士所写。蛟门先生指的是汪懋麟，字季角，号蛟门，江苏江都人。这首诗是借他人的形象来写自己，想要过上远离是非对错的日子。首联写的是蛟门先生前半生选择的是为官，后来全身心投入到词场当中。他对这种人生选择的转变持肯定态度，认为弃官从文未尝不是一种解脱。

他还创作了《题马湘兰花卉册子》四首，诗云：

> 金缕歌残谢舞筵，秋娘老去学逃禅。半生苦趣从头数，都在秦淮风月边。
>
> 鬓影衣香兴已阑，犹留妙墨噪词坛。昏灯一穗禅心寂，那有胭脂画牡丹。
>
> 冷韵幽香自写真，萧疏几笔已传神。争看淡墨氤氲处，不是名花是美人。
>
> 勘破前身是落花，舞裙着尽着袈裟。吉光片羽存遗稿，认取多情杜牧家。

这四首诗歌吟咏的是江南的秦淮河，"是一条流淌千年的风月之河、文化之河"。铁保来到此处，用士大夫的眼光将此处进行描摹，创作出了优秀的诗歌。读到这些诗歌，就能想象诗人于秦淮河边，感慨过往、思索未来的情景，正是凝结了深厚的文化底蕴，才能写出具有历史厚重感的诗歌。

铁保在此期间还创作了不少咏物诗，主要吟咏书斋中物件。比如《和元萨

---

〔1〕 张纪仲主编.中国长寿大典［M］.北京：华龄出版社，2003：363.

天锡斋中十咏》吟咏的对象是焦桐、蠹简、破砚、残画、败裘、旧剑、尘镜、废椠、断碑、卧钟。又如《续斋中十咏》吟咏的对象是陋室、痴童、破笥、废稿、敝帚、缺案、退笔、旧墨、漏卮、残帖。再如《广斋中十咏》吟咏的对象是研山、药笼、茶灶、谈麈、蕉扇、藤簟、唾壶、竹杖、纸帐、山屐。这几十首诗歌的主要目的是与朋友进行唱和，以逞才华。主要的思想内容都是写书斋中各种物件的特点，其中也蕴含了对于世事无常的感慨，表现出典型的士大夫的无奈思想。以《废冢》为例，诗歌云：

> 落日照枯冢，凄风上古原。有时通鼠雀，何处问儿孙。骨久埋荒草，人谁敢旧恩。茫茫北邙址，争得一坏存。

这是一首写废冢的五言律诗。作者用阴郁冷峻的笔法，将自己的内心感受抒发出来。整首诗歌表现出一种低沉凄冷的感觉。首联写此处落日照枯冢的冷清场景。中间两联写世事的无奈，就算身前有再多的功绩，也无儿孙再来怀念旧恩，将一种内心的愁绪表现出来。

此外还有《断碑》，也是表达这种对未来无常的感慨。云：

> 赑屃当阶断，残碑没草荆。字多经土蚀，僧不记雷轰。金石岂终古，乾坤真忌名。何能三日卧，书法矢专精。

碑文已经磨损，看到这种场景，不禁结合自己的经历，经历了官场的大起大落，又看到其他同僚也有类似经历，于是引发怀抱。看到这些破碑、废稿等事物，都会结合自己的身世，发表一些感慨。可见这个时候的铁保，虽然处于高位，但是心中仍然存在许多顾虑，尤其是经历过一些官场波动之后更是如此。因此这种类型的诗歌就会出现在铁保的诗集中，并且占据一定比例。这位北方才子，已经将这种担心与顾虑有意无意地通过这些咏物诗表现出来。

二、后期诗歌风格

铁保个性豁达开朗，游宦时期创作的一部分诗歌仍然保持独立的个性，呈现出苍劲雄奇的风格。他拥有游览祖国大好风光的绝好机会，他为自然景观所迷醉，纵心于闲情逸致，所到之处崇文尚雅，孕育了清新淡雅的诗歌风格。

（一）苍劲雄奇

通过分析诗人的创作风格，有助于更好地把握不同作品的特点。铁保这一时期的铁保词以苍劲雄奇为主，主要表现在以下几个方面。

铁保诗歌中写景词以山东、江南的山川河流为对象，以自然风光来消散游宦生活之艰辛。比如《冬日于役广陵过江游金焦返棹维扬得诗》六首，介绍冬日游金山与焦山的风光，第一首"怀古缅六朝，废址几朝暮"。第二首"樵牧同栖迟，风雨递剥蚀"。第三首写"金山何崔嵬，团结矗江腹"。第四首写"焦山峙其东，奇气结成对"。第五首"遗墨如晨星，奇气蒸云岚"。第六首写"宦场倏变迁，俯仰等游戏"。读完这些诗句，可以感受到铁保在冬天由广陵到金焦山畅游的气势，在此处感受到金山的崔嵬、焦山的雄奇，令人惊叹，引人啧啧称奇。再加上此时处于宦游时期，更平添了一份豪爽之气。

铁保这一时期的诗歌是感情沉淀多年之后的流露，表现得苍劲有力。如《过东方曼倩故里》，铁保到东方朔的故居，感慨历史的变迁，呈现出一种质朴苍茫的境界。此外还有《天妃闸歌》写的是古闸激流翻滚的场景，又写"舟师挽运真艰难"表现出对劳动人民的同情。《鱼鹰行》中一句"大鱼跋浪势甚猛，众鹰鼓勇齐羁挈"就能够感受到诗歌中洋溢着一种雄放的力量。

（二）清新淡雅

铁保后期的诗歌吸收齐鲁、江南地带的地域特色，孕育出清新淡雅的艺术风格。

他描写风景的诗歌，抓住当地最主要的特色入诗，集中体现出清丽风格。比如《督漕北上杂诗》六首，其中第一首写的是诗人曾经整日在案牍中应接不暇，如今在前往督漕的舟中，感受"起看蓬窗外，鱼艇和烟宿"的惬意轻松，描绘出诗人在山水之间感受秀丽景色的自得之感。整首诗歌诗义从容，雅中见趣，清新流畅，自然天成。又如《雨中登临江楼作歌》，诗人善于用捕捉描写的手法，突出临江楼的特色，将景物描写得清丽可人。全诗以林江楼作为主体，并且用"雨"来增添景色中的柔和姿态，此时"临江楼头雨正酣，渺渺澄波静如拭"，更是将人工建筑与自然现象进行结合，表现出一种宁静素雅的画面。《春草》两首，其一有云："一夜梅梢雨，连天涨绿莎。"其二云："阳春真有脚，宿雨尚留痕。"《微雨》中有："微雨渐成絮，萧萧增夜寒。"描绘的都是梅雨时节江南秀美的风景，是清新淡雅风格的作品。

他在这一时期创作的诗歌内容丰富，尤其是关于日常生活的描写更显示出与之前不同的风貌。这段时间他在仕途上比较顺遂，加之本身就是一位具有文人气质的官员，追求士大夫那种雅致的生活方式。因此他的咏物诗集中体现出淡雅的风格，所咏之物大多都是带有浓重文人色彩的物件，比如《研山》中云"洞天真一品，兹物最超群"，可见这件物品的精致。又如《茶灶》写的是"茗载知谁胜，茶经秘未穷"，对于品茶的要义进行概括，展示出一种富有文人雅趣的生活态度。再如《舟中读冯星实鸿胪笺注苏诗寄怀》写的是铁保旅途中都在读苏东坡笺注，这已经是一种文人雅士生活的方式，诗歌中写道，"生当圣世难归隐，胸少穷愁合著书"，用简单直接的语言表现出雅致的诗歌风格，做到了内容与风格之间的高度统一。

铁保凭借其诗歌创作的天赋，以及自身丰富的生活阅历和勤奋刻苦的钻研，在游宦各时，融会贯通注入自己的思想之后，最终形成了苍劲雄奇和清新淡雅的独特诗歌风格。这种风格的形成，不仅融入了不同地域文化的特色，同时也是铁保自身经历的再次体现。

第四节　铁保晚期诗歌——两次贬谪（1809—1824）

"西域"的概念有狭义与广义之分，根据范文澜的《中国通史》的界定，狭义的西域是指玉门关、阳关以西、葱岭以东地区。广义的西域指包括葱岭以西的中亚、西亚和南亚的一部分，乃至欧洲及北非地区，是中国当时对西方的统称[1]。铁保活动的主要范围是乌鲁木齐、喀什噶尔以及阿克苏，属于狭义的定义之内。张玉声《谈西域文学的两翼》将西域文学分为三种：一是西域本地之人基于当地人民生活所作；二是非西域人亲临西域之后，以西域风情为内容的文学作品；三是祖籍西域的作家入居中原后创作的作品[2]。又根据庆格《玉门诗钞跋》中的记载"《玉门诗钞》，先生于役轮台及总制西域之作也"[3]，仍然沿袭"西域"的称谓。鉴于此，为了论述统一性，在进行铁保诗歌分析时，将沿用"西域"称谓。铁保诗歌当属于西域文学中的第二种类型，在艺术殿堂中取得了一席之地。

一、西域诗歌内容

铁保西域诗主要编为《玉门诗钞》两卷，共计 112 首。前卷大多为流放时的诗作，后卷为在南疆所作。铁保西域诗歌的主要描写内容包括西域的地理环

〔1〕 范文澜. 中国通史 ［M］. 北京：人民出版社，1979：109.
〔2〕 张玉声. 谈西域文学的两翼 ［J］. 新疆师范大学学报，1987（1）：1.
〔3〕 （清）铁保. 惟清斋全集. 清代诗文集汇编第 432 册 ［M］. 上海：上海古籍出版社，2010：571.

境、风土人情和民生民情，作为铁保诗歌中最具有代表性的诗作，对铁保西域诗的研究是进行铁保诗歌研究最为重要的一环。

（一）地理环境

铁保以流人身份进入西域境内，最先感受到的就是这里特殊的自然风景，并将这些令他感到新奇的事物写入诗歌中。

铁保的诗歌中有大量写西域风光的诗歌，写山川、河流、植被、戈壁，对西域之雪尤为留意。比如《登天山小憩》，将自己的真情实感写入诗中，云：

> 天山如天高，我到天山顶。万笏峰怒排，矗立儿孙等。上有关侯祠，小坐啜山茗。雪花大如掌，迎面若操梃。茫茫长安道，万里秋烟迥。[1]

本诗以平实真切的手法，将第一次看到天山的感受描述出来。诗人来到西域，看到天山如此雄伟，仿佛忘却了自己是流人，已经融入这番景象当中。又有《车中口占》，诗云：

> 平原千里路茫茫，积雪连天入大荒。坦坦王程沙碛远，玉门关外有康庄。
> 小住村寮落日昏，饥驱百里下高原。巴童报道午炊热，白割黄羊带血吞。
> 检得山柴带血烘，严风搜壁烛摇红。烧残楄柎烟难尽，身在黄粱云雾中。
> 孤村草草解征骖，暂息尘劳苦亦甘。忽听塞垣懊恼曲，晓风残月忆江南。[2]

这几首诗中记叙的是戍途中的生活，以西域荒凉之景色与江南之景色作对比，抒发了相思之情。铁保的《登智珠山》，是其中颇具特色的篇目，且看：

---

〔1〕（清）铁保．惟清斋全集．清代诗文集汇编第432册［M］．上海：上海古籍出版社，2010：559.

〔2〕（清）铁保．惟清斋全集．清代诗文集汇编第432册［M］．上海：上海古籍出版社，2010：559.

幽栖怀抱向谁开？联骑城东山翠限。独客醉登危阁迥，万山气拥大河来。渐消积雪通冰壑，指日春风破冻荄。如此溪山容小住，何人高唱《紫云回》？[1]

这首诗歌作于嘉庆十五年（1810），是一首笔力雄健的律诗。智珠山亦云蜘蛛山，是清代乌鲁木齐的名胜之一，在市区巩宁城，今老满城东南二里许[2]。铁保置身于此，仿佛感受到万里山河的气韵都纷至沓来，逐渐消融的积雪已经通到了冰壑当中。他以"春风破冻荄"的意象自比，抒发的是有朝一日能够东山再起。什么人在此高唱《紫云回》呢？此时时有客吹笛声，让人思绪万千涌上心头。

诗人笔下的西域风景，透露着壮美气韵。《冰垯坂》就是其中代表作之一：

巍巍冰垯坂，积雪冻如铁。鸿蒙开辟初，此地人迹绝。天王奋神武，拓地到昆碣。五丁天遣来，峻岭通车辙。至今往来客，无虑车轮折。六月风雪寒，穷阴气凛冽。劳劳行役人，南望犹咋舌。[3]

这首诗歌作于嘉庆十五年（1810），是他从乌鲁木齐南山翻越天山后峡赴南疆时所作。从标题就可知，诗中主要写西域之雪山。逶迤的雪山，积雪冻得就像铁块。"五丁天遣来，峻岭通车辙。"借用战国时期蜀国五丁开山之典故，来赞颂清皇帝的丰功伟绩，旨在颂扬清廷之神治武功，收复新疆，通路开道。如今往来的客商，已经不会担心行路劳苦。六月的风雪依旧寒冷，极度阴冷的空气依旧弥漫着冷冽之感。最后一句引发思考，如此劳心劳民的行役，向南张望依旧让人感到惊讶。

西域的地理地貌奇特，沙漠戈壁成为一大奇观。铁保到达西域，看见眼前荒凉广袤的沙漠地带，不禁发出感叹，作《戈壁》一首，云：

天荒地不毛，碎石平如扫。行行沙碛中，千里无寸草。狐兔远遁

〔1〕（清）铁保．惟清斋全集．清代诗文集汇编第432册［M］．上海：上海古籍出版社，2010：560.

〔2〕肖宏．奇气足，波澜阔——铁保西域诗《登智珠山》赏析［J］．新疆地方志，1991，（1）：86.

〔3〕（清）铁保．惟清斋全集．清代诗文集汇编第432册［M］．上海：上海古籍出版社，2010：561.

藏，旅贩行踪少。蓦见乌雀飞，知已近村堡。何能计里程，晷影验迟早。[1]

诗歌中开篇就将沙漠的主要特征加以描写，荒凉不毛、碎石飞沙。千里之内，寸草无生，其实这就是沙漠最为直观的感受。此处言“狐兔”在远处藏身，更说明沙漠之荒凉。由于沙漠缺水，旅客商贩行迹鲜少。有鸟的地方就有村子，因为村子有水源会吸引鸟驻足。

（二）风土人情

《玉门诗钞》中多描述当地风土人情的诗歌，对于考察清代西域的习俗有借鉴作用，同时对于西域文学研究也有其地位以及影响。比如，《回部》两首：

聚族联回部，酣歌乐有余。衣冠同左衽，文字任横书。土屋居无榻，荒田草不锄。问年惟记日，岁月几乘除。

中国尊儒术，西方重释经。地荒天亦远，人蠢佛无灵。燕坐传鸦片，新妆饰雀翎。谁能变夷俗，化外树仪型。[2]

作者通过自己的亲身体会，描写所见所闻，简单几句概括一方之风土人情。第一首写的是新疆乌鲁木齐少数民族爱好歌舞、衣冠着法、房屋建设以及历法纪年的情况。第二首写的是西域的宗教信仰、衣食住行都显得颇具特色。还有《妫娜曲》，铁保作注释解释诗题曰“回人舞名”，摘录其中几句就能感受舞蹈之精妙绝伦：

昆仑迤西碣石北，中有雄藩古疏勒。国中女乐称最奇，意态翩跹胜巴僰。当筵醉舞号妫娜，对对红妆耀新饰。低昂应节态婆娑，翩若惊鸿曳双翼。

诗中写的是疏勒女子舞蹈的情形，“最奇”二字点明诗歌要旨。全诗通过描写舞蹈家的体态优美，意境翩然，舞蹈技艺高超，犹如惊鸿摇曳着双翼想要飞

---

[1]（清）铁保．惟清斋全集．清代诗文集汇编第432册［M］．上海：上海古籍出版社，2010：561.

[2]（清）铁保．惟清斋全集．清代诗文集汇编第432册［M］．上海：上海古籍出版社，2010：567.

翔的姿态。诗歌表现出铁保对于新疆舞蹈之欣赏，极具赞美之词。

铁保的《徕宁杂诗》是组诗，共十首，择取其中写西域之风土人情的诗歌八首，这些诗歌将南疆的风土人情写得详细具体，表现出与维吾尔人之间的深情厚谊。诗歌云：

> 疏勒古雄国，今为没齿臣。衣冠仍异俗，耕凿等编民。寒暑阴晴变，山河壁垒新。覃敷文教远，天地爱斯人。
>
> 清秘堂前客，翻然万里行。行年入花甲，恩命应先庚。久病疏铅椠，孤身治甲兵。严疆容坐镇，投笔笑书生。
>
> 半壁西南地，山川入大荒。分茅尽回鹘，通估到西洋。久喜边尘靖，都忘驿路长。建牙星宿海，投老壮心偾。
>
> 十月盘离熟，阴山好合围。风沙随马起，毛血带霜飞。酒酿蒲萄滑，鲜烹雉兔肥。醉余齐罢猎，山月照人归。
>
> 半钩新月上，又见一年春。此日踏歌者，都成送岁人。金珠争耀首，绒褐半章身。鼓吹升平福，遐荒民气淳。
>
> 七日日中市，欣从把杂来。中原货争积，重译客无猜。贸易连西藏，舟车洞八垓。回疆真富庶，烟户萃荒莱。
>
> 女伎当筵出，联翩曳绮罗。歌应翻俚曲，舞欲效天魔。发细垂香缕，眉长补翠螺。不堪通一语，默坐笑婆娑。
>
> 茂林环曲水，身到伯斯塘。天外云阴合，樽前塞草香。低枝争勒马，少妇笑窥墙。到处宜行旅，应忘客路长。[1]

题目中的"徕宁"就是指喀什噶尔，根据《梅庵自编年谱》的记载，"嘉庆十五年六月，奉旨起用为叶尔羌正办大臣，旋升喀什噶尔参赞大臣"[2]。此时铁保正在此处担任参赞大臣。铁保作为贬谪之人，丝毫没有愁绪之感，而是将自己对于西域之热爱汇聚到诗歌当中。第一首诗歌写的是疏勒地区，写这个地方衣冠的特点，采取农耕、开凿等编民政策，最值得关注的就是当地实行的文教，说明了我国多民族文化之间的相互交融以及影响。第二首写的是诗人花甲之年，尽管以戴罪之身前往西域，也肩负着国家赋予的维护祖国、坐镇新疆

---

〔1〕（清）铁保．惟清斋全集．清代诗文集汇编第432册［M］．上海：上海古籍出版社，2010：562．

〔2〕（清）铁保．惟清斋全集．清代诗文集汇编第432册［M］．上海：上海古籍出版社，2010：386．

的伟大使命，表现出诗人强烈的使命感。第三首写的是当时已经有与西洋相沟通的交通，驿路也已经逐步完善。第四首写的是新年来临之时，当地人盛装辞旧岁的场景，祈求平安幸福，显示出当时的民风淳朴。第五首写的是当地的"把杂"，也就是集市，这里销售的货物有不少来自中原以及西藏，说明我国各个地区之间的商品贸易的繁荣景象。第七首写的是西域的歌舞，摇曳多姿，魅力无限。第八首写的是休憩之所，根据铁保自注云，"筑土正方四面环水，密植榆柳，以为憩息之所，谓之伯斯"，这里适宜旅行休闲。通过这组诗歌，我们可以对西域的节庆习俗、贸易情况以及农业活动等方面有所了解。

从诗歌的内容上看，涉及维吾尔族之饮食习惯、农业生产、文化教育、商业贸易、民俗生活，可谓包罗万象，详细具体。

从诗歌的思想上看，诗歌中蕴含了铁保对于西域之热爱。按照星汉先生的评价"如果对天山南路的维吾尔人没有深厚的感情，是写不出这样的诗句的"[1]，这种说法可谓一语中的。铁保的诗歌中表现出一种社会责任感，他来到南疆，对当地进行深入了解，与当地人进行交谈，才能创造出这些反映当地人生活状态的诗歌。正是这些诗歌，对于促进民族交流产生了推动作用。

（三）民生民情

铁保还记录了不少西域见闻，关注民生与民情问题的诗歌较多。铁保写有关于自己在西域所经历之事，表现出对当地百姓的关心与关怀。比如《即事》四首，写自己的真情感受，诗云：

> 严风四月冷添裘，抱膝荒斋兴亦幽。插壁野花标绰约，挂檐山鸟叫勾辀。闲翻曲谱收新调，偶检前诗忆旧游。如此谪居消用画，更无心事绾离愁。

> 正是南粮北上时，那堪凌汛阻归期。当机不乏筹河术，挽连仍愁抵坝迟。万里臣心犹未竟，九重天眷岂终移。梦回独对银缸坐，手把青铜验鬂丝。

> 兀坐荒斋事事无，此身合与古为徒。朝餐大嚼烹羊胛，午梦才醒弄鼠须。每把生徒成小集，偶随樵牧到山嵋。旅怀不用人排解，到处裒科是坦途。

> 更无心绪赋闲情，百感忘来梦亦清。诗好仆依萧颖士，调高客遇

---

〔1〕 星汉．清代西域诗辑注［M］．乌鲁木齐：新疆人民文学出版社，1996：119.

柳耆柳。为消尘浑添书病，不筑愁城废酒兵。兴未颓唐身更健，白头犹作少年行。[1]

铁保表达出报效国家，为国家绘制美好蓝图的志气。这些诗歌都能够直接反映出铁保在西域的生活状态，表现出他忠君爱国之思想。其一写的是自己在四月就要添置裘衣，感觉这里天气寒冷，但是却别有风韵。采几朵野花以表示风姿绰约，挂在房檐上的鸟儿在欢快地鸣叫。此时闲来无事，翻开曲谱收录的新调，偶然翻阅过去的诗歌以追忆往事。这样的谪居生活，用绘画来打发时间，就不会有离愁心事在心中郁结。其二写的是南方的粮食往北运，没有预想到汛期阻碍了归期。想到漕运误期之事，心中担心不已。其三写的是自己独自在荒凉的书斋无所事事，只能与古书相伴。其四表现出铁保纵使在逆境中，仍然保持乐观的态度，借酒消愁，心念天下的抱负。这四首诗歌都是铁保闲时所作，字里行间却流露出对当地百姓的关心，期盼以自己的实际行动来为祖国边疆作出自己的贡献。

此外，还有《砥斋廉使新关小圃诗以纪事》，写的是自家菜园，诗中道：

土屋茅阶辟草莱，不须隙地起楼台。开窗但放青山入，迟客先邀明月来。到处生徒随缝帐，四时花鸟助深杯。笑余合傍蓬莱住，酒阵词坛得暂陪。[2]

铁保在贬谪之所，并无失落与哀怨，反而将所见之景写得清新雅致，表明了自己的心情闲适而愉悦。诗句写的是自己居住的土屋茅阶辟草莱，不须隙地起楼台。开窗之后青山直入眼帘，迟客先邀明月来。朋友到来，心情舒畅，顿时忘却了自己的忧伤。此等闲情雅致，只有心情豁达时才能写就，可见诗人当时并没有因为贬谪生活表现出负面情绪，反而能够随遇而安，是一种乐观态度的展现。

同样记录自己日常生活的诗歌还有不少，比如《戏题及门莒绳斋山水障子》，写的就是要通过读书以及外游，来领略祖国河山，抒发自己的伟大豪情。又如《闲居效放翁体》，写自己尽管年纪已老，但是仍然保持着陆游般的豪情，

〔1〕（清）铁保. 惟清斋全集. 清代诗文集汇编第 432 册［M］. 上海：上海古籍出版社，2010：560.

〔2〕（清）铁保. 惟清斋全集. 清代诗文集汇编第 432 册［M］. 上海：上海古籍出版社，2010：560.

在这里还想为国家出一份力。《对残花作》写眼前之景色之绮丽，通过写景来抒发自己的情怀。《庚午除夕感怀》二首写的是除夕之夜诗人的真实感受。第一首写的是年华易逝，应当抓紧时间经世济民。第二首写的是回顾自己六十年官场生涯的浮沉。《徕宁有树，似梅而无香，实更酸于梅，诗以纪》写的就是喀什噶尔的奇妙树，看似是梅，却没用香气，果实反而很酸，用诗歌将此记录下来，以表示惊奇。《上恩湛庵抚军》写的是铁保余谪戍轮台途中，出洛下，首次见到抚军，表现出对命运无常的感慨。

铁保的西域诗中，记录了民生民情之事，表现出为官为民的思想。比如，《阿克苏城被水驰往勾当纪事》写的是阿克苏遭遇洪灾之后，如何进行治理以及安顿的事宜，诗云：

> 我昔建节吴江边，日与阳侯为比肩。经年襫被驻袁浦，黄水未退湖水连。今兹远谪疏勒地，万三千里驰风烟。黄沙白草半戈壁，幸无水患遭连遭。不图五月雪水涨，极天骇浪奔巨川。阿克苏城被淹浸，哀哉回户家无椽。城垣仓库尽圮倒，游商戍卒愁颠连。我闻邮报束装去，铜钲火伞相熬煎。兼程十日到尚早，灾黎如望云霓悬。先散金钱作抚恤，后蠲租税拯市廛。官衙兵舍工毕举，更筑堤岸筹防宣。以工代赈良法在，稍喜编户得安全。飞章驰骑奏天子，如伤怀抱慰乾乾。嗟余每与水作难，捍御无术成播迁。一城鸿雁得安堵，聊借此役弭前愆。长歌再拜阳侯去，莫更与我同周旋。[1]

这首诗歌的创作背景是阿克苏遭遇水灾之时，讲述铁保在阿克苏如何救济灾情的情况。根据《梅庵自编年谱》的记载，皇帝有谕旨言："铁保等奏阿克苏被灾，田地房间数目，及军民回子在情形一折。阿克苏系回疆远徼。[2]"说明皇帝对于阿克苏水灾的重视程度，此时铁保前往查勘，将当地的情况向皇帝汇报。铁保能够果断采取措施，灾情得到控制，皇帝给予嘉奖，铁保写此诗是为了记录此次救灾行动。

诗歌先回顾过去自己在担任两江总督时候的事情，当时自己也是为了赈灾，驻扎在袁浦，治理吴江。而后遍述阿克苏受灾情况，说明民居、商客以及戍卒

〔1〕（清）铁保. 惟清斋全集. 清代诗文集汇编第432册［M］. 上海：上海古籍出版社，2010：565.

〔2〕（清）铁保. 惟清斋全集. 清代诗文集汇编第432册［M］. 上海：上海古籍出版社，2010：390.

的受灾情况。再写自己前往灾区进行救灾，发抚恤金以及减少租税的措施，稳定民心，并且创造性地采用"以工代赈"的方式来缓解赈灾压力。最后，表达自己对于未来的展望，希望此地再不要受灾。全诗将救灾事宜讲述得条理清晰，从这些诗句中，能够感受到一位对百姓之生命财产安全无限关心与厚爱的老臣之心。

二、晚期诗歌风格

诗歌风格是诗人思想感情以及艺术手法相结合后，而表现出来的风貌。姜岱东将文学风格概况为："作家在作品的内容和形式的有机统一中显示出来的、与众不同的、鲜明突出的、相对稳定的风格和格调。"[1] 铁保贬谪至西域的诗歌主要创作于嘉庆时期，当时清代已经逐步由强盛走向了衰落，这种政治环境对他造成深刻的影响。铁保的生活经历丰富，尤以贬谪经历最为重要。贬谪西域之后，尽管以戴罪之身而至，但诗歌中却鲜少有抱怨的情绪，诗歌仍然保持着一种豪迈刚劲之气。结合西域特有的风土人情入诗，形成雄浑沉郁的诗歌风格。

铁保选择雄伟阔大的景色入诗。比如他写的《游三仙洞》，用数字之大来说天地之宽，自己到了疏勒的西边，凿空依着岩壁。古代的谪人遁于空寂，登到这种高山不见人的地方，石头都在碎裂，高百仞之楼，想登上却心里十分害怕。仙人是不能看见的，除非自己亲自来三仙洞。我就如同谪仙一般，已经坦然接受并适应了这个身份。又如《叶尔羌道中》万里到叶城，此的深林密树，鲜少人行。又有"惊沙""怒马""枯槎""燎原"，形成豪壮之景，来到这里的人无从问究竟有多远，只会计算军台的数目而不会去计算里程数。再如《放歌行》，则为豪壮雄奇风格的典型代表。全诗先描写昆仑虚境之壮丽，接着用"走眼尽八荒，俯首瞰四夷"这句改以远眺视角，营造出一种"一览众山小"之感。这首诗歌让人感受到的是闪耀着浪漫主义光芒的奇思妙想，充满积极向上的精神内涵，是一种任意东西、潇洒不碍的理想状态。然而这就是铁保所感受到的实际景象，表现出一种豪迈壮美之感。

铁保的西域诗写得极具特色，代表着他晚年时期创作的高峰。清人吴瞻泰在《杜诗提要》中说："沉郁者，意也，顿挫者，法也。"就是说，沉郁是指作品中意境的深远和情调的浑厚[2]。雄浑沉郁诗歌风格的形成，与他的生活经历

---

〔1〕 姜岱东. 文学风格概论［M］. 济南：山东教育出版社，1996：10.

〔2〕 杨槐，等主编. 中国古代文学指要［M］. 昆明：云南教育出版社，1993：225.

紧密相关。铁保仕宦南北之后，又到西域，心理发生巨大变化，少年之意气，中年之成熟，晚年之沉稳这种心理状态的变化作用于诗歌上，就形成一种不同于之前的诗歌风格。《玉门关》写此地黄沙白草茫茫，南北联通穷荒的荒凉景象，但是接到八月就要回家的消息，又写道"扬鞭笑入玉门关，白头差遂四方志"，表现出积极乐观的豪情壮志。

此外，铁保晚年流放至吉林，于谪戍途中创作了两首诗歌，分别是《汪清边门道中》和《柳条边》。

铁保这两首写山水之作，很大程度上是其疏泄谪居生活苦闷情思的一种手段。比如《汪清边门道中》：

> 蚕丛蹊路僻，迢递接边门。树密岚阴湿，岩深虎气昏。野田和雪种，荒草带冰屯。自顾良游壮，高吟到塞垣。[1]

诗歌以古蜀开国先王"蚕丛氏"自比，描写了一路荒烟蔓草之景。这首诗歌将诗人前往吉林时的孤独与冷清再现出来，让人担忧诗人前往戍所后的生活。诗中包含着对自己未来的忧虑，但是最终也只能适应环境，安慰自己继续前行。《柳条边》也作于吉林，云：

> 黄沙白草马蹄骄，绵亘身轻塞路遥。千里风烟垂大漠，柳条边外暮萧萧。[2]

铁保用黄沙、白草、马蹄等意象，刻画出一种广阔空寂的环境，连绵不绝的山似乎要阻塞前行。广袤无垠的大漠里，风沙并存。柳条边指的是限制汉人出关之界线，与西域之"阳关"同义。铁保以流人身份，来到这片土地，创作出的作品无疑打下了当地的烙印，同时，他创作的诗歌也为这吉林又增添了文化色彩。

铁保在吉林期间创作的两首诗歌，能充分展现他晚期的诗歌艺术特色，诗歌的创作中也打下了东北这片土地的印记。借用吉林萧索的景象，来抒发内心

---

〔1〕 （清）铁保．惟清斋全集．清代诗文集汇编第 432 册〔M〕．上海：上海古籍出版社，2010：524.

〔2〕 （清）铁保．惟清斋全集．清代诗文集汇编第 432 册〔M〕．上海：上海古籍出版社，2010：551.

的苦闷，这一时期铁保的诗歌风格是沉郁浓重。铁保晚期的诗歌风格与之前不同，由于他已经失去了原来官宦的身份，所到之处又显得荒凉与苍茫，更添愁绪。

第四章

铁保词研究

铁保不仅是一位德高望重的臣子，而且拥有极高的艺术造诣，他诗文词各体兼备。清代乾嘉时期，人才辈出，名家林立，众多具有才华之人难以彰显。铁保一生兴趣广泛，尤以书法名世，其文学才华俨然被掩盖，其创作的三十二首词作更是鲜少论及。作品数量不多，但取得的艺术成就却不能忽视，作为铁保文学创作的重要部分值得进一步研究。本文将对铁保词作的创作时间、题材内容、创作心态以及艺术特色等方面进行分析，使得这些作品得到关注，从而更好地明确铁保在文学创作领域的地位。

第一节　词作创作时间

铁保词作的研究成果很少，尚未深入研究，并且其词的创作年份也不确切。为了更好地对铁保词进行学术研究，以词在《惟清斋全集》中出现的顺序为准，对铁保词进行详细的考证并系年。通过对这些作品进行时间考证，有助于更全面把握铁保的创作心态；有利于了解他的创作思想；以及便于与同时期的文人进行比较研究，从而更好地评价其所处的历史地位。

铁保词的创作时间，具体如下表所示。

表4-1　铁保词系年表

序号	篇目名称	创作时间
1	后庭花·题画天竹	嘉庆十九年至嘉庆二十三年
2	临江仙·题画红梅	嘉庆十九年至嘉庆二十三年
3	满庭芳·丙子岁除	嘉庆二十一年除夕
4	满江红·丙子冬夜	嘉庆二十一年冬

序号	篇目名称	创作时间
5	满庭芳·寄如亭夫人	嘉庆十九年至嘉庆二十三年
6	满江红·冬日游北山作	嘉庆十九年至嘉庆二十三年冬
7	沁园春·夜坐书怀	嘉庆十九年至嘉庆二十三年
8	满庭芳·闺怨	嘉庆十九年至嘉庆二十三年
9	念奴娇·见家书作	嘉庆二十一年腊月
10	水调歌头·初度日作	嘉庆二十二年正月十四
11	意难忘·酬孙淑明夫人除夕作	嘉庆十九年至嘉庆二十二年
12	临江仙·初度日游北山作	嘉庆二十二年正月十四
13	意难忘·题八女珍庄画罗汉像	嘉庆十九年至嘉庆二十三年
14	满江红·题走马灯	嘉庆十九年至嘉庆二十三年
15	菩萨蛮·送元儿回京其一	嘉庆二十年到嘉庆二十三年
16	菩萨蛮·送元儿回京其二	嘉庆二十年到嘉庆二十三年
17	念奴娇·题姬人抚琴小照	嘉庆二十年到嘉庆二十三年
18	意难忘·题挹兰姬人照	嘉庆二十一年
19	柳含烟·江上作	嘉庆十九年至嘉庆二十三年
20	菩萨蛮·莳花	嘉庆十九年至嘉庆二十三年
21	减字木兰花·种花	嘉庆十九年至嘉庆二十三年
22	凤凰台上忆吹箫·自题江天阁小照	嘉庆十九年至嘉庆二十三年
23	醉江月·首夏江上泛舟作	嘉庆十九年至嘉庆二十三年
24	雨中花幔第二调·寄内即以代简	嘉庆十九年至嘉庆二十三年
25	凤凰台上忆吹箫·咏怀	嘉庆十九年至嘉庆二十三年
26	偷声木兰花·闺思	嘉庆十九年至嘉庆二十三年

序号	篇目名称	创作时间
27	蝶恋花·夜风不寐	嘉庆十九年至嘉庆二十三年
28	唐多令·约同人江上泛舟因风不果	嘉庆十九年至嘉庆二十三年
29	醉春风·有约江上饯春因风雨改期翌日晴明书此识悔	嘉庆十九年至嘉庆二十三年
30	风入松第一体·以瓦瓶贮野花戏题	嘉庆十九年至嘉庆二十三年
31	松峰哲嗣假满回京书以广之·凤凰台上忆吹箫	嘉庆十九年至嘉庆二十三年
32	醉花阴·偶患目赤戏题	嘉庆十九年至嘉庆二十三年

　　铁保的词一共三十二首，保存在《惟清斋全集》当中，成"诗余"一卷置于集尾。以词在铁保《惟清斋全集》中出现的顺序为准，兹论述如下。

　　第1篇《后庭花·题画天竹》与第2篇《临江仙·题画红梅》，均作于嘉庆十九年（1814）至嘉庆二十三年（1818）。词中提及"也抛红豆传心曲"[1]，透露出思念之情，说明此刻词人远离家乡。张佳生《清代满族诗词十论》认为："他的词多写于60岁以后。"[2]

　　第3篇《满庭芳·丙子岁除》，作于嘉庆二十一年（1816年）除夕。词的标题为"丙子岁除"，据甲子纪年推算，该词作于1816年除夕。

　　第4篇《满江红·丙子冬夜》，作于嘉庆二十一年（1816）冬。此词题为"丙子冬夜"，即嘉庆二十一年冬夜所作。

　　第5篇《满庭芳·寄如亭夫人》，作于嘉庆十九年（1814）至嘉庆二十三年（1818）。主要从以下几个方面考虑：其一，作词时铁保夫妻离别。其二，词中提及"逢春恰喜元晖来省"，指出创作于儿子来探望时。《梅庵自编年谱》载："余四十三岁是年……长子瑞元生。"儿子能够探亲，年龄至少成年，推出铁保已过六旬。其三，词中还称自己已经"老病全瘳，瘦骨嶙峋"，明确作词时已是

〔1〕（清）铁保·惟清斋全集·清代诗文集汇编第432册［M］·上海：上海古籍出版社，2010：362.

〔2〕张佳生·清代满族诗词十论［M］·沈阳：辽宁民族出版社，1993：326.

老年。故推论词创作于戍所。

第6篇《满江红·冬日游北山作》,作于嘉庆十九年（1814）到嘉庆二十二年间（1817）冬。根据《吉林外纪》记载："北山在城外演武亭北,高三百余步,层峦环抱。"[1] 魏声和《鸡林旧闻录》云："吉林省城北山下,有演武厅故址。厅对北山,山有九峰拱卫,土人称为九龙之象。"[2] 此处风景宜人,可以登高望远,不同季节有不同的风光,适合踏春、消夏、赏荷、观雪。正如《吉林纪略》言："北山,省城西北,山势高耸,双塔高耸。有玉皇、药王、关帝等庙,亭榭尤宜避暑。"[3] 此词于嘉庆十九年到二十二年的某个冬日游览北山时所作。

第7篇《沁园春·夜坐书怀》,作于嘉庆十九年（1814）到嘉庆二十三年（1818）。据词内容"念半生行役"以及"几时归老家乡",表示铁保此时远离家乡,从诗意看,是晚年所作。又有"解组后",指他已经没有官职。依据《八旗文经》第五十九卷《作者考》记载,铁保："十四年谪戍乌鲁木齐,起喀什噶尔参赞大臣。累官吏部尚书。"[4] 再谪吉林时则被革职称为"解组"。因此可推断词作于嘉庆十九年到二十三年。

第8篇《满庭芳·闺怨》,时间同上。这首词透露出对于家的思念,没有自身的体会很难将闺情刻画得传神而动人。表达的情感与前面的词作相类似,创作时间也一致。

第9篇《念奴娇·见家书作》,作于嘉庆二十一年（1816）腊月。词云"腊梅香"表示作品是在农历十二月所作,又有"三载家乡无梦到",表示离开家乡已经三年之久。

第10篇《水调歌头·初度日作》,作于嘉庆二十二年（1817）正月十四。词云："六十六初度,能健又能闲。"从这句话得知这首词是铁保六十六周岁生日之时所作。据《梅庵自编年谱》记载,铁保出生于乾隆十七年壬申正月十四。

第11篇《意难忘·酬孙淑明夫人除夕作》,作于嘉庆十九年（1814）到嘉庆二十二年（1817）。据铁保《孙淑明夫人画赞并序》载："夫人陈氏名端玉,字淑明。海州人,广文孙式金室也。余见时,年已五十有七,精神焕发如三十

---

〔1〕（清）萨英额. 吉林外纪［M］. 台北：成文出版社,1974：50.

〔2〕李澍田编. 吉林纪略,长白丛书初集本［M］. 长春：吉林文史出版社,1986：285.

〔3〕魏声和. 鸡林旧闻录,长白丛书初集本［M］. 长春：吉林文史出版社,1986：79-80.

〔4〕（清）杨钟羲. 八旗文经［M］. 台北：华文书局,1969：1869.

许人……余甲戌戍吉林，因广文与家第阆峰同年举孝廉，通家往还，得见夫人。"[1]此中所述甲戌年初识孙淑明，后又有往来，故知此词作于嘉庆十九年至二十二年的某个除夕夜。

第12篇《临江仙·初度日游北山作》，作于嘉庆二十二年（1817）正月十四。词云"六十六年初度日"，明确表示作词时间为铁保六十六岁生日时。

第13篇《意难忘·题八女珍庄画罗汉像》，尽管是题画词，但是抒发的是自己的心境。"年来客况迍邅"，一个"客"字点明自己的身份。"迍邅"的意思是处境困难并且难以前行，更是能够反映出词人正处于困境。可以推测词人此时处于异乡，又是晚年所作，创作时间应该也是嘉庆十九年至二十三年客居吉林之时。

第14篇《满江红·题走马灯》，从词的内容以及表达的思想感情上看，借所题之物写自己的心情，反映出作者内心情绪，这首词应该作于晚年遭遇贬谪之后。

第15篇和第16篇《菩萨蛮·送元儿回京二首》，作于嘉庆二十年（1815）到嘉庆二十三年间（1818）。其一云，"一年一涉辽东路，今年更喜逢初度"，指明长子元儿探望父亲，正值生日。今年与过去比较更为喜悦，不可能是到达吉林的第一年创作。其二云，"几番欲把归期展"。与前文的表达情感一致，是同一时间创作。

第17篇《念奴娇·题姬人抚琴小照》，时间同上。"总是伤离别"，提示作词的主题与前文一样。

第18篇《意难忘·题挹兰姬人照》，作于嘉庆二十一年（1816）。词云："花开能几日，人别又三年"，暗指离开自己的家乡已经长达三年时间，故知作于嘉庆二十一年。

第19篇《柳含烟·江上作》，作于嘉庆十九年（1814）到嘉庆二十三年（1818）。词末提到吉林的地名"嫩江边"，而且就在此江之上创作。

第20篇《菩萨蛮·莳花》，时间同上。"生怕数归期"与"笑余无事忙"表示他当时所处的状态，只有在贬谪时期有足够的时间种花养草。关于这段闲居生活，冯元锡于道光元年也有证实："谪赴吉林，公旅居数年，屏谢人事，惟以文字自遣。"可以看出这样的闲情逸致也只有在无公务缠身之时才能做到。

第21篇《减字木兰花·种花》，时间同上。从词中"且种闲花消客闷"可

---

〔1〕（清）铁保．惟清斋全集．清代诗文集汇编第432册［M］．上海：上海古籍出版社，2010：252．

知道词人肯定不是在家乡，而且心情烦闷而不是喜悦，他作词的时候处境与上篇相同。

第22篇《凤凰台上忆吹箫·自题江天阁小照》，时间同上。词云"小谪辽东"，表示词作于贬谪吉林时。

第23篇《酹江月·首夏江上泛舟作》，时间同上。此词是铁保初夏时节与友人泛舟时所作。词中有"头如雪"字眼，可以推断出这首词是铁保晚年作品。

第24篇《雨中花幔第二调·寄内即以代简》，时间同上。词云"老夫耄矣"，又有"况味娱我残年"，都提示作词时铁保已经年迈。

第25篇《凤凰台上忆吹箫·咏怀》，时间同上。词人此时"索居无事经营"，他一生到多处为官，操劳政务，只有贬谪吉林时最为清闲，最有可能用"无事"来形容此阶段的生活状态，以"对坐钟王颜柳，品评尽、唐宋元明"这种方式来度过时日。其子瑞元曾说，"大人褫职谪戍吉林……凡古人字迹无论大草细书，无不临摹。不下数十过至百余，过便中寄京交元等收存"〔1〕，充分印证了这种说法，可见这首词作于吉林无疑。

第26篇《偷声木兰花·闺思》，同上。词中有"春有归期，生恐春归人不归"一句，点出词人远离家乡，渴望归家的急切心情。

第27篇《蝶恋花·夜风不寐》，时间同上。铁保《续刻梅庵诗钞自序》论其创作思想为进行创作"特别注重真"〔2〕。这首词基调哀伤，表示他的内心凄凉，感觉自己的处境就如"风中叶"一般，只有漂泊在外之人才会有这种感受。

第28篇《唐多令·约同人江上泛舟因风不果》与第29篇《醉春风·有约江上饯春因风雨改期翌日晴明书此识悔》，创作时间与前面的出游词一致。两首词中的"江"，应该是指嫩江，第19、22、30篇均提到这一处，第23篇同样也是江上泛舟的内容。

第30篇《风入松第一体·以瓦瓶贮野花戏题》时间同上。判断依据是"寻春偶到嫩江东野"点明创作于春季，地点在嫩江边。又言"客居无物贮芳容"指出该词正是"客居"时创作。

第31篇《松峰哲嗣假满回京书以广之·凤凰台上忆吹箫》，时间同上。标题有"松峰哲嗣假满回京"，以及词中有写到"元晖去后，孤馆内也觉形影零仃"，都可知创作时间与前面一致。

〔1〕（清）铁保.惟清斋全集.清代诗文集汇编第432册〔M〕.上海：上海古籍出版社，2010：391.

〔2〕张菊玲.清代满族作家文学概论〔M〕.北京：中央民族学院出版社，1990：147.

第32篇《醉花阴·偶患目赤戏题》，时间同上。"偶患目赤"一句提示铁保当时患有眼疾，可以从其子瑞元作的序中得到证明，"大人在戍所专心八法，未免有伤目力"，已经六十余岁的铁保在戍所创作此词。

根据对铁保词的详细考证，所有词都作于晚年，集中于贬谪吉林时期，即嘉庆十九年（1814）至嘉庆二十三年（1818）。铁保有《自编年谱》二卷，但是时间截止于六十岁之时。铁保曾言："余六十年以前，三任督抚。六十年以后，奉职不及一年，即外戍东垂，内还翰苑，有何足录？徒费文词，可以不必。"[1] 正因为作者有意识地不提贬谪后的生活，因而其后的生活状态并没有得以系统呈现。他的词作记录了他六十二岁至六十六岁的心迹以及思想，在一定程度上也有助于补充年谱之不足。

第二节 词作的思想内容

铁保此次前往吉林是再次遇贬，而且已经年逾六旬，这种生活环境下，创作出表现自身经历以及内心感受的词。铁保词一共三十二首，数量不多却题材皆备，按照内容可分为四类，包括状物抒情词、叙事感怀词、借景抒情词和送别怀人词。各类词作皆具特色，吉光片羽，通过对这些词的内容进行分类探讨，以期揭示出这些作品的深层寓意。

为了更直观反映出各类词作的数量，特将这些词进行统计，如表所示。

表 4-2 铁保词类别数量表

类别	状物抒情词	叙事感怀词	借景抒情词	送别怀人词
数量	6	9	9	8

鉴于此，特将铁保词按照题材内容分为四个类别进行分析。但是需要说明的是，状物抒情词与借景抒情词都是为了表达感情，只是撰写的侧重点不同，分类也有所差异。

---

〔1〕（清）铁保. 惟清斋全集. 清代诗文集汇编第 432 册［M］. 上海：上海古籍出版社，2010：181.

一、状物抒情词

张炎《词源》指出："诗难于咏物，词为犹难。体认稍真则拘而不畅，摹写差远则晦而不明。"[1]

铁保有两首咏物的题画词。比如《后庭花·题画天竹》吟咏的对象是淇园天竹画，写得婉约可人，妙趣横生，词云：

> 万颗绯珠，一枝冷玉。春风飞到筼筜。谷萧萧，翠影自临风，也抛红豆传心曲。淇园久擅风流，每食不妨无肉，嫣红姹紫。界破琅玕，局贞干萧疏。红颜空扑簌。[2]

铁保的这首词就是诗歌艺术与绘画艺术达到完美结合的反映。词的上阕写天竹画中翠竹临风摇曳的姿态，以"绯珠"与"冷玉"来增加色彩，令画面更为清晰，又用"春风"增添出画中之竹动态的美感。词的下阕将人的目光引入淇园，紧接着化用苏东坡《於潜僧绿筠轩》中的诗句"宁可食无肉，不可居无竹"，来表达自己超凡脱俗的生活态度[3]。

他的另一首是《临江仙·题画红梅》，借梅花能够忍耐寒冷的特性，不与群花争艳的个性特点，表现出自己对于高洁境界的追求。词云：

> 一夜春风吹绛雪，嫣红醉到梅花。胭脂买的写寒葩。稼桃与艳李，顾影不争差。换得水肌藏玉骨，一天红雨交加。孤山处士谢繁华。巡檐堪索笑，合付野人家。[4]

词的上阕表现梅花与群花不同的气质，梅花傲雪盛开，不与桃李争春。下阕用拟人的修辞手段，用"水肌"与"玉骨"来表现梅花的姿态，又用"孤山处士"的典故来写梅花隐喻隐逸之趣。铁保化用典故，表达自身也有追求闲淡雅致的生活的意愿。

---

〔1〕 张炎. 夏承焘校注. 词源注［M］. 北京：人民出版社，1963.
〔2〕 （清）铁保. 惟清斋全集. 清代诗文集汇编第432册［M］. 上海：上海古籍出版社，2010：572.
〔3〕 吴益文著. 非常中国绘画史［M］. 杭州：浙江大学出版社，2014：95.
〔4〕 （清）铁保. 惟清斋全集. 清代诗文集汇编第432册［M］. 上海：上海古籍出版社，2010：572.

铁保的咏物主要是抒发个人的寂寞孤单的心情，而他的名作《满江红·题走马灯》则是借物自喻，表现出对国家前途命运的担忧，写得意寓深远，词云：

> 天马行空，任万里、追风嘶雪。看法轮、高转玉绳，低掣宝炬。光中沙碛满碧纱，笼内烟尘绝不终。朝旋转、万千回，无休歇。叹此马，筋力竭，堪伏杨，成啮撅。甘捕风捉影，消磨岁月。待得夜阑抛蜡泪，无人更问千金骨。幸临崖、顾影早收缰，全驭劣。[1]

这首词是以走马灯中之马自比，几乎是自身心绪的写照[2]。上阕写走马灯的特点，无论处于何等恶劣的生产环境，马仍然维持自己的步调，不关心周围的变化，终日不知停歇。下阕感叹马的悲惨命运，经历生活的磨难，仍然不为所动，甘心情愿忍受剥削，消磨可怜的时光。等到蜡烛燃尽，没有人关心这匹马的命运。结合铁保所处的时代背景，可知其中隐含的深意。清代中期，大部分人都还沉浸在"康乾盛世"的美好幻想当中时，铁保已经能够透过社会现象，感觉到清廷将可能面临衰落。因而这首词以物自喻，"揭示了朝廷昏庸、官场腐败的现实"[3]，可谓构思巧妙，意旨深远。

铁保的《意难忘·题八女珍庄画罗汉像》，全词如下：

> 坐破蒲团，悟三生梦幻，一指枯禅。谈空闲尘尾，性定释瑶编。参同契，悟真篇。与赜几人传。笑闺中，垂髫弱女，解貌金仙。年来客况迍邅。奈息肩有地，证果无缘。形骸同土木，魂梦讬鱼焉。天外事，意中山。相对总忘筌。验几度、电光火石，沧海桑田。[4]

这首词是题他的女儿所画之罗汉像，与一般的人物不同，代表着参禅悟道色彩，显得神圣而超脱。上阕讲的是画中之景，用颇有禅意的语言表达出罗汉画中的意境。下阕由景入情，将自己的心理感受表现出来，用周穆王、造父等人肆意遨游天际之事，来比作自己想要得到轻松自由的生活，可是却只能踌躇

〔1〕 （清）铁保．惟清斋全集．清代诗文集汇编第432册［M］．上海：上海古籍出版社，2010：573.

〔2〕 张佳生．铁保与惟清斋全集［J］．满族研究．1987（10）：42.

〔3〕 张佳生．清代满族诗词十论［M］．沈阳：辽宁民族出版社，1993：245.

〔4〕 （清）铁保．惟清斋全集．清代诗文集汇编第432册［M］．上海：上海古籍出版社，2010：573.

不前，对于人世间的事物也只能表示无奈与彷徨。铁保的《念奴娇·题姬人抚琴小照》，为抚琴女题像，写得情致婉约，且看：

> 天空云洁，抚玉轸、弹出一轮明月。万斛闲愁，无处写、只有焦桐堪讬。宾雁难凭，伯劳飞去，顿使鹍弦咽。几番肠断，阳关唱到三叠。想见翠黛合颦，一弹再鼓，总是伤离别。欲谱新声成别掉，缕缕幽怀难说。锦瑟佳人，白头遣客，从古心凄切。情丝铲断，世间几个豪杰。[1]

上阕写一位女子夜间抚琴，由此景作者想象弹奏出的琴声是表达闲愁。也许是与心上人分别，无处叙衷肠，只能通过抚琴来表达思念。下阕更是点明主题，姬人月下奏曲，为表离别愁绪。更想到世间有多少男女是如此，需要承受这种分离之苦。如此真实的感受，以至于让人关心画中之人的命运，忘记是一幅画，更像是真实的人。词风婉约清丽，是铁保难能可贵的篇目。他的《意难忘·题捉兰姬人照》，与上篇有异曲同工之妙，都把所题之词写得委婉柔媚，词云：

> 戏折幽兰，是花如人瘦，人似花妍。露沾红袖湿，春映玉葱寒。携芳泽，对朱颜。斜搆鬓云边。抵多少，脂酣粉腻，紫姹红嫣。老来春意阑珊。况烟霞兴远，风月情捐。花开能几日？人别又三年。花间集，丽情编。绮语尽从删。待归去，灿花妙舌，同证枯禅。[2]

兰花是高洁典雅的象征，具有质朴文静、淡雅高贵的气质，符合中国人的审美标准。词中将美人与兰花相互映衬，以幽兰的妍与姬人的瘦形成对照，使人的气质得以提升。而后，用花开的时间对比人与人离别的时间，表现出对事物变化的无奈之感。

二、叙事感怀词

铁保的叙事感怀词有九首，居住在贬谪之所让他的心绪变得敏感而细腻，

---

〔1〕（清）铁保．惟清斋全集．清代诗文集汇编第 432 册［M］．上海：上海古籍出版社，2010：573.

〔2〕（清）铁保．惟清斋全集．清代诗文集汇编第 432 册［M］．上海：上海古籍出版社，2010：574.

157

无论节庆、生日乃至黑夜独居，都能触动他的心绪进行创作。这类词直接反映出在吉林生活期间的真实感受，成为掌握词人思想动态的最直接材料。

人总是在生日的时候，会引发出许多对人生的感慨，尤其是在步入老年生活之后更是如此。铁保的《水调歌头·初度日作》云：

> 六十六初度，能健又能闲。古稀止欠三岁，快乐庆余年。回首虚闲堂上，多少娇儿稚女，联袂画堂前。灯火娱清夜，谁解忆长安。
>
> 扫荒径，关白屋，坐青毡。一杯浊醴，愁魔驱尽醉乡宽。不问升沉荣落，那有悲欢离合，过眼等云烟。无酒堪称佛，有酒便成仙。[1]

此词作于铁保六十六岁生日之时，面对过去几十年的官场生活，表现出他对于闲适生活的追求，展现出积极向上的健康心态，同时又饱含无法改变现状的无奈，以及内心存在的不满与愤懑之情。上阕写自身的状况，年龄已经接近古稀，却有一个健康的体魄，快乐的生活。回忆儿女绕膝的生活，也有思念也有感伤。下阕写自己面对不断涌入的愁绪，以酒来消除。用自我安慰的口吻，提醒自己要不问荣落，才能保持平和的心态，将过去都看成过眼云烟。整首词写他在吉林过生日的感受，抒发词人心中堆积的愁绪，以安慰自己孤寂的心情。

中国人重视节庆，尤其是除夕夜，应该是一家团圆的日子，可是铁保却孤身在吉林，加之年华已老，更容易将这种寂寞心情郁结于心，此时最好的方式就是借助词表达出来。如《满庭芳·丙子岁除》，写铁保在吉林期间的除夕夜之所想所思，写得真实熨帖，词全文如下：

> 土鼓迎春，椒盘荐岁，客中紧闭柴门。高烧银烛，兀坐对清樽。回首故园风景，小儿女、笑语纷纷，灯月下，藏钩射覆，画阁麝兰薰。
>
> 休论，想人世，悲欢离合，幻若浮云。况喜得佳而，娱我朝昏。指日赐环归去。草堂上、闲课儿孙。逢佳节，开怀一笑，往事付斜曛。[2]

上阕写除夕门外热闹的场景，土鼓已经敲响迎接春季的到来。而自己居住的地方却格外清静，"兀坐"与"清樽"将孤独的感觉表达出来。此时，铁保

---

〔1〕（清）铁保. 惟清斋全集. 清代诗文集汇编第 432 册［M］. 上海：上海古籍出版社，2010：573.

〔2〕（清）铁保. 惟清斋全集. 清代诗文集汇编第 432 册［M］. 上海：上海古籍出版社，2010：572.

脑海中出现的画面是家人相伴，儿女欢声笑语。下阕直接抒发思念家乡、思念亲人的感情，表示想早日回到家乡的愿望。末尾"逢佳节，开怀一笑"，更显此情此景凄清。此词用对比、联想的手法，表现佳节思亲的情感，情景交融，真情尽显。同年他还作《满江红·丙子冬夜》，写在凄清寒冷的冬夜独自回忆过往的心境，词云：

> 剔尽残灯，听不彻、漏声千叠。况年华已晚，岁筹又掣。爆竹声中尘梦杳，椒盘座上乡音别。笑浮生、六十六春光，轻轻撇。思往事，愁千结。吴江水，玉门雪。笑车尘帆影，零落胡越。不问年华余岁几，日断肠仍对关山月。总闰年闰月数归期，头颜白。[1]

这首词创作于冬季的夜晚，表现出词人晚年对过往生活的感慨，展现出对于年华逝去的感伤与无奈之情。冬季本来就容易让人产生低落的情绪，又是夜晚，更显凄清。六十六岁的年纪，铁保还处于贬谪吉林的境遇，比平日更悲伤。窗外的漏声、屋外的爆竹声传入词人耳中，带来的不是热闹，而是越显空虚寂寞。正是这些声音，引发出词人的愁绪，回首自己贬谪西域的往事，又想到自己又到吉林，不知道何时才能回到家乡，感慨自身处境的不可控制性，流露出急切的归家之情。从更深层次对词进行解读，则表现出词人对于国家面临腐败环境的担忧，而自己年华已老，身处贬谪之地，无法改变现状，字里行间透露出一种惆怅之感。

铁保曾经仕途坦荡，身居高位，与如今的贬谪生活可谓大相径庭。然而，面对这样的生活，他感受到凄苦与不适，不过最终还是能够保持乐观向上的心态，秉持神闲气定的态度直面现实。如《沁园春·夜坐书怀》：

> 凉月窥人，凄风针壁，医睡无方。念半生行役，东西南朔，车尘帆影，地远天长。宦海浮沉，名场荣落，甘苦于今我备尝。解组后，喜中流返掉，峻坂收疆。几时归老家乡，拣数弓隙地草为堂。倩奚童扶曳，芒鞋布袜，科头跣足，摊饭绳床。白日如年，青山似我，一任先生自主张。神定后，破半天云雾，一枕黄粱。[2]

〔1〕（清）铁保．惟清斋全集．清代诗文集汇编第 432 册［M］．上海：上海古籍出版社，2010：572.

〔2〕（清）铁保．惟清斋全集．清代诗文集汇编第 432 册［M］．上海：上海古籍出版社，2010：572.

这首词写得真挚感人，上阕描摹作词的环境，用"凉月"和"凄风"定了词的整体基调是悲凉凄清。夜晚独坐书房的词人，总结过去的生活，一句"宦海浮沉，名场荣落，甘苦于今我备尝"已经能够概括到位。饱尝官场起落的词人没有失去希望，他期待往后能过上理想中的生活。就如下阕勾勒出的画面，回到家乡，能够有与自然相伴，穿着舒适简单，融入青山绿水当中，享受自由自在的生活。纵观此词，有对于过去生活的归纳，有对现实生活的表现，也有对未来生活的憧憬，词人将三个不同空间的自己都融进一首词中，表现出自己不同时期心境的变化，真实动人。另有《凤凰台上忆吹箫·自题江天阁小照》，写得豪爽洒脱，大气磅礴。全词为：

> 布袜青鞋，乱头粗服，阿谁貌此衰翁。似东海渔人，金门羽客。偶御云车游戏，西风紧，吹落鸿蒙。权作个玉皇仙吏，小谪辽东。欣逢嫩江如练，千万里阅尽，无限英雄。更奇峰如笏，环匝蛟宫。坐对名山大泽，开拓我、千古心胸。待归去，披图细认，此老畸踪。[1]

在这首词中，上阕简单几笔将一个不修边幅的"衰翁"形象作了描摹，整体而言就如同"东海渔人"。对于贬谪吉林之事，用调侃口吻来表达，乐观豁达。下阕写嫩江见证多少英雄豪杰事迹，面对这种开阔的景象，心胸自然得到开拓。铁保的这首词不仅仅要刻画人物形象，更是要提醒自我面对周围的环境要欣然接受，报以"既来之则安之"的心境。

铁保的叙事感怀词中，并不只有表现出积极情绪的词作，还有表达出凄冷与孤寂的作品。例如《蝶恋花·夜风不寐》：

> 一夜狞飚蠢列缺，布被生寒，一穗灯明灭。天外惊沙檐下铁，声声撼碎绳床月。投老黑甜滋味别。那更风声，又把惊魂掣。坐听寒鸡声断绝，此身俨化风中叶。[2]

这首词也是以黑夜作为背景，用"寒"来定词作的氛围，一盏孤灯时明时灭，描摹出寒冷黑夜凄黯的画面。屋外的声音更增添了一丝恐怖的色彩，"惊"

〔1〕（清）铁保. 惟清斋全集. 清代诗文集汇编第 432 册［M］. 上海：上海古籍出版社，2010：574.

〔2〕（清）铁保. 惟清斋全集. 清代诗文集汇编第 432 册［M］. 上海：上海古籍出版社，2010：575.

是词人的心理活动，"撼"是声音对于词人的震慑。下阕又继续将这种冷清黑暗的环境表现升级，风声的出现恨不能把人的魂魄都强行拽出。此外，又有鸡鸣声音不可断绝，夜黑风高，具有强烈的凄冷色彩。词作中透露出周围环境对于作者心境的影响，身处其中不觉产生犹如风中残叶的想法，表现出悲凉之感，无奈中透露出对这种处境的不满。

铁保虽然处于贬谪的环境，又加之患上眼疾，生活更显不适，此时他也对于这种境遇进行表述，《醉花阴·偶患目赤戏题》就表现出这种心情：

> 人道青瞳如点漆，笑我双眸赤。孤馆坐无聊，品画看经，闷煞孤吟客。千红万紫逢佳日，不看真堪惜。云雾愿全开，布袜青鞋，一览江山碧。[1]

词开篇点明自己的现状，眼睛本是"漆"色，而自己的双眸却变"赤"色。铁保只能独自在书馆中，品评艺术作品，阅览经书，日子过得有些孤独烦闷。这时候，心里想的是要去看万紫千红的景象，多么希望自己能够投入到美妙的自然环境中，尽情享受。这首词就是对于现状表现出不安，渴望改变的心绪，有无奈却无抱怨。

此外，铁保还作了两首闺情词，借女子之口吻来表达自己的感情。比如《偷声木兰花·闺思》，借用花朵的凋零现象来表现春愁，表现对于归家的期盼，词为：

> 梨花院落溶溶月，又见夭桃飞绛雪。不语低头，怕引春风似我愁。
> 几番花信催春老，风雨无情春去早。春有归期，生恐春归人不归。[2]

上阕写庭院中的白色梨花在月下飘落，又有红色桃花不断飘飞的场景。在这样唯美的画面中，低头不语不去惊扰春风，担心春风与自己一样忧愁。下阕由自然之景写到自己的思想感情，借春天花开花落的自然现象，来写春天风雨的无情。然而，春天毕竟是有时间限制的，最令人揪心的是春天可能过去了，自己却还不能回到家乡与亲人团聚。这首词寄托的是作者对于家乡的深切眷恋，

---

〔1〕 （清）铁保. 惟清斋全集. 清代诗文集汇编第 432 册 ［M］. 上海：上海古籍出版社，2010：576.

〔2〕 （清）铁保. 惟清斋全集. 清代诗文集汇编第 432 册 ［M］. 上海：上海古籍出版社，2010：575.

祈祷早日回归的心情。他的《满庭芳·闺怨》，借用女性对于男子的思念之情，来表现自己对于家乡的眷念之感，词云：

> 柳絮牵风，梅英绽雪，小院料峭春寒。君之出矣，又早艳阳天。一任香消粉退，空搔首、两地风烟。鸳枕上，几行珠泪，唯有梦能传。堪怜，叹今日，蘼芜香冷，豆蔻花残。纵盼到归鸿，未卜刀环。欲写离愁寄夫，花笺上、幽恨难宣。关情处，晓风残月，知伴阿谁边。[1]

铁保刻画的女子形象很生动，具有柔弱的特征，又有简单自然的感情。他将全词立足于一位女性角色的心态之下，韵味无穷。上阕写女子生活的小院有柳絮飘飞、梅花零落，意境深远。一个艳阳天，女子在鸳鸯枕头上滚动着泪珠，只有梦境能传达她的想法。下阕写这位女子原来是在牵挂远在他乡的丈夫，期盼鸿雁能捎来他的消息。这位女子的离愁别绪已经表达得十分明确，但没有途径能够宣泄出去，只能寄托于晓风残月当中。此处可以联想到柳永《雨霖铃·寒蝉凄切》中的一句"杨柳岸，晓风残月"的意境，自然天成，了无痕迹，有异曲同工之妙。由于铁保与家人分别，对于这种离别之情深有体会，所以刻画思妇心理能够直击要害，非一般香软柔媚的闺情词所能及。

三、送别怀人词

铁保的送别怀人词一共十首，包含他对夫人的眷念、对亲人的思念、与友人的情谊，可见这些词虽然数量不多，但是涉及的内容丰富，涵盖爱情、亲情、友情等各个方面的情感。此外，他的两首闺情词表现的是对于家乡亲人的思念之情，因而可以列入此类。

铁保与如亭夫人感情深厚，可是由于贬谪时不能带亲丁，因而他不得不与妻子分隔两地。他的《满庭芳·寄如亭夫人》作于儿子瑞元探望之后，更引发他对夫人的思念之情，词云：

> 葭管灰飞，璇玑钤转，峭寒天气宜人。水山雪海，绝域也逢春。恰喜元晖来省，灯月下、笑语相亲。博得个、父书能读，司马大吾门。欢欣想此日，夫人阁下，儿女成群。况老病全瘳，瘦骨嶙峋。几笔颠

---

〔1〕（清）铁保. 惟清斋全集. 清代诗文集汇编第 432 册［M］. 上海：上海古籍出版社，2010：573.

张狂素，草堂上、泼墨如云。待归去，白头举案，同醉合欢樽。[1]

词的上阕写了在天气转凉的时候，天气却宜人。尽管所处的环境是在水山雪海的地带，也显示出春天的气息。可喜的是元晖来探望自己，欢声笑语，一副父慈子孝的场景。最后还表达了作为一名父亲对于儿子未来的期盼。下阕却把话锋一转，想到此时夫人面对的应该是儿女绕膝，而自己却已经老病，只能用书法来表达自己的心情。词的末尾表现自己迫切想回到家乡，与如亭夫人相见，举案齐眉共度余生的愿望。尽管词人的思念之情强烈而浓厚，为了宽慰分离的妻子，他将愁绪隐去，只写欣喜之事，夫妻之间深厚感情，尽显其中。若如亭读到此词，必是思绪万千。

铁保与儿子的感情深厚，《菩萨蛮·送元儿回京》其一云：

一年一涉辽东路，今年更喜逢初度。乍见彩衣斑慰，余形影单。
膝前能几日，布谷催归急。离绪又萦怀，不如他不来。[2]

这首词上阕写儿子一年来吉林看望自己一次，今年尤其喜悦，原因是恰逢诗人生日。化用老莱子斑衣戏彩的典故，表现元儿的孝顺，抚慰自己在外形单影只的生活。还没等这种欣慰的情绪得到舒缓，下阕又将愁绪升级，儿子只能短暂陪伴自己，布谷鸟已经在催促离别。离情别绪太让人难受，还不如起初儿子不来到自己的身边，不然也不用再次感受离别的痛苦。这首词写得直接质朴，将父子情深展露无遗，同时又寄寓对儿子深深的不舍之情。诗中蕴含的情感细腻丰富，写情动人心魂。

其二云：

几番欲把归期展，归期展尽愁难遣。莫再展归期，别离同此时。
鸣驱容易发，两地关山月。关月照征衣，心随关月西。[3]

〔1〕（清）铁保．惟清斋全集．清代诗文集汇编第432册［M］．上海：上海古籍出版社，2010：572.
〔2〕（清）铁保．惟清斋全集．清代诗文集汇编第432册［M］．上海：上海古籍出版社，2010：574.
〔3〕（清）铁保．惟清斋全集．清代诗文集汇编第432册［M］．上海：上海古籍出版社，2010：574.

此词上阕连用三个"归期"来强调这两个字对于词人的冲击,一次是表现元儿几次都要把归期提上日程,第二次是归期直接与愁绪难以排遣相关,第三次是作者不希望提及这两个字眼,因为再次提及之时就是父子分别之时,表现出一位父亲对于儿子深切的留恋。下阕用三个"关月"来寄托相思,第一次是写两地的关山月阻隔在父子之间,第二次写关月是写离人在外关月照耀征衣,使离别在外的人感受到家乡的眷顾,第三次写关月是写离人对于家乡的不舍,想早日回归的强烈愿望。又有《松峰哲嗣假满回京书以广之·凤凰台上忆吹箫》,也是作于瑞元来省之后:

> 倜傥风流,雍容潇洒,少年气宇峥嵘。为亲阅来省,飘零琴剑。历尽风飧水宿,无多日、又返神京。怕别后,求鱼问雁,摇坏心旌。
> 关情,元晖去后,孤馆内也觉,形影零仃。藉莳花艺卉,磨砚挥藤。闲约二三胜友,江岸上、鸥鹭为盟。堪持赠,此中况味,三载全经。[1]

此词上阕写少年具有风流倜傥、雍容潇洒的气质,为了来外地省亲,特意飘零琴剑。只匆匆度过两天,就要回到京城。离别之后,亲人的消息只能"求鱼问雁",颇感无奈。下阕写儿子要返回家乡,自己在孤馆中更觉伶仃。为了消磨这样的孤独感,通过摆弄花卉、舞文弄墨来消遣寂寥,还可以约上几个好友去江边畅游。这样的无聊与寂寞滋味,这几年也算经历过了。全词写得婉约蕴藉,情景交融,感慨真实动人,一唱三叹。

对于外在独居的人而言,最能打动人心的就是收到家书,铁保也是如此,见到家中来信,既兴奋又感伤,无数情绪涌上心头。比如《念奴娇·见家书作》就是如此,云:

> 蜡梅香结,闷沉沉,又是艳阳时节。三载家乡,无梦到,止有宾鸿来复。槐荫轩中,虚闲堂上,花柳依前发。几番开谢,主人归去是客。盼到一纸家书,千言万语,都是宽心诀。也写几行和泪寄,依杨葫芦裁答。歧路艰辛,仆夫况瘁,两字平安贴。不须细问,见时和汝

---

〔1〕(清)铁保.惟清斋全集.清代诗文集汇编第432册〔M〕.上海:上海古籍出版社,2010:576.

细说。[1]

以上这首词，可以感受到词人的沉闷心情。离家三年，没有家乡的消息，庭院中的槐树、柳树已经开谢几次，自己却还不能回到期盼的故乡。一个"盼"字，足见词人对于家的眷恋，对于家人的思念的急切程度。亲人对于远在异乡的人进行安慰，纵然有千言万语也只能汇集成一句"宽心"。独在异地的人，也只能伴随着辛酸与悲伤对家书进行回复。无奈路途遥远，又有病痛在身，只能回复"平安"来宽解亲人的担忧。词的最后一句，更是将亲情的温馨表现得深刻又不着雕饰，什么都不须多说，只期盼见面。

铁保性格豁达，乐于结交朋友，他在贬谪期间结识了孙淑明夫人，《意难忘·酬孙淑明夫人除夕作》表达出辞旧迎新时与朋友交流的愉悦场景：

> 甲煎香然。正钿车宝马，送岁迎年。酒人陈柏叶，食品荐椒盘。灯影静、夜光寒，隔巷漏声残。笑羁人，门无驷马，坐拥青毡。闲中喜接吟笺。看移商换羽，玉润珠圆。才多成古调，心苦合闲官。击节赏，续貂难。欲写兴阑珊。敢轻让，夫人城下。独步骚坛。[2]

上阕写除夕之夜，点燃甲煎香料，考究的车骑，正是辞旧迎新的时节。后写当时旧俗，正月初一用盘进椒，饮酒则取椒置于酒中。这里通过写节日的欢乐气氛，来衬托入夜后"灯影静、夜光寒"的安静与凄清之感。一个"羁人"便可以联系到作者的经历，漂泊在外的人怎会拥有驷马，只能守着清寒贫困的生活。下阕又给这种漂泊不定的生活注入一丝喜悦之情，接到吟笺，可以从里面的文字来感受孙淑明夫人的才华，不禁击节称赏。这首词不仅表达了对于孙淑明夫人才华的高度赞叹，同样也寄托了自身的感情，表现出自己的羁旅生活的空虚与无聊，与友人之间的酬唱能填补这种寂寞感。

如《凤凰台上忆吹箫·咏怀》一词：

> 柳眼窥帘，花光泼案，索居无事经营。笑铁砚难穿，锦毫易秃。

〔1〕（清）铁保．惟清斋全集．清代诗文集汇编第432册［M］．上海：上海古籍出版社，2010：573.

〔2〕（清）铁保．惟清斋全集．清代诗文集汇编第432册［M］．上海：上海古籍出版社，2010：573.

任我东涂西抹，挥洒处、电掣风行。百忙里，非关好古，不是求名。飘零，吉光片羽，千百世沦没，无限英灵。幸鬼神呵护，落落晨星。对坐钟王颜柳，品评尽、唐宋元明。真侥幸，此中窃喜，容我纵横。[1]

铁保的书法造诣极高，居住吉林时仍继续练习书法。全词挥洒自如，节奏明快。尤其是写到挥毫涂抹，颇为潇洒。上阕写自己无政事可忙，可以全情投入到创作当中，心境平稳可以创作出无关名利、不刻意求古的作品。下阕感叹过去的名人，他们的英灵已逝，但是留下的作品还可以供人鉴赏。有机会品评"钟王颜柳"的作品，也是一件幸事。此处的"钟王颜柳"，钟指钟繇、王指王羲之、颜指颜真卿、柳是柳公权，是指代中国古代的四大书法家。读整首词，可以感受到词人对于书法的热爱，对于生活不失去希望的达观心态。还有《风入松第一体·以瓦瓶贮野花戏题》一首，颇有文人追求雅致生活的意味，词云：

寻春偶到嫩江东，野卉青葱，几番开落无人问。惜花胜，友难逢。唯有游蜂戏蝶。看他笑倚东风。客居无物贮芳容，土盎权供，案头几卷残书。伴名花，汉瓦商铜。多少奇英异卉，那堪步汝芳踪。[2]

词上阕写春天到嫩江游玩，见到野花开落的情景，但是却没有友人相伴，只有一些蜜蜂与蝴蝶在其间飞舞。下阕写自身的生活状态，居住的地方无处摆放花卉，只能用瓦瓶来盛花。由这些眼前之花，想到其他的奇英异卉的命运，表达惜花之情。

同样述说自己开荒种花的词还有《雨中花幔第二调·寄内即以代简》，云：

阅尽三春明媚，冰雪肝肠，怕种花田。南院数弓，隙地半亩，荒园春韭、冬菘，星罗棋布。屋角篱边胜嫣红姹紫，芳华易歇，秀色难餐。老夫耄矣。词坛酒阵，啸傲迥不如前，小园内，杖藜容我与我周

〔1〕（清）铁保. 惟清斋全集. 清代诗文集汇编第432册［M］. 上海：上海古籍出版社，2010：575.
〔2〕（清）铁保. 惟清斋全集. 清代诗文集汇编第432册［M］. 上海：上海古籍出版社，2010：575.

旋。一任人呼，牛马不妨自乐。鱼鸢愿君领取筒中，况味娱我
残年。[1]

此词表现的是他在吉林居住的环境，没有独自生活的孤独之感，而是抒发
出自己对于生活的热爱之情，对于自然的赞叹之感。上阕写春光明媚的时节，
南院有半亩空地，将荒园开垦后，种植上春韭、冬菘，将屋角篱边装点得色彩
艳丽，景色宜人。下阕写自己年华已老，需要做的事情与年轻时饮酒交游不同，
而是漫游庭院，与自然相伴。过上悠然自得，自由轻松的生活，这样才能心情
愉悦。园中的各色植物能够让词人忘记尘世中的忧愁，享受自然带给人的轻松
心情。

四、借景抒情词

铁保有六首借景抒情词，有的表达了对祖国美好风光的喜爱，赞叹自然景
观的奇特，有的展现他在住所的生活状态，从不同方面反映出作者的心态变化。
关于游北山的词有两首，一首是《满江红·冬日游北山作》，诗云：

> 苦雨凄风，吹不冷、壮游心热。况溪山如画，万峰攒雪。枯木林
> 中飞鸟散，白云天外阴霾结。看层冰、万里卧长江，坚如铁。忆当日，
> 驰旌节，度瀚海，超吴越。举名山大泽，供吾游涉。至竟奚囊无好句，
> 白头怕对山灵说。说不如归去读残书，休饶舌。[2]

这首词是冬季出游北山时所作。此处的北山是指位于吉林省内的旅游胜地，
冬季以观雪为最佳。上阕写出游的迫切之情，尽管天气寒冷还下着雨也阻止不
了想出游北山的热忱。接着介绍北山的风光，有如画的山、纯白的雪还有飞鸟
与白云，勾勒出一幅意境高远的冬日山水图。下阕词人的思绪飘飞，由眼前之
景写到回忆之景，过去足迹遍及瀚海、吴越，各种名山大泽都游览过，现在却
没有优秀的诗句来表达出来，表示遗憾。如果是这样的话，还不如回去继续饱
读诗书，不要再多言。读这首词让人感受到词人由眼前之景深入到回忆之景，

---

[1] （清）铁保．惟清斋全集．清代诗文集汇编第432册［M］．上海：上海古籍出版社，
　　2010：575.
[2] （清）铁保．惟清斋全集．清代诗文集汇编第432册［M］．上海：上海古籍出版社，
　　2010：572.

思绪回到过去慷慨豪迈的生活，对比现在的境遇更觉不满，愁绪迸发出来不可遏制。他的另一首出游北山的作品《临江仙·初度日游北山作》，展示出与前一首不同的心境，主张放下不安，及时行乐的思想：

> 六十六年初度日，这回花样新翻。溪山重结再生缘。烟霞供揽辔，猿鸟劝加餐。为说人生行乐耳，不知今夕何年。村醪一酌解朱颜。忘机真寿考，无事小神仙。[1]

这首词通过写自己过六十六岁生日的方式与过去不同，是出游北山，欣赏大美风光。用拟人的方式，写烟霞为自己揽辔，猿鸟也拥有人情味，竟劝自己加餐。下阕主要提出自己的处世主张，认为人生不应该计较太多，要及时行乐，忘却年月。全词语言质朴，简单自然。铁保的《柳含烟·江上作》也为出游之作，写淡淡的离愁，也为佳作：

> 青青柳，日三眠，袅袅随风无力。离愁散作夕阳，有谁怜。邂逅闲依垂钓客，不许行人乱折。他时归忆钓鱼船，嫩江边。[2]

这首词将江上所观美景写得袅袅婷婷，让人产生怜爱之心。青青的柳枝，温柔的风，夕阳西下，最能引人产生愁绪。下阕写作者邂逅在江上垂钓的人，又勾起回忆，回想到曾经在嫩江边钓鱼船上垂钓的情形。把当时之场景与过去的场景两个时空的事情联系起来，天衣无缝。铁保的游记词中还有《酹江月·首夏江上泛舟作》，通过游览山河，抒发自己要安于现状，及时行乐的心情：

> 杏花初放，瞥眼间又过，艳阳时节。首夏清和趁佳日，也逐游骢蹀躞。山翠迎入，江涛拍岸，到处堪游涉。布帆挂日，壮怀暂托舟楫。有客对酒能歌，扣舷先唱，出晓风残月。铁板江东让老夫，酬歌阳关三叠。吹尽西江，古人多少，先我头如雪。及时行乐，醉乡端属

〔1〕（清）铁保. 惟清斋全集. 清代诗文集汇编第 432 册［M］. 上海：上海古籍出版社，2010：573.

〔2〕（清）铁保. 惟清斋全集. 清代诗文集汇编第 432 册［M］. 上海：上海古籍出版社，2010：574.

豪杰。[1]

此词是夏日江上泛舟时所作,表达作者对于景物的赞美,表达他对待生活的态度,尽管明说自己要及时行乐,却能感受到他的无奈。上阕写了艳阳时节,夏日清和的天气,泛舟出游。青山绿水,江涛拍岸,所有的景致都值得游览。点明作词的时间、地点、环境,让人能够按照他所描绘的场景构建出清晰的画面。下阕由景到人,写周围有人在对酒高歌,唱出的歌曲有婉约的风格,也有豪迈的风格。这些歌曲更让作者想到古人,不知道有多少人比自己年老,让人不得不感叹人生需要忘却烦恼,享受当前的美景。

人生总是充满了意外,铁保将出游未果的经历也写入词中,颇有意味。如《唐多令·约同人江上泛舟因风不果》云:

> 拟作泛槎游,江头买钓舟。不提防、妒触蚩尤。一叶蒲帆愁不稳,
> 呼同伴,且淹留。湖海几沉浮,惊魂避浅流。幸风涛、断缆才收。纵
> 使乘风能破浪,终不似,坐床头。[2]

词名已经提示作者创作的背景是相约同人江山泛舟却因为天气原因搁浅,作者感慨而作此词。上阕写词人已经与朋友约定泛舟,连垂钓的工具都已经购置。借用典故,写风将蒲帆吹坏,只能滞留不可出游。下阕写出游时的惊险,惊涛骇浪让船不能稳定出行。所幸的是断缆收住,免却了一场惊吓。最后借用"乘风破浪会有时,直挂云帆济沧海"的句子,表现危机解除后,作者心态已经平稳。

又有《醉春风·有约江上饯春因风雨改期翌日晴明书此识悔》云:

> 不识春归处,拟趁西郊路。无端风雨阻良游,驻,驻,驻。寸草
> 无心,阳春有脚,任他来去。佳人真空过,旧约谁能赴。不堪重问钓
> 鱼舟,误,误,误。江上青峰,船头明月,笑人虚度。[3]

---

[1] (清)铁保.惟清斋全集.清代诗文集汇编第432册 [M].上海:上海古籍出版社,
2010:575.

[2] (清)铁保.惟清斋全集.清代诗文集汇编第432册 [M].上海:上海古籍出版社,
2010:575.

[3] (清)铁保.惟清斋全集.清代诗文集汇编第432册 [M].上海:上海古籍出版社,
2010:572.

上阕写作者已经和友人相约出游，可是不料春天的天气变化无常，无端端风雨大作，使得一次有趣的出游行动不得不中断。没有谁能阻止这种意外的发生，只能任由阳春天气变化自如，随它变化，表现出对自然变化的无奈。下阕写相约友人的不容易，美好的赴约错过之后的感慨。如果还有一次机会的话，不想再错过，荒废美好的时光。表现出词人对于出游的迫切愿望及不能与友人相聚的遗憾。

如《菩萨蛮·莳花》词，写得妙趣横生，且看：

> 一犁好趁黄昏两，荒园手种花如许。生怕数归期，正当花盛时。种花花事急，镇日花前立。鸦嘴自携将，笑余无事忙。[1]

词人远离家乡，来到异乡，尤其是贬谪生活让他能够拥有大量闲暇时光。这首词写他如何将荒园开垦出来，亲手种植了一些花卉，此时最担忧的还是回家的日期不定，不知道会不会是花开正盛时。下阕写种花需要有耐心，不能操之过急，要长时间照顾。词的最后借用乌鸦之口，笑话自己整天无正事忙碌，只会养花种草。一句"笑余无事忙"，点明他当时的心境，表达自己被免职之后落寞的心情，又表现出自己仍想为国分忧的责任感。他的《减字木兰花·种花》一词也是如此，词中言：

> 几番春信，且种闲花消客闷。莫植黄华，不到花开客到家。种花时节，花未开时先赏叶。凭仗东方，旧蕾梢头渐露红。[2]

这首词上阕写了他用种花打发无聊的时间。联系自己的处境，独自在外，不能种植黄花，因为还没有等花开时节，客人就已经到自己家。下阕写种花的时候，如果花还没有开，就可以先欣赏叶子。结尾写花朵刚露梢头的姿态，散发出自然的魅力。这首词展示出作者对于种花的心得体会，表面是写种植花卉，实际上将自己在外乡的烦闷表现出来，让人感受到他对于友人来访的喜悦，对于归家的渴望。

除了田圃种花，铁保最大的爱好就是书法，从中得到的乐趣也可以消解无

---

〔1〕（清）铁保. 惟清斋全集. 清代诗文集汇编第 432 册 [M]. 上海：上海古籍出版社，2010：574.

〔2〕（清）铁保. 惟清斋全集. 清代诗文集汇编第 432 册 [M]. 上海：上海古籍出版社，2010：574.

聊，表现出词人的闲适感。

第三节 铁保词的创作心态探微

作家的创作心态是值得关注的话题，罗宗强认为："文学思想的产生与变化，当然和社会环境有种种之关系……直接的关系是士人心态、政局、社会思潮等等，是通过士人心态对文学思想发生作用的，士人心态是中间环节。"[1]研究铁保的词作，也需要掌握这个"中间环节"，即对其创作心态进行剖析。

铁保一生与文学相伴，尤其是处于逆境中，更是将文学创作作为疏泄内心感受的途径。铁保词作于贬谪吉林期间，举凡思归乡愁、吉林山水、田园闲适都成为他笔下描摹的对象，创作心态或显或隐、或浓烈或平淡、或直接或委婉地显露在作品当中，展示出内心真实的情感，为了更深入地挖掘出铁保词中的深层意蕴，需要从根源上去寻找依据。创作这些词时，他已经经历过仕途之大起大落，对自身的发展以及社会的走向都有深刻见解，这位生活阅历丰富、思想情感充沛的三朝老臣，将六十载人生经历以及审美意趣浸透在词作当中，流露出复杂的创作心态。

一、遭遇贬谪之后的无奈心态

铁保少年得意，二十一岁中进士授吏部主事，此后仕途坦荡，担任过盛京兵部、刑部侍郎、漕运总督、广东与山东巡抚、两江总督等要职[2]，晚年却连遭两次贬谪。由朝廷重臣到流人的巨大落差，足以让他产生莫大的悲哀，加之此次遣戍东北是遭人陷害制成冤案[3]，更显憋屈与哀伤。

首先，表达对年华流逝的无奈。铁保此次遭遇贬谪，已经是六十五岁的年纪，之前已经遇贬，但是后来授予官职，并未表现出太多愁绪。但是又蒙冤遇贬，不知归期，内心感慨万千，在这种心态指引下，创作出不少表现内心无奈感受的作品。如《满江红·丙子冬夜》，充溢着对过往生活的感慨，对于年华逝去的感伤与无奈。尽管两次出现"笑"字，却是反语，让人观之愈显悲凉。这两次"笑"颇有深意，一次是笑过去六十余年的"浮生"；一次是笑曾经零落

---

〔1〕 罗宗强. 魏晋南北朝文学思想史［M］. 北京：中华书局，1996：4.

〔2〕 李兴盛. 中国流人史［M］. 哈尔滨：黑龙江人民出版社，1996：855-856.

〔3〕 李兴盛. 东北流人史［M］. 哈尔滨：黑龙江人民出版社，1996：239.

到胡越荒凉之地的凄楚。这位年近七旬仍负罪遭贬的弃臣，能再次承受如此重大的打击，只能在"思往事"中度过，但终免不了"愁千结"。铁保以乐景写哀情，抒发内心的无奈心态。

其次，表达对国家命运的担忧。铁保从不避讳将自己的真实感受倾注到作品当中，将自己对于国家命运的担忧心态表现在词作中。最为典型的就是《满江红·题走马灯》，他抓住走马灯的特点，赋予这种物件新的寓意，表现出一位为官已经四十余年的老臣对于未来的担忧，对于过往生活的追忆。这也是他进行创作的动因之一。为了表露出自己关心国家大事，仍有报国热情的心境，他将自己对于国家的忠诚，对于民族的大义表现出来，与香艳秾丽之词表现出截然不同的心态。

最后，表现对人生无常的彷徨。尽管他仍然怀有报国之心，但是事与愿违，贬谪之后的生活没有给他带来多少惊喜，更多的是无尽的愁苦与落寞。他的词中更多的是凄切以及悲凉，如《念奴娇·题姬人抚琴小照》，上阕写女子抚琴表达闲愁。下阕写姬人月下奏曲诉说离别愁绪。"从古心凄切"[1] 一句，他以遣客自居，充满了凄凉与悲切。《意难忘·题挹兰姬人照》："花开能几日？人别又三年……待归去，灿花妙舌，同证枯禅。"[2] 通过书写画中的姬人，来表现自己内心的感受，自己离开家乡亲人，只盼望早日归去。《菩萨蛮·莳花》下阕"鸦嘴自携将，笑余无事忙"[3]，尽管是写自己在戍所内闲而无事，但是内心依旧存在心事，一心想回到自己家中，结束这种无所事事的状态。这才引发了从过去的忙于公务到如今整日空虚的感慨。《减字木兰花·种花》上阕："几番春信，且种闲花消客闷。"[4] 写种花这种看似闲适的生活，实际上也是无奈之举。《蝶恋花·夜风不寐》这首词更是将作者的"此身俨化风中叶"[5] 的孤独感刻画得淋漓尽致，这种对于世事无常的感慨，让人不觉产生人生在世犹如风中残叶的想法。他的一首《醉花阴·偶患目赤戏题》，是渴望改变现状心态的再

〔1〕（清）铁保．惟清斋全集．清代诗文集汇编第 432 册［M］．上海：上海古籍出版社，2010：574.
〔2〕（清）铁保．惟清斋全集．清代诗文集汇编第 432 册［M］．上海：上海古籍出版社，2010：574.
〔3〕（清）铁保．惟清斋全集．清代诗文集汇编第 432 册［M］．上海：上海古籍出版社，2010：574.
〔4〕（清）铁保．惟清斋全集．清代诗文集汇编第 432 册［M］．上海：上海古籍出版社，2010：574.
〔5〕（清）铁保．惟清斋全集．清代诗文集汇编第 432 册［M］．上海：上海古籍出版社，2010：575.

现，表现出深深的无奈，却全无抱怨之感，足见词人之达观心态。

二、远离家乡亲人的思念心态

环境的改变还能够通过调整以后得以适应，思亲情绪却最难断绝。铁保重情重义，与夫人如胶似漆，与友人亲密无间，与门人相处融洽。他的词流淌着浓浓的乡情。他渴望回到家乡，与妻子团聚，与友人相见，将这些情感寄托于词作中，也是一种心理慰藉。

首先，表现对妻子的眷恋之情。铁保曾经就任两江总督、山东巡抚，与如亭夫人紧密相随，两人登楼赋诗、游山玩水，还留下了不少唱和诗歌。根据关纪新的考证，铁保担任山东巡抚时作《登太白酒楼》，如亭夫人就和了铁保这首诗，诗名为《登太白楼作》。此外，嘉庆四年时两人同游山海关，命画师绘制《望海潮》，并各自题诗。两人恩爱有加，相互砥砺，惬意非常。对比如今的境地，流人身份的他不能带眷属一同前往戍所，必须忍受分离之苦，不觉愁上心头。他的《满庭芳·寄如亭夫人》一词，就是在这种强大的心理落差之下创作而成，表现出对妻子深深的思念之情。

其次，表达对家乡亲人的思念。远在他乡之人，最难忍受的就是离家之苦，以"戴罪之身"远离家乡，加之交通不便，家人也无法随时探望，词人通过他手中的笔宣泄着自己的苦闷心情。正如他在《念奴娇·见家书作》中言"盼到一纸家书，千言万语，都是宽心诀"[1]，此时的他只希望能够得到家里的消息，从他对家书的期盼程度就能反照出思乡之切。《菩萨蛮·送元儿回京二首》其一言"离绪又萦怀，不如他不来"[2]，直接点明自己此刻的"离绪"，正是由于这种情绪的郁结，才使得他这段时期的作品中透露出思乡之真情，读之即能产生共鸣。其二云"几番欲把归期展，归期展尽愁难遣"[3]，与之前的心绪一致，所以他内心的愁绪别恨已经十分突出，自然就会写出思乡之词作。

最后，表达对家乡故土的留恋。铁保对于故土存在深深的眷恋之情，他时刻都想回到自己的亲友身边，他能将这种思绪隐匿其中，显得逶迤婉转。如《满庭芳·闺怨》，看似写的是女子思念心上人，实际上却用"欲写离愁寄"这

---

〔1〕（清）铁保．惟清斋全集．清代诗文集汇编第 432 册 [M]．上海：上海古籍出版社，2010：573．

〔2〕（清）铁保．惟清斋全集．清代诗文集汇编第 432 册 [M]．上海：上海古籍出版社，2010：574．

〔3〕（清）铁保．惟清斋全集．清代诗文集汇编第 432 册 [M]．上海：上海古籍出版社，2010：574．

样的字眼来表现自己当时的心情[1]。铁保与家人分别,对于离别之情深有体会,刻画思妇心理能够直击要害,非一般香软柔媚的闺情词所能及。同样《偷声木兰花·闺思》言,"春有归期,生恐春归人不归"[2],春天有时限,而归期却不定。不知自己何时亲人团聚,寄托作者对于家乡的深切眷恋,祈祷早日归家的心情尽显。

三、经历官场沉浮的超脱心态

铁保遭遇贬谪后曾一度痛苦与忧愁,但并没沉浸其中,经过自我调整后,体现出超脱心态。这与尚永亮所指的"超越意识"相类似,即"贬谪士人虽身处逆境,却能不为所累,超然物外,与世无争,在精神上达到一种无所挂碍的境界"[3]。铁保凭借自己达观的性格,身处逆境却寻找消散闲愁的路径,从他的词作中能感受到这种超然于世俗生活的心态。

首先,反映出对愁闷情绪的舒散。铁保进入吉林,对于过往的生活进行回顾,并思考自己的人生经历,他将这种由内而外不得不发的情绪转化成文字表达出来,词成为寄托感慨现实和疏散胸中块垒的重要载体。他的词成为愁闷情绪的出口,如《凤凰台上忆吹箫·自题江天阁小照》一词,描绘出一个"谪仙"形象,用眼前之"名山大泽"来开拓内心"千古心胸"。正是用这种豪情壮志来反衬出自己内心之苦闷,更显出他的内心不甘之情绪。又如《满庭芳·丙子岁除》:"休论想人世,悲欢离合,幻若浮云。"[4]除夕之夜没有热闹与喜悦,而是将人生看透,一切过往最终都将消散。他的这些说法,都是自我安慰罢了。

其次,反映出对官场生活的从容。震钧指出满族文人的创作风貌是:"身列朱门,心游蓬户,富贵逼人,唯恐去之不远。盖由于目睹宦海风波不欲搴裳就之耳。即偶有一二入仕途者,亦视浮沉升降无所动于中,竟有不为五斗来折腰之势。"[5]铁保尽管身处富贵圈中,但是他却对于宦海沉浮能够保持一种神闲

〔1〕(清)铁保.惟清斋全集.清代诗文集汇编第432册[M].上海:上海古籍出版社,2010:573.

〔2〕(清)铁保.惟清斋全集.清代诗文集汇编第432册[M].上海:上海古籍出版社,2010:575.

〔3〕尚永亮.贬谪文化与贬谪文学[M].兰州:兰州大学出版社,2004:8.

〔4〕(清)铁保.惟清斋全集.清代诗文集汇编第432册[M].上海:上海古籍出版社,2010:572.

〔5〕震钧.天咫偶闻[M].北京:北京古籍出版社,1982:107.

气定的态度，这种生活方式表现出他们对于自身的经历能够以平和的心态对待。铁保的不少词作展示出经历过官场大起大落之后的从容淡定，比如《沁园春·夜坐书怀》展示出神闲气定的大气之感："宦海浮沉，名场荣落，甘苦于今我备偿……白日如年，青山似我，一任先生自主张。"[1] 仿佛一个身经百战的勇士，卸下盔甲之后，投身于悠然自得的平静生活中，显得淡定自若。同样，《水调歌头·初度日作》词云："不问升沉荣落，那有悲欢离合，过眼等云烟。"[2] 显示出铁保天性淡然，从容不迫的性格。

最后，反映出过往经历的释怀。他之前已经遭遇过贬谪，远在西域，后来遭遇特赦而返回京城。再次遭遇这种重创，他的心态已经发生变化，从之前对未来还怀抱期望，到如今的充满怀疑，让他看淡了过往，把这种思想浸入词作中，反映出一种超脱于物外的平静感。张菊玲总结满族文人创作心理："乾隆间满族作家群……将寄情自然、诗酒雅集、参禅学道作为主要的生活内容，以寻求内心的平衡与解脱。"[3] 体现出面对过往能够拿得起放得下的心态。正如《临江仙·初度日游北山作》中云，"为说人生行乐耳，不知今夕何年"[4]，是一种面对打击安之若素的心理。

四、远离世俗生活的闲适心态

铁保晚年遭受贬谪打击，但是他没有在现实面前表现出悲观情绪，反而寻求新的出路，通过寄情山水、研究书画、创作诗词来消除哀愁。铁保有意识地将自己的生活重心转移到游览风光和文学创作当中，这些都成为他消磨无聊时光的重要方式。

首先，对吉林风光的欣赏。铁保流放吉林，与友人去嫩江共同泛舟，去北山游览，置身于山水之间，感受高山大川的绮丽，得到心灵的洗涤。铁保在晚年写《自号孩道人说》言："六十年中，纷华靡丽，富贵穷通，一切可欣、可羡、可惊、可愕之事，一举而空之。"[5] 这是他经历了世间的浮华之后发出的

〔1〕 （清）铁保．惟清斋全集．清代诗文集汇编第432册［M］．上海：上海古籍出版社，2010：572.

〔2〕 （清）铁保．惟清斋全集．清代诗文集汇编第432册［M］．上海：上海古籍出版社，2010：573.

〔3〕 张菊玲．清代满族作家文学概论［M］．北京：中央民族学院出版社，1990：102.

〔4〕 （清）铁保．惟清斋全集．清代诗文集汇编第432册［M］．上海：上海古籍出版社，2010：573.

〔5〕 （清）铁保．惟清斋全集．清代诗文集汇编第432册［M］．上海：上海古籍出版社，2010：456.

喟叹，认为一些能引发人心情波动的情绪终将过去。正是如此，他创作了不少表现吉林风光的词。比如《酹江月·首夏江上泛舟作》，上阕写了铁保在夏日清和的天气泛舟出游，看见青山绿水，江涛拍岸的景致。下阕写周围有人在对酒高歌，感叹人生需要忘却烦恼，享受当前的美景。他的《满江红·冬日游北山作》，直接展示了吉林美好的风光，将湖光山色渲染得宁静辽远。还有《柳含烟·江上作》写嫩江边钓鱼之闲适。《唐多令·约同人江上泛舟因风不果》和《醉春风·有约江上饯春因风雨改期翌日晴明书此识悔》写于约友人同赴江边未果之后。尽管最后未能出行，但是词中"纵使乘风能破浪"[1]的词句，还是能够表现出他积极心态。铁保将流放的生活当成一种人生经历，通过游览河山、吟咏诗词，来抒发自己谪居的苦闷，使得作品呈现出闲适自然的艺术风貌。

其次，对书画艺术的追求。铁保在物质上的要求并不高，对于精神上的追求却十分重视。他对于书法、绘画的钻研，成为一种排遣苦闷的重要方式。他是一个官员，也是一个文人，他热衷于书法艺术的研究、文学作品的创作、绘画技艺的揣摩以及花卉艺术的实践。正是出于严苛的审美要求，他时常会进行书法练习，并与人进行交流。他的不少词作就是在这种创作心态驱使下完成，比如《松峰哲嗣假满回京书以广之凤凰台上忆吹箫》中言"藉莳花艺卉，磨砚挥藤。闲约二三胜友，江岸上、鸥鹭为盟"[2]是他贬谪生活的真实写照。种植花卉、钻研书法、友人相聚都能让他暂时忘却自己的流人身份。铁保在追求艺术层面上的享受时，就会进入自由自在、无拘无束的境界。

最后，对文学创作的热衷。铁保在贬谪期间，总是习惯于运用文字来调整心态。他的词大部分都展露出乐观的心态，主要原因就是他能够在文字中寄托自己的理想，在文字中将一切消极情绪都抒发出去，这样纵使有负面情绪郁结于心，也终将化解。正如铁保的门人汪廷珍评价的那样："案牍舟车未尝一日以息，其于词翰宛若不暇为者，乃其所作卓卓如此。"[3] 表明铁保无论在何种情况，都能够通过文字来表达自己的观点，并且能够自始至终保持高远境界。阮元也评言其师："谊生平踪迹，所历江河之浩渺，山海之雄深，边关之险要，古

---

〔1〕（清）铁保．惟清斋全集．清代诗文集汇编第432册［M］．上海：上海古籍出版社，2010：575．

〔2〕（清）铁保．惟清斋全集．清代诗文集汇编第432册［M］．上海：上海古籍出版社，2010：576．

〔3〕（清）铁保．惟清斋全集．清代诗文集汇编第432册［M］．上海：上海古籍出版社，2010：349．

迹之显晦，人物之废兴，莫不寄诸翰墨"〔1〕，直接揭示出铁保的创作动因，就是将所见所闻所思所感记录下来。

总之，铁保经历了从位极人臣到流人这种身份的转变，让他的心态产生了重大变化，他将内心的无奈化成写作的动力，让词作中透露出更为深刻的思想意蕴。铁保词创作的出发点就是为了寻求自我安慰，在痛苦当中找寻出路，在戍所最大化地将自己的兴趣得以发挥。他年轻时就主动弃武从文，如今的生活让他有充足的时间从事文学创作，将内心真实的世界展示出来。

第四节　词作的艺术特色

铁保遵循"我不袭古人之貌，古人亦不能囿我之灵"〔2〕的创作主张，将自己的真实情感寄托在词中，形成了独树一帜的艺术风格。从铁保词的语言特色、表现手法以及风格特点三个方面来考察，得出的结论是铁保用自然流畅的语言、用纪实手法，表现出丰富的内容。

一、自然流畅的语言特色

铁保在《题敬斋方伯所明人户口册诗卷》中说："作诗如作人，自然流行，不假修饰为妙，所谓羚羊挂角，无迹可求是也。"〔3〕作诗如此，作词亦然。他追求真情实感，以"性情"来抒写自己的真实生活。他的词也是如此，用自然流畅之语言来抒写真情。

铁保自然流畅的语言特色在纪游词中表现得最为突出。如他有一首《满江红·冬日游北山作》，用散文式的语言，将眼前之景致进行描写，娓娓道来，自然熨帖。词中写到"溪山如画""万峰攒雪"，接着用平和的语言来介绍此地的风景，可谓妙趣天成。同样是写北山出游的还有《临江仙·初度日游北山作》，这首词中"烟霞供揽辔，猿鸟劝加餐"的一个"供"和一个"劝"字，就将烟霞和猿鸟写得生动活泼，赋予人性的力量，不得不说具有丰富的想象力，也具

---

〔1〕　（清）铁保．惟清斋全集．清代诗文集汇编第 432 册［M］．上海：上海古籍出版社，2010：352.

〔2〕　（清）铁保．惟清斋全集．清代诗文集汇编第 432 册［M］．上海：上海古籍出版社，2010：444.

〔3〕　（清）铁保．惟清斋全集．清代诗文集汇编第 432 册［M］．上海：上海古籍出版社，2010：566.

有高超的文字掌控力。又有《柳含烟·江上作》一词，写得意境深远，用自然之景入词，将旷远疏清之气贯穿到词当中，若不知其作于贬谪之时，全然看不出有抱怨与哀叹的语气。再如《酹江月·首夏江上泛舟作》，在"艳阳时节""杏花初放"之时，"趁佳日"到处游玩，此时感受"晓风残月，铁板江东"，享受着江上泛舟之乐趣。全词不追求辞藻华丽与刻意求新，而是用轻松自由的语气抒写出游的愉悦心情。

他用自然之语写自然之物，将这种特色发挥得淋漓尽致。比如《菩萨蛮·莳花》，用简单质朴的语言来写种花之事，所填之词将种花的心境写得饶有兴趣。全词毫无晦涩难懂之词，也无刻意堆砌之意，明白晓畅，别有新意。又如《减字木兰花·种花》简单几句，就能将自己种花之闲适写得真切。词人正是由自己的切身体会出发，落笔填词都能去除浮华，取真实情景入词，显得一气呵成。铁保作词的特色，是能够用通俗易懂的语言来打造深远的意境。再如《凤凰台上忆吹箫·咏怀》语法平和，他将书法、绘画、文学融会贯通，全用平常所用之字，写日常所经历之事，读之通俗易懂，便于了解其思想意趣。

在其他类型的词中也依然体现这种语言特色。如《意难忘·酬孙淑明夫人除夕作》，一般写这类词的时候，都习惯运用华丽的语言，以表现出富贵之气，但是铁保却依旧能够保持自己陶写性情的特色，用简单质朴的语言抒发内心的感受，表现自己与友人之间的深情厚谊。以上的自然流畅风格在其他的词中依旧有所体现，《醉花阴·偶患目赤戏题》这首词是表现铁保晚年患眼疾之后的心情，本应该是压抑烦闷之作，可是他却能够用平淡甚至带有诙谐的语言来调侃自己，表现了积极的乐观主义心态。他将这种诙谐自在的笔法运用得炉火纯青，连两首闺怨词都"无织巧浮靡气"[1]。铁保作文师从童湘岩，在接受了系统的训练之后，又注入自己豪迈直接的个人色彩，才形成了自然流畅的语言特色。

铁保的词作有其独特的语言魅力，他在遣词造句上有独到之处。如今读之，仍然没有隔膜之感，反而觉得自然直白。这就是诗歌语言当中具备一定的近现代诗歌的语言风格，同时也使得他的诗歌语言具有一定的开拓性。

二、寄托比兴的表现手法

铁保作词以自然之笔写真实之事，却能够将内心世界展露无遗，这就有赖于他高妙的表现手法，最重要的就是寄托比兴。他在平淡中凸显性情，于无声

---

〔1〕（清）铁保．惟清斋全集．清代诗文集汇编第 432 册［M］．上海：上海古籍出版社，2010：359.

中彰显才情。

他的题画词《后庭花·题画天竹》以及《临江仙·题画红梅》，用象征手法来暗喻孤高不群的品质，反映出内心渴望闲情雅致的生活。从选取的题画对象看，"竹"代表着娴静，"梅"代表着隐逸，都是一种超然于物外的精神象征。"竹"是具有深厚文化底蕴的意象，也是历代文人重要的创作题材，代表文人的雅趣。铁保通过描述画中淇园天竹的风姿与气质，将自己的视觉感受、审美意趣以及文化修养充分结合。词中描绘的天竹意象可以反观出铁保追求自然之趣的审美倾向，从更深层次上进行解读，也可以感受到他想要传递出的闲情雅致。铁保通过咏梅表明自己的孤高出尘之愿。按《宋史·隐逸传》载："林逋，字君复，钱塘人……结庐西湖之孤山。"[1] 有"梅妻鹤子"之称，用以比喻隐士。铁保词中第一首化用苏东坡《于潜僧绿筠轩》诗中"宁可食无肉，不可居无竹"一句，是对高雅生活方式的追求；第二首引用"孤山处士"的典故来写隐逸之趣。铁保以这位著名隐士自拟，透露出追求闲淡雅致生活之意愿。

铁保的词，正如阮元评价的"优游林泉，绾绰鬐寿，娱心著述"[2]。他在吉林期间，将自己的心情通过填词的方式表现出来。他运用寄托的手法，写了一些表现"渔隐之趣"的词，将敬仰高士之风的情怀融注于词中。比如《柳含烟·江上作》有"垂钓客不许"[3]；《唐多令·约同人江上泛舟因风不果》言"江头买钓舟"[4]；《醉春风·有约江上饯春因风雨改期翌日晴明书此识悔》云"钓鱼舟误误误"[5]。铁保通过写垂钓来表达自己对自由生活的渴望，对贬谪生活的无奈，借此来调试内心的失衡，寄予高雅脱俗的情怀。

铁保其他的词中，大都显示出自己的复杂心境。比如，《满庭芳·丙子岁除》写佳节思亲；《满江红·丙子冬夜》是对年华逝去的无奈，通过对自己一生的回顾，诉说了在腐败的环境中欲振兴国家的失望[6]；《沁园春·夜坐书怀》对宦海浮沉发表感叹；《念奴娇·见家书作》表现迫切期待归家的心绪；《水调

〔1〕 （元）脱脱，等．宋史卷四五七［M］．北京：中华书局，1977：13442．

〔2〕 （清）铁保．惟清斋全集．清代诗文集汇编第432册［M］．上海：上海古籍出版社，2010：352．

〔3〕 （清）铁保．惟清斋全集．清代诗文集汇编第432册［M］．上海：上海古籍出版社，2010：574．

〔4〕 （清）铁保．惟清斋全集．清代诗文集汇编第432册［M］．上海：上海古籍出版社，2010：575．

〔5〕 （清）铁保．惟清斋全集．清代诗文集汇编第432册［M］．上海：上海古籍出版社，2010：575．

〔6〕 张佳生．清代满族诗词十论［M］．沈阳：辽宁民族出版社，1993：245．

歌头·初度日作》是对闲适生活的追求；《雨中花幔第二调·寄内即以代简》抒发栽花种草的愉悦感；《凤凰台上忆吹箫·咏怀》写在书法艺术中达到轻松境界；《蝶恋花·夜风不寐》反映深夜独居的悲凉心境；《醉花阴·偶患目赤戏题》则是抒发了对于现状的不安。

他的这些词，向世人展示出自己谪居吉林时候的真情实感。铁保词擅长运用意象来表达思想境界，诸如用"红豆"象征相思，用"天竹"代表高雅气质，用"红梅"显示孤高品格，都有赖于寄情高远的表现手法。

三、善于写实的表达方式

铁保善于将自己的真实生活反映在自己的文学作品中，他的词也是如此，处处都彰显着真实，无论是状物抒情，还是写景抒情，都表现出真情实感。写实就是铁保词最核心的特色之一，通过词能窥探其真实情感，这也就提升了词的价值。

铁保用写实的手法来记录自己在吉林期间的生活。比如《凤凰台上忆吹箫·自题江天阁小照》，将自己的真实生活投射在词作中，写得豪爽洒脱，大气磅礴。上阕简单几笔将一个不修边幅的"衰翁"形象作了描摹，整体而言就如同"东海渔人"，把自己比作"谪仙"，乐观豁达。下阕写嫩江见证多少英雄豪杰事迹，面对这种开阔的景象，心胸自然得到开阔。又有《凤凰台上忆吹箫·松峰哲嗣假满回京书以广之》一词，上阕写松峰哲具有风流倜傥、雍容潇洒的气质，为了来外地省亲，特意飘零琴剑，可是离别之后，亲人的消息只能"求鱼问雁"，颇感无奈。下阕写儿子要返回家乡，自己在孤馆中更觉孤苦伶仃。为了消磨孤独感，只能摆弄花卉、舞文弄墨，约上好友去江边畅游。全词情景交融，感慨真实动人，一唱三叹。

这位老臣积淀多年阅历，用熟稔的笔墨书写晚年贬谪心态。从词的中心思想看，他的词表现情感丰富，离不开谪居经历产生的影响。从他的词内容看，开始普遍带有沉郁色彩，但仍有豪气。比如《满江红·题走马灯》就是词人从真实内心感受出发，表现出一种积极昂扬之气。铁保词尽管作于贬谪之地，但整体基调少有哀婉悲伤之言，而是用暖色调的意象来构词，显示出雄浑沉郁的词风。他的词出现的颜色是翠、红、青、黄、白、紫、碧；天气意象有春、艳阳天、明媚；十二个"笑"意象，包括索笑、笑语、笑浮生、开怀一笑、笑车尘、笑羁人、笑闺人、笑余、笑铁砚难穿、笑人虚度、笑我，其中笑语出现两次。这些意象投射出词人面对人生挫折，选择保持乐观情绪来调节，是词人内心世界的外在表现。

铁保的早年为官顺畅，但是晚年连遭贬谪，让他投身于文学作品的创作当中，这是在逆境当中主动选择的排遣方式。生活遭遇变故，用文学作品来抒发自己的心情，将人生遭遇的不幸转化成从事文学创作的动力。他贬谪吉林的经历为他的词注入了当地色彩，开拓了词的艺术境界，也扩大了他在文学领域的影响力，从而奠定了他作为清代乾嘉时期满族文人代表人物的地位。

第五章

铁保文研究

铁保文一共76篇，这些作品主要保存在《惟清斋全集》"奏疏"卷以及"文集"卷中。为了更直观地表现铁保文的创作风貌，按照铁保自编的《惟清斋全集》中文分类方式，对这些作品进行统计，具体数量如下表所示。

表 5-1　铁保文类别数量表

类别	表	疏	赋	传	序	记	说	杂文
数量	1	19	10	6	14	10	7	9

通过对上表的统计结果进行分析，可以对铁保文创作的基本面貌进行总结。

从总体上看，铁保文数量虽然不多，但是诸体皆备，有表、疏这类实用性很强的文体；也有赋、传、记、说、杂文这类用于叙事、议论以及写人这种文学性强的作品。此外，还有为诗文集作的序文，可知他平日善于与人交流，得到很多撰写序文的机会。

为了更合理地对铁保文进行研究，特将文分为两类：公文类文和文学类文。将公文纳入文学领域进行研究，主要有以下依据。

从古代关于"文"的定义看，公文属于文学研究领域。先秦时期，文、史、哲三位一体。殷商甲骨文中，已经有"文"这个字，最初的含义是人肌肤上的刺画花纹。后来"文"的原始含义已经淡化，而取其引申意义。比如，《易·系辞下》中表示花纹，《广雅·释诂》中表示装饰，《论语·颜渊》中"文言"表述华丽语言的意思。诸子百家说法不一，但万变不离其宗，都有"以立意为宗，不以能文为本"的主旨。

从古代对"文学"与"非文学"的分类标准看，公文属于文学类[1]。东

---

〔1〕　陈必祥. 古代散文文体概论〔M〕. 郑州：河南人民出版社，1986：32.

汉时期蔡邕《独断》就已经开始重视公文，主要分为章、奏、表、驳议四类[1]。汉魏时期曹丕更是关注其文学性，他在《典论·论文》中说："盖奏议宜雅。"[2]同样注意到公文文学性的还有西晋陆机，撰写《文赋》云，"奏平彻以闲雅"[3]，强调奏具备语气平和风格典雅的文学特色。南朝梁代萧统在《文选序》提及"表、奏、笺、记"[4]几类作品，开始为一些作家或者选家所重视。刘勰《文心雕龙》列专章为公文进行分析，认为章奏表议是"经国之枢机""章以谢恩，表以陈情，奏以按劾，议以执异"[5]。

从现代学者对公文的定义上看，也应该将其归入文学类。郭绍虞认为："所谓文学云者，自广义言之是一切学术的意思；即就狭义言之，亦指儒术而言，固不得以词章当之了。"[6]他将文学的范围扩大到"一切学术"，公文自当从属其中。此外，李均明指出公文需要满足发出人、受取人以及有传达的事情三大条件[7]，铁保的表、奏疏都符合标准。卜宪群的《秦汉公文文书与官僚行政管理》将公文文书分为御用公文、官僚奏疏和上书、管府行移动公文、管府公文四类，铁保文书属于第二种类。

因此，将铁保的表与疏列入文学研究范畴可谓合理。由于公文写作与其他类文写作呈现出不同的艺术特色，故将铁保的文分为两个类别。第一类是公文类文，包括表、疏。第二类为文学类文，包括赋、传、序、记、说、杂文。

第一节　公文类文研究

铁保公文类文按照作者的编目次序，分为表与疏两类。这类作品与诗词相比，并没有得到重视，迄今为止并未见专门论述文章。原因主要有两个方面：一是这类文章以实用性为主，文学色彩不够，因而难以从文学艺术的角度加以分析；二是这类文章数量不多，混杂于各类诗文集当中，在作者诗词作品的掩

〔1〕 蔡邕. 独断（卷上）〔G〕//纪晓岚，陆锡熊，孙士毅，等. 影印文渊阁四库全书：第850册. 台北：台湾商务印书馆，1986：78.

〔2〕 魏文帝. 典论〔M〕. 北京：中华书局，1985：1.

〔3〕 张少康. 文赋集释〔M〕. 孙冯翼辑. 北京：人民文学出版社，2002：199.

〔4〕 萧统. 文选序〔M〕. 李善，注. 北京：中华书局，1977：2.

〔5〕 （梁）刘勰著. 周振甫注. 文心雕龙注释〔M〕. 北京：人民文学出版社，1981：243.

〔6〕 郭绍虞. 中国文学批评史上卷〔M〕. 天津：百花文艺出版社，1999：42.

〔7〕 李均明. 当代中国简帛学研究（1949—2009）〔M〕. 北京：中国社会科学出版社，2011：241.

盖之下未受重视。

一、表的写作

"表"是官员向君王陈情的上行公文。按照《文体明辨序说》中的解释："表者,标也,明也,标著事绪使之明白,以告乎上也。"[1] 这种文体主要称为上书。汉代的时候定礼仪制度,分为章、奏、表、议四品,其三就是表,主要就是为了陈情。到后来,用法逐步广泛。于是就又了论谏、陈劝、陈乞、进献、推荐、庆贺、慰安、辞解、陈谢、诉理、弹劾等多种功能,表达的内容不同,其词亦异[2]。清代表的主要作用有两种,一是庆贺用,一是进献书史用。前者是皇帝登基、传位、册立皇后、上尊号等,王公百官表示庆贺;后者用于书史修成,由总裁官具表进呈[3]。铁保的《恭进八旗诗钞表》属于第二种类型。

(一)思想内容

《梅庵自编年谱》记载:"嘉庆九年五月余,恭进所辑八旗诗,赐名《熙朝雅颂集》,御制序文冠诸篇首,余具折谢恩奉旨,此擢亦刊入书内,以垂不朽,钦此。擢载本集。"[4] 这篇文章作于嘉庆九年,此时铁保还在山东巡抚任上。他致力于搜集、整理并保存满族、蒙古、汉军文人之诗集后将《八旗诗钞》进献给皇帝御览,呈上了这篇表文。此文又名《编录八旗满洲蒙古汉军诗成进表》,全文共一千六百余字,主要内容有以下三个方面。

首先,概述清代以来在文教方面所取得的成就。文中先由夏商周三代之名篇入手,引出"太平既久,大雅遂兴"[5] 的观点,认为如今"辀轩偏于八方,庠序深于六艺",国家网罗了众多人才,他们文韬武略,熠熠生辉,形成如今之盛况。

其次,夸耀皇帝陛下在国家实行的文教政策。铁保紧接着说明国家人才之众,有赖于皇帝陛下推行了多项有利于文化事业发展的措施。包括"政在养民",又"藏书于四库",通过"官学、宗学而造士",因而形成了"子弟知书

〔1〕 徐师曾. 文体明辨序说〔M〕. 北京:人民文学出版社,1998:122.

〔2〕 曾枣庄. 中国古代文体学第2卷〔M〕. 上海:上海书店出版社,2012:260.

〔3〕 李明晨. 中国古代政治制度纲要〔M〕. 北京:中国政法大学出版社,1990:284.

〔4〕 (清)铁保. 惟清斋全集. 清代诗文集汇编第432册〔M〕. 上海:上海古籍出版社,2010:374.

〔5〕 (清)铁保. 惟清斋全集. 清代诗文集汇编第432册〔M〕. 上海:上海古籍出版社,2010:393.

胥"的局面。他进一步指出"置官师而立教，示以大防观礼乐，而宣和导之善气"，主张兴办官学，实行礼乐制度。

最后，说明搜集《八旗诗钞》的意义及价值。铁保一直将文学当作重要的事业来经营，当他感觉到"众言之纷杂"，看到"先达之大篇多存箧笥，集裘未遂"，就产生了搜集和整理诗集的想法。历尽艰辛，终于将《八旗诗钞》整理完成，进呈给皇帝御览。并提出"序小言附二典之巍，荣赐嘉名"的请求。

（二）艺术特色

《文心雕龙·章表》认为一篇优秀的章表需要满足的条件是："体赡而律调，辞清而志显，应物巧，随变生趣。执辔有余，故能缓急应节。"铁保的这篇表正是如此，他的这篇表善于铺叙、文辞绮丽、饱含真情，取得的艺术成就主要表现在以下几个方面。

首先，善于铺陈的艺术手法。《恭进八旗诗钞表》是铁保上呈给皇帝的表，文章层层递进，先追述过去之成就，又阐述嘉庆时的功绩。为了引出收集诗集的原因，前面铺垫了大段的论述，主要目的在于得到皇帝的赞成。铁保用铺陈的手法彰显皇帝功绩，能够极尽可能地将内心的感情表达出来。试选取其中一段加以分析，云中言：

> 惟皇帝陛下，禹文敷海，舜治从风，政在养民，畅风锡萝图之福事。必稽古图画承麟绥之传，七德绥而奏蜀氛清，大经先正一心尽而卫漳波靖。盲说胥芰，嗣幸院于九年。干支并叶，续藏书于四库……合官学、宗学而造士，子弟知书胥，同姓、异姓以兴贤。[1]

这段文字，为了表现皇帝陛下之功绩，追溯尧舜禹对于政治昌明付出的艰辛，来歌咏当今圣上之文治武功。清代官方藏书丰富，将各家著作加以保存，以彰显国家文化事业之兴盛。正如元人陈绎《文筌》中言："详叙事语，极意铺陈。"铁保又言编撰《八旗诗钞》之目的在于："况御集颁在儒林，修辞有式。虽连珠合璧，戎祥瑞于勿言，而东璧西清许咸韶，以共听本支贵戚家有赐书。"[2]铁保采用这种手法进行写作，文章气势磅礴、语气连贯，能够充分表现出臣子对于皇帝之崇拜与敬仰，符合表这种文学样式的实用需求。

〔1〕（清）铁保．惟清斋全集．清代诗文集汇编第 432 册［M］．上海：上海古籍出版社，2010：393.

〔2〕（清）铁保．惟清斋全集．清代诗文集汇编第 432 册［M］．上海：上海古籍出版社，2010：395.

其次，蕴含的感情饱满。铁保这篇表饱含他对君王的忠心，以及对于国家文化事业的上心，对于八旗诗集刊行工作付出的用心。所论述之事都紧紧围绕这个核心。写过去的功绩，选用大自然中最具备灵气的事物来进行衬托，比如文中出现了"神皋、群材、岳灵、宇文、七萃、日月、乔木"等词，都是为了说明国家文化方面取得的辉煌成就，突出表现了"普裁成于众制，观风典钜化雨恩隆"的观点。从这篇文章中，能够感受到这位已经为国家贡献聪明才智三十余年的老臣，用真诚态度对待搜集诗集这件事。

最后，文章结构合理。这篇文章主要的目的在于向嘉庆帝汇报《八旗诗钞》已经完成，并求情赐名之事。表属于上行公文，具有一定的体制，正如宋朝倪思所说："文章以体制为先，精工次之。失其体制，虽浮生切音，抽黄对白，极其精工，不可谓之文。"〔1〕铁保能够严谨地遵照规定体制进行写作，前文先用华丽的语言书写国家之昌盛面貌，再由"臣铁保诚惶诚恐，稽首顿首上言"引出后文。正文中也采取由古到今、由表及里的方式，层层紧扣主题展开论述，并且在语言的掌握上，有长句有短语，迂回疏朗，凸显出公文写作的实用性特点，一目了然。最后以"臣铁保无任瞻，天仰圣激切屏营之至谨，奉表随进以闻"收束全文。全文能够表现出铁保对于文字极强的掌控力，言情论事能够层层递进，倾吐内心想法。

二、疏的写作

疏，亦称为奏疏，是臣子向皇帝进言的上行文。名称繁多，但体制变化甚微。早在春秋时期就已经出现，诸侯朝拜天子时陈述意见、宣扬皇帝美德，形成一定程式，只是大多用口语对答，而不必以文字记载。战国时期，公卿向帝王陈述政事，才出现了"上书"。秦将这类上书称为奏，汉代又分为章、表、奏议四类。而后这类文书的称谓更多，除了以上四类之外，又有"疏""书""封事""札子"等。〔2〕按照王兆芳《文体通释》的说法："疏，陈言而条析疏通，奏书之属也。"刘勰《文心雕龙》指出，奏疏承载着"陈政事，献典仪，上急变，劾愆谬"〔3〕等实用功能，是关系到国计民生之大局的文章。铁保作为一名位高权重的官员，需要上书递言，因而保留了不少奏疏。对他的疏体文进行分析，可以从创作时间、思想内容以及艺术特色几个方面进行分析。

〔1〕 曾枣庄. 中国古代文体学第 3 卷〔M〕. 上海：上海书店出版社，2012：196.

〔2〕 陈必详. 古代散文文体概论〔M〕. 郑州：河南人民出版社，1986：213.

〔3〕 (梁) 刘勰著. 周振甫注. 文心雕龙注释〔M〕. 北京：人民文学出版社，1981：252.

（一）创作时间

铁保的《惟清斋全集》中，保存了疏20篇。根据《梅庵自编年谱》的记录可知他在不同职务时处理的事务，依照奏疏的标题、文中出现的时间、奏疏涉及的内容以及史书、诗文集等资料的佐证，可以明确这些作品创作的时间。具体系年统计如下。

表5-2　铁保奏疏系年表

序号	创作时间	篇目名称
1	嘉庆五年	《调剂江安旗丁疏》《调剂浙江旗丁疏》《筹办新漕事宜疏》
2	嘉庆六年	《筹办杨村官剥事宜疏》《严杜旗丁藉端冒开疏》
3	嘉庆八年	《官民急公奏请鼓励疏》
4	嘉庆九年	《筹议南漕事宜疏》《恭进八旗诗钞疏》《筹拨衡工款项疏》《清查仓库弥补章程疏》《筹办东河事宜疏》
5	嘉庆十年	《徐州协改设总兵疏》《筹办宿州奸民滋事疏》《吴淞海防疏》《缕陈湖河情形疏》《筹办海防章程疏》《筹议河务事宜疏》
6	嘉庆十六年	《筹议阿克苏钱局章程疏》
7	道光元年	《恭谢恩加三品卿衔疏》《长子瑞元乡试中式谢恩疏》

由上表可知，铁保奏疏的创作时间集中于嘉庆九年到道光元年。根据《梅庵自编年谱》中的记载："嘉庆四年十二月，成为漕运总督；嘉庆八年正月，成为山东巡抚；嘉庆十年正月，成为两江总督；嘉庆十五年，为叶尔羌正办大臣，旋升喀什噶尔参赞大臣。道光元年，铁保赏三品休衔。"可知他的这些文章主要是游宦时期所作。

铁保创作这些文章时处于嘉庆年间，国家正处于由盛转衰的阶段。乾隆时期在政治、经济、军事、文化上取得了非凡成就，但是从乾隆中后期起已经逐步孕育了衰落的危机，出现人口膨胀、吏治腐败、贪污受贿、灾情喷发等问题。从乾隆三十九年山东临清爆发农民起义，这种运动有愈演愈烈之局势，说明人民已经对清政府的统治表示出强烈的不满。嘉庆前期清朝政权已经逐步走向衰落。铁保目睹了这一变化过程，忧患重重。为了改善这种局面，他将自己的政见撰写多篇奏疏上呈皇帝，力求妥善处理在职期间出现的问题。

（二）思想内容

铁保的奏疏是在担任不同职务期间提出的政见，集中体现出他处理各方面问题的行政能力。这些疏体文涉及的内容丰富，对于处理漕运、旗丁以及营兵等问题贡献显著，对我们了解铁保的为官理念起到补充作用。本书力求从文学角度对这些文章进行分析，按照时间分期，大致分为以下五个阶段。

1. 担任漕运总督时期，处理漕运、旗丁事宜

嘉庆五年"漕务困敝已极运阻不行"[1]，为改变这种状况，铁保亲自督押帮船北上，一路体察情形，并与各省粮道随时筹酌。他凭借多年为官的经验，经过实地走访调查，通过深思熟虑之后撰写成《筹办新漕事宜疏》向皇帝进献解决漕务旧弊的方案。共提出六条建议，分别是"严兑开、慎米色、选运弁、恤水手、节运费、筹公顷"[2]。嘉庆六年，为革除漕船一切陋规，他在《筹办杨村官剥事宜疏》文中提出两条建议：一是就漕项内暂时筹款修理，实行以工代赈。二是杨村官剥船，除拨运铜船外，共存船一千四百只，现在修补可用者一千余只。这些都是根据当时的实际情况慎重考虑提出的建议，体现了他办事亲力亲为的认真态度，以及以造福百姓为出发点的为官理念。

为了解决旗丁问题，铁保共上书三次。《调剂江安旗丁疏》指出遇到的问题是"旗丁造船赔累，应酌筹调剂事"[3]。铁保亲力亲为进行实地调查，发现原因是"旗丁运费之外，造船一项最为赔累"[4]。为解决问题提出裁减船只，这样既可以节省款项，又能够将所减经费用于造船。《调剂浙江旗丁疏》是针对旗丁积欠库项的问题提出的策略。他建议应该令各省回空船只，于例行承载的六十石货物之外，可以多承载二十四石，用来抵扣运费。这样就能为旗丁减免一些过关之税，而沿途出卖落地税银，仍可照常征税，也不至于多缴税额。[5] 另有《严杜旗丁藉端冒开疏》，开篇即指出要革除陈规，云：

---

〔1〕（清）铁保. 惟清斋全集. 清代诗文集汇编第 432 册［M］. 上海：上海古籍出版社，
　　　2010：365.

〔2〕（清）铁保. 惟清斋全集. 清代诗文集汇编第 432 册［M］. 上海：上海古籍出版社，
　　　2010：398-399.

〔3〕（清）铁保. 惟清斋全集. 清代诗文集汇编第 432 册［M］. 上海：上海古籍出版社，
　　　2010：401.

〔4〕（清）铁保. 惟清斋全集. 清代诗文集汇编第 432 册［M］. 上海：上海古籍出版社，
　　　2010：401.

〔5〕（清）铁保. 惟清斋全集. 清代诗文集汇编第 432 册［M］. 上海：上海古籍出版社，
　　　2010：403.

奏为严杜旗丁藉端冒开之弊，以裨实政事。臣查漕船一切陋规，现在尽行革除。[1]

铁保考察旗丁管理漕运时，发现许多不合理现象。比如"从运弁起至盐兑"各个部门层层盖章的陋规，减少了许多不必要的手续，他指出"全单必须查验办理，无事周章"，提高了漕运的办事效率。

2. 担任山东巡抚时期，力除旧弊及进献《八旗诗钞》事宜

铁保嘉庆八年擢升为山东巡抚，担任以来，恪尽职守，提出了不少有利于改善民生的政策。他赏罚分明，《官民急公奏请鼓励疏》作于嘉庆八年，这篇疏是他为处理黄河灾情的官员请求奖励而作，文中言：

知县王柱即亲堵防守，众乡民见本官为民御患不辞劳瘁，各愿出力……官能实心为民，民肯出力助官殊堪嘉购料筑堤。[2]

铁保向嘉庆皇帝请求奖励赈灾有功劳的直县王柱以及众乡民，说明他是一个勤政爱民、鼓励军民的良官。他自己也对这些赈灾的乡民进行犒赏，文中说："臣至堤上见北风催，浪冲汕堤身，尚有村民二百余人，设窝铺二十四座，昼夜看守。臣当即赏银一百两，以为犒赏之用。"[3] 从中能看到他对于立功官员的赞叹与嘉许，以及爱民重民的思想。

他还注重文化事业的建设。铁保以收集满洲八旗诗歌集为己任，五月十九日内阁奉上谕，云：

铁保在京供职，曾有探辑八旗诗章之请，经朕允行。兹据奏进诗一百三十四卷请赐书名，朕几余披览，嘉其搜罗富有选择得宜，格律咸趋于正，而忠义果敢之气往往藉以发抒。存其诗，实重其人，益仰见列圣培养恩深，蒸髦蔚起，正未有艾，爰统命名《熙朝雅颂集》，并

---

〔1〕 （清）铁保. 惟清斋全集. 清代诗文集汇编第 432 册 [M]. 上海：上海古籍出版社，2010：403.

〔2〕 （清）铁保. 惟清斋全集. 清代诗文集汇编第 432 册 [M]. 上海：上海古籍出版社，2010：406.

〔3〕 （清）铁保. 惟清斋全集. 清代诗文集汇编第 432 册 [M]. 上海：上海古籍出版社，2010：405.

制序冠于简端，以垂教奕祀。[1]

在此谕令中，嘉庆帝对于他的编辑之功加以肯定，并且认为诗歌的格律趋于雅正，可见其忠义之思想。嘉庆帝将铁保进献的诗钞赐名为《熙朝雅颂集》，并作序列于篇首。铁保接受此谕后，作《恭进八旗诗钞疏》以答谢皇恩。铁保的疏中主要介绍他组织人员搜集八旗诗歌的过程，以此表达自己的忠诚仁爱思想，并且说明诗钞刊行的意义。

铁保在处理仓库亏空问题上也颇有见地。经过前议抚臣岳起、前抚臣陈大文、和宁先后奏明，得知山东省仓库亏缺。他经过认真调查，写出《清查仓库弥补章程疏》，提出十五条可行性建议：一是宜分清前后依次归款。二是将本身以及前任官员所欠款项进行区分，以示公平。三是本身有亏的官员已经离开本任，仍然在山东省任职的应该按照规定限期分别勒令追回，未完缴之前，不准题补委署。四是已经离开山东省的各位官员，应该仔细将情况交代清楚。五是凡是升迁到其他职位及丁忧降调告病人员仍照原来的款项照数咨追。六是以嘉庆四年为年限，在此之前的病故各员，查明实系人亡，免其着追。在此之后的病故官员，即从现任人员处节省银两通融弥补。七是将司库应领各款逐一查明。八是州县因公垫用银两，再不准以无用之物流抵以绝弊混。九是先清正项钱粮，次及杂款以分缓急。十是所亏仓谷如勒令卖谷归仓，应该逐渐卖补以实仓储。十一是道府严行查察接任之员。十二是如果有亏空，除本员严参查追治罪外，知府赔十分之七，巡道赔十分之三。十三是此次清查由该管府州调查档案，造具册结送局复核。十四是各州县每年节省之数，共同核议，不得任意推卸。十五是现在所查亏空之数，俱系由各州县自行呈报。

此外，铁保还致力于河务事宜的处理。《筹拨衡工款项疏》提及处理山东济南衡工款项拨发事宜。他先肯定衡工事宜已经取得的进展，说："臣于二月初二日，接准河南抚臣马慧裕，咨称衡工自与筑以来，形势极为顺利。"话锋一转指出："惟采买正杂料物必得放价购觅，方可源源到工，有备无患。"他开门见山，主要从目前的形势需要出发，指出现在急需要款项用以支持衡工合龙，如果采买料物及时，人心踊跃参与就能一举成功。因此他请求拨款三十万两，并将所有开支缘由进行说明，在奏疏中一并说明。嘉庆帝对他的处理方式表示满意，

〔1〕（清）铁保. 惟清斋全集. 清代诗文集汇编第 432 册［M］. 上海：上海古籍出版社，2010：395-396.

并言:"铁保心无畛域,深得大臣之体。"[1] 铁保查河口浅阻粮船不能及时返回,明年新漕必须速益求速,才能避免迟延误。对此他写《筹议南漕事宜疏》,提出四条建议:一是旗丁与地方官,受兑开行不能延缓;二是明年重运渡黄,宜酌量办理;三是粮船行走次序,应该以装载米粮的先后为顺序;四是旗丁货物应该赶紧剥送,以资接济。《筹办东河事宜疏》认为清理黄河淤泥之事,需要趁冬季认真大加挑挖,否则旧淤不去新淤再增,于明年新漕将会有大有关碍。

3. 担任两江总督期间,处理各项事务

铁保嘉庆十年正月补授两江总督,撰写了六篇疏体文,内容涉及河务、军事、民事等多个领域。

一是处理河务。他有《缕陈湖河情形疏》一篇,主要是为了解决缕陈湖河滨堤防之事宜。提出三条解决之道,一是认为治理黄河必须先固堤堰以为根本。二是河口倒灌之病,必须起放毛城。三是堰盱大堤关系到淮扬两郡的生灵,必须加倍堤防土坡并补修坝底以资保障。还有《筹议河务事宜疏》也涉及河务处理,指出目前存在的问题是:

> 虽现在河身淤高,亦由历久之,闸坝多伤,各处之支河渐塞,以致清口日淤,下游受害。治法尤以复清口旧规,洪湖归路,为目下刻不容缓之急务。[2]

铁保与许端商议之后,决定采取加固堤坝与疏通直流双管齐下的手段进行预防。

二是处理海防。他将自己的真知灼见写入疏中,主要包括《徐州协改设总兵疏》《吴淞海防疏》《筹办海防章程疏》三篇。第一篇从徐州的重要地理位置进行分析,提出"会将徐州地方紧要,原设副将不足以资弹压"[3] 的看法,提出要将原来"官兵改归徐州镇总兵",将好勇强悍之民收归行伍,"化无用为有用"。第二篇是铁保查看吴淞海口形势,酌筹扼要巡防事宜。此地的主要问题

〔1〕 (清)铁保.惟清斋全集.清代诗文集汇编第432册 [M].上海:上海古籍出版社,
    2010:404.
〔2〕 (清)铁保.惟清斋全集.清代诗文集汇编第432册 [M].上海:上海古籍出版社,
    2010:422.
〔3〕 (清)铁保.惟清斋全集.清代诗文集汇编第432册 [M].上海:上海古籍出版社,
    2010:411.

是"炮台近海，而防范不可不严，旧守炮兵丁两岸共只八十名，营房亦少"〔1〕。他认为需要"挑兵八百名责成苏松镇总兵，用沙参将刘河营游击，先后扼要洋面，梭织哨巡严"。只有加强防范并且加紧兵丁的练习，才能做好防范工作。第三篇关于吴淞口海防章程，主要有四条，一是认真办理居民通盗匪之事。二是编查保甲地方官。三是防止洋盗抢劫货物运至内地销卖。四是委员巡查河道船只，即编查保甲之法。

三是处理教匪。《筹办宿州奸民滋事疏》将嘉庆时期白莲教起义的起因、经过、处理结果都进行说明。文中说道：

> 刘茂修与余暗子并同教素好之樊名扬、余连、蔡同印、盛潮凡、吴景山等，商议起事谋逆。〔2〕

白莲教是一个秘密的宗教结社，南宋初年就已经出现，到元、明时期有很大发展，成员十分广泛，到了清乾隆年间，支派林立。铁保所说的是嘉庆十年蒙城白莲教起义，由蒙城白莲教首领李潮士、刘茂修、樊名扬，联合宿州白莲教首领余连、余勇，率领教徒举义反清，占领亳州南部〔3〕。当时处理此案的还有鄂云布、长龄，这篇奏疏应该属于联合署名上书。铁保认为应对这些有谋逆野心之人进行处罚，同时也对有功劳的兵丁加以抚恤。他的这篇文章对于了解白莲教起义有借鉴作用，具有史料价值。

4、担任喀什噶尔参赞大臣期间，处理阿克苏钱局事宜

嘉庆十四年（1809）七月，铁保因失察贬谪西域，次年六月起用为叶尔羌正办大臣，旋升喀什噶尔参赞大臣，继续为国效力。他到阿克苏进行查访，酌定钱局章程以清积弊。文中指出存在的弊端如下：

> 查阿克苏钱局每年采买各项，唯一切收铜铸钱，全委之本局章京。章京率以致滋生弊端。致有局员隐匿余钱之案。〔4〕

〔1〕（清）铁保．惟清斋全集．清代诗文集汇编第 432 册［M］．上海：上海古籍出版社，2010：414.
〔2〕（清）铁保．惟清斋全集．清代诗文集汇编第 432 册［M］．上海：上海古籍出版社，2010：412.
〔3〕陈基余，赵培根主编．安徽大辞典［M］．上海：上海辞书出版社，1992：156.
〔4〕（清）铁保．惟清斋全集．清代诗文集汇编第 432 册［M］．上海：上海古籍出版社，2010：423.

他认为阿克苏每年收到的采买钱都给章京，这样就有藏匿的风险。为此他提出六条建议：一是缴纳铜斤应令办事大臣亲往称验；二是回子铜斤应不准多加秤头，以示体恤；三是钱局铜秤应仍用原颁旧秤与厂秤，以免弊混；四是局中收铜宜一律改用平秤，以免高下其手；五是此次查出余钱，应核定实数，分别报销；六是钱局采买料物，应全行咨部核定价值以昭核实。

5、辞官赋闲后，叩谢君恩

铁保因为眼疾，加之年龄已经七十岁，向道光帝请辞官职。他于道光元年所作两篇疏，一是《恭谢恩加三品卿衔疏》，曰：

> 窃臣满洲世仆，至寓极陋。由乾隆三十七年进士，蒙恩外用至总督，内用至尚书。才疏福薄，屡获愆尤，不能仰体高厚，乃复蒙恩弃瑕录用授职洗马，回京供职。本期竭尽驽骀勉图报效。以上副恩遇于万一，乃自上年二月因目疾复发，请假两月。入冬后至今目疾增剧，一时难望速瘥，不敢恋栈旷职，万不得已呈请暂时开缺。今蒙皇上天恩赏给三品卿衔休，致臣自分何人，乃蒙皇上逾格，恩施体恤，矜怜无微不至。所有感激下忱谨力疾，恭请阕延叩谢天恩。臣不胜惶悚瞻依之至，恭折具奏谨。[1]

铁保撰写这篇文章时，已经是七旬老人。他的一生都在为国家的建设而操劳，可谓竭尽全力，不图回报。嘉庆二十三年，他奉恩旨补授司马经局洗马，六月回京供职。至道光元年患眼疾，于四月初八呈请开缺调理。经吏部奏明仰蒙恩旨，赏给三品卿衔休。这篇疏就是为了回报皇恩所作。奏疏凝铸的是一颗老臣的赤子之心，文中出现"感激涕零""蒙恩""恩施体恤""无微不至"，感激之情溢于言表。

道光元年，铁保长子瑞元恩科乡试中式，为一百五十一名举人，因此作《长子瑞元乡试中式谢恩疏》。文曰：

> 窃臣由乾隆三十七年进士，荏任中外五十余年，两典会试三任乡试闱，又保弟玉保同任翰林学士，并同任侍郎，沐遭遇之殊，常实梦想所不到。今瑞元乡闱五次复列一科，喜传儒素于家庭，幸与贤书于

〔1〕（清）铁保．惟清斋全集．清代诗文集汇编第432册［M］．上海：上海古籍出版社，2010：425．

圣代。臣衰老龙种不能稍效犬马，惟有严谕瑞元，并次子瑞恩努力当差，不负科名，以仰报我皇上养育成全之至意。[1]

文章通过借瑞元考取功名之事，回顾自己为官五十余年，自己的弟弟也同为翰林学士，如今儿子又中举，希望次子瑞恩也能够不负科名，以此来表现出忠君思想。

（三）艺术特色

铁保的疏，除了《恭谢恩加三品卿衔疏》和《长子瑞元乡试中式谢恩疏》是为了答谢君恩所作，其余篇目都是经世致用之文。无论何种作用，他的疏体文撰写都具有一定文学性，主要表现在以下几个方面。

1. 观点突出，意义宏达

疏体文的写作目的是将自己的意愿上呈给皇帝，需要清晰明了地将所言之事论述清晰，以得到认可。这就要求撰写出"言必贞明，义则宏伟"的文章，即言辞刚健明洁，意义要恢阔宏达[2]。铁保在不同职位上撰写的奏疏，观点清晰，能够用简单直接的语言论述关系到国计民生之重大事件。

从奏疏的标题中就能得知文章的核心内容。他的篇目标题高度概括文中讨论的事情，采取的命名方式是以地点、事件、文体名称连缀而成，比如《调剂江安旗丁疏》《调剂浙江旗丁疏》《筹办杨村官剥事宜疏》《筹议南漕事宜疏》等。一篇文章的标题能够对文章起到提纲挈领的作用，这些标题能够显示出铁保对于事件的概括能力，有准确的标题统领全文，才能更好地进行写作。

铁保的论文主题明确，符合"标以显义，约以正辞"[3]的要求。他用简练的语言概括文章的重点，比如《筹办新漕事宜疏》的主题是"今冬新漕事宜，必须预为酌筹详定章程，以期经久无弊"[4]，将时间、地点、时间、目的都进行说明，能够立刻吸引人的注意力。又如《调剂江安旗丁疏》的主要内容是"旗丁造船赔累应酌筹调剂事"[5]，简单几个字就能将中心思想总结到位。再如《调剂浙江旗丁疏》说的是"调剂浙江旗丁运务，与江南情形相同，应请书

〔1〕（清）铁保. 惟清斋全集. 清代诗文集汇编第432册［M］. 上海：上海古籍出版社，2010：425-426.

〔2〕陈必详. 古代散文文体概论［M］. 郑州：河南人民出版社，1986：212.

〔3〕（梁）刘勰著. 周振甫注. 文心雕龙注释［M］. 北京：人民文学出版社，1981：266.

〔4〕（清）铁保. 惟清斋全集. 清代诗文集汇编第432册［M］. 上海：上海古籍出版社，2010：398.

〔5〕（清）铁保. 惟清斋全集. 清代诗文集汇编第432册［M］. 上海：上海古籍出版社，2010：401.

一办理"[1]，直接指出撰写目的是解决浙江旗丁的事务。同样还有《严杜旗丁藉端冒开疏》，说的是"严杜旗丁藉端冒开之弊，以裨实政事"[2]。他在《筹拨衡工款项疏》中说"为衡工需银紧急暂拨东省款项，以济要工"，用"紧急"二字来强调事件的紧迫感，同时又能将事情表述清楚。诸如此类的例子还有很多，都是铁保用自己熟稔的手法，对需要上书的事件进行高度浓缩之后，用凝练的语言表达出来，达到主题明确、观点醒目的效果。

2. 结构工整，条理清晰

呈给天子御览的文书，需要按照一定的模式书写，公文的写作需要严格按照规范行文。臣子言事不同于一般公文，从立意到措辞都要做到雅正，符合标准。刘勰总结奏疏写作要求是"肃恭节文，条理首尾"，即行文要严格按照格式，叙事说理要首尾连贯。铁保就是一位奏疏写作能手，文章结构工整，陈述事情条理清晰。

铁保的疏体文结构严谨缜密，在段落安排上也讲究恰到好处。篇幅安排合理，能做到主次有序，重点突出。段落之间的过渡自然流畅，能够将一篇文章连缀成一体。他能够遵循法度，将文章布置得周密和谐，呈现出美感。以《筹办新漕事宜疏》为例，他首先提出了"本年办理清漕一切章程，尚未细定"[3]的观点，确定了"如不从长熟筹，无论别无津贴之项，即设法料理，总非经久之计"。下面以处理新漕事宜为出发点，分条罗列筹办事宜。接着从六个方面提出的具体措施，每一项措施都用三个字进行总括，而后的文字又与各项措施相契合。全文书写如同绘画一般，何处应该画何物、先从何处入手，安排得妥当缜密，一丝不乱。《筹办宿州奸民滋事疏》论述蒙城与宿州白莲教滋事的事情，汇报的是关系到国家安危的起义事件，讲述教匪作案部分和惩戒犯人部分写得比较详细，通过层层追踪调查，有力地打击了这些教徒的野心。整篇文章写得条理清晰，详略得当。《筹议阿克苏钱局章程疏》用简短的话语概论的情况，由"酌定钱局章程以清积弊，条晰具奏"一句总起全文，过渡到"查阿克苏钱局每年采买各项，不过报销钱二十余串，其中虽小有错误尚无弊窦。"由此反映出"唯一切收铜铸钱，全委之本局章京"状况，最末分条阐明解决之路径。过渡顺

〔1〕（清）铁保. 惟清斋全集. 清代诗文集汇编第 432 册〔M〕. 上海：上海古籍出版社，2010：402.

〔2〕（清）铁保. 惟清斋全集. 清代诗文集汇编第 432 册〔M〕. 上海：上海古籍出版社，2010：403.

〔3〕（清）铁保. 惟清斋全集. 清代诗文集汇编第 432 册〔M〕. 上海：上海古籍出版社，2010：398.

畅，前后呼应。《缕陈湖河情形疏》先言自己及其他官员"目击焦灼万状，欲求计出万全一劳永逸之法"，后说河水日渐堵塞，河堤日益与外滩平齐，最后提出解决问题的办法。这篇奏疏前后安排清晰合理，段落之间衔接自然，上下文衔接连贯，其结构的确缜密。

铁保的奏疏，通篇读来，言简意赅，条理清晰，能够看出他在撰文之前已经将各项事宜了然于胸，成文自然流畅。比如《筹办海防章程疏》，严格按照体式，紧紧围绕"吴淞口海防章程"的规定，根据当时的实际情况展开讨论。逐条列举解决问题的方法，分析到位，执行妥当。汪廷珍就评价铁保的文章义法严密，此"义法"就是指文章的结构，说明铁保重视文章的法度。

3. 行文规范，文采斐然

铁保行文重视辞采，纵使书写应用文也能在秉持行文规范的前提下尽量达到有文采。这就是刘勰在《文心雕龙》中倡导的"君子秉文，辞令有斐"，讲究公文的撰写要文采斐然。铁保是写作公文的熟手，其疏体文熔铸多种表现手法，集叙事、说理和抒情为一体，并且能够运用多种表现手法来写作。

铁保善于运用数据来说理，做到有理有据。比如《调剂江安旗丁疏》，为了让皇帝更了解具体情况，写道"迨遇造船之时，除官给银二百八两外，旗丁每造船一只贴赔银七八百两至千两不等。"简单两个数字，就刻画出旗丁的生活状况。又言："至上下两江五十八帮，运船三千余只，每船原装米六七百石，与江西情形大不相同。"〔1〕这些数字说明江安旗丁面临的漕运情况。

比如《恭谢恩加三品卿衔疏》篇幅不过三百字，却能将自己的一生经历进行归纳，并且表达出忠于国家的思想，读之深受感动。为了国家鞠躬尽瘁的七旬老臣，有平步青云的时候，也经历过贬谪和流放，可想而知他得到休衔上谕的复杂心境。文中言：

本月十三日奉旨，铁保著赏给三品卿衔休致，钦此。〔2〕

铁保奉命以三品归家，对此表示感动，一是因为晚年遭遇流放，能够得到朝廷重新授予洗马深感安慰。二是自己身患眼疾，呈请暂时开缺，想到皇帝同意之后，感激恩赐。文中道："臣闻命之下感激涕零，实出梦想之外。窃臣满洲

〔1〕（清）铁保. 惟清斋全集. 清代诗文集汇编第 432 册［M］. 上海：上海古籍出版社，2010：402.

〔2〕（清）铁保. 惟清斋全集. 清代诗文集汇编第 432 册［M］. 上海：上海古籍出版社，2010：425.

世仆，至寓极陋。"内心的感激袒露无遗。他的另一篇《长子瑞元乡试中式谢恩疏》，文中由长子瑞元中举人之事起，写自己"由乾隆三十七年进士，莅任中外五十余年，两典会试三任乡试闱，又保弟玉保同任翰林学士，并同任侍郎，沐遭遇之殊"[1]，寥寥数语就将数十年的主要成就进行总结。铁保将自己的智慧表露在奏疏中，能够以真实情感书写文字，皇帝御览之后能够体察到这位忠臣对国家建设的用心良苦。

第二节　文学类文研究

铁保文学类文章包括赋、传、记、说、序、杂文几种文体。他的这些文极具特色，兼具抒情、议论以及纪事的手法，与公文类文相比，显得更为灵动、体式多变，语言风格和行文方式都有更多突破。

一、赋体类文写作

赋作为一种文体经历了一定的发展历程。"赋"的写作手法，最早在周代就已经出现。《毛诗序》中言："故诗有六艺焉：一曰风、二曰赋、三曰比、四曰兴、五曰雅、六曰颂。"汉代的郑玄认为，"赋之言辅，直铺陈之政教善恶"，表示赋的主要特征就是铺陈。刘勰则表示，"赋者，辅也……体物写志也"，即赋是一种铺陈手法。此外，赋还有讽读口诵的意思。《汉书·艺文志》"不歌而诵，谓之赋"，说明赋只能用于诵读，而不能配乐而歌。后来赋逐渐流失了押韵的模式，而出现与散文相近的趋势。发展到清代时，已经成为散文文体的一个类别。

（一）思想内容

铁保的赋体类文一共有10篇，分别是《铸剑戟为农器赋》《得地千里不如一贤赋》《后园赋》《浴鹤赋》《藏珠于渊赋》《所宝惟贤赋》《葵心向日赋》《庭树得秋初赋》《桃笙赋》《多文以为富赋》。他的这些文章都作于晚年，都是缘情而作，因事而发。

铁保用大赋来表达对治国方略的看法。涉及的主要内容有发展生产、注重人才、实行文教等，可谓立意高远。他在《铸剑戟为农器赋》中感受到国家之大计在于四民乐业，要将剑戟转化为农器，要开展农业生产：

---

〔1〕（清）铁保. 惟清斋全集. 清代诗文集汇编第 432 册［M］. 上海：上海古籍出版社，2010：425.

圣人以咸天下之大柄，急天下之先务，因重念夫民岩，而有事于武库焉。时则玉门奏凯，人唱刀环；麟阁书勋，诗赓朱鹭；蟊贼去而四民乐业，望愗云霓。……解百姓倒悬之苦，寓兵于农继也。体天地不杀之仁，铸戟与剑乃春雨西郊，秋风南陌，既偕田翁，亦招主伯，咸歌豳什于西成，不赋皇华于行役。[1]

铁保认为要想将国家治理好，必须要注重选择正确的方式，铁保以剑戟代表征伐，以农器代表耕种。他认为，民生之计在于耕耘，而不能只动干戈。通过文治，才能使国家呈现"殊祥仪凤鸟兮，美瑞云冉冉兮，无色禾芃芃兮"的美好景象。《得地千里不如一贤赋》也是以治理国家的方略为主要内容的赋文。文章开篇言目前出现的一种不合理现象：

云蒸霞蔚，石渠启而文教昌明，海晏河清麟阁开，而武功休息招地八千余里。群知飞将之功，息兵四十余年，独赖惠人之力。所以瞻紫气于云端，现黄人于日侧。观一士之奋兴，识乾网之独得，暨乎后世穷兵无忌。不汲汲于得人，转汲汲得地。[2]

"贤者"与"土地"究竟哪个最重要？铁保认为贤人比千里土地更重要。国家需要有才能之人治理，正是因为采用"文治"的方法，才使得"我国家受命以来，拓幅员于万里，布声教于八埏。一怒功成静烽烟于瀚海。七旬凯奏申天讨金川，干戈偃而文教修，书成四库贤良举而功今肃绩考三年宜乎"[3]。铁保对过去的功绩进行总结，寥寥数笔，就能够呈现出人才对于促进国家发展的重要性，让人对于文教的地位有新的认识。

《所宝惟贤赋》也是如此，提出人才之重要性。文章提出"圣人治天下之大经，必人存而政举，言有取乎"[4]。对于治理国家的方略进行总结，认为重视

〔1〕（清）铁保．惟清斋全集．清代诗文集汇编第 432 册［M］．上海：上海古籍出版社，2010：428.
〔2〕（清）铁保．惟清斋全集．清代诗文集汇编第 432 册［M］．上海：上海古籍出版社，2010：429.
〔3〕（清）铁保．惟清斋全集．清代诗文集汇编第 432 册［M］．上海：上海古籍出版社，2010：429.
〔4〕（清）铁保．惟清斋全集．清代诗文集汇编第 432 册［M］．上海：上海古籍出版社，2010：432.

贤能之人的培养是一种必经之路。经过层层论证，最终得出的结论是：

> 绩考三年，念沧海之遗珠，书成四库。伫见功超前代，时增百辟
> 之光。岂止颂得贤臣价重千金之赋也哉。

铁保一直以来都注重人才的培养，无论是自己主持乡试、会试的考试，还是在任职地方建立学院，都说明了这种思想。他认为清代之著作"功超前代"，其中有贤臣的功劳。

此外，铁保在《多文以为富赋》中用华美的语言勾勒出一幅美好画卷："窥词林之幽邃，泛学海之洪波。或潜修于兰谷，或联步于莺坡。同文豹之藏雾，异鼹鼠之饮河。坐拥书城娜媛，地接闲探艺圃。"他幻想有一天能够一直享受文学作品的熏陶，能够在学海中肆意徜徉，能够在幽兰空谷中潜心修炼，或者漫步在有鸟语花香之地，描绘出一种惬意的场景。从文章的标题就能看出中心思想，"文"就是他心目中的最高贵之财富，体现出他的尚文精神。

铁保的《后园赋》仿佛是铁保脑海中向往的场景之重现，像是一位朋友讲述自己理想中的花园，里面能满足你的任何想象：

> 如马之伏乎枥，鸟之止乎樊，蚁之攀乎芥，蚕之处乎裈。无与台
> 之捧剑无冠盖之。停辕异开樽于文举，殊悬榻于陈蕃，闲居则情同潘
> 岳，卜宅则奢笑王根。可以息劳攘脱嚣烦，违俗状，避尘喧，亦澹亦
> 泊、不澄不浑，乃入于清净之门焉。[1]

进入此园的直接感受就是"入于清净之门"，直接点出他心中的园林之核心特色就是"清净"。这位整日为了处理公务而繁忙的官员也需要放松，此时通过文学作品的想象力，就能够让他在百忙之中获得一些慰藉。他舟车劳顿了数十年，晚年写出这种闲适风格的句子，仿佛是对自己的安慰，也是一种追求隐逸之体现。他已经看淡了世俗世界中的浮浮沉沉，撰写这篇表现闲居生活的文章，也是一种情感的宣泄。如同陶渊明《桃花源记》中的场景，能够将人置身于世俗之外，享受与世隔绝的平静感。这表现出这一时期的铁保对于"无丝竹之乱耳，无案牍之劳形"这种高雅生活的追求。

---

〔1〕（清）铁保．惟清斋全集．清代诗文集汇编第432册［M］．上海：上海古籍出版社，2010：430．

铁保的《藏珠于渊赋》，其注云："以水怀珠而川媚为韵。"此赋先言宝珠产的成色精莹，"质比美于琼瑶，采争辉于金紫。"可是后来"投彼渊中，竟付东流之水"。他将故事表现到此，引发出议论，提出的观点是：

何如沉之泽薮，捐之江湖，还天地自然之利，省民生无益之图。[1]

这就表现出他朴素纯美、返璞归真的审美倾向。如此宝贵之物投入深渊，是反馈于自然，对于人民而言，也可免去无意义的争端。他提出的是要"观淳化者聿彰四表之光"，追求简单质朴的生活境界，回归于自然，提倡淳朴的民风。

铁保还创作了一些体物小赋。这类赋体类文以动物、植物为描写对象。他将自己的好恶通过赋体笔法进行揭露，比如《浴鹤赋》《葵心向日赋》《庭树得秋初赋》《桃笙赋》，刻画的对象主要是鹤、花、秋景、桃笙。这些作品中流露出作者的思想意蕴。他对于这些事物赋予了自己的感情，或者是喜爱，或者是怜惜，又或者是嘲讽。

在《浴鹤赋》中，作者因为联系到自身的遭遇，发出感叹，有寄托自己的身世之感。文章表现出三种感情变化，一是作为天之骄子的骄傲感，文中有"唯胎禽之浮旷兮，实羽族之仙雏，神高爽以拔俗兮，貌矍铄以清癯"，将鹤之出身、神态进行描摹，表现出一种高傲之感。二是用"若沉若浮，如来如往，忽曲颈以思潜，兀高瞻而欲仰止"几句话，就与之前的形象形成对比，已经经历过"同鸡鹜以争趋"的岁月，感觉自己已经与之前充满理想的神态截然不同。最后以"伫立徘徊踯躅惊催，飘飘雪积，皓皓云埋，豁此时之心"作为收束，置身于自然之中，能够从中得到治愈，自己的心境变得豁然开朗。"鹤"的心迹，其实也是铁保自己心境的一种反映。

再如《葵心向日赋》借用向日葵的生长规律，来自比对国家的一片忠心。因而赋中言：

天地无私，既因向而必向草木成性，亦无心而有心。[2]

〔1〕（清）铁保．惟清斋全集．清代诗文集汇编第 432 册［M］．上海：上海古籍出版社，2010：432.

〔2〕（清）铁保．惟清斋全集．清代诗文集汇编第 432 册［M］．上海：上海古籍出版社，2010：433.

他将本来没有感情色彩的自然之物，赋予了自己的想象，认为草木因为受到天地无私的恩惠，而产生了"心"。正是如此，才出现"蓓蕾初开，葳蕤清飏"的动人场景。他最后将这种草木对天地怀有的恩情，比作自己对于国家之感恩之心。提出："芳情之有讬，不妨悬冰鉴一明心。"[1]

再如《庭树得秋初赋》，写作的缘起是："见紫薇省近先赓纳稼之诗，玉笋班中首献迎秋之赋。"[2] 铁保的这篇赋文表现出对于秋天景色的感受，属于触物抒情。他将自己的住所写得清新雅致，此处雕栏玉砌，正适合"开东阁以谈经"。接下来一句"时逢佳日喜秋光之宜"，为整篇文章定下了喜悦之基调，不同以往之悲春伤秋，而是表现出文人雅趣。最后还以"不异先生之柳长依处士之庐"来写自己的住所就如同柳处士一般别致，这就是一种闲情逸致的抒发，寄托高雅。

《桃笙赋》是一篇充满了浪漫色彩的文章，作者对桃笙赋予了人情味的想象。他先说桃笙是奇才仙竹打造，采拂日之长条，制迎凉之卧具，这都得益于"既取藉于良材，亦奏功于巧匠"。此时他调动自己的想象，从写物到写仙，主要的方式是通过梦境来完成，将西京才子、南国佳人入文。在舒适的时节，能够"开东阁以读易，倚南窗以续骚"。此时他的思绪又随梦中之景飘飞，仿佛能见湘妃之竹，能入武陵之源，最后达到"拥以无声之乐，乐以忘忧"之境界。这篇赋用奇思妙想打造出奇幻的仙境，用想象的笔法书写怡然自得、纵情自然的追求。

（二）艺术特色

铁保晚年写下的赋体文独具特色，熔铸了自己对于人生的思考，无论是写国家大事，抑或是书写自身情感的变化，都能够表现出一种磊落之气。他的一生偏重刚劲雄奇的风格，即使是赋体文也如此。他将自己多年的文学造诣与长期的生活积淀融汇到文学创作当中。他的赋体文的主要艺术特色有以下两个方面。

1. 情理相融

描人状物，熔铸真情，是铁保的艺术追求。他借用赋体文来表达自己的政见，同时也通过写赋来传达自己的情感，表现出情理相融的艺术特色。

他的《铸剑戟为农器赋》就是其中的典型作品。他先用叙事的手法对民生

---

〔1〕 （清）铁保. 惟清斋全集. 清代诗文集汇编第 432 册［M］. 上海：上海古籍出版社，2010：433.

〔2〕 （清）铁保. 惟清斋全集. 清代诗文集汇编第 432 册［M］. 上海：上海古籍出版社，2010：434.

之计进行概论，用直观的场景来说明百姓之苦，从而引发出需要将剑戟进行改造，打造出有利于农业生产的工具，才能改变过去的状态。这就是不用苦口婆心，只需要点到为止就能将道理阐释清楚，可以说是起到了"四两拨千斤"的效果。

他的另外两篇说理性质的赋体文《得地千里不如一贤赋》和《藏珠于渊赋》的说理方式也如前文一样。第一篇将自己立于全知角度，描绘出一片祥和的画境，"上至宰衡，下至服不无不特拔其殊，尤力起其沈郁，亦有咏白驹于空谷，缅处士于衡庐，鸟择木兮奚似鱼得水兮"。又言要真正实现这种美好生活，需要"臣心如一，惟辟好贤"[1]。第二篇赋也是如此，他将宝珠写得晶莹剔透、极度宝贵，但是一句"竟付东流之水"，让人心生惋惜之感。正当此时，他又将话锋一转，书写自己对于这件事情的看法，认为只有"留奇气于名山大川，方今庶物蕃滋百昌美"，并没有因此而感觉可惜，反而认为这是一种"返璞而含真"的美事。

铁保善于将自己的思想通过写作表达出来，他的赋体文也同样承载了这一功能。将自己对于国家大业的基本观点进行抒发，可谓将感情与说理融为一体。

2. 感物抒怀

铁保的赋体文能够通过书写世间之物，来表现自己的情怀。他的一些体物赋中，就体现出了这位文学才子感情丰富的一面。

铁保以日常生活中的事物来抒发怀抱。比如《葵心向日赋》前面先论述向日葵的自然属性，接着用"天地无私，既因而必向草木成性，亦无心而有心"来升华主题，揭示出自己"岂报恩之无期，类当仁之不让"。表达他对国家之感恩，对君王之感恩。又比如《桃笙赋》写仙树、芳花，材质虽好，也需要"既取藉于良材，亦奏功于巧匠"，这就将自己的身世与桃笙相连接，将自己比作"良材"，需要"巧匠"来发掘。从物出发，由己收束，就体现出作文之匠心，这种巧思需要作者多年累积才能实现。诸如此类的作品还有《浴鹤赋》《藏珠于渊赋》《所宝惟贤赋》。

睹物思怀是一种重要的表现手法，铁保将此运用自如。他的《庭树得秋初赋》是一篇以"秋"为主题的文章。中国古代文人往往借用秋季来营造萧索的氛围，这就是"悲秋"情结。宋玉《九辩》中有："悲哉秋之为气也，萧瑟兮

---

〔1〕（清）铁保. 惟清斋全集. 清代诗文集汇编第 432 册［M］. 上海：上海古籍出版社，2010：429.

草木摇落而变衰。"〔1〕以此为发端，之后的作家也喜爱在作品中表现悲秋。铁保的这篇赋文却没有沿袭这种惯例，反而呈现出"时逢佳日喜秋光之宜"〔2〕的心情，适逢秋季，能够"藉余荫以摊书，几净窗明，而外抚修柯以寄兴风清月白之初"，让自己在书籍中寄托情感，于窗明几净中体会难得的休闲时光。

二、传体类文写作

传这种文体，主要是用来记录人物生平事迹的文体。春秋战国时期就已经有不少写不同人物之身份以及性格的文章，诸如《冯谖客孟尝君》《苏秦以连横说秦》等，这些文章可以作为人物传记的雏形。直到《史记》的出现，传记才成为一种独立散文体裁得以确立。

（一）思想内容

铁保的传记类文一共六篇，都是人物传记，篇篇都是现实中的人物，融注了自己的强烈感情。

1. 书写友人

《瑛梦禅庆似村传》这篇传记中刻画了两个人物形象。文章的前半部分写的是满洲大学士永文之子瑛梦禅，主要通过写他的经历、性格、爱好，展示出铁保对他的欣赏之情。后半部分写的是望山先生之公子庆似村，交代他的家世、性格、两人交友的情况。文章最后总结：

> 士生贫贱，目不睹金紫，耳不闻鼎钟。进身无门，自安淡泊，不失为佳士。若生于阀阅，袭祖父之荣，处功名之地即以富贵终其身，亦可谓克家子。乃竟绝繁华弃轩冕，以布衣蔬食终其身，此非有定识、定力不足以语。〔3〕

他将两人合传，主要是赞扬传主出身于钟鸣鼎食之家，却丝毫没有沾染纨绔子弟的恶习，反而形成了安于贫贱和自在淡泊的性格，这种"身处功名之间，却能游离于富贵之外"的处世方式正是铁保颂扬的。同样对这种高洁的品质进行夸赞的传还有《甘道渊传》，文中云：

---

〔1〕（梁）马茂元. 楚辞注释［M］. 武汉：湖北人民文学出版社，1985：577.

〔2〕（清）铁保. 惟清斋全集. 清代诗文集汇编第 432 册［M］. 上海：上海古籍出版社，2010：433.

〔3〕（清）铁保. 惟清斋全集. 清代诗文集汇编第 432 册［M］. 上海：上海古籍出版社，2010：435.

道渊其字也，汉军巨族，其祖讳文，现康熙间建滇南，……家中落，道渊与其弟运瀚奋志下帷，思以科第继前业，屡试不中，遂侈然自放隐于诗酒。[1]

　　甘道渊是汉军巨族，他与铁保关系密切，时常唱和赋诗。曾经期待能够通过科举考试进入仕途，可是屡次不第，于是走上归隐之路。可见他的思想变化，由儒家的入仕思想，到道家之归隐思想，这之间的转变决定了人生之走向不同。后文中又言甘道渊喜爱作诗，虽然有口吃却钟情于辩论，将一个极具个性的孤介之士刻画得入木三分。

　　铁保的《恒中允益亭传》，先介绍了恒益亭的家世："其先大夫索公乾隆朝官工部侍郎，赫赫有声。"说明他是满洲人，门第高深。接着又写"置生产殁后，家世担石老屋数楹，亦与当作丧葬费。益亭移居委巷间，四壁萧然，以课读生徒为生计"，本来是官宦之家出身，却因为父亲去世，家中之物变卖后变得家徒四壁。周汝昌在《红楼梦新证》中言，"甘道渊、恒益亭一流人物的性情行径，简直是曹雪芹贫后生活的写照"[2]，即这种由富裕变得贫寒的家境，与曹雪芹的家世类似。铁保也是如此，通过他对恒益亭之肯定态度，也可以得知他以高尚的品格作为衡量人物的标准。

　　2. 书写亲人

　　《马宜人传》写的是铁保的侧室。全文先总评宜人的家世、性格、品格。先言"年十四归余"，接着叙述她的性格"性醇谨，寡言笑，厚重不佻，有大家风事"[3]，言语之间流露出赞许。接着讲述了一件颇为感人的事迹，如亭夫人病重，宜人能够日侍左右，亲自喂食药物，"以故如亭夫人极亲爱之"。接着按照时间顺序介绍她的事迹，第一件事是写"宜人正怀娠，从四月患休息痢，形甚危"。第二件事就是她以带病之身随淮安漕督任，"以积劳怯症，医治罔效"。第三件事就是宜人对于自己的身体状况了然于心，去世前一天将自己的存银全部交与如亭之后，不及四十岁就与世长辞。铁保对此深感痛心，直言："每年及此，又不觉老泪如倾也。"这篇文章是铁保为了纪念自己的姜所作，从文章中能

---

〔1〕（清）铁保. 惟清斋全集. 清代诗文集汇编第 432 册［M］. 上海：上海古籍出版社，2010：436.

〔2〕人民文学出版社编辑部编. 红楼梦研究参考资料选辑第 4 辑［M］. 北京：人民文学出版社，1978：97.

〔3〕（清）铁保. 惟清斋全集. 清代诗文集汇编第 432 册［M］. 上海：上海古籍出版社，2010：438.

够感受到他当时的哀痛之情。

3. 书写奇人

铁保的《莲筏觉天澈公三和尚合传》书写的是三个不流于世俗的人。其一："莲筏，江南人，住锡西郊之万寿寺。通内典，喜作诗。"[1] 其二："澈公，大兴人，住广通寺，深于内典，形容如枯木，死灰亦能诗。从不示人，见者亦罕。"其三："觉天，宛平人，住西直门内龙王庙人。朴实无华，布衣蔬食，守释氏法最谨，亦能诗，多不经意。"他们都是以清净为本，具有"不苟流俗"的个性，也是豪杰之士。

他的《王聋子、郭风子二医人传》写的是两个奇人之事迹。王聋子因服错药而不能听，因此主动学医，精通岐黄之术。性格光明磊落，富有慷慨之气。郭风子，因为多能治奇疾，世人感觉不可思议，受到诽谤者不少，风子不以为意也。其称风子，奈何风子性不羁，好作诙谐语，以忤世人。他们都有一颗仁者之心，因此与之交好也是铁保追求的人生目标，能够与人为善，对社会发展有所裨益。这篇文章记叙了民间神医的事迹，将两人之傲视群雄的个性、救死扶伤的心迹，表现得生动传神。

（二）艺术特色

铁保的人物传体类文主要描写对象是自己的朋友，文风自然流畅，不假修辞。

1. 善于写实

铁保的传最突出的特点就是善于写实。从他选取的描写对象看，都是他的朋友或亲人。比如庆似村是他数十年的挚友，"总角时随望山公两江总督任以诗见许，于袁简斋数十年，诗笺往来无虚日"[2]，足见他们之间的关系密切。又《甘道渊传》写他们两人初次相识是在李眉山和陈石间二先生的引荐下相见。《马宜人传》写的是他的妾，两人感情甚笃。其余人物传记所记莲筏、澈公、觉天、恒益亭等人，也时常与他进行交流。

铁保对于所写之人评价中肯，不偏不倚。尊重事实对于传体文而言显得十分重要，其中最难以做到的就是对人好恶的评价。冯元锡曾评价铁保的为人，云：

> 则人不徒藉文以传，而文实自因人而重，岂偶然也哉。唐有韩、

---

〔1〕（清）铁保. 惟清斋全集. 清代诗文集汇编第 432 册［M］. 上海：上海古籍出版社，2010：440.

〔2〕（清）铁保. 惟清斋全集. 清代诗文集汇编第 432 册［M］. 上海：上海古籍出版社，2010：436.

白，宋有欧、苏尚已。吾师铁梅庵先生，钟乾坤之间气，秉河岳之淳精，通敏性成宏伟博达。[1]

冯元锡认为文章与为人是相辅相成的，唐代的韩愈、白居易，宋代有欧阳修、苏轼。他的业师梅庵先生之文就是"因人而重"。根据冯元锡的评价可以知道铁保的性格博大，人品正直，并且重视文章的写作。他对周围人的评价也会秉持公正的态度。

铁保继承了司马迁记叙人物时在章节末尾对所写之人作出评论的方式。比如《莲筏、澈公、觉天三和尚合传》，总评："释氏以清净为本，人而清净不愧为僧矣。莲筏、澈公、觉天其皆僧中之清净者哉。"[2] 认为他们三人都是清净之人。又如《恒中允益亭传》，末尾言："既益亭以聪明，又假益亭以学力。乃既困以酒，又死以穷伤，已然益亭不穷则学未必进。"铁保的这些文章能够做到"不虚美，不隐善"，与司马迁之实录精神相一致，难能可贵。

2. 擅写细节

传体文的主要目的是刻画人物形象，其中最重要的又是性格的塑造。铁保用自己高超的技法，将笔下的人物写得鲜活有力。

他将细节入文，显得生动自然。比如《瑛梦禅、庆似村合传》，文中写到梦禅对铁保说的话："功名吾家固有五斗米不足为也。"这是一句口语，代表着淡泊名利的态度，从中能够得知他的人生追求，也能知道铁保对于他这种选择的认可。写庆似村："见主人不衫不屦，案头诗一本，窗间竹数竿，别无长物。"三言两语就将这位安于清贫的朋友刻画得形象生动，让人能够立刻把握住这位君子的生活态度。此外《王聋子、郭风子二医人传》也是如此，他将王聋子的话语入文，"吾不能以低颜仰富翁面自贱吾术也"[3]，简单的话语就将一个磊落慷慨富有丈夫气的人物形象表达出来。

3. 抓住特色

他能抓住主要特点，并用具体事例来进行说明。以《王聋子、郭风子二医人传》中的描写为例。从标题中就能得知他所写之人的最基本特点是"疯"，给

〔1〕（清）铁保．惟清斋全集．清代诗文集汇编第432册［M］．上海：上海古籍出版社，2010：355.

〔2〕（清）铁保．惟清斋全集．清代诗文集汇编第432册［M］．上海：上海古籍出版社，2010：440.

〔3〕（清）铁保．惟清斋全集．清代诗文集汇编第432册［M］．上海：上海古籍出版社，2010：440.

人的印象十分深刻，接着围绕这个基本特点展开。郭风子已经是百岁老人，年长如此已经够奇特。他的性格仍然显得"疯"："风子性不羁，好作诙谐语，以忤世人。每与缙绅先生接，多傲岸不为礼，又往往肆口谩骂，或使人骂以为快。主人知其性，亦听之不较也。"看到这里，此人的嬉笑怒骂已经跃然纸上，这位"疯子"是时人眼中的疯，而并非真疯。他只是怀有一种傲然权势的气质。又如《恒中允益亭传》，写恒益亭的性格是"孤介"，接着连续写了几件事情进行佐证。益亭对妻子家高门望族的亲戚避而远之，不通往来，因此亲故中没有对他进行周济之人。

三、序体类文写作

序与跋指介绍或评论作者或正文的文字[1]，经历了一定的发展阶段，唐代只有序，宋代才出现跋，之后形成序在书前，跋在书后这种体制[2]。序跋的内容丰富，一般包括创作背景、创作目的、生平经历、成书过程、主要内容、艺术评价等。宇文所安论述序的作品在于："可以发现若干对标准价值观念所作的最为有趣的精心阐释和修改……还经常包含若干有关文学接受史和作家风格的评论。"[3] 序有自己撰写，也可以由其他人写成。文集中的序跋不论是关于作者其人的评价，还是详细论述作品之优劣，这些内容都应该予以重视。铁保文集中的序跋是进行诗文研究的一部分，成为提示文学作品内容以及揭示价值的重要资料。

（一）主要内容

铁保保存下来的序文一共有14篇，有《选刻八旗诗集序》《恒益亭同年诗文集序》《梅庵诗钞自序》《律介亭》《续刻梅庵诗钞自序》《冯藕船诗集序》《黄心盦今诗所见集序》《秀钟堂诗钞序》《秦氏义田序》《自编年谱序》《吟余习射图小照自序》《自编诗文集序》《集古成方序》《选元人百种曲序》。主要包括两方面的内容。

1. 人物评价

铁保的多则序对时人时文进行评价，他目睹过真人风采，记载可靠。现将主要论述归纳如下。

---

〔1〕 褚斌杰. 中国古代文体概论 [M]. 北京：北京大学出版社，1990：378.

〔2〕 陈必详. 古代散文文体概论 [M]. 郑州：河南人民出版社，1986：168.

〔3〕 [美]宇文所安著. 中国文论：英译与评论 [M]. 王柏华，陶庆梅，译. 上海：上海社会科学院出版社，2002：8.

首先，对于朋友的介绍。铁保人生阅历丰富，交友广泛。《恒益亭同年诗文集序》云："吾友益亭，以卓荦之姿，处偃蹇之遇，虽饔飧未继，裘葛不更，而抑塞磊落、酣歌啸傲于卿士大夫间。境遇愈穷，骨气愈峻，可为真有古人之胸襟才识矣。"[1] 三言两语将恒益亭的性格脾气、才识卓越进行概括，"境遇愈穷，骨气愈峻"就足见铁保对他的佩服，同时也饱含他对朋友的关切之感。《冯藕船诗集序》中言，"知冯君绍家之箕裘，禀趋庭之衣钵好学深思，崭然头角，向于万数千卷中脱颖而出，取科名如拾芥"[2]，以简洁流畅的文笔遍述冯君的好学与才干。

　　其次，对于诗文集进行的评价。铁保以其知识渊博、性格博大、宽容待人得到时人赞许，他在与人交往时彰显出非凡的人格魅力，时常会有人将诗文集交给他品读，并邀其作序。《恒益亭同年诗文集序》中言："后世但学其诗而不问性情，与古人之同与否，是丘陵学山，汗池学海，而不知山与海之所以高且大。"[3] 恒益亭与他交往时间跨度长，交情深厚，情谊超三十余载，铁保对他的为人必定极其了解，对其作品必定熟读之后才予以评价。他在《黄心盦今诗所见集序》中作出点评，"黄心盦学博诗有渊源，尤好表扬交游诸名士之作，尝选刻今诗所见集，去取不苟，卓然可观，而余诗亦非排列其间，"[4] 他以质朴的语言勾勒出一个知识渊博、喜爱交友的形象。

　　最后，自我评价编纂八旗诗集的作用。铁保为官几十载，在任期间恪尽职守，促进当地发展。通过他的序，能够从侧面看出他对于文化事业做出的贡献。就如同《选刻八旗诗集序》中言："夫文学之士，生逢极盛歌咏太平，其书必传，其传必永，然必得好事者萃其精华，汰其糟粕，使得披沙而见金，集狐以成腋。且所收各集，半属抄本，若不汇而存之，久必散失。"[5] 从这些记载中可以得知，铁保对于八旗诗歌的搜集以及整理工作的重视。他在《秀钟堂诗钞序》中用富含赞许的语言细数铁保的功绩："余仿《河岳英灵集》选旗籍诗为

〔1〕（清）铁保．惟清斋全集．清代诗文集汇编第432册［M］．上海：上海古籍出版社，
　　　2010：442.

〔2〕（清）铁保．惟清斋全集．清代诗文集汇编第432册［M］．上海：上海古籍出版社，
　　　2010：444.

〔3〕（清）铁保．惟清斋全集．清代诗文集汇编第432册［M］．上海：上海古籍出版社，
　　　2010：442.

〔4〕（清）铁保．惟清斋全集．清代诗文集汇编第432册［M］．上海：上海古籍出版社，
　　　2010：444.

〔5〕（清）铁保．惟清斋全集．清代诗文集汇编第432册［M］．上海：上海古籍出版社，
　　　2010：442.

一编，上溯崇德以逮乾隆二百年间名公巨卿、世家望族及山林散逸之士。闺阁匿处之秀，无不披沙集腋，殚心搜罗，得作者二百余人，诗四十二卷，诚洋洋大观。"[1] 从这篇序文可以知道，铁保对于文化典籍的保存起到重要作用。

2. 文学思想

作为一位力求在诗文创作方面有所建树的实践者，铁保十分重视自己的文学作品创作，并在不断的实践当中总结出自己的诗学创作思想，集中表现在序当中。

首先，铁保认为诗文写作应该力主性情。铁保的诗学思想在序跋中有所体现，论诗力主性情。他在《续刻梅庵诗钞自序》中有详细阐释，一针见血指出诗歌创作境界变窄的原因。他认为作诗的门道是假借，举美人与香草的例子说明这种方法可以让诗歌变得云谲波诡，然而这种方式经过众多诗家演绎，就会产生诗歌境界变窄的局面。为了遏制这种弊端，需要推陈出新，独抒性情。他自己进行诗文创作时也注重抒写性情，铁保诗论成就卓越，在乾嘉文坛上熠熠生辉，他的观点兼具格调派、性灵派以及肌理派之所长，可谓是一家之言。

其次，铁保反对拟古，追求自然。铁保指出诗文创作出现的弊端，为了一改诗坛诗境狭窄的现状，他提出反对拟古的诗歌主张，认为创作不能将情感拘束在前人构建的框架里，一味模拟古人，需要跳出固定思维。他在《续刻梅庵诗钞自序》中指出开辟诗境的方法，颇具巧思："欲求一二语翻陈出新，则唯有因天地自然之运，随时随地，语语纪实，以造化之奇变，滋文章之波澜，语不雷同，愈真愈妙。"[2] 他并不是否认前人的诗歌成就，而是在学习古人的基础上有所创新，这种诗歌创作的门道就是要自然进行写作，将生活中的事物写入诗歌，不是一味追求新奇之事。中国诗歌"诗言志"的主张由来已久，创作的目的就是要抒写真实情感，自然流露，若是为了标新立异而背离初衷，不得不说是一件憾事。他在另一篇《秀钟堂诗钞序》中抨击当时诗坛出现的弊病："夫诗之为道，所以言性情也。"[3] 对于古人的诗歌，要辩证性地分析。

最后，诗歌创作的境界与环境变化相关。铁保认为创作与自身所处的情境密切相关。他以自身的经历为例，说明文学作品与人生经历的各个阶段的遭遇

---

〔1〕（清）铁保．惟清斋全集．清代诗文集汇编第432册［M］．上海：上海古籍出版社，2010：444.

〔2〕（清）铁保．惟清斋全集．清代诗文集汇编第432册［M］．上海：上海古籍出版社，2010：443-444.

〔3〕（清）铁保．惟清斋全集．清代诗文集汇编第432册［M］．上海：上海古籍出版社，2010：444-445.

有密切关系。他认为不同的作品体现不同时期的心境变化，正如《梅庵诗钞自序》所提出的观点："诗随境变，境变则诗亦迁。"[1] 当创作的环境变化了，诗歌创作的境界也会随之发生变化，正是每个人生活的背景和阅历不同，才会出现"古人汇千百家为诗而诗不同，一人汇千百诗为集而诗亦不同"的面貌。为了阐释诗歌创作与诗人境遇的关联性，他结合自身创作情况进行分类说明。将诗歌创作按照人生阶段不同分为四个时期，并分别概述自己不同时期创作的诗歌风格有所不同，分别是：少壮时"诗出于性情流露者居多"；通籍后"志气发扬，不知天下有难处事；抑塞磊落不减少时"；入世后"意气初敛，诗格亦为之稍变"；以及擢升后"与经筵兼都统典试事，感荷殊荣，自惭非分"。

（二）主要价值

序跋是书籍或著作的组成部分，与文本之间联系密切。臧克家曾云，"序跋，虽然不一定是长篇宏论，可是，它的意义却是不小的"[2]，这里的"意义"就体现在序跋文具备的文献价值、文献价值以及学术价值。铁保序的价值主要体现在以下几方面。

1. 文献价值

序文成为研究铁保作品最直接、最原始的文献资料。祝尚书认为序跋可以"述身世，陈友情，考版本，感时事，无施而不可"[3]，铁保序也有同样的功能，对于考证生平经历、创作心态以及创作意图都有借鉴作用。他在《恒益亭同年诗文集序》中云："吾友益亭以卓荦之姿，处偃蹇之遇，虽饔飧未继，裘葛不更，而抑塞磊落、酣歌啸傲于卿士大夫间。境遇愈穷，骨气愈峻，可为真有古人之胸襟才识矣。"对此《冯藕船诗集序》也同样记载了："故是科多江左名宿，而少年获隽者，止冯君金绶一人，年才十七。榜后来谒，老成端谨，无龆龀浮薄气习，心窃异之。"这两篇序文涉及铁保的朋友的基本情况，一是恒益亭，一是冯藕船。铁保的《黄心盒今诗所见集序》曰："黄心盒学博诗有渊源，尤好表扬交游诸名士之作，尝选刻今诗所见集，去取不苟，卓然可观，而余诗亦非排列其间，心盒何所取重于余，余又何求而得见契于心盒，而选之、刻之。呜呼！"论述黄心盒诗歌成就以及性格特点，为进行文学作品分析提供线索。以上几则序文都介绍了诗集作者的生平事迹，成为考察创作动机的直接材料。

2. 文学价值

〔1〕（清）铁保．惟清斋全集．清代诗文集汇编第 432 册［M］．上海：上海古籍出版社，2010：443.

〔2〕陈绍伟．中国新诗集序跋选 1918—1949［M］．长沙：湖南文艺出版社，1986：1.

〔3〕祝尚书．宋集序跋汇编第一册［M］．北京：中华书局，2010：2.

序跋文以精炼的文字抒发作者自己的真实感受，表达个人的真知灼见，文笔优美，颇具文学研究的价值。道光二年铁保将文集授予阮元阅读，并请之作序。阮元的序言凝聚了两人长达三十四年的深情厚谊，对于诗文的赞许之情、对于本人的崇拜之情都化为文字喷薄而出，不可断绝。同样，铁保的《吟余习射图小照自序》，不到五百字的篇目，却写得生动传神。文中有："射圃广半亩，有屋数楹，有石、有树、有池，石不厌其顽，树不厌其杂，池不厌其隘。略序大意，不欲以求精好累人，环墙广植蜀葵，五六月花开五色，灿备如锦如火。梅庵常指为家园牡丹、魏紫、姚黄，不足仿其秾丽，如亭以为知言。"[1] 射圃风景迷人，流露出铁保可以进行骑射活动的愉悦心情。有些序跋或说明、或论证、或考究，把理性的分析和感性的理解结合得天衣无缝，如《选元人百种曲序》："余于吴竹闲孝廉处见刻本，取而读之，其音节古雅，局度天成，如读史汉文，如对李杜诗；如食天人粮，淡然无味；如嚼橄榄，有味外味。"论述优秀戏曲读来给人美的享受，论述清晰，文采斐然。

3. 学术价值

铁保将一生之创作经历结合到序文中，既评文又评人，深度、厚度、力度皆备，有较强的学术价值。《律介亭》对于律诗的创作方法发表自己的见解，"盖天籁所发，自然入妙，如有意为之，声有清浊，韵有上下。拟古者蔑古，所有难也。故初学为诗，先精律体，律不精而欲求为古，是未学步而先学趋，鲜有不蹶者"，这种观点是对于律诗的学习方法的探讨。铁保序文的学术性还体现在作者对某些为人处世的标准问题发表独到的见解，比如《秦氏义田序》中就明确表示，"行而宜之，之谓义。本义而动行无不宜，而义以仁起，则仁至而义亦尽"。这种关于创作理论方面的论述，与中国儒家文化相契合。铁保的思想、见地，在评价他人的同时，也会有意无意地将自己的观点浸透到序跋当中，值得进一步推敲与研究。

四、记体类文写作

记，就是对重大事件的记录、具有纪念意义的建筑落成记录、重大活动的记录。根据《文章辨体序说》所说，这种文体早在金石例中就有记载，记就是纪事之文。陈后山也说："退之作记，记其事耳，今之记，乃论也。"吴讷考证说："记之名，始于《戴记》《学记》等篇。"后来韩愈、柳宗元的记，直到欧

---

〔1〕（清）铁保．惟清斋全集．清代诗文集汇编第 432 册［M］．上海：上海古籍出版社，2010：446.

阳修、苏轼之后，开始出现以议论为记的文章。他又进一步说，记的目的是"以备不忘"[1]。

（一）思想内容

铁保记体文一共有十篇，主要包括记事性文、游记体文以及小品文三种类型。这些作品可以反映出作者对于书院建设的重视、对于民生问题的关注以及社会现状引发的思考。

1. 记事文

铁保撰写了三篇关于书院的记体文，说明他对文教事业的关注。比如《筹增丽正书院经费记》就是他在两江总督的任上所作：

> 俱欣然乐从。共裹二千五百金，保亦捐廉成三千之数，合历年所存息银得九千金，计岁入千三百余两。[2]

在《梅庵自编年谱》中有关于丽正书院增筹事宜的记录，"丽正书院原存银六千，两发典生息，嘉庆五年加捐三千两。……其有愿住院读书者，再加给饭食银一两，以资养赡"[3]。正好与上文中所言一致，并可以确定这篇文章作于嘉庆五年。

由于淮地多聪明才俊之士，名家辈出，文教大兴，原本的书院经费已经不敷支出，为了保证丽正书院能够以垂久远，需要加急筹备经费。李奕畴、徐端等人共筹集二千五百金，铁保自己也捐款，共成三千之数，合历年所存息银得九千金，计岁入千三百余两。此事完成，铁保对后学者提出希望，愿他们能够学有所成。

嘉庆八年他写下《新建济南书院记》，记录山东新建济南书院事宜。书院的环境优美，"西偏有雪泉，为前方伯江公建，故又名江园。有亭、有池、有堂、有石，树木葱茂，规模宏敞，因谋于方伯、策公割共地于署外，而垒石其门"[4]。江园中的景致优美，错落有致，写得清新自然，让人心生向往。嘉庆

---

〔1〕 （明）吴讷．文章辨体序说［M］．北京：人民文学出版社，1962：41.

〔2〕 （清）铁保．惟清斋全集．清代诗文集汇编第432册［M］．上海：上海古籍出版社，2010：450.

〔3〕 （清）铁保．惟清斋全集．清代诗文集汇编第432册［M］．上海：上海古籍出版社，2010：369.

〔4〕 （清）铁保．惟清斋全集．清代诗文集汇编第432册［M］．上海：上海古籍出版社，2010：450.

十四年所作《正谊书院记》，写扬州之山川秀美，蔚为人文。提出文教能够"培士气、正人心"的观念。

同年又撰写《堵筑张秋漫口碑记》，时任山东巡抚的铁保奉命堵筑张秋漫口。文中记载九月十三日"河决豫省，衡家楼灌东境溃运河之"〔1〕，可见水势已经漫延。此时"平水三闸入大清河归海，宣泄不及，四溢旁流"，简单数笔，就将灾情介绍清楚。铁保果断采取措施，首先奉命筹催回空粮船后十帮之阻水，其次"亲督畚锸培筑运堤，购集茅料预备堵塞"，至此衡工合龙。这篇文章表现出众人在洪灾面前众志成城，人夫并力的精神。

嘉庆十八年四月作《礼部师弟一堂同官记》，铁保以吏部左侍郎擢礼部尚书，与王春甫及其英和、胡长龄、汪廷珍同朝为官。铁保表现出对王春甫的崇敬，并将此事作为佳话记录下来。

嘉庆二十一年四月作《恭建吉林万寿宫记》一篇。文中先介绍万寿宫"地方大吏拜牌之所也"〔2〕，即用来供奉万寿龙牌的地方。每年的元旦、冬至、夏至，就会令守土大吏率领百官，在丹墀左右行九叩头礼，以示仪式"义典至重"，也是对仪式感的注重。将军富俊为了弥补这一遗憾，召集文武各官，共同商议在吉林创建万寿宫。铁保贬谪于吉林，感受到万寿宫的"规模宏敞，工程巩固"，把此事记录下来。

2. 纪游文

嘉庆二十一年，铁保正处于流放吉林时期，在苦闷的谪居生活中，他创作了《游北山砂河记》，属于游记文。

铁保介绍吉林砂河的基本情况，描述当地的自然风景，抒写自己对于此地的欣赏。联系到他来到此地的原因，与全文写作的基调潇洒轻快作对比，可以看出他的达观心境。这位经历了人生历练的老臣，已经逐步放松心情，享受当下的美景。因此他的文章中彰显出一种自然的美感，而没有抱怨的感觉。如果不知道他的创作背景，就算说是一篇写江南水乡美景的文章，也难以分辨。通过这篇文章，就能看出铁保在各个地方都能够随遇而安，他的这种心态也感召着后人学习，也因此才能与当地的人结下美好的友谊。

《北山老榆记》也是在吉林所作。铁保记载了一件平日的小事：止斋在北山看见一棵老榆树，赞叹树高达千寻。本来是一件偶然的事，却引发了铁保的思

---

〔1〕 （清）铁保.惟清斋全集.清代诗文集汇编第432册［M］.上海：上海古籍出版社，2010：450.

〔2〕 （清）铁保.惟清斋全集.清代诗文集汇编第432册［M］.上海：上海古籍出版社，2010：452.

考："北山之木不下数十种，而此树独以榆显北山之？榆不下万千株，而此榆独能见赏于止斋。"〔1〕这个问题一直萦绕在他脑海。他认为，止斋与榆木本来就风马牛不相及，却能产生联系，这种巧合确实不可思议。这篇作品闪现出可贵的哲理思考。

3. 小品文

铁保的《徕宁果木记》是一篇上乘的美文。标题中的"徕宁"即现在新疆西部的疏勒城。铁保因事流放西域，有机会接触到这里的奇珍异果。他惊叹此地为"仙人出入之所"，由于气候环境"多暖而少寒"，因此果木之盛甲于天下。文曰：

> 桃、杏、葡萄、梨、枣、苹婆、林檎、樱桃，俱极香美；桑葚大可径寸，色白如玉，味甘如蜜。冰苹婆尤为异品，形如内地苹婆，而莹然无滓，表里照彻如水晶，味香烈而极甘，别城无此种。又有所谓瓯桲者，似山东木梨而大，香如木瓜，以蜜渍之，甘酸如山查而香过之，真异种也。〔2〕

水果品种多样，美味香甜。笔触流畅自然，清新灵动。一句"呜呼"，引发出新的思考。他联想到：

> 以此珍果，如生于中土，移入神京，必能贡明堂，飨清庙，供上方之馔，擅华林之春。其次亦得为卿士大夫所共尝，文人学士所争赏。乃生于穷荒回纥之地，食之者不知其味，嗅之者不闻其香，甚且珍品与羊胛同烹，名园与马枥为伍，物之不得其地，至此已极，大不可痛惜乎哉！

西域独特的风物特产引发铁保的思考，联系到自己的贬谪生活，又触发其人生喟叹。本文题目表面上为"物之不得其地"之感慨，实则为人之不得其用之感伤。徕宁果木的遭遇实际上正是时间、人才错位的生动写照。由此，这篇以果木为题材的咏物之文也就自然地带有了丰厚的人生哲理。

---

〔1〕（清）铁保．惟清斋全集．清代诗文集汇编第432册［M］．上海：上海古籍出版社，2010：453.

〔2〕（清）铁保．惟清斋全集．清代诗文集汇编第432册［M］．上海：上海古籍出版社，2010：452.

《急就园记》写于铁保"久戍归来"时，年纪六十八岁。"急就园"的来源是铁保"南院隙地数弓，创为栖息之所。花木竹石惟取即时，可以娱目者植之。不能待之他日，命名急就园，即古人急就章意也"。代表他认为人生的态度应该闲适自然。对此，他发出感慨：

> 古人六十不种树。余年六十有八更何树宜种耶。久戍归来，见南
> 院隙地数弓，创为栖息之所。花木竹石惟取归时，可以娱目者植之，
> 不能待之他日，命名急就园，即古人急就章意也。[1]

通篇文章，显示出一位经过世事的老者，对于过往生活的总结。做任何事情都不能一蹴而就，不能为了眼前的利益而放弃追求心情的愉悦。真正的园林，是要让人感受到惬意，而不是一味追求铺张与华丽。

（二）艺术特色

铁保的这些记体文主要是对重大活动的记录，或是出游时所作，或者就新奇事物引发议论。他的这些文章将叙事、说理、议论、写景融为一体，给人以美的享受。根据文章中体现出的风貌，可以归纳出主要特点。

1. 因事说理

铁保的记体文看似为了记录事情，却往往在记录某一件事情的时候会引发思考，记事与抒情相结合，这就是他撰写这类文体的突出特点"因事说理"。

他撰写《筹增丽正书院经费记》，通过写自己为书院筹集经费之事，是为了能够改变当地的贫穷状态。文中提及"固以漕运为专攻，而地方之瘠苦土风之凉薄，亦不得视为秦越思有以振兴鼓舞之"，就揭示出他筹集书院经费更深层次的意义，即鼓励当地人不断学习。当时铁保担任漕运总督，深切体会到建设书院的重要性。《新建济南书院记》通过写书院之事，说明文化教育对于当地民风改善、对国家人才培养具有重要价值。文章中表现出他对这项事业的热衷，字里行间洋溢着满意之情，且看：

> 夫有举无废者，始事之心也。踵事日增者，后贤之任也。予不敢
> 必斯举之果，可以行远而传后也。唯愿后之官斯土者，鉴区区创立之

〔1〕（清）铁保．惟清斋全集．清代诗文集汇编第 432 册［M］．上海：上海古籍出版社，2010：453-454.

苦心，相期勿坠焉。是则予之幸，亦齐鲁诸生之幸也。[1]

他希望建设书院这项工作能够由后任继续完成，也不枉费自己的一片苦心，这不仅是他本人之幸，更是山东诸生的幸运。他在文中表现出对人才的爱惜，让人感觉到作者不仅是说，更是按照说的方式去完成工作。这一点，在《正谊书院记》中也可以感受到，从他的篇尾"近增尊经书院，乃方伯康公董其事规模大备，教化聿新当亦两相辉映矣"[2]，就能体会。

铁保的《北山老榆记》通过写榆树之高，与止斋相遇之巧，来引起哲学思考。他的《急就园记》则是写自己从戍所归京之后，种树栽花引发的思考，文中言：

> 夫人以垂白之年，往往费巨金造园亭，种奇花嘉树，享用不数日，即为子孙售卖。嗟嗟千金费尽，教歌舞留与他人乐。少年真可令人喷饭。余所搆急就园，费不过百金，匝月告成。有山、有池、有亭，不可不谓之园。又遍种菜蔬，足以助养馐，化无用为有用，信可乐也。世之造园亭者，当以梅翁为法。[3]

铁保这段话用简单质朴的语言，将自己的思想进行剖析。他认为奢侈地花重金打造园亭，自己也用不了多久，就会被售卖。如果枉费千金，却只能愉悦他人，并无实际意义。如果能够花费少量的资金，打造一个山、池、亭都兼备的园林，还可以在里面种植蔬菜，那么无用也就变得有用了。他的这种想法简单质朴，而又富有情趣。

2. 寄情于景

贺拉斯在《诗艺》中提出文学的诱饵是快感和乐趣[4]。通过文学作品的欣赏，能够让人得到一种美的享受。铁保的记体文就做到了富有美感，尤其是纪游文更是如此。他用手中的笔，为人描摹了一幅幅唯美的画卷，让人能够随

---

[1] （清）铁保. 惟清斋全集. 清代诗文集汇编第 432 册 [M]. 上海：上海古籍出版社，2010：450.

[2] （清）铁保. 惟清斋全集. 清代诗文集汇编第 432 册 [M]. 上海：上海古籍出版社，2010：451.

[3] （清）铁保. 惟清斋全集. 清代诗文集汇编第 432 册 [M]. 上海：上海古籍出版社，2010：453-454.

[4] [古罗马] 贺拉斯著. 诗艺 [M]. 杨周翰，译. 北京：人民文学出版社，1962：155.

着他的描写，一同欣赏祖国之美丽风景，并且从中体会作者的感情。

同年他还创作了《游北山砂河记》，这是一篇游记文，文中云：

> 吉林砂河在北门外迤北十里许，其地树木繁杂，山势坡陀，长溪
> 环绕，岩下多野花不知名。其中赤白芍药最多，地极幽僻。……丙子
> 四月，余与止斋司空游，爱其山水之胜，选石溪边畅谈。竟日市村肆
> 油果、蒸饼，啜村醪数杯，亦颇充口。童子有能鸟枪者，击飞禽数只，
> 其味香美更足下酒。[1]

铁保介绍吉林砂河的基本情况：此地树木繁杂、山势坡陀、长溪环绕，风
景秀美，又有岩下野花、赤白芍药，更显艳丽多姿。

他用简单几笔就勾勒出一个清幽绝俗的绝美之地，都是未经人工雕饰之自
然之景。风景宜人，又有好友相伴，于青山绿水之间游览自然之美，溪边畅谈。
除此之外，又有村肆中之油果、蒸饼、醪糟满足口腹之欲，更有飞禽配酒，就
连江南盛景也比不上此地清幽旷远。有的人游览追求名胜古迹，品尝美味珍馐，
却寻求不到适意之地。他随遇而安，就算是粗茶淡饭也不异于珍馐，体现出他
追求简单自然的生活，而不追求奢侈享受的生活意趣。他的心中保持着最淳朴
最自然的状态，并不因为身居高位而有所改变。有良友相伴，又有樵歌牧唱，
远树孤村，俨然一幅泼墨山水画。

五、说体类文写作

何为"说"？《说文解字》云："说，释也。"[2] 徐师曾《文体明辨序说》
云：说就是解释、叙述的意思，就是将自己理解的意义表达出来。由此可见，
说是论说文，属议论体。

（一）思想内容

铁保的这些作品表现出对生活的思考，他对问题的理解闪耀着智慧的光辉。

《医说》认为："医者意也，意通则医神。世无通儒，乃无名医，此至论也。
医限于天时，三代以上之人质而朴。所患者风寒暑湿而已。至汉唐则一变，至

---

〔1〕（清）铁保. 惟清斋全集. 清代诗文集汇编第 432 册［M］. 上海：上海古籍出版社，
2010：453.

〔2〕（汉）许慎. 说文解字［M］. 北京：中华书局，1963：53.

今则变而又变，诡诈百出不可思议。"[1] 他认为医就是"意"，只有这意通了，才能称为医神。正因为世间没有能够通晓儒之人，所以才没有名医出现。由于病症会随着时代变迁而发生变化，因此要想治疗一个地方的病症，需要因地而变。他提出的问题是：究竟是什么导致了医生能够治理病症？其实就是要因地制宜，改变自己的方法，因人而异。他希望今后的医者能够破除过去的成见，破解难以医治的病痛。按照不同人的体质来寻找病源，深度了解病人不同的习性来拔病本。

《齿说》写的是牙齿与人的关系密切，文言：

> 凡人肢体与人终始，惟齿三变，生而落，落而复生，必周甲而后复落。童年之齿说而利，中年之齿坚而劲，晚年之齿颓而钝。人身一天地齿亦随人身为转移焉。[2]

他由牙齿脱落，联想到一个人的一生，以前经历过太多的事情，也曾经风光无限，也经历过颓废与挫折，无论当初是快意还是难过，都将化为往事。

《自号孩道人说》篇幅不到千字，却是铁保对于自己六十年人生之总结，写得感人至深。回顾过去，他曾经精力无限、纯粹自然、喜而善动，为人生最愉快的孩童时期。时间过得飞快，转眼就到壮年，忽而又到老年，这种感觉让人方寸之间备受煎熬。正因为长大之后，就失去了孩童的初心，这就让人对功名有了向往。

《卜说》写铁保与笪立枢之间的交流。铁保对于占卜之事的理解可谓精到，他不认为占卜"十卜九吉"，问卜之后从来不问是否应验。

《奕说》即言下棋之人的心态。铁保认为苏东坡所言，"胜固欣然，败亦可惜"，是他用以欺瞒世人的说法。下棋的动机就是因为"机心"，喜怒哀乐都是因为想要求胜，因此在胜利中才能感受喜悦。作此文，也只是为了表明自己对于下棋之道的看法，为了"以广世之嗜奕而求精者"[3]。

《吉林穷棒子说》是一篇揭示社会现象的文章。吉林的人参价值昂贵，但是

〔1〕（清）铁保. 惟清斋全集. 清代诗文集汇编第432册［M］. 上海：上海古籍出版社，2010：454.

〔2〕（清）铁保. 惟清斋全集. 清代诗文集汇编第432册［M］. 上海：上海古籍出版社，2010：455.

〔3〕（清）铁保. 惟清斋全集. 清代诗文集汇编第432册［M］. 上海：上海古籍出版社，2010：457.

难以采掘。出于利益的驱使，每年都有数万刨参的人。吉林当地人称人参为"棒槌"，这些刨夫就被称为"棒子"。为了满足刨参的需要，"直隶、河南、山东、山西以至大江南北无业丁夫"[1]，来到吉林，从事这项工作。他们当中有的人凭借徒手起家获得利益，可有一部分人却因为"严冬酷寒无衣无食"冻馁而死，死后"官为抬送城外，汇集空地，至春后开一穴掩埋之。岁常五六百人"，铁保对此表示十分悲悯。

铁保对此还与地方官商议，筹集了一些钱，租了六七处房子，烧上火炕，让那些"穷棒子"晚上栖止，白天赴街市乞讨。因为又有官设粥厂，所以那一年仅死了百余人。由于有了成效，第二年当地官员便如法炮制，而且还动员了商铺捐款。由于该年天气大暖，于是死者更少。他认为"吉林为边远之区，内地官民有罪者始分遣戍"，而那些穷棒子"俱未犯法条乃甘心自遣，死于非命，罪等极刑，其愚真不可解矣"。于是他作《吉林穷棒子说》，用来告诫世间为了利益而忘记切身之害的人。

《服豨莶草说》作于流放吉林期间。在铁保看来人参能活人也能害人。药效能够治病，但是对于刨参夫而言则是害人。如果不能妥善服用，也会产生副作用："误投则杀人，祸不旋踵。"其实有一种豨莶草也有一样的疗效，只是被弃于草野，价值没得到发掘。他作《服豨莶草说》，就是为了劝谏世人改服与之有相近之效而又便宜的豨莶草，而不要总是耗费大量人力去刨参。

（二）艺术特色

铁保的说体文，代表了他对于当时日常发生的事件的一些看法。通过对这些作品进行解读，主要归纳出以下艺术特色。

1. 以小见大

铁保的说体文篇幅短小，但是也能看出其扎实的写作功底。他将自己对于人生的理解、对于社会现状的揭露，都展露无遗。

如《齿说》，只是一件小事，就能引发他一系列的思考。牙齿的每次脱落或者再生，都能够预示着人进入不同的阶段，童年时期牙齿锐利，中年时期牙齿坚韧，晚年时期牙齿颓钝，人的牙齿随着身体变化而改变。通过这件事情，他联想到自己的处境变化。他是北京人，养成的饮食习惯是"非肉不饱性复饕餮必日大嚼，然后快意"[2]。到了吴淞、又去了疏勒，足迹遍布半个天下。凡是

〔1〕（清）铁保．惟清斋全集．清代诗文集汇编第432册［M］．上海：上海古籍出版社，2010：457.

〔2〕（清）铁保．惟清斋全集．清代诗文集汇编第432册［M］．上海：上海古籍出版社，2010：455.

人生所尝试的口味都尝遍，这归功于牙齿。通过牙齿摇落的事情，他联想到自己多年的生活经历，而最后又提出"余哑然而笑，取肉大嚼，乘吾齿之未亡。效廉颇之健，补备水陆鲜腻之品，以庆齿功落者"。可见铁保之良好的心态，以廉颇为榜样，说明自己仍然有力气为国效力。又如《奕说》，本来说的是下棋是否需要好胜心这件事情。铁保将这件事情进行说明，认为："天下学问之事，必不可与不若已者处。唯奕则不妨反其道以行之，奕求快心，遇胜已者则疾首呕心，而不能获一胜，是求快心而翻累心也。"铁保认为下围棋就是需要求胜，遇见战胜自己的人则失落，只有胜利才感觉快意人生。《服豨莶草说》从自己服用豨莶草有疗效这件事情，延伸至吉林挖掘人参者的命运问题上来。

铁保能够从现实生活中一件微不足道的事情，通过自己的观察、思考、想象，联系到关于人生与社会的思考，这就是他文章的高明之处。

2. 平淡自然

铁保的说体文，能够将自己的情感以及思想通过直接抒发的方式表现出来，内容真实自然，文字质朴通俗，正如《诗品》所论述，"体素储洁，乘月返真"[1]，给人以素雅的审美享受。他的这种境界，主要采取直抒胸臆的方式表现出来。

铁保的《自号孩道人说》中有一段话：

> 余自解粗糙轮台匹马，西行万数千里，孑然一身，了无呈碍。既免官守，又脱家累。六十年中，纷华靡丽，富贵穷通，一切可欣、可美、可惊、可愕之事，一举而空之。真如负重之马，脱羁解勒，任奔走踢啮，于长林丰草间，久之天君泰然。俯仰自得，目之昏者，复明臂之僵者，复伸齿之摇者，复坚气体。既健神智渐增，时而喜游遨，时而喜讴歌，又时而喜与儿童征逐，共跃足卓鸡鸣而起，不冠不履憨嬉终日，至三更不暇就枕。[2]

这段话全是内心真实感受的反映。前面几句表示自己曾经贬谪到万里之外的西域，孑然一身。回顾六十年生活，他已经将许多事情都放下，现在的生活清闲，每天静坐书斋，颐养天年，所幸的是当衰病之残年，喜童心之未化，竟

〔1〕 （唐）司空图. 诗品二十四则. 丛书集成 ［M］. 上海：商务印书馆，1939：4.
〔2〕 （清）铁保. 惟清斋全集. 清代诗文集汇编第 432 册 ［M］. 上海：上海古籍出版社，2010：455.

然对于老之将至这件事情没有知觉。他只陈述事实,用平淡的语言来述说过去遭遇的挫折,乐观态度,让人心生敬意。这也就是他写作体现出自然流畅的风格的原因,显得不落俗套。从日常生活中选取素材,糅杂自己内心的真情实感,打动人心。

六、杂文类文写作

杂文指的是无实用并因此无法按当时以功能为标准来区分的文章。刘勰《文心雕龙》中介绍了杂文的概念:"详夫汉来杂文,名号多品。或典诰誓问,或览略篇章,或曲操弄引,或吟讽谣咏,总括共名,并归杂文之区。"〔1〕此处说的是杂文的名号众多,一些不好归类的体裁都归为此类。

(一)思想内容

铁保的杂文主要有两种类别:一是记事杂文,包括《回民风土记略》《送旅樣入关路引》《与止斋司空论药书》《记丧礼之敝》《崇症》五篇;一是写人杂文,包括《孙淑明夫人画赞》《壶中君传》《秦娘子传》《虞美人传》四篇。

1. 记事杂文

《回民风土记略》的创作可见《梅庵自编年谱》的记录:"嘉庆十六年辛末余六十岁……余任喀什噶尔参赞时,有《回民风土记略》及《卡浪圭异石》《徕宁果木》等记,今载集中。"〔2〕文章主要记录了当地的风土人情,主要有七个方面的内容:一是关于生活方式的记录,有农耕、贸易,也有文武官之别。二是关于刑法的记录;三是关于婚姻;四是关于节庆;五是宗教生活;六是风俗习惯;七是音乐舞蹈。涉及的内容新奇,读来引人入胜。

《与止斋司空论药书》是铁保对友人进行规劝,同时也寄予了关心。文章撰写的缘起是止斋司空戍吉林,经常得病,每病动辄几天,有时候数十天都不出门,向来通医性,反而对服药生出许多避忌。铁保认为应该对症下药,尽管不同的药有各自有药性,但还是要注重选择"偏胜之药"。

《送旅樣入关路引》开篇即云:"南北两路军营兵民病毙者,乡人扶樣入关,官给路引。咨呈山川神祇,否则魂不得归。文甚简陋,余改之。"〔3〕路引是一

〔1〕 (梁)刘勰著. 周振甫注. 文心雕龙注释 [M]. 北京:人民文学出版社,1981:86.
〔2〕 (清)铁保. 惟清斋全集. 清代诗文集汇编第432册 [M]. 上海:上海古籍出版社,2010:390.
〔3〕 (清)铁保. 惟清斋全集. 清代诗文集汇编第432册 [M]. 上海:上海古籍出版社,2010:460.

种丧葬用品。民间认为路引是死者的通行证，有了它在进入地府时不受阻拦[1]。铁保见路引的文字太过简陋，就对此进行改动。主要内容都是书写伤痛离别的情绪。《记丧礼之敝》则记录了当时丧礼举办的习俗中的不合理现象：

> 丧有贺者，曰无有也。不贺而演剧会亲朋阅饮，竟日丧子衣麻衣行酒得不谓之贺乎。丧而贺非人道所有，而通邑行之，视为尽礼。有力者，尤竭力争华美，以夸耀于乡里，用夏变夷，此并夷俗所无者[2]。

铁保对于这种浮于表面的形式持否定态度，他认为应该要破除陈规陋习。《崇症》表现出铁保对于狐媚之说的质疑，为了告诫喜游狎邪之人所作。

铁保还有三篇关于人物的杂文，写得别致有趣。《孙淑明夫人画赞》写铁保的朋友陈端玉。此人"字淑明。海州人，广文孙式金室也"[3]是闺阁才女，年少时就爱读书，喜绘画，性格开朗通达，为人亲近。铁保文中提及两人认识之初的场景：

> 余甲戌戍吉林，因广文与家第阆峰同年举孝廉，通家往还，得见夫人。[4]

铁保谪居吉林时结交了孙淑明夫人，佩服这位闺中才女的才情以及为人，可谓"宜室宜家"，因此写下这篇文章。文章中透露出铁保对于女性的尊重，认为孙夫人的笔墨"能与学士大夫争胜一时"。

2. 写人杂文

《壶中君传》说的是一个叫淡巴菰的人，吕宋望族。爱壶居，因此自称"壶中君"。他的性格通达，喜结纳，爱好服饰，善于呼吸之术，是一位能人异士。铁保与他在年少时就认识，"六十余年，未尝疏越"。《秦娘子传》写的是"娘

〔1〕 叶大兵，乌丙安主编．中国风俗辞典［M］．上海：上海辞书出版社，1990：391.
〔2〕 （清）铁保．惟清斋全集．清代诗文集汇编第 432 册［M］．上海：上海古籍出版社，2010：461.
〔3〕 （清）铁保．惟清斋全集．清代诗文集汇编第 432 册［M］．上海：上海古籍出版社，2010：462.
〔4〕 （清）铁保．惟清斋全集．清代诗文集汇编第 432 册［M］．上海：上海古籍出版社，2010：462.

子生而文弱，长身玉立，柔若无骨，动止需人貌"。生有儿子，却"俱以丑名性悍烈"，两相比较，发出"至柔能刚至弱能强"的感叹。《虞美人传》是一篇由种花而引发的思考，想到"天下有非常人，乃有非常人之情"。他的思绪飘飞，更延伸到对于君臣、父子、朋友之间的关系，"无往非此情所激励感发蕴酿而成者，或为苏乡之啮雪，或为王详之卧冰，气激风云心如铁石，皆此区区之情发于不容自己"。铁保的情感世界在此篇文章中得到展示，让人可以更深入了解贬谪到吉林之后，他的所思所感。

（二）艺术特色

铁保的九篇杂文反映出他的知识渊博，思想深刻以及文学才华，形成了独特的艺术风格。他博览群书，遍访各地，可以称之为大家。概而言之，体现出以下特点。

1. 语言直朴

李兴盛曾经对铁保的文作出评价说"其文也颇为直朴"[1]，"直"就是直抒胸臆，"朴"就是自然朴实，不假修饰。

铁保在《回民风土记略》中，介绍当地人的习俗："惟男不留发，女不约足，食以手不用箸，坐卧席地而不设床。"直截了当地介绍当地的习惯，而不用刻意追求华丽的辞藻和复杂的句式。他在《与止斋司空论药书》中的语言亲切自然，让人感觉就是与之会话，而不是隔着时空在阅读文字，文中云：

> 凡药性之有偏胜者，辄屏弃不服，以故服药多不效。梅翁见而嘲之曰："先生视药太重，责药太周，无怪乎。"[2]

文中将止斋司空的话语直接入文，这种用口语写文的方式，让文章显得更为生动。又如《壶中君》，他写道：

> 君性通达，喜结纳，好服饰，善呼吸之术。……壶中君亦巴氏之苗裔也。其种同，其性同，其悦人之口体亦同也。非有奇能异术，人人之深感人之，速家喻而户晓之也。[3]

---

〔1〕 李兴盛. 东北流人史［M］. 哈尔滨：黑龙江人民出版社，1996：249.

〔2〕 （清）铁保. 惟清斋全集. 清代诗文集汇编第 432 册［M］. 上海：上海古籍出版社，2010：460.

〔3〕 （清）铁保. 惟清斋全集. 清代诗文集汇编第 432 册［M］. 上海：上海古籍出版社，2010：462.

铁保写这位与众不同之人时，语言直朴，将其性格、爱好、特点写得生动具体。这种语言特色还表现在《虞美人传》中：

> 吉林地苦寒，花卉不及内地。唯宜此种窨中隙地，不待种植其遗种繁衍遍篱。落五六月花开灿烂，如锦无色毕备，有单瓣者，有重壹者，有千叶者。每遇宿雨初晴，晓风微扇则争奇斗艳，尽态极妍。[1]

用平铺直叙的手法，展开写作。用吉林的苦寒，来写"虞美人"之繁茂。从平淡中见新奇，于直朴中见感情。

2. 言之有物

言之有物就是在文章中表现出的思想以及内容丰富，并不是空洞无物的文字。他的这种特色在杂文中体现得尤为明显。

内容丰富。铁保的这些杂文既有对民风世俗的理解，有对陈规陋习的批判，还有对社会现象的反映，同时还有对朋友的评价。涉及的题材包括风俗、礼节、陋习等诸多方面。比如《回民风土记略》中记录西域之风土人情，"随阿浑习经典诵读之声，溢于闾巷"[2]，说的是宗教习俗。"各衙门充差役以得顶戴为荣，亦分文武"，文官选择能通外语并且汉语能力强的人担任；武官则负责抵御外敌。又言"回人无五刑，遇有罪则问阿浑查经类多议，罚然亦有抵者"，当地有自己的惩罚机制。注重礼仪规范，"最敬父母，其伯叔、兄弟、姊妹，诸亲则相安无忌"。铁保还提及当地婚姻习俗："婚娶必男女相悦，方可为婚，父母不能强制。不合则离，女绝男则一物不予，男绝女则任其取携，改适不敢过问，其俗然也。"此外，还介绍了节庆以及歌舞，还作《妳娜曲》以记事。

章法有序。他撰写的这些文章合理结构。比如《回民风土记略》文章开宗明义，将此地的风俗以及民情分为多个方面进行介绍，将最具有代表性的事情进行分析。《送旅榇入关路引》尽管是一篇路引，但是他也力求将文字写得生动。他先将自己撰写的原因用三言两语交代，之后引出后人。文章中云："草芥之身已随魑魅，林昏虎啸风惊，失路之魂，月黑鸥鸣，鬼作穷途之哭，伤哉！游子痛，何可言。至于罪抵军流律严编管网开一面，幸叨法外之仁，孽重三生，难免冥中之谴生。"用"魂"之口吻，来表明心迹，显得凄婉悲痛。

---

〔1〕（清）铁保．惟清斋全集．清代诗文集汇编第 432 册［M］．上海：上海古籍出版社，2010：463-464.

〔2〕（清）铁保．惟清斋全集．清代诗文集汇编第 432 册［M］．上海：上海古籍出版社，2010：459.

观点明确。铁保的杂文能够将想要传达的观点表达明确，让人信服。比如他在《与止斋司空论药书》中，论述与友人谈论药用书之事。他提出的观点是：

夫药以偏胜为贵，或偏于补，或偏于泻，或偏于解散，有是病，则有是药。所谓有病则病受之者，不以偏为害正，以便奏效也。若弃偏胜之药，而欲求效于无关重轻之品，如以任重投艰之举，而委之和事。[1]

铁保与止斋谈论药性之事，他指出药贵在疗效，不能求无关轻重的事情，而忽视了原本的功能。他由药效，又关联到国家之治理问题上来，言："集群策群力之长，以济我用，则药之瑕瑜不掩我之捐益得宜。天下无弃物，乃无弃才。"一些拥有才华的人就像"大黄、附子、南星、半夏"这些中药一样，没有能够发挥出应该有的作用。全文叙述结构严密，逻辑思维清晰，从谈论友人之病症，到论述药性之重要性，升华到国家的人才安置问题，逐步展开，行文流畅。

铁保文数量虽然不算太多，但却代表了他的思想意趣。他的这些作品种类丰富、内容充实、手法娴熟、风格独特，将多年的创作经历以及生活阅历熔铸其中，艺术成就突出。按照文体类型进行分析，不难发现他在处理不同题材的文章时会运用相应的创作手法，这就显示出他的文学造诣。可以说铁保的这些文章对于了解其人有重要借鉴作用，同时也正是因为有这些文章，他在文学史上才得以占据一席之地。

---

〔1〕（清）铁保. 惟清斋全集. 清代诗文集汇编第 432 册［M］. 上海：上海古籍出版社，2010：460.

第六章

铁保诗文地位及影响

第一节　铁保诗文的地位

铁保的诗歌作品数量较多、质量佳。铁保诗文具有一定的特色，取得的艺术成就也值得关注。他用自然流畅的笔触，勾勒出陕西、北京、山东、新疆、吉林等多个省市不同的自然景观以及风土人情，成为一个了解中原与西域等地域文化的窗口，他用传统的文学体裁，将所到之地的特色记录下来。他的这些作品得到传播以后，将永远为人所铭记，并且载入史册。铁保的作品自然蕴藉却富有新意，本身就具备重要价值，加之里面的内容又为后世创作者提供源源不断的养分，这就是铁保为清代中国文学作出的贡献，不能忽视。

一、铁保诗论与诗文别具一格

清代乾嘉时期才人辈出，名家林立。铁保能在众多诗人当中占据一席之地，与其诗文作品的别具一格有关。因此本文从铁保的诗歌理论、诗文成就进行考量，全面分析了铁保诗文的地位、影响与意义。

（一）铁保诗论在乾嘉时期颇具特色

铁保的诗歌理论有一定的理论价值，为后人诗歌创作提供了一定的指导。

铁保诗论具有一定程度的创新性。清代文坛才人辈出、作品众多、流派纷起，诗学也极为兴盛。同时期出现的诗论中，以王士祯的"神韵说"、沈德潜的"格调说"、翁方纲的"肌理说"、袁枚的"性灵说"影响最为巨大。铁保综合这些诗歌理论提出了自己的诗歌主张。他深感乾嘉时期的诗词创作出现刻意模仿的现象，为了遏制这种不良倾向，避免诗词创作步入拟古之风，提出"性情说"的诗歌主张。他提出诗论时，诗词创作正处于亟待转型的关键时期，故而铁保诗文的创作受其理论影响十分显著。

铁保诗论也具有独特性。作为用汉语写作的满族文人，他从小就主动学文，并且通过转益多师之后融合自身的民族特质，形成独特的创作思想。其时，众多满族文人都拜汉族文人为师，他的风格特色继承了前代文人的观点，曾言"问师汉人，凡骚雅以来，皆汝师也"〔1〕，故而铁保的创作思想融合众家之言，又有自身特色。他又曾在《梅庵自编年谱》中提到自己的教育经历："自受书以来，攻苦六七年，于制艺及诗、古文词自觉有得。"〔2〕在接受系统的诗词创作学习基础上，又融入了满族豪放雄奇的精神追求，最终形成了别具一格的创作观。铁保与当时王士祯、沈德潜、翁方纲、袁枚的主张不同，提出"独抒性情"的观点，是汉族文化熏陶与满族文化影响的产物。

铁保诗论具有指导性。铁保的创作对于后世诗学创作有指导意义。诗词理论作为一种方法论，会给其他人带来影响。张佳生曾经说过："清中、晚期词反对模仿，追求真切、强调词之讽喻寄托、言之有物之词风，不能不说与纳兰性德的贡献有关。"〔3〕说明纳兰性德对于清代词坛产生的影响。铁保学习借鉴了纳兰性德的观点，又结合当时词坛的整体发展状况，提出了适合时宜的创作观。对比铁保与纳兰性德诗歌理论，可以发现他们之间的继承关系。两人诗学观的共同之处在于强调词的重要地位。纳兰性德《赋论》言："诗变为骚，骚变而为赋，赋变而为乐府，乐府之流浸淫而为词曲，而其变穷矣。"〔4〕论述词的流变过程，将词与诗歌、乐府等量齐观，肯定词的文学地位。他认为词还具备诗歌比兴寄托的传统作用，诗歌《填词》云："诗亡词乃盛，比兴此焉托。"〔5〕从词的历史渊源与文学功能两方面来推尊词体。铁保也从发展源流角度肯定词的价值。从上述对比当中可以看出，清代满族诗词创作的演变过程，正是由前人的不断探索，以及后人之继承与创新，从而不断促进发展，形成璀璨多姿的文学理论体系。

铁保诗歌理论源自《诗大序》的传统，并结合自身的实践。《中国历代少数民族文论选》评价他的诗论地位，"对于神韵派末流空谈兴会，格调派陈言满纸的流弊来说，可谓是对症下药〔6〕"，从中可见铁保的诗歌理论在中国文学理论

〔1〕（清）纳兰性德．黄曙辉，印晓峰点校．通志堂集［M］．上海：上海古籍出版社，1979：279.

〔2〕（清）铁保．惟清斋全集．清代诗文集汇编第432册［M］．上海：上海古籍出版社，2010：358.

〔3〕张佳生．清代满族诗词十论［M］．沈阳：辽宁民族出版社，1993：238.

〔4〕纳兰性德．赋论［M］．纳兰性德集．北京：北京古籍出版社，2006：493.

〔5〕李竞芳校．纳兰性德诗［M］．上海：上海光华书局印行，1934：50.

〔6〕买买提·祖农，王弋丁．中国历代少数民族文论选［M］．乌鲁木齐：新疆人民出版社，1987：215.

史上的积极意义。

（二）铁保诗词在乾嘉诗坛的重要地位

清代诗文创作呈现出作者多、作品多的特点，乾隆年间尤其如此。铁保创作的高峰期是乾嘉时期，这一时期的政治、经济与文化空前繁荣。各种诗歌题材争奇斗艳，铁保的诗歌相形之下毫不逊色，并且独具特色。百龄、法式善、阮元、冯元锡、汪廷珍等著名文人都对他的诗歌给予了高度评价。由此可见他的诗歌在乾嘉文坛中的显著地位。

铁保的诗歌以沉郁雄奇的风格著称。阮元评价他的性格："与人接物和易推诚，慷慨敦气。"[1] 刘凤诰也说他"性博达，当事敢为"。[2] 他以六旬之身再遭贬谪，却以积极的态度面对挫折，可见其豁达之气。他少时便学习李白、杜甫、韩愈、苏轼的诗文集，这些大家对其文学创作产生巨大影响，他曾言："余又喜作诗，举业之暇，寝食于李、杜、韩、苏诸集，与先生唱和成帙，是以余诗无织巧浮靡气。"[3] 他的诗歌创作继承了我国优秀的诗歌传统，其中全无脂粉之气，而是激荡着一种沉雄悲慨之感。

铁保的诗歌内容充实，这与他的宦途有关。铁保二十一岁中进士授吏部主事，此后仕途坦荡，担任过盛京兵部、刑部侍郎，漕运总督，广东与山东巡抚，两江总督等要职[4]，晚年连遭贬谪至新疆及吉林。他的作品也随着生活环境变化而发生转变，正如他所言："诗随境变，境迁则诗亦迁。"[5] 由高官到流人的巨大身份落差，所产生的莫大悲哀和无尽感恨，只能通过文字表现出来。他的长子瑞元在《梅庵自编年谱跋》中说："大人褫职谪戍吉林，到戍后闭门思过，日惟以学书自遣。"[6] 冯元锡也证实，"谪赴吉林，公旅居数年，屏谢人事，惟以文字自遣"[7]，表明铁保是穷极无聊而为文，以此自我排解。刘凤诰

〔1〕（清）铁保. 惟清斋全集. 清代诗文集汇编第 432 册［M］. 上海：上海古籍出版社，2010：142.

〔2〕（清）铁保. 惟清斋全集. 清代诗文集汇编第 432 册［M］. 上海：上海古籍出版社，2010：141.

〔3〕（清）铁保. 惟清斋全集. 清代诗文集汇编第 432 册［M］. 上海：上海古籍出版社，2010：148.

〔4〕李兴盛. 中国流人史［M］. 哈尔滨：黑龙江人民出版社，1996：855-856.

〔5〕（清）铁保. 惟清斋全集. 清代诗文集汇编第 432 册［M］. 上海：上海古籍出版社，2010：232.

〔6〕（清）铁保. 惟清斋全集. 清代诗文集汇编第 432 册［M］. 上海：上海古籍出版社，2010：181.

〔7〕（清）铁保. 惟清斋全集. 清代诗文集汇编第 432 册［M］. 上海：上海古籍出版社，2010：145.

《梅庵全集序》论铁保词的创作动机说："偶缀诗余一卷，以寄闺情，备作家一体。"〔1〕 实际上他的词蕴含复杂心态，包含贬谪生活的无奈、经历官场沉浮的超脱心境、寄情山水之间的闲适心情和远离家乡亲人的思念之情。

铁保惯以纪实手法立言著文，其诗歌正如他自己所追求的诗歌境界："随时随地，语语纪实。"〔2〕 通过他的诗歌可以了解嘉庆时期满族官员的日常生活、思想变化、心理状态。他的生活跨度大，从诗文作品中可以发现由乾隆、嘉庆以及道光不同时期的发展以及变化。从这个角度看，他的诗文也有了一定的"诗史"的作用，在乾嘉文坛中尤为可贵。正如他在《自编年谱序》中言："此年谱所由作也，嗟乎综余生平有为国、为民之愚衷，无立德、立言之实绩。与世浮沉，忽忽以老，有何足纪，而为此无足轻重之举。"〔3〕 他认为自己要在有生之年，做为国为民之事。他自谦称自己"无立德、立言之实绩"，但仍然留下了大量文学记录，实为以诗记史，以文记史之举。

（三）铁保文在乾嘉文坛上自具异彩。

铁保文内容丰富、思想深刻、手法娴熟，其中不乏精品。在乾嘉文坛中具有一定地位，其文学价值在于时效性、审美性和思想性几个方面。

铁保文具有强烈的时效性。铁保文的内容与他的日常生活紧密相关。铁保文熔铸了时代风貌、时人意趣。通过他的文章，我们可以得知乾嘉时期行政体系的运转情况。比如，通过《调剂江安旗丁疏》和《调剂浙江旗丁疏》，可以得知作为漕运总督在任上处理的具体事务。又如通过分析《恭进八旗诗钞疏》，能够对铁保搜集《熙朝雅颂集》的过程有大致了解。还有他遭遇贬谪之后，起用为喀什噶尔参赞大臣，心存感激之心。他于是将自己处理阿克苏钱局的方式上奏给皇帝，因而撰写了《筹议阿克苏钱局章程疏》。同样的文章还有不少。这类经世致用的文章，不仅直接对当时的社会生活产生影响，而且也是十分有价值的史料。

铁保文的文学性强，文字优美、结构规整、条理清晰，有不少令人瞩目的篇目。比如《徕宁果木记》以平实文风描述当地土产水果，其中"冰苹婆（苹果）尤为异品，形如内地苹婆，而莹然无滓，表里照彻如水晶，味香烈而极甘，

〔1〕 （清）铁保．惟清斋全集．清代诗文集汇编第 432 册［M］．上海：上海古籍出版社，2010：140.

〔2〕 （清）铁保．惟清斋全集．清代诗文集汇编第 432 册［M］．上海：上海古籍出版社，2010：443.

〔3〕 （清）铁保．惟清斋全集．清代诗文集汇编第 432 册［M］．上海：上海古籍出版社，2010：445.

别城无此种"。[1]《游北山砂河记》则较有诗意地写下了"且鱼游尺水，不问江湖"[2] 这种充满了哲理意味的文句。铁保以生花妙笔描写了吉林北山砂河别样的闲适生活。全篇多以散行文，记叙美景之外，友人相伴，远离城市的车水马龙，别有意趣。他的这些文章贴近生活，丰富了乾嘉时期的文学作品内容。

铁保文还具有地域特色。依铁保所到之处不同，作品呈现出的面貌也会有所差异。他为官期间以公文写作为主。贬谪之后，则将重心转移到诗文创作当中，写出了不少反映当地风土人情、自然风光、民俗节庆等内容的文章。比如关于吉林的有《恭建吉林万寿宫记》《徕宁果木记》《游北山砂河记》《北山老榆记》，涉及社会、物产、风景、植被等方面的内容。又比如《回民风土记略》记载了西域独特的宗教信仰、民俗风情等内容。这些极富地域特色的文章，在乾嘉时期成为开阔人们眼界的窗口，也具有重大的史学意义。

铁保文写作，秉持着独特的个性，做到了"写当时之事，发当时之言"，在乾嘉文坛中可谓个性鲜明。

二、铁保诗文奠定其满族代表文人地位

目前学界进行研究，将大部分精力倾注在满族大家作品的研究之上，尤其是曹雪芹、纳兰性德等，对于铁保其人关注不够，或有所提及也是浅尝辄止，始终不能完整显示出创作全面。通过仔细研究铁保的诗文作品，能够从中领略到独特的魅力，主要表现在以下两个方面。

（一）铁保诗文继承了满族诗文的传统

满族诗歌在清代形成蔚为大观之势，作者人数多，作品数量大，较汉族也丝毫不逊色。近三百年中，名家辈出，按照身份区分，有帝王、宗室、官僚、布衣，还有闺阁诗人。铁保就属于官僚之列，成为满族文人的代表人物之一。

铁保对满族文学创作有深刻的认识。他在《白山诗介自序》中说："怀前辈典型，战伐之余，不废吟咏；从政之暇，抒写性情。不必沾沾于章句，而自有卓荦不可磨灭之气流露天壤。"他缅怀前辈八旗文人的创作，认为他们能够在从事国家建设工作的同时，通过诗歌表达自己的真情实感，这点值得推崇。他又说："观诸先辈所为诗，雄伟瑰琦，汪洋浩瀚，则又长白、混同磅礴郁积之余气

〔1〕（清）铁保. 惟清斋全集. 清代诗文集汇编第 432 册 [M]. 上海：上海古籍出版社，2010：452.

〔2〕（清）铁保. 惟清斋全集. 清代诗文集汇编第 432 册 [M]. 上海：上海古籍出版社，2010：453.

所结成也。"〔1〕 他认为八旗文人前辈之满族诗歌作品，流露出自然之气，彰显出一种恢宏气度。同时他根据中国古典文学理论，继承传统诗歌理论当中提出的诗歌可以"兴观群怨"的观念，对八旗诗歌风格有所继承。他在此基础上将自己的真情实感写入诗文。

铁保对满族诗文十分重视。铁保的贡献不仅仅在于他自身的诗歌创作及其诗学理论的建构，还在于他对八旗文学的整理研究上所付出的努力和取得的成就。他一生最大的文化功绩，就是他主持编纂的八旗诗歌总集《熙朝雅颂集》。铁保内心有着深厚的民族情结。他对乡邦文献、故旧作品的搜集、整理可谓不遗余力。他在《刻八旗诗集序》一文中，历数自从清朝开国到乾嘉时杰出八旗诗人数十位，同时也阐明了自己编辑《熙朝雅颂集》的初衷。

铁保的诗文创作是在吸收了大量优秀的满族文学传统的继承上，以反映真性情为核心，所形成的具有满族特色的作品。满族文人的作品注重体现自然之气，抒写豪迈之气。铁保的作品也继承了这些传统，但是又能够有所突破。因此他的作品能够做到"不以豪放框定，也不以婉约为规范，既不粉饰以悦人，也不自诿以欺己"〔2〕。从这个角度出发，我们可以看出铁保对于保持满族文人创作风貌所起的作用，以及对于开辟满族文学创作新局面所做出的贡献。

（二）铁保诗文具有满族民族特色

铁保的诗文无论是在京为官抑或游宦四方、贬谪时期的作品，都反映了满族文人特有的思想以及精神风貌。具体而言，他的诗歌中充满了民族自豪感，表现出满族文人最为典型的诗歌风格。他的诗歌创作成为构筑多民族统一文化的代表作品，使得铁保成为多民族环境下的文化建构者。

铁保的诗歌中表现出满族的民族特性和民族精神，这也使得他的诗歌具有极高的艺术价值以及文学价值。杨钟羲《雪桥诗话》卷四有云："冶亭尚书有《读乡前辈遗诗感赋》十二首，梧门祭酒有《奉校八旗人诗集题咏》五十首，虽采葺尚未能备，评骘亦未尽允，然亦可见北方诗派之大凡。"〔3〕将铁保的诗歌风格视为北方诗派的代表。之所以将他归为北方诗派中的代表人物，与他的诗歌当中蕴含的骑射精神有关系。比如《较射再示诸同人》二首：

〔1〕（清）铁保撰．杨钟羲辑．李亚超校注．白山诗词．白山诗介［M］．长春：吉林文史出版社，1991：3.
〔2〕张佳生．清代满族诗词十论［M］．沈阳：辽宁民族出版社，1993：179.
〔3〕杨钟羲．雪桥诗话全编［M］．北京：人民文学出版社，2011：48.

我有肃慎矢，传家定鼎初。乾坤经战伐，中外混军书。作尉叨恩荫，为官傍直庐。彤廷重教射，猿臂合先舒。

忽动为儒耻，雕弓出锦韬。心情消白战，臂力健乌号。一笑谢柔翰，千金市宝刀。天山三箭定，休射浙江涛。[1]

这两首诗歌作于扈从滦阳时期，此时他正处于仕途上升时期。诗中表现出对于先祖依靠骑射定鼎的骄傲之感，呈现出豪壮之气魄。此外，他的《试马》《雷雨》《秘魔崖》《前画虎行》《后画虎行》《古赤铜刀》等诗歌都独具满族特色。他的创作一直没有脱离满族文化和传统的影响，自觉地将民族精神和性格融入诗歌，这就使他的作品不论在风格上还是在思想感情上较以往都有了新的突破。他在诗歌中取得的成就，使他在满族诗坛上占据了不可取代的位置。

铁保文以自然直朴的风格为主，是满族文人的典型代表。铁保向汉人学习写诗文，但是由于家庭环境的影响与接受到的文化传统以及审美意趣，使他的作品呈现出独特的风貌。铁保文也是他内心世界与精神追求的集合体。总结这些作品的主要风格，以自然直朴为主。比如《瑛梦禅庆似村传》《卜说》《齿说》《回民风土记略》都是这种风格的代表作品，这与他的思想意识以及情感寄托都有关系，此外还与满族文化的基础与传统都有关联，也与满族"满洲本性朴实，不务虚名"[2]的性格有直接关系。铁保文直朴风格的形成，始终游离不了满洲特质。也正因如此，他的文章能够反映出民族性格，成为满族文坛中不可或缺的一部分。

根据《满族文学史》中的说法：嘉庆、道光年间的满族文学，享乾隆年间鼎盛发展的余波，也产生了一些优秀的作家作品。在诗歌创作方面，铁保可以被推为其中的佼佼者。这种评价可谓贴切，符合铁保的文学地位。

三、铁保诗文奠定其贬谪文人地位

铁保的早年为官顺畅，但是晚年连遭贬谪，借文学作品来抒发自己的心情，将人生遭遇的不幸转化成从事文学创作的动力。他贬谪至新疆与吉林的经历，为他的文学作品注入新色彩，开拓了文学作品新的艺术境界。

---

〔1〕（清）铁保.惟清斋全集.清代诗文集汇编第 432 册［M］.上海：上海古籍出版社，2010：521.

〔2〕陈登原.中国文化史下［M］.北京：商务印书馆，2014：846.

（一）铁保贬谪诗具有诗史意味

铁保因失察贬谪西域，成为人生的重要转折点，西行之中成《玉门诗钞》两卷，共计112首。与之前的诗歌风貌相比，这些西域诗的内容、风格、思想都有所不同。正是凭借这些诗歌作品，他才成为西域诗代表人物。

铁保西域诗反映了当地的真实生活。他的诗歌从贬谪前写冶游出行、风景名胜，转化成为写西域之风土人情、民生民情，现实主义创作迈入新高度。他在诗文创作中走进当地人的生活，并如实将路途中的见闻写入诗歌。比如《叶尔羌道中》，写的就是由喀什噶尔前往叶尔羌途中的辛苦。《登天山小憩》《冰垯坂》《乌什道中望雪山作》都描述了西域的独特风景。他到达西域之后，继续进行现实主义创作活动，比如《闲居效放翁体》写在戍所的生活，《不寐》表现失眠独坐思乡之情，《感怀》是对起用的感恩。他的《阿克苏城被水驰往勾当纪事》一诗，则极述言阿克苏救灾事件，还原了军民合力救灾的场景。星汉评价："倘将此诗视为西域诗中的'诗史'，恐不致离谱。"〔1〕除了这首诗歌之外，还有《徕宁杂诗》《回俗过年日口占》《回部》等都写当地的风土人情。铁保西域诗为后来的创作者提供了很好的先例，产生积极的影响。

铁保西域诗中蕴含着昂扬的家国情怀。他的诗歌中传达出了一种对祖国、民族、人民的责任感。他将积极向上的精神状态通过诗歌表现出来，彰显出独特的胸襟和气度，鼓舞着后人不断前行。《清史稿》中评价："铁保慷慨论事，高宗谓其有大臣风。"〔2〕这种"大臣风"不仅表现在办事能力上，还体现在他的性格与品性当中。铁保贬谪到新疆，后被任命为叶尔羌正办大臣，又升任喀什噶尔参赞大臣，对当地情况较为熟悉，并且具有领导者的眼光，能够高屋建瓴地把握时代风貌，因此写出的西域诗较当时其他文人的西域诗作更为深刻。

铁保西域诗也在一定程度上促进了民族文化交流。根据《清代西域诗研究》记载："铁保在南疆为官虽然不到三年，但和维吾尔人之间有了深厚的感情，铁保用诗歌将其记录下来。这在西域诗歌史上值得大写一笔。"〔3〕通过诗歌，让人能够了解西域，增进了各民族之间的感情，可见铁保的诗歌对民族文化交流起到积极作用。

（二）铁保贬谪期间散文成就斐然

铁保文创作方面成就突出，尤其是与西域相关的散文。铁保西域散文作品

---

〔1〕 星汉．清代西域诗研究［M］．上海：上海古籍出版社，2009：118.

〔2〕 （清）赵尔巽．清史稿［M］．北京：中华书局，1997：11281.

〔3〕 星汉．清代西域诗研究［M］．上海：上海古籍出版社，2009：118.

共有八篇，包括《回民风土记略》《卡浪圭异石》《徕宁果木》《医说》《齿说》《自号孩道人说》《卜说》《奕说》等，这些作品在很大程度上反映了铁保在贬谪期间的生活状态。

他的记体类文主要书写西域风物。铁保的三篇记中所记录的西域状况都是由自己亲自体验之后所作。他的《回民风土记略》是清代嘉庆年间西域真实情况的可靠资料。如其中记录的当地婚姻习俗："婚娶必男女相悦，方可为婚，父母不能强制。不合则离，女绝男则一物不予，男绝女则任其取携，改适不敢过问，其俗然也。"〔1〕此外，他的《徕宁果木记》写喀什噶尔的果木，以翔实的笔法描述了种类繁多的西域水果，并且还提出了对于人才安置的想法。

他的说体类文写日常生活。铁保贬谪至西域之后，他的日常生活状况大多通过他本人的文学作品得以体现，他的西域散文更是其中的重要资料。比如《医说》写止斋司空讨论药性之事；《齿说》文中言"必周甲而后，复落童年之齿说，而利中年之齿坚而劲，晚年之齿颓而钝"。〔2〕由牙齿掉落写到人生况味；《自号孩道人说》发出"当衰病之残年，喜童心之未化，竟不知老之将至矣"的感慨。此外，《卜说》和《奕说》是他在与门人绳斋的日常交流以及切磋棋艺之后所作。通过这些散文，可以了解他晚年贬谪之后的生活，成为了解他真实想法与研究他生平的补充资料。

（三）铁保贬谪词成就突出

铁保贬谪至吉林，最突出的成就就是创作了三十余首词。从词的主要内容、意象选择以及表现手法都能看出他的贬谪词写得颇有意义。

铁保词尽管作于贬谪之地，但整体基调少有哀婉悲伤之言，而是用暖色调的意象来构词。他的词出现的颜色是翠、红、青、黄、白、紫、碧，天气意象有春、艳阳天，明媚，这些意象投射出词人面对人生挫折选择乐观情绪来调节，是词人内心世界的外在表现。这位经历丰富的老臣积淀多年阅历，用熟稔的笔墨书写晚年贬谪心态。比如《满庭芳·丙子岁除》写他在除夕之夜思念家乡亲人的感受。《满江红·丙子冬夜》表现出自己对年华已老的哀叹。《沁园春·夜坐书怀》则是对自己一生仕宦生涯面临的波折进行的回顾。《念奴娇·见家书作》是写自己远离家乡，收到亲人来信的欣喜，而欣喜之后又是一阵落寞与悲凉。《水调歌头·初度日作》是他这位尝遍了人间辛酸的老臣，对于闲适生活的

〔1〕 （清）铁保．惟清斋全集．清代诗文集汇编第 432 册［M］．上海：上海古籍出版社，2010：459．

〔2〕 （清）铁保．惟清斋全集．清代诗文集汇编第 432 册［M］．上海：上海古籍出版社，2010：452．

热切追求。《雨中花幔第二调·寄内即以代简》抒写自己在闲暇之余，能够栽花种草的愉悦心情。《凤凰台上忆吹箫·咏怀》集中表现出他能够在谪居生活当中，寻求心理安慰，通过书法排遣寂寞。《蝶恋花·夜风不寐》能够读出他深夜独居的悲凉心境，而他的《醉花阴·偶患目赤戏题》则是对于谪居生活状态的不满。

总之，铁保贬谪期间创作的诗文词是研究嘉庆时期西域、吉林状况的重要文献，同时也是考察铁保贬谪生活状态的补充材料，还有着突出的文学成就，地位不可忽视。

第二节　铁保诗文的影响

铁保作为清代中叶独具特色的诗人，在当时已经有所影响。在铁保的影响下，他的妻子以及其弟玉保等人都在他的培养下进行诗文创作，形成了家族性写作现象。此外，他的诗文还受到门人的追捧，通过他们为铁保撰写的序跋、与铁保唱和的诗歌以及史料记载，可以得知他们的创作受到了铁保的影响。除此之外，以朝鲜诗人组织前往清廷交流为契机，他的诗文作品还引起了朝鲜文人的关注，对他们的创作也有所影响。

一、铁保诗文在当世的影响

铁保是一位极具个人魅力之人，他性格开朗，与人为善，对于家人、朋友都能保持温和恭敬的态度。他的诗文也是如此，对于铁保诗文之影响，可以从家人、门人、朝鲜文人三个方面进行分析。

（一）铁保诗文对家人创作的影响

关纪新指出满族文学的特点之一是家族性创作大为增加，铁保和他的夫人莹川、他的弟弟玉保，属满族文学史上之显例[1]。铁保家族性写作现象的出现主要动因是受到他的影响。在他的感染下，他的家族由世代武官转为担任文官，家学渊源由此改变。

1. 铁保对妻子的影响

铁保的夫人如亭本不识字，在他的感染下，不但能够识文断字，而且能够作诗作文，成为名副其实的闺阁才女。将两人的诗歌进行分析比较，就能明显

---

〔1〕 关纪新. 清代满族文学家铁保素描［J］. 大理学院学报，2011（11）：19.

看出两者之间在内容、风格以及手法上都有相似之处。

如亭随夫前往盛京、江南、山东等地就任，写下不少诗歌，从中能够看出铁保对妻子诗歌创作带来的巨大影响。比如，莹川作《郊外试马》。诗云：

> 郊原风拥将台高，盘马遥观兴倍豪。岭树烟横萧寺古，长河一带
> 水滔滔。[1]

铁保的《试马》，且看：

> 鼻端出火耳生风，走马长杨顾盼雄。日下未驰千里足，天涯谁数
> 贰师功。龙媒远溯流沙北，铁骑新来大漠东。漫道书生无臂力，一番
> 驾驭壮心同。[2]

铁保与如亭夫人感情深厚，相互唱和，相互影响。如亭的诗歌"朴实清新"，写出了晴朗春风下满族女子骑马踏青的豪兴。后人评价其："凡所游历，涉笔成咏，胸怀洒落，无巾帼柔弱之意。"[3] 铁保的这首诗歌则表现得豪迈雄健，将出游之作写得不落俗套。两人选取的意象都有"马"，并且都是表现出一种豪迈之气。

再比如，如亭作《登太白楼作》。全诗如下：

> 楼外云山万树秋，苍茫湖海气难收。晴明最喜登高望，一片风帆
> 天际浮。[4]

铁保《登太白酒楼》，诗云：

> 高楼高并女墙垂，百尺楼空继者谁。天上有星堪命酒，人间无客
> 可谈诗。杜陵破屋迷秋草，贺监狂名剩断碑。一代文章天作合，谪仙

〔1〕 杜珣编著. 中国历代妇女文学作品精选［M］. 北京：中国和平出版社，2000：765.

〔2〕 （清）铁保. 惟清斋全集. 清代诗文集汇编第 432 册［M］. 上海：上海古籍出版社，2010：568.

〔3〕 张菊玲，关纪新，李红雨辑注. 清代满族作家诗词选［M］. 长春：时代文艺出版社，1987：229.

〔4〕 杜珣编著. 中国历代妇女文学作品精选［M］. 北京：中国和平出版社，2000：765.

祠枕古南池。[1]

上述两首诗歌就是在山东济宁写成。按照《天咫偶闻》的记载，莹川"曾登济宁太白楼，凭栏赋诗，胸怀洒落"，就是指这两首诗歌。夫妻两人对太白楼的描述，都从"高"这一特点入笔，表现出内心的洒脱之感。

又有如亭作《自题临榆关望海图小照》，诗歌意境高远：

极天雪浪望无际，六合全归浩瀚中。渺渺蒲帆残照外，苍茫万里驾长风。[2]

铁保有诗《自题临榆望海图照》二首，

山川气拥古临榆，驻马堪描望海图。巨浸无从辨中外，壮游有几挈妻孥？茫茫云影随时变，点点齐烟入望无。我若携樽酬海若，长风万里卷衣襦。[3]

如亭之诗落笔处即见其气魄，天高旷远，浩瀚烟波；而后又写蒲帆斜阳，长风万里，又显清淡平缓，两种不同境界处于同一首诗当中，使得诗歌呈现出多层次画面感。铁保的诗歌中有"茫茫""长风"，如亭的诗歌中写"苍茫""长风"，选取的意象一致，可见其影响之深远。

2. 铁保对玉保的影响

铁保的诗文对他的弟弟玉保的创作产生影响。根据《晚清簃诗汇》记载，玉保的仕途轨迹与铁保的极其类似，两人时常进行交流唱和。文中言：

阆峰为冶亭尚书之弟，平生宦游，与冶亭同充侍讲、侍读学士，同充日讲起居注官，同侍郎，同副都统，同经筵讲官，同读卷大臣，同弹压大臣，甲寅乡举，同为典试，至于扈跸、从猎亦多与兄同时。

---

〔1〕（清）铁保．惟清斋全集．清代诗文集汇编第 432 册［M］．上海：上海古籍出版社，2010：542.
〔2〕杜珣编著．中国历代妇女文学作品精选［M］．北京：中国和平出版社，2000：765.
〔3〕（清）铁保．惟清斋全集．清代诗文集汇编第 432 册［M］．上海：上海古籍出版社，2010：543.

其集亦多兄弟唱和之作，世人比之苏氏轼、辙。[1]

铁保与玉保出身武官世家，但是他们都选择通过学习举业进入仕途，"铁保、玉保兄弟考中进士后，同为翰林院庶吉士，乾隆尝亲试翰院，以优异同被擢用"。[2] 他们之间有太多一致的地方，生活轨迹也有颇多交集。正是由于两人的诗歌才华都很出众，并且又时常唱和，世人将他们比作宋代大文豪苏轼与苏辙两兄弟。可见两人的诗文在当时已经为人所知，并且负有盛名。玉保比铁保年幼八岁，他的诗歌创作受到兄长的指导。

（二）铁保诗文对门人创作的影响

铁保的诗文在乾嘉时期已经颇具盛名，他的主要追随者是门人。从他们对铁保的诗文评价中，就能得知他的门人是在阅读诗文集的基础上进行点评。《惟清斋全集》中保留的序跋集中表现出铁保诗文对他们的影响。

为了更直观地进行分析，将铁保门人所作序跋进行统计，按照这些文章在诗文集中出现的先后顺序进行排列，如下表所示。

表 6-1　铁保《惟清斋全集》门人创作序跋一览表

序号	篇名	作者	创作时间
1	梅庵全集序	汪廷珍	道光二年
2	梅庵全集序	刘凤诰	道光元年
3	梅庵全集序	阮元	道光二年
4	梅庵全集序	英和	道光二年
5	梅庵全集序	魏成宪	道光元年
6	梅庵全集序	冯元锡	道光元年
7	梅庵诗钞序	吴锡麒	嘉庆十年
8	梅庵诗钞序	徐端	嘉庆九年
9	梅庵诗钞序	阮元	嘉庆十年

〔1〕 徐世昌编．闻石点校．晚清簃诗汇［M］．北京：中华书局，1990：4382.
〔2〕 王学信．清代的满蒙八旗进士［J］．海内与海外．2010（1）：52.

序号	篇名	作者	创作时间
10	梅庵诗钞序	吴蔚	嘉庆十年
11	梅庵诗钞序	王芑孙	嘉庆十年
12	梅庵诗钞跋	徐端	嘉庆九年
13	梅庵诗钞跋	金湘	嘉庆九年
14	玉门诗钞跋	庆格	嘉庆十四年
15	玉门诗钞跋	笪立枢	嘉庆十四年

从上表中可知，铁保诗文集序跋的撰写者多为名人。包括著名的诗人、学者、官员，比如作家、刊刻家、思想家阮元，藏书家王芑孙，学者汪廷珍、徐端、吴蔚，史学家刘凤诰，书法家英和、冯元锡，画家金湘，诗人曾燠等。他们文学素养高、理论意识强，他们在熟读铁保作品之后，经过精心构思成文，撰写出品质上乘的序跋文。铁保全集序跋的撰写者对于铁保的诗文成就予以盛赞。通过铁保门人以及亲友对他的议论，可知他的诗文在当时已经产生了一定的影响。他们对作品进行详细阅读之后，提炼观点，品评分析，只有这样才能对铁保的生活阅历、性格特点、思维方式以及创作追求进行全面和细致记载。从他们的序跋中可以归纳出铁保文学创作之成就颇高，这就能够直接说明这些人的创作受到铁保的诗、文、词影响。

铁保诗文诸体皆备。铁保的诗文作品数量较多，主要保存在《惟清斋全集》中。共19卷，计收表1篇，疏20篇，赋10篇，传6篇，序14篇，记10篇，说7篇，杂文9篇。而诗歌篇目最多，包括应制诗49首，古乐府14首，五言古65首，七言古48首，五言律149首，七言律143首，五言排律8首，五言绝句8首，七言绝句80首，西域诗112首，另有词为余卷，共计32首。冯元锡《梅庵全集序》中总述铁保文学方面的成绩："篇帙之中，诸体尽善。"[1] 可谓评价客观中肯。英和在《梅庵全集序》还指出，不同的文体具有不同的功能："读之而可以得公平生出处之略，则有年谱。读之而可以见公体国公忠之诚，则有

---

〔1〕（清）铁保．惟清斋全集．清代诗文集汇编第 432 册［M］．上海：上海古籍出版社，2010：357.

奏议。读之而可以见公学术之正，才识之大，则有古文集。其他自赓飏明盛以及交友怀人、感时触物、荣瘁欣戚，咸寄诸有韵之文。"[1] 这篇序文不仅对铁保作品涉及的各种文体进行介绍，又对其生平、性格、学识等方面进行评价，评价精到，可谓经典。

铁保诗歌上承风骚、汉魏风骨、宋代诗风，又能有所新变，形成独特的风格，因此不拘一格，别有滋味。关于这一点，众多文人在总评他的诗文地位时已经有所提及。阮元的《梅庵诗钞序》就从诗歌流变的过程中为铁保诗歌追溯历史渊源，言及宋代大书法家、文学家黄山谷、苏东坡以及王龟龄的作品之后，评价铁保诗歌的特色是"陶写性灵"。徐端也在序言中说："见其薄风骚，窥汉魏，沉浸浓郁，卓荦纡余。"[2] 并且用"美哉"二字感慨梅庵诗歌之精良，拥有过人才华。刘凤诰也惊叹道："其文与诗，不屑屑摹某家某格，而自无不隐括而精到者。"[3] 这些评价都表现了铁保诗文能保持独特性，自成一体。

铁保的诗文成就突出。铁保在《题敬斋方伯所书明人户口册诗卷》中说"作诗如作人，以自然流行，不假修饰为妙"，说明自然天真是铁保诗歌创作的一个重要特点。他在文学上追求自然天真之美，追求的是天真自然的审美意趣，这一点广受众人之好评。当时的文人已经关注到他的诗歌成就，对他的作品做出点评。比如魏成宪《梅庵全集序》评："公之诗古文词，驾愚山先生而上之。"[4] 愚山先生指施闰章，文章纯雅，尤工于诗，在清初文学史上享有盛名，文评公之作品凌驾于这位著名诗人之上，足见对其成就之推崇。百龄《梅庵诗钞序》开篇即总结铁保诗歌成就"冶亭先生诗名满天下"[5]，说明当时铁保诗歌影响力之大。吴锡麒也称："先生感星精而生负岩立之概。金桃应对于早岁，铜雀成文于援笔。"[6] 星精是指星之灵气，岩立之概是代表一种傲然挺拔的气质，从这两个意象可以得知，诗歌灵感源于自然万物。金湘作跋谈论铁保

〔1〕 （清）铁保．惟清斋全集．清代诗文集汇编第 432 册［M］．上海：上海古籍出版社，2010：352．

〔2〕 （清）铁保．惟清斋全集．清代诗文集汇编第 432 册［M］．上海：上海古籍出版社，2010：481．

〔3〕 （清）铁保．惟清斋全集．清代诗文集汇编第 432 册［M］．上海：上海古籍出版社，2010：352．

〔4〕 （清）铁保．惟清斋全集．清代诗文集汇编第 432 册［M］．上海：上海古籍出版社，2010：355．

〔5〕 （清）铁保．惟清斋全集．清代诗文集汇编第 432 册［M］．上海：上海古籍出版社，2010：478．

〔6〕 （清）铁保．惟清斋全集．清代诗文集汇编第 432 册［M］．上海：上海古籍出版社，2010：479．

不同文体的诗歌有不同的特色，成就斐然："五七古出入韩苏，其浑灏沉郁处直登少陵，堂奥不为行似。七律乃唐十子之遗音，而五律则有唱而愈高者，羚羊挂角无迹可寻。"[1] 此文将铁保所作不同体式的诗歌与韩愈、苏轼、杜甫、唐十子等著名诗人相比，点明其诗风特点。铁保诗文反映真实生活，为清代诗坛带来勃勃生机。

除了上述序跋作家对铁保的作品作出肯定评价，其他同时代的人也对他的作品给予评价。正如王昶在《湖海诗传》中所言："己酉座师铁保冶亭先生，文名清望朝野同声，著《梅庵诗钞》。学深才健，体格高华，典礼春官，扈跸秋猎煎茶锁院，倚马赓歌，又词林佳话也。"[2] 评价不吝溢美之词，但也道出了铁保诗文在当时已经产生影响。昭梿在《啸亭续录》中说："余束发与冶亭尚书交，已廿余年，喜其诗才俊逸，议论今古是非，侃侃正论，以为有古大臣风范。"[3] 两人情谊已经超越二十几年，对铁保的诗文作品有相当了解才提出这种中肯的评价。

（三）铁保诗文对朝鲜文人的影响

铁保的诗文不仅影响了他的家人、门人、亲戚，甚至对与自己交流过的朝鲜文人都产生了影响。据《朝鲜诗家论明清诗歌》记载："朝鲜文人洪大容、朴趾源、李德懋、朴家齐、柳得恭等人随朝鲜使团来京，与清朝文士进行了深入的文化交流活动，结下了深挚的诗文友谊。"[4] 铁保就是其中与他们结交的清朝文士之一。

当时，朝鲜文人积极与清朝文人建立联系，认为要想了解中国文化就必须亲自前往，要想知道诗歌创作的精髓，就必须去中国寻找真谛。正如柳得恭曾言："今独言诗而不求诸中国，是犹思鲈鱼而不知松江，得金橘而不泛洞庭，未其可也。"[5] 正是秉持着这种交流的心态，他们前往中国。此时铁保正在京城为官，他凭借自己的创作才华，得到了朝鲜使团的认可。柳得恭作《滦阳集》还记录了与铁保见面时的场景。

不仅是诗文影响，铁保其人也在当时的朝鲜有一定的影响力。他们对于铁

〔1〕（清）铁保．惟清斋全集．清代诗文集汇编第 432 册［M］．上海：上海古籍出版社，2010：555．

〔2〕（清）王昶．湖海诗传［M］．上海：上海古籍出版社，2013：225．

〔3〕（清）昭梿．啸亭杂录［M］．北京：中华书局，2010：404．

〔4〕曹春茹，王国彪著．朝鲜诗家论明清诗歌［M］．北京：中央编译出版社，2016：449．

〔5〕（清）柳得恭．泠斋集［A］．徐明源．韩国文集丛刊（260 辑）［C］．首尔：韩国民族文化推进会，2000：449．

保不趋炎附势的品行也有极高的评价。朝鲜书状官徐有闻评价，"和珅专权数十年，内外诸臣，无不趋走，惟王杰、刘墉、董诰、朱珪、纪昀、铁保、玉保等诸人，终不依附"[1]，这是朝鲜人作出的评价，可知他们在朝臣中产生的影响。按照《朝鲜诗家论明清诗歌》中的记载，申纬对于铁保的诗歌极其推崇，不仅创作了《读〈梅庵诗钞〉》《秋夜读书感怀，用梅庵韵》等诗歌对铁保诗歌的风格以及文学理论进行品评，还指出其人品之优[2]。

此外，铁保与当时的朝鲜官员进行诗文交流，他的作品在当时的朝鲜也有一定影响。尤其是他与朝鲜官员之间的唱和，反映出两国之间的文化交流之繁荣景象。铁保的诗文已经成为促进两国之间进行文化交流的润滑剂。

二、铁保诗文对后世的影响

铁保在文学、书法、绘画领域都具有一定的地位。震钧在《天咫偶闻》中记载了清末书画市场的情况：" 书则最贵成邸及张天瓶，一联三、四十金，一帧瑜百金，卷册屏条倍之。刘文清、主梦楼少次。翁苏斋、铁梅庵又少次。陈玉方、李春湖、何子贞又次。陈香泉、汪退谷、何义们、姜西溟贵于南而贱于北。"[3] 根据这则记录可知铁保在当时与翁方纲的地位一致。铁保的诗文对后世产生的影响，主要表现在以下几个方面：

铁保的诗歌理论的影响力大。铁保的诗论接受了系统的诗词创作学习，同时也融合了满族精神风貌，形成别具一格的创作观，也与格调说、性灵说与肌理说的主张不同，提出抒发性情的观点，这都根植于他接受汉族文化熏陶与接受满族文化浸润。关纪新在《中国现代作家评传》中记载了铁保的诗歌理论，对于满族诗文理论的建设具有重要的意义。他认为，铁保的理论主张被后来的满族文人老舍所继承。他发现老舍的早期文艺思想与满族传统的文论有众多相似之处，得出的结论就是"清代构建满族诗文理论的主要代表人物纳兰性德、铁保等人，都在自己的一系列文章中，反复论述过只有自由地抒发个人性情"[4]，才能写出排众独出的好作品。铁保与纳兰性德一样，对满族诗文理论构建起到重要作用，这与当时的社会风貌有关。纳兰性德在总结清代初期对过去诗词弊端的清算前提下，提出抒发性情的理论思想，力求开拓词境，达到高妙的

〔1〕 欧忠荣著．三老砚事考黄任·纪昀·阮元 [M]．北京：文化艺术出版社，2015：263-264.
〔2〕 曹春茹，王国彪．朝鲜诗家论明清诗歌 [M]．北京：中央编译出版社，2016：458.
〔3〕 震钧．天咫偶闻 [M]．北京：北京古籍出版社，1982：107.
〔4〕 关纪新．中国现代作家评传．老舍评传 [M]．重庆：重庆出版社，1998：151.

艺术境界。铁保也感受到乾嘉时期的诗词创作出现刻意模拟前朝诗风者，造成诗词创作步入拟古之风，为矫正风气而提出自己的诗词主张。铁保的创作思想独树一帜，对于构筑满族古典诗词理论的基本框架有所贡献。他当时正处于词坛亟待转型的关键时期，对于时人的作品中出现的阻碍诗词发展的问题，提出诗词创作需要追求自然的主张。

铁保的诗、文和词促进了满族文化与汉文化进行交流，开阔了文人的视野，丰富了各种文体的创作题材。铁保的作品可谓内容丰富，后世创作者能够从中汲取众多养分，正是如此才看出铁保诗文的影响力。他的众多诗文作品中，与西域有关的新奇事情为诗赋创作提供了养料。创作者亟须捕捉新鲜奇特的事物入赋，有关西域的事物足够奇异，正好能够迎合他们的需要。一是作品中大量西域意象的应用。《戈壁》："天荒地不毛，碎石平如扫。行行沙碛中，千里无寸草。狐兔远遁藏，旅贩行踪少。慕见乌雀飞，知己近村堡。何能计里程，暑影验迟早。"〔1〕 二是保存了清代回族的风俗。迎合了人们追求新奇的审美需求，有关西域的赋适应时代风气而得以发展。《回部》其一："聚族联回部，酣歌乐有余。衣冠同左衽，文字任横书。土屋居无榻，荒田草不锄。问年惟记日，岁月几乘除。"〔2〕 既保留了自然气候的作品，又有风土人情的记载，内容丰富。同样，铁保到达西域后，丰富了散文的内容。西域独有的地理特征、物候气象给铁保带来新感受，与西域相关的赋作喷涌而出，包罗万象、绚丽多彩。这些作品都开拓了读者眼界，成为了解西域文化的契机。

铁保的各文体的风格以及创作特色，对后世产生影响。铁保的诗歌风格极具民族特色，他的诗歌风格多样，不受到具体范围的框定，所谓抒写性情。这种创作理念对于后世有积极影响。铁保的诗、文、词创作语言颇具特色，与清代其他文人创作不同，表现出一种偏近现代的风格，遣词造句具有开拓性。他的诗歌读起来通俗易懂，与如今并无隔膜之感，显得明白晓畅。他的词能够以自然入笔，并不追求华丽辞藻，而是于朴实中显示真感情。他的文也是如此，无论是写人物还是写事物，都遵循务实，将自己的真实感受融入创作当中。正是基于"真性情"的创作原则，才使得他的诗歌呈现出独特的诗歌风格。

因此，无论从作品的创作理论、创作内容、创作风格等方面出发，他都对后世创作产生了积极影响。

---

〔1〕 （清）王昶. 湖海诗传 ［M］. 上海：上海古籍出版社，2013：561.

〔2〕 （清）铁保. 惟清斋全集. 清代诗文集汇编第 432 册 ［M］. 上海：上海古籍出版社，2010：568.

结　论

铁保出身武官世家，但是他却主动习文，步入仕途。铁保的诗文创作也与为官经历紧密相关。由于所到之处不同、所见之人不同、所想之事不同，导致他的诗文呈现出不同的面貌。纵观铁保的一生，他在乾隆时期主要仕宦于京城，前期受到阿桂的赏识，得以升迁；后来受到乾隆皇帝的赏识，得到提拔的机会。嘉庆四年之后主要仕宦地方，遍历祖国众多省份，作为地方官员，他能够以百姓为先，服务当地，于经济、政治、文化等方面的建设都用力至深。但是后来因失察而贬谪西域，又因遭遇冤枉而发配吉林，这些遭遇使他在事业上遭到重创，但是他却能另辟蹊径，潜心进行文学创作，留下了不少诗文作品。

铁保诗、文、词能够兼具一体，所谓全才。少年时期就有诗名，跟随父亲前往各地任职以后，以所见所感入诗，就表现出巧妙的写作手法。成年以后于举业又有所得，考取了功名走入仕途，为官期间他始终不废文学创作，笔触耕耘，成一家之言。他不仅是一个创作者，还是书籍的整理者，他主持编纂的《熙朝雅颂集》成为保留满族八旗诗歌的重要文献。他的一生交友广泛，除了与清代其他几大书家有交流互动之外，还与恒益亭、甘道渊、刘虚白、瑛梦婵、法式善等人相互唱和，此外还与他的门人，如阮元、笪立枢、汪廷珍等人有所交流。尽管如此，他的思想依旧保持着独立性，性格思想依旧以儒为主，尽管他具备尚文精神，但是仍然保留了八旗满族人所秉持的尚武精神。他的诗歌理论也没有受到与之有过交集的袁枚和翁方纲的影响，反而呈现出独特的抒写性情的个性。

正是因为如此，铁保得以带着丰富的阅历以手中之笔将一生所见所感形诸歌咏。他的诗歌作品始终具备粗犷豪放的风格，充分表现了他北方才子的精神气质。他的词创作于流放吉林期间，主要呈现出雄浑沉郁的艺术特色。铁保文诸体皆备，公文类文与文学类文的创作都有一定特色。凭借着这些颇有特色的文学作品，他就理所当然地成为北方诗派的杰出代表，同时也奠定了他在清代文学史上的地位。

参考文献

古代文献:

[1] （南朝宋）范晔，（唐）李贤，等注. 后汉书 [M]. 北京：中华书局，2000.

[2] （南朝梁）萧统（唐）李善注. 文选 [M]. 北京：中华书局，1977.

[3] （南朝梁）刘勰著. 周振甫注. 文心雕龙注释 [M]. 北京：人民文学出版社，1981.

[4] （西汉）司马迁. 史记 [M]. 北京：中华书局，1959.

[5] （西汉）孔安国，王盛元通解. 孔子家语通解 [M] 北京：北京联合出版社，2015.

[6] （东汉）许慎. 说文解字 [M]. 北京：中华书局，1963.

[7] （东汉）郑玄注. （唐）孔颖达疏. 周礼注疏 [M]. 北京：中华书局，1998.

[8] （东汉）王充. 论衡 [M]. 上海：上海古籍出版社，1990.

[9] （唐）司空图. 诗品二十四则. 丛书集成 [M]. 上海：商务印书馆，1939.

[10] （宋）朱熹. 论语集注 [M]. 北京：中华书局，1983.

[11] （明）吴讷. 文章辨体序说 [M]. 北京：人民文学出版社，1962.

[12] （明）徐师曾. 文体明辨序说 [M]. 北京：人民文学出版社，1998.

[13] （清）铁保. 梅庵自编年谱 [M]. 广州：石经堂书局，1822.

[14] （清）不题撰人. 清史列传 [M]. 北京：中华书局，1928.

[15] （清）马宗霍. 书林藻鉴 [M]. 上海：商务印书馆，1935.

[16] （清）阮元. 小沧浪笔谈 [M]. 上海：商务印书馆，1936.

[17] （清）法式善. 陶庐杂录 [M]. 北京：中华书局，1959.

[18] （清）张舜徽. 清人文集别录 [M]. 北京：中华书局，1963.

[19] （清）盛昱，杨钟羲. 八旗文经 [M]. 台北：华文书局，1969.

[20] （清）阮元. 小沧浪笔谈 [M]. 台北：广文书局出版社，1970.

[21]（清）萨英额. 吉林外记 [M]. 台北：成文出版社，1974.

[22]（清）叶燮. 原诗. 清诗话 [C]. 上海：上海古籍出版社，1978.

[23]（清）王夫之，等撰. 清诗话 [M]. 上海：上海古籍出版社，1978.

[24]（清）纳兰性德撰. 黄曙辉，印晓峰点校. 通志堂集 [M]. 上海：上海古籍出版社，1979.

[25]（清）法式善撰. 张寅彭，强迪艺编校. 梧口诗话合校. [M]. 南京：凤凰出版社，1979.

[26]（清）鄂尔泰，等修. 李洵，赵德贵校点. 八旗通志 [M]. 长春：吉林文史出版社，1980.

[27]（清）昭梿. 啸亭杂录 [M]. 北京：中华书局，1980.

[28]（清）震钧. 天咫偶闻 [M]. 北京：北京古籍出版社，1982.

[29]（清）袁枚. 随园诗话 [M]. 北京：人民文学出版社，1982.

[30]（清）西清. 黑龙江外记 [M]. 哈尔滨：黑龙江人民出版社，1984.

[31]（清）邓之诚. 清诗纪事初编 [M]. 上海：上海古籍出版社，1984.

[32]（清）徐珂. 清稗类钞第9册 [M]. 北京：中华书局，1984.

[33]（清）官修. 清仁宗实录 [M]. 北京：中华书局，1985.

[34]（清）鄂尔泰. 八旗通志 [M]. 长春：东北师范大学出版社，1985.

[35]（清）阮元. 汉延熹西岳华山庙碑考 [M]. 北京：中华书局，1985.

[36]（梁）马茂元. 楚辞注释 [M]. 武汉：湖北人民文学出版社，1985.

[37]（清）官修. 清仁宗纯皇帝实录 [M]. 北京：中华书局，1986.

[38]（清）长顺，李桂林，等. 吉林通志 [M]. 长春：吉林文史出版社，1986.

[39]（清）萨英额. 吉林外纪 [M]. 长春：吉林文史出版社，1986.

[40]（清）王钟翰点校. 清史列传第八册 [M]. 北京：中华书局，1987.

[41]（清）赵翼. 廿二史札记 [M]. 北京：中国书店，1987.

[42]（清）阿桂. 满洲源流考 [M]. 沈阳：辽宁民族出版社，1988.

[43]（清）梁启超. 清代学术概论 [M]. 上海：上海古籍出版社，1988.

[44]（清）纪昀奉敕撰. 钦定历代职官表 [M]. 上海：上海古籍出版社，1989.

[45]（清）鄂尔泰. 八旗满洲氏族通考 [M]. 沈阳：辽沈书社，1989.

[46]（清）徐世昌编. 闻石点校. 晚清簃诗汇 [M]. 北京：中华书局，1990.

[47]（清）李元度. 国朝先正事略 [M]. 长沙：岳麓书社，1991.

[48]（清）马长海. 杨开丽校注. 雷溪草堂诗集. 长白化书第五集 [M]. 长春：吉林文史出版社，1991.

[49]（清）铁保，杨钟羲辑，李雅超校注. 白山诗词 [M]. 长春：吉林文

史出版社, 1991.

[50]（清）铁保辑. 赵志辉校点补. 熙朝雅颂集. 辽宁民族古籍整理文学类之二 [M]. 沈阳：辽宁大学出版社, 1992.

[51]（清）陈立. 白虎通疏证 [M]. 北京：中华书局, 1994.

[52]（清）李放. 敦煌书史. 丛书集成续编 [M]. 上海：上海书店, 1994.

[53]（清）法式善. 陶庐杂录卷三第七十八则 [M]. 北京：中华书局, 1995.

[54]（清）赵尔巽. 清史稿 [M]. 北京：中华书局, 1997.

[55]（清）盛昱著. 杨钟羲, 马甫生, 等标校. 八旗文经. [M]. 沈阳：辽沈书社, 1998.

[56]（清）赵尔巽. 清史稿 [M]. 北京：中华书局, 1998.

[57]（清）沈德潜, 等编. 历代诗别裁集 [C]. 杭州：浙江古籍出版社, 1998.

[58]（清）沈德潜编. 中国文学宝库第1辑 [M]. 北京：中国文学出版社, 2000.

[59]（清）柯愈春. 清人诗文集总目提要 [M]. 北京：北京古籍出版社, 2001.

[60]（清）铁保. 钦定八旗通志 [M]. 长春：吉林文史出版社, 2002.

[61]（清）钱保塘. 历代名人生卒录 [M]. 北京：北京图书馆出版社, 2002.

[62]（清）法式善. 存素堂文集. 续修四库全书第1476册 [M]. 上海：上海古籍出版社, 2002.

[63]（清）续修四库全书编纂委员会. 续修四库全书 [M]. 上海：上海古籍出版社, 2002.

[64]（清）张维屏编撰. 国朝诗人征略初编 [M]. 广州：中山大学出版社, 2004.

[65]（清）铁保. 清铁保书自序诗稿册 [M]. 上海：上海书画出版社, 2005.

[66]（清）纳兰性德. 赋论 [M] 纳兰性德集. 北京：北京古籍出版社, 2006.

[67]（清）袁枚. 随园诗话 [M]. 北京：人民文学出版社, 2006.

[68]（清）恩华. 八旗艺文编目 [M]. 沈阳：辽宁民族出版社, 2006.

[69]（清）李桓. 国朝耆献类征初编 [M]. 扬州：广陵书社, 2007.

[70]（清）蔡冠洛. 清代七百名人传 [M]. 北京：北京图书馆出版社, 2008.

[71]（清）李元度. 国朝先正事略 [M]. 长沙：岳麓书社, 2008.

[72]（清）纳兰性德. 黄曙辉, 印晓峰点校. 通志堂集上册 [M]. 上海：华东师范大学出版社, 2008.

[73]（清）梁启超. 清代学术概论 [M]. 北京：人民出版社, 2008.

[74]（清）梁启超. 中国近三百年学术史 [M]. 长沙：岳麓书社, 2009.

[75]（清）铁保. 惟清斋全集. 清代诗文集汇编第432册 [M]. 上海：上海古籍出版社, 2010.

[76]（清）杨钟羲. 雪桥诗话全编 [M]. 北京：人民文学出版社，2011.

[77]（清）阮元校刻. 十三经注疏下册 [M]. 北京：中华书局，1980.

[78]（清）王昶. 湖海诗传 [M]. 上海：上海古籍出版社，2013.

[79]（清）李淑岩. 法式善诗学活动研究 [M]. 哈尔滨：黑龙江大学出版社，2013.

[80]（清）吴楚材，吴调侯选编 [A]. 王英志，等注评. 古文观止注评. [C]. 南京：凤凰出版社，2015.

今人专著：

[1] 郑振铎. 插图本中国文学史 [M]. 北京：人民文学出版社，1957.

[2] 刘大杰. 中国文学发展史 [M]. 上海：上海人民出版社，1975.

[3] 范文澜. 中国通史 [M]. 北京：人民出版社，1979.

[4] 朱保炯，谢沛霖编. 明清进士题名碑录索引 [M]. 上海：上海古籍出版社，1979.

[5] 钱实甫. 清代职官年表 [M]. 北京：中华书局，1980.

[6]《历代西域诗选注》编写组编. 历代西域诗选注 [M]. 乌鲁木齐：新疆人民出版社，1981.

[7] 章钰，武作成. 清史稿艺文志及补编 [M]. 北京：中华书局，1982.

[8] 吴蔼宸选辑. 历代西域诗钞 [M]. 乌鲁木齐：新疆人民出版社，1982.

[9] 陈淳. 北溪字义 [M]. 北京：中华书局，1983：27.

[10] 郭绍虞编选. 富寿荪校点. 清诗话续编 [M]：上海：上海古籍出版社，1983.

[11] 朱光潜. 诗论 [M]. 北京：生活·读书·新知三联书店，1984.

[12] 李耀宗编. 伦理学知识手册 [M]. 哈尔滨：黑龙江人民出版社，1984.

[13] 贝远辰选注. 历代杂文选 [M]. 长沙：湖南人民出版社，1985.

[14] 周骏富辑. 清代传记丛刊 [M]. 台北：明文书局，1985.

[15] 李澍田编. 吉林纪略，长白丛书初集本 [M]. 长春：吉林文史出版社，1986.

[16] 魏声和. 鸡林旧闻录，长白丛书初集本 [M]. 长春：吉林文史出版社，1986.

[17] 陈必祥. 古代散文文体概论 [M]. 郑州：河南人民出版社，1986.

[18] 马积高. 赋史 [M]. 上海：上海古籍出版社，1987.

［19］买买提·祖农，王弋丁．中国历代少数民族文论选［M］．乌鲁木齐：新疆人民出版社，1987.

［20］张菊玲，关纪新，李红雨辑注．清代满族作家诗词选［M］．长春：时代文艺出版社，1987.

［21］滕绍箴．清代八旗子弟［M］．北京：中国华侨出版公司，1989.

［22］王季平．吉林省编年纪事［M］．长春：吉林人民出版社，1989.

［23］许宗元．中国词史［M］．合肥：黄山书社，1990.

［24］张菊玲．清代满族作家文学概论［M］．北京：中央民族学院出版社，1990.

［25］叶大兵，乌丙安主编．中国风俗辞典［M］．上海：上海辞书出版社，1990.

［26］李明晨．中国古代政治制度纲要［M］．北京：中国政法大学出版社，1990.

［27］褚斌杰．中国古代文体概论［M］．北京：北京大学出版社，1990.

［28］许宗元．中国词史［M］．合肥：黄山书社，1990.

［29］魏福祥，张佳生主编．民族研究论集第1辑［M］．沈阳：辽宁民族出版社，1992.

［30］袁行云．清人诗集叙录［M］．北京：文化艺术出版社，1994.

［31］姜岱东．文学风格概论［M］．济南：山东教育出版社，1996.

［32］马兴荣，等主编．中国词学大辞典［M］．杭州：浙江教育出版社，1996.

［33］漆永祥，杨韶蓉编．千古传世美文［M］．北京：九州图书出版社，1999.

［34］星汉，等选注．西域风景诗一百首［M］．乌鲁木齐：新疆人民出版社，1992.

［35］张佳生．清代满族诗词十论［M］．沈阳：辽宁民族出版社，1993.

［36］周轩．清宫流放人物［M］．北京：紫禁城出版社，1993.

［37］清国史馆编．清国史第13册［M］．北京：中华书局，1994.

［38］胡国军主编．吉林市志［M］．长春：吉林文史出版社，1994.

［39］王佑夫，李红雨，许征编．清代满族诗学精华［M］．北京：中央民族大学出版社，1994.

［40］祝注先．中国少数民族诗歌史［M］．北京：中央民族出版社，1994.

［41］贝远辰选注．历代杂文选［M］．长沙：湖南人民出版社，1985.

［42］星汉．清代西域诗辑注［M］．乌鲁木齐：新疆人民文学出版

社，1996.

[43] 李兴盛. 中国流人史 [M]. 哈尔滨：黑龙江人民出版社，1996.

[44] 李兴盛. 东北流人史 [M]. 哈尔滨：黑龙江人民出版社，1996.

[45] 严迪昌. 元明清词 [M]. 成都：天地出版社，1997.

[46] 孙殿起. 贩书偶记 [M]. 上海：上海古籍出版社，1999.

[47] 郭绍虞. 中国文学批评史 [M]. 天津：百花文艺出版社，1999.

[48] 漆永祥，杨韶蓉编. 千古传世美文 [M]. 北京：九州图书出版社，1999.

[49] 聂石樵编. 历代杂文选 [M]. 成都：巴蜀书社，1998.

[50] 祝鼎民，于翠玲选注. 清代散文选注 [M]. 长沙：岳麓书社，1998.

[51] 张健. 清代诗学研究 [M]. 北京：北京大学出版社，1999.

[52] 李灵年，杨忠主编. 清人别集总目 [M]. 合肥：安徽教育出版社，2000.

[53] 董文成主编. 清代满族文学史论 [M]. 北京：中国文联出版社，2000.

[54] 张佳生. 独入佳境：满族宗室文学 [M]. 沈阳：辽宁人民出版社，2000.

[55] 杜珣编著. 中国历代妇女文学作品精选 [M]. 北京：中国和平出版社，2000.

[56] 段启明，汪龙麟. 清代文学研究 [M]. 北京：北京出版社，2001.

[57] 星汉，王瀚林选注。历代西域屯垦戍边诗词选注 [M]. 乌鲁木齐：新疆人民出版社，2001.

[58] 张少康. 文赋集释 [M]. 孙冯翼辑. 北京：人民文学出版社，2002.

[59] 严迪昌. 清诗史 [M]. 杭州：浙江古籍出版社，2002.

[60] 济南社会科学院编. 济南名士评传（古代卷）[M]. 济南：齐鲁书社，2002.

[61] 王佑夫. 中国古代民族诗学初探 [M]. 北京：民族出版社，2002.

[62] 沈津. 翁方纲年谱 [M]. 北京：中国文史哲研究所出版社，2002.

[63] 何光岳. 中华姓氏源流史 [M]. 长沙：湖南教育出版社，2003.

[64] 黄拔荆. 中国词史 [M]. 福州：福建人民出版社，2003.

[65] 张寅彭. 新订清人诗学书目 [M]. 上海：上海古籍出版社，2003.

[66] 刘世南. 清诗流派史 [M]. 北京：人民文学出版社，2004.

[67] 周轩. 清代新疆流放研究 [M]. 乌鲁木齐：新疆大学出版社，2004.

[68] 朱则杰. 清诗选评 [M]. 西安：三秦出版社，2004.

[69] 尚永亮. 贬谪文化与贬谪文学 [M]. 兰州：兰州大学出版社, 2004.

[70] 鲁迅. 鲁迅全集 [M]. 北京：人民文学出版社, 2005.

[71] 吴梅. 中国文学史 [M]. 北京：北京大学, 2005.

[72] 吴梅. 词学通论 [M]. 上海：复旦大学出版社, 2005.

[73] 郭英德. 中国古代文学通论 [M]. 沈阳：辽宁人民出版社, 2005.

[74] 彭书麟, 于乃昌, 冯育柱主编. 中国少数民族文艺理论集成 [M]. 北京：北京大学出版社, 2005.

[75] 张岱年. 中国伦理思想研究 [M] 南京：江苏教育出版社, 2005：28.

[76] 邸永君. 清代满蒙翰林群体研究 [M]. 哈尔滨：黑龙江人民出版社, 2005.

[77] 周轩, 修仲一编著. 纪晓岚新疆诗文 [M]. 乌鲁木齐：新疆大学出版社, 2006.

[78] 周轩, 修仲一编著. 洪亮吉新疆诗文 [M]. 乌鲁木齐：新疆大学出版社, 2006.

[79] 刘长明, 周轩编著. 林则徐新疆诗文 [M]. 乌鲁木齐：新疆大学出版社, 2006.

[80] 朱惠国, 刘明玉. 明清词研究史稿 [M]. 济南：齐鲁书社, 2006.

[81] 皮福生. 吉林碑刻考录 [M]. 长春：吉林文史出版社, 2006.

[82] 罗春政编. 关东书画名家辞典 [M]. 沈阳：万卷出版公司, 2006：88.

[83] 刘世南, 刘松来选注. 清文选 [M]. 北京：人民文学出版社, 2006.

[84] 孙诚, 张德玉. 建州女真暨董鄂部研究 [M]. 北京：中国文史出版社, 2006.

[85] 孙诚. 董鄂氏人物传略 [M]. 北京：中国文史出版社, 2006.

[86] 黄霖主编, 羊列荣著. 20世纪中国古代文学研究史·诗歌卷 [M]. 上海：东方出版中心, 2006.

[87] 张寅彭. 新订清人诗学总目 [M]. 上海：上海古籍出版社, 2007.

[88] 卢秉宇主编. 宽甸先民与大清王朝 [M]. 北京：中国文联出版社, 2007.

[89] 江庆柏, 清朝进士题名录 [M]. 北京：中华书局, 2007.

[90] 齐清顺. 清代新疆研究文集 [M]. 乌鲁木齐：新疆人民出版社, 2008.

[91] 刘晓萌. 清代八旗子弟 [M]. 沈阳：辽宁民族出版社, 2008.

[92] 刘晓萌. 清代北京旗人社会 [M]. 北京：中国社会科学出版社, 2008.

[93] 星汉. 清代西域诗研究 [M]. 上海：上海古籍出版社, 2009.

[94] 张佳生. 清代满族文学论 [M]. 沈阳：辽宁民族出版社, 2009.

[95] 万国鼎. 中国历史纪年表 [M]. 北京：中华书局, 2009.

[96] 文琭主编. 西域风起塔里木 [M]. 乌鲁木齐：新疆人民出版社, 2009.

[97] 麟峋编. 闽海吟下册 [M]. 杭州：华龄出版社, 2012.

[98] 马清福主编. 满族文学史 [M]. 沈阳：辽宁大学出版社, 2012.

[99] 朱则杰. 清诗考证 [M]. 北京：人民文学出版社, 2012.

[100] 曾枣庄. 中国古代文体学 [M]. 上海：上海书店出版社, 2012.

[101] 张兵. 文化视域中的清代文学研究 [M]. 北京：人民出版社. 2013.

[102] 涂宗涛. 苹楼藏书琐谈 [M]. 天津：天津古籍出版社, 2013.

[103] 张菊玲著. 师友赓飏集 [M]. 北京：中央民族大学出版社, 2014.

[104] 陈登原. 中国文化史 [M]. 北京：商务印书馆, 2014.

[105] 曹春茹, 王国彪著. 朝鲜诗家论明清诗歌 [M]. 北京：中央编译出版社, 2016.

[106] 陈绶祥. 遮蔽的文明 [M] 北京：北京时代华文书局, 2016.

外国专著：

[1] （苏）列宁. 列宁论文化与艺术 [M]. 萧三编译. 济南：山东新华书店, 1949.

[2] （古罗马）贺拉斯著. 诗艺 [M]. 杨周翰, 译. 北京：人民文学出版社, 1962.

[3] （日）末松保和. 李朝实录（第四十九册） [M]. 东京：学习院东洋文化研究所, 1966.

[4] （日）桥川时雄著. 满洲文学兴废考 [M]. 孟文树, 译. 沈阳：满族文学史编写委员会, 1982.

[5] （朝）李佑成. 楚亭全书 [M]. 首尔：亚细亚文化社, 1992.

[6] （朝）徐明源. 韩国文集丛刊 [M]. 首尔：韩国民族文化推进会, 2000.

[7] （美）欧立德. 满洲之路：八旗与中华帝国晚期的族群认同 [M]. 加利福尼亚：斯坦福大学出版社, 2001.

[8] （朝）林基中. 燕行录全集（第85册） [M]. 首尔：东国大学校出版部, 2001.

［9］（美）宇文所安著. 中国文论：英译与评论［M］. 王柏华，陶庆梅，译. 上海：上海社会科学院出版社，2002.

学术论文：

［1］张佳生. 铁保与《惟清斋全集》［J］. 满族研究，1987（3）：38-44.

［2］周轩. 铁保的文学起家与失察流边［J］. 紫禁城，1991（3）：6-9.

［3］肖宏. 奇气足，波澜阔——铁保西域诗《登智珠山》赏析［J］. 新疆地方志，1991（1）：86.

［4］王学泰.《钦定熙朝雅颂集》和旗人的诗歌创作［J］. 文学遗产，1992（3）：99-105.

［5］王佑夫. 清代满族诗学发展概观［J］. 新疆师范大学学报，1994（2）：2-9.

［6］涂宗涛. 铁保《联床对雨集稿本》与《梅庵诗钞》对勘记［J］. 吉林师范学院学报，1996（1）：13-15.

［7］李金希. 清代满族诗人铁保［J］. 满族文学研究，1998（3）：41-48.

［8］贺莉. 略述钦保手迹孤本及《白山诗介》［J］. 齐齐哈尔师范学院学报，1998（1）：41-48.

［9］汪维寅，钱专. 雄厚浑穆 天然率真——从铁保书文看其美学思想［J］. 中国书法，2004（11）：33-38.

［10］岳永. 铁保诗学思想初探［J］. 宁夏大学学报（人文社会科学版），2010（4）：148-150.

［11］任树民. 铁保与吉林［J］. 紫禁城，2010（5）：175-176.

［12］朱则杰，吴琳. 清代八旗诗歌丛考［J］. 西北师大学报（社会科学版），2010（6）：31-35.

［13］王学信. 清代的满蒙八旗进士［J］. 海内与海外. 2010（1）：52.

［14］李秋，任树民. 铁保《白山书院跋》考辨［J］. 长白学刊，2011（2）：123-126.

［15］曹春茹. 清代满族诗人铁保与朝鲜文臣的诗文友谊［J］. 中央民族大学学报，2011（6）：142-147.

［16］关纪新. 清代满族文学家铁保素描［J］. 大理学院学报，2011（11）：18-21.

［17］秦帮兴. 论铁保的新疆诗作［J］. 许昌学院学报，2013（3）：35-37.

［18］金丹. 阮元书法金石交游考（上）——阮元与刘墉、翁方纲、铁保之

师生交谊考 [J]. 荣宝斋, 2013 (8): 248-259.

[19] 多洛肯. 清代中期满族文学家族及其诗文创作初探 [J]. 西北师大学报 (社会科学版), 2014 (6): 50-56.

[20] 黄文. 铁保《惟清斋全集》序跋研究 [J]. 山西档案, 2017 (6): 168-167.

硕博论文:

[1] 雷晓彤. 清代满族诗人群体研究 [D]. 北京: 北京师范大学, 2005.

[2] 钟义彦. 铁保诗学思想研究 [D]. 乌鲁木齐: 新疆师范大学, 2012.

[3] 李杨. 八旗诗歌史 [D]. 杭州: 浙江大学, 2014.

[4] 李国娇. 铁保之政绩与文化成就研究 [D]. 沈阳: 辽宁大学, 2016.

附　录

一、传记碑铭

铁保碑文

予告三品卿，前太子少保，吏部尚书，梅庵铁公神道碑。兵部尚书、兼都察院右都御史、总督陕甘兼巡抚事务。受业那彦成顿首撰文并书。道光四年正月丁卯□□。予告三品卿前太子少保，吏部尚书梅庵铁公薨。越明年四月十六日葬于八宝庄之原。公之孤瑞元、瑞恩邮书门下士，那彦成（1764—l833）请表神道，那彦成，乾隆己酉（1789）公总裁礼闱所奖拔，受知至深，不敢辞。公讳铁保，字冶亭、号梅庵、满洲正黄旗，栋鄂氏。曾祖讳赛柱，祖讳富起，臣考讳诚泰，字淳斋，直隶泰宁镇总兵。妣辉赫太夫人，生子二，公其长也，次为阆峰，侍郎，讳玉保，先公卒。公生而异敏，念家世，习韬钤，当以文章显，攻苦颛壹。年二十一成进士，由铨曹入祠苑，高宗纯皇帝，试翰林擢第一，又尝校射中三矢，□□□尝戴孔雀翎。先后为侍讲、洗马各一、学士三、鸿胪少卿、少詹事各一。内阁学士二、礼部侍郎二、吏部侍郎三、礼部、吏部尚书各一、盛京兵部、刑部侍郎各一、奉天府尹一、日讲口起居注，官教习庶士各一，管理口成安宫二、总理国子监一、稽察右翼宗学四、译官各一、都统二、副都统五、山东巡抚一、漕运总督、两江总督各一。广东、浙江巡抚未赴各一、叶尔羌、新疆喀什噶尔大臣各一、主顺天、江南、山东乡试各一、总裁会试二、知贡举三、主试口咸安宫、八旗教习一。公天秉沈厚，宽博有容，涵操精明，在割能断。於处曹司介然孤立，意所不可廷瓣无屈挠，以是为先文成公所深器。由员外郎至副都统皆公保荐也。其居卿贰也，劾选司欺、蒙请芟吏、兵苛例条、时政得失多见施行于当时。襄赞□□□□授受上仪。海内称美、其莅封圻也，於漕斥加赋筹恤丁斛、□科条可通可欠，於河不浚，海不增堤堰、薪复囊利，去今害河以从轨於驭吏布，公推诚进贤，黜不肖务为坦夷，不设城府吏以大和於治民，抽橦良奸，区折淑愿，彰瘅互施，强威弱怀。无敢不若，所至建书院、育婴堂、义学、昭忠祠。或创或因颂叹溢路，诛水手张湖广、盐□、□五、董际云，洋盗蔡廷秀、周文达，乱民刘茂修、余连，樊名扬殄奸渠魁，鹰化鸩革，其他饬士习肃军伍，改营制勤，民瘼拯灾，黎权度缓急，经纬衡从，沈几独照，赴义如矢，引咎不以诿察属，建言不知有畛域。综而论之，皆公绪余。仁宗睿皇帝手敕褒曰：治国如治家，又曰：得大臣礼煌哉，□□□圣言，微公畴克堪兹。公督两江四年，以失察属邑冒赈，谪戍乌鲁木齐，既而迁阶，赐环洊升冢宰矣。又以在喀什噶尔时，过听回民讼，褫职戍吉林。然公之西也，甫八月，而由办事晋参赞升讲学。□□□恩纶屡贲，在北庭稍久，寻亦以洗马□□□召还。今上初元，因目疾乞休蒙。□□召对，予三品卿衔致仕。□□□恩礼三朝，始终弗替，何其懿也。公怜才好士，每司衡无不校之卷，己酉（1789）春榜，拥节旄升，槐鼎者相望。壬子（1792）江南榜，得大魁四人，门墙之盛。罕有伦比。与阆峰侍郎最友爱，人以似之二苏。业师有子。来自远方馆而资之因以成名。姊婿艰於嗣，为纳姬竟延，似续平生，义举多类此。有惟清斋诗文、字帖行世，诗文尔稚，沈实不事钩棘，动循规绳长庆会昌，未足骖靳，楷书模平原，草法右军，出入怀素、孙过庭，临池之工天下莫及。尝辑八旗诗进呈仁宗，御制序，赐名《熙朝雅颂》。公论诗贵气体，深厚，又云：贵实境不贵虚词。论书云：丰者无骨，瘦者少腴，尚气魄者失怒，张矜风韵者趋柔媚，皆非书之正格也。论者谓惟公不愧其言。云呜呼！公生长勋阀慨然自奋于诗书，弱龄登上第扬，历中

外四十余年，持节东南，澹沉宓夷，巨盗曾不一动其声色，继而出玉门、涉龙沙、重跻西北数万里笃棐之忱，言于谟之告未尝一息以懈。晚而考终邸第，优被□□殊渥，功名在天壤，忠荩在邦国，文章翰墨在古今。斯可谓、无憾者已。夫人宁古塔氏，内阁侍读学士，讳巴克棠阿之女，于归后遂能诗，工于草书。子二，瑞元、辛巳（1821）□恩科举人，刑部员外郎。瑞恩、国学生。铭曰：白山炳灵，实生才雄。二惠弱一，爽惟我公。堂二少踔，文圃有弸。厥中日大，以富出建。旌钺入登，棘槐爰作舟楫。以济江淮，道有舒卷，时有通塞。公一视之砥平，绳直绝塞归来。皤二鬓，须疏泉，莳花挥翰，以娱艺也。繁道言也，繁德益以事功不朽，斯克有佳郁葱。左林右邱，勒此贞石，用垂千秋。

（据清盛昱修《雪屐寻碑录》）

铁保传

铁保，字冶亭，栋鄂氏，满洲正黄旗人。先世姓觉罗，称为赵宋之裔，后改今氏。父诚泰，泰宁镇总兵，世为将家。铁保折节读书，年二十一，成乾隆三十七年进士，授吏部主事，袭恩骑尉世职。于曹司中介然孤立，意有不可，

争辩勿挠。大学士阿桂屡荐之，迁郎中，擢少詹事，因事罢。寻补户部员外郎，调吏部。擢翰林院侍讲学士，仍兼吏部行走，历侍读学士、内阁学士。五十四年，迁礼部侍郎，兼副都统。校射中的，赐花翎。调吏部。

嘉庆四年，奏劾司员，帝责其过当，左迁内阁学士，转盛京兵部、刑部侍郎，兼奉天府尹。寻复召为吏部侍郎，出为漕运总督。五年，值车驾将幸盛京，疏请御道因旧址，勿辟新道；裁革馈送扈从官员土仪；禁从官妄拿车马：上嘉纳之。七年，迁广东巡抚，调山东。河决衡家楼，诏预筹运道。九年三月，漕运迅速，加太子少保。寻以水浅船迟，革职留任。十年，擢两江总督，安徽寿州武举张大有妒奸毒毙族侄狱，苏州知府周锷受贿轻纵，及初彭龄为安徽巡抚，勘实置法。铁保坐失察，褫官衔，降二品顶戴，寻复之。

十二年，疏请八旗兵米酌给二成折色，诏斥妄改旧章，革职留任。先后疏论治河，请改建王营减坝，培筑高堰、山盱堤后土坡及河岸大堤，修复云梯关外海口，遣大臣勘议，并采其说施行。十四年，运河屡坏堤，荷花塘决口合而复溃，镌级留任。山阳知县王伸汉冒赈，酖杀委员李毓昌，至是事觉，诏斥铁保偏听固执，河工日坏，吏治日弛，酿成重狱，褫职，遣戍乌鲁木齐。逾年，给三等侍卫，充叶尔羌办事大臣。寻授翰林院侍讲学士，调喀什噶尔参赞大臣。授浙江巡抚，未之任，改吏部侍郎。擢礼部尚书，调吏部。请芟吏、兵两部苛例，条陈时政，多见施行。林清之变，召对，极言内监通贼有据，因穷治逆党，内监多衔恨，遍腾谤言。会伊犁将军松筠劾铁保前在喀什噶尔治叛裔玉素普之狱，误听人言，枉杀回民毛拉素皮等四人，上怒，追念江南李毓昌之狱，斥其屡蹈重咎，褫职，发往吉林效力。二十三年，召为司经局洗马。道光初，以疾乞休，赐三品卿衔。四年，卒。

铁保慷慨论事，高宗谓其有大臣风。及居外任，自欲有所表见，倨傲，意为爱憎，屡以措施失当被黜。然优于文学，词翰并美。两典礼闱及山东、顺天乡试，皆得人。留心文献，为八旗通志总裁。多得开国以来满洲、蒙古、汉军遗集，先成白山诗介五十卷，复增辑改编，得一百三十四卷，进御，仁宗制序，赐名熙朝雅颂集。自著曰怀清斋集。

（据《清史稿》一百四十）

铁保作者考丙

铁保，姓觉罗氏，后改栋鄂氏，字冶亭，一字铁卿，号梅庵。满洲正黄旗，盛京（沈阳）人。乾隆十六年（1751）生，道光四年（1824）卒。乾隆三十六年（1771）辛卯科会试取中进士，与王尔烈同科。累官吏部主事、奉天府尹、两江总督、礼部尚书、吏部尚书等。他曾为吉林"白山书院"题写过匾额。少有诗名，与百龄、法式善并称三才子。尤工书法，以行草称著，宗羲之、献之二王，与翁方纲、刘墉、成哲亲王永瑆并称清代四大书家，所刻《惟清斋帖》，艺林宝之。著有《惟清斋全集》《白山诗介》《淮上题襟集》传世。

（据《八旗文经》卷第五十九）

铁冶亭尚书传

余束发与冶亭尚书交，已廿余年，喜其诗才俊逸，议论今古是非，侃侃正论，以为有古大臣风范。后闻其历任督抚，以傲庋称，考核下属，往往因苞苴多寡定其优劣。又袒庇科目，颇蹈明人恶习。乃因王伸汉之狱，谪贬西域。召用未逾年，又以在西域时滥毙人命，致遣戍吉林，颇诧其言行不符乃至若是。后闻人言，当癸酉秋林清之变时，公独召对，尽述阉宦不轨之谋，又发十七日夜之事（见前卷）。故上从其言，搜捕逆党颇急。太监杨进忠造刀逆谋，又为其门生御史陆泌、曹恩绎所劾发，致阉宦恨之切齿，造诸蜚语上闻。适遇西域之咎，重遭重谴。公尝选八旗诸耆旧诗数十卷，颇为繁富，任齐抚时进呈。上御制序以宠之，赐名曰《熙朝雅颂集》，颁行天下。

（据昭梿《啸亭续录》）

铁冶亭先生事略

国家文治轶前古，列朝御制，如日月之经天，朱邸亲藩，类皆扬风扢雅，至八旗士大夫能诗者尤众，特未有荟萃一编，以导扬美盛者。嘉庆中，铁冶亭先生手辑八旗诗，上溯崇德，至乾隆六十年止，得诗数百家。表上之，诏赐嘉名，曰《熙朝雅颂集》，睿庙亲为制序，洵足彰右文之盛治矣。

先生名铁保，字冶亭，号梅庵，满洲正白旗人。乾隆三十七年进士，有编修官至两江总督。少与百菊溪制军、法时帆学士并称三才子。馆选后，谐其弟阆峰并以诗名。菊溪称其诗如王子晋向月吹笙，声在云外，至其气韵宏深，如河流之发源天上。其推挹至此。所著曰《梅庵集》。尤工书法。北人论书著，以刘石庵相国、翁覃溪阁学与先生鼎足而三。生平敬贤礼士，推人论冰鉴，为鄂文端后一人。

（据李元度《国朝先正事略》）

二、序跋

（1）汪廷珍《梅庵全集序》

座师梅庵先生，岁居悬车掌恩，予告家居多暇。自叙生平所历，为年谱二卷，复第其所著文字，为奏疏二卷、文集六卷、应制诗一卷、《梅庵诗钞》五卷、《玉门诗钞》二卷、附诗余一卷，付之剞劂。而命廷珍为之序其端。

廷珍窃惟古今不朽之业有三：曰立德、立功、立言。三者道本一原，而才难兼擅。言虽较德功为末，然考在昔名。卿硕辅行，谊垂竹素，勋猷勒鼎钟者，其人或不文或虽能文为不足名其家，求其能作吉甫之颂，有子产之辞者，代不数人。故昔人序李韩合刻，谓文公、卫公易地皆然，然会昌一品，安能望日月之末光。有宋忠献、文忠二公，所称天下文章，某大乎是者，而安阳之集似之庐陵，终难方笃信乎。欧阳子之言曰："文章之作，多发于羁旅草野，至王公贵人，志得气满，非性能而好之，则不暇以为蒙。"谓非其志，不欲为精神、才力不能并说故也。

先生早辍科第，通籍以后，由曹司陟词垣，登卿贰师封疆，行河转漕，历试艰巨，出入中外凡数十年。案牍舟车，未尝一日以息，其于词翰宛若不暇为者，乃其所作，卓卓如此。其殆欧阳子所谓："性能而好之者，即抑其精神才力殊绝于人，出其绪余。"犹足陶铸文人学士者耶？先生古今体诗，久为艺林传诵。今复出其晚岁所作，并公私杂者都为一集，梓以行世。夫而后先生之所施于当世，与其所欲施而未竟者，皆可于斯文见之。而先生之言且与功德俱不朽已。若夫性情之厚，才识之伟，品格之高，义法之密，知言者于此当自得之。廷珍无似于修辞之学未有所窥，不敢究论所以妙也。

道光二年岁次壬午，孟陬既望，门下士汪廷珍谨序。

(2) 刘凤诰《梅庵全集序》

太宰铁梅庵师以文学受先朝恩遇，宣猷中外，负峻望五十年。

今上初元赐三品卿衔，以礼致仕，功名垂竹，帛文章，寿金石，而其生平自得，或传或犹未尽传，宜深入仰止之慕也。诰奉师教越三十年，熟窥不朽之业，立言为重。衰录师著汇为巨编，请版行于世。首列年谱二卷，皆自纪六十以前阅历、建树事实。次诸体文八卷，诗六卷，多汰存者。次《玉门诗钞》二卷，诗余一卷，既集成。师笑而颔之曰："子不慕好事矣乎！何弗予规而予誉云者。"诰愿窃有述焉。

师之事纯庙也。掌王礼十年，廷试赓和数奖能文，尔时躬赞叆隆，禅授礼飨，朝会巡藉蒐猎诸大仪，皋拜夔飑，自公载笔，故其文典质而昌明。两典春闱，三擒秋贡，极藻鉴天下人才之盛，休沐余暇进及门，商榷今古，间从当时名公卿上下其议论，有得辄书，故其文深厚而邃密。少为贵公子，稍长为贫，诸生、娱亲、友弟、弦诵不辍。偕吾师母夫人，研六法、习诗射，服官后，无家计累职事举，而学力日以强，故其文本攀情而多善气。洎逢睿皇亲政，留守鄞京，转督漕，赋六东开府，江左右节制，日筹画治吏、治民、治军、治河及监粟、盗贼诸剧务。每于极劳之际，借江山之灵气，写民物之恫瘝，即政即学初无二致，故其文与诗，不屑屑摹某家某格，而自无不隐括而精到者。迄乎西行万里，耳目益雄，承平驭边，节旄壮矣。进为翰林学士，更进拜尚书，皆塞外所迁官。遭遇之奇，古所绝无。宜其诗文亦为古所未有，晚乃偶缀诗余一卷，以寄闰情，备作家一体。斯乎大儒不遗小道之意也。

师性博达，当事敢为，无少顾忌。与人交和易可亲，不翕翕然可肝胆有毕露者居。恒接士大夫外，业林高行纵谈慧业铃辕下走，窃听吟声，往往于翰墨间，无在不行其真意。师今年七十，继此有作，行衍为续编，世之读会昌《长庆集》者，穆然相见当日风仪，文如其人，斯集不让二贤专美矣，爰盥而识之。

道光元年辛巳秋七月受业刘凤诰谨序。

（3）阮元《梅庵全集序》

道光二年夏，元白岭南人观谒座师梅庵先生，于蔬圃中。

师方引年悬车，颐和多暇，导泉种花，香以晚节。出《自编年谱》及诗文全集，授元读之。元列师门三十四年矣，获闻绪论久，且师之德谊、政绩、文章，炳于朝野者，见闻为尤确。是以出都途次，敬为序焉。元谓："文以经世，诗以明志，必根极乎？道德错综乎？事功陶冶乎？"情性而后，可垂诸久远而不朽。吾师渊源家学笃诚，孝友埙箎敦倡酬之乐，琴瑟诵静好之风，门内之行怡怡雍雍如也。名卿大夫，缊绂之欢偏海内。日以仁义为渐摩，廉隅为砥砺，是以发为文词也，粹而精。所谓根极乎，道德也。

师以文学侍从，膺纯庙特达之知职，掌邦礼恭。值大廷授受隆仪，迭举雍容赓杨于斯，为盛文衡叠柄藻鉴，人伦群望，仰如山斗。

仁宗睿皇帝亲政，历留都兵、刑二部侍郎兼府尹事，既而转督漕运，开府山东总制，三江所至之区，凡河防、财赋、兵谙、禁察吏，惠民诸善政，靡不毕举。秉儒术为经济，切民物以恫瘝。上太平经国之书，谱阴雨黍苗之颂，案牍肆劳铅椠不废。洎乎弹节，玉门拥旄紫塞旋起，学士晋阶尚书，每历一官必展所学，以期无旷厥职，是以发为文词也。典以实所谓错综乎，事功也。师蕴蓄闳深，临事屡断清名，雅操历跻显秩，自处无异儒素。与人接物和易推诚，慷慨敦气。谊生平踪迹，所历江河之浩渺，山海之雄深，边关之险要，古迹之显晦，人物之废兴，莫不寄诸翰墨，抒以性灵。渊乎？浩乎？靡窥涯涘已。

今上御寓眷念旧臣。师以年近七旬，引疾请致仕，优诏褒答晋秩。予告此后优游林泉，绾绂縻寿，娱心著述。造道逢源，冲和淡淡而旨所谓陶冶情性者非乎。昔吾师巡抚山左时，采辑八旗诗进，呈蒙赐名《熙朝雅颂集》，元奉命恭撰跋语，中有以忠爱发为咏歌之语。师赐历中外垂五十年，忠爱之忱至老弥笃。则此集者，德谊政绩文章一以贯之洵足焉。熙朝盛事，元又以隋名简末为幸焉。

受业扬州阮元谨序。

(4) 英和《梅庵全集序》

乾隆癸丑，和成进士，出梅庵先生门下，厚辱期许，得备闻古今述作之旨。尝见公表进所辑八旗诗集，一百二十四卷。诏旨优答，赐名《熙朝雅颂》，九牧之士且诵且叹服。公政事之眼，不废铅椠，蒐采繁富，抉择精审，油然有余裕也。乃今读公诗文全集，闳侈而巨丽，博厚而遒雅，如望江河洸汪澹漫，而不知所终始。则故合八旗制作之彦，而集其成矣。是非得天独厚，亦安能邃诣精蕴若斯之茂美哉？公早擢显第回翔翰苑，陟卿贰领封圻防边徼，赐历中外者垂五十年，读之而可以得公平生出处之略，则有年谱。读之而可以见公体国公忠之诚，则有奏议。读之而可以见公学术之正，才识之大，则有古文集。其他自赓飏明盛以及交友怀人、感时触物、荣瘁欣戚，咸寄诸有韵之文。于是山川之凭吊，关塞之险厄，云物之沃荡，风俗之异同，人事之代嬗，日月之迁流，无不毕陈。俶然渊其志和其情，积乎其犹模绣也，富哉言乎，叹观止矣！

今上建极之初，以公老成宿望，方切向用，而公深杂止足之义，特请悬车。遂以三品卿秩予告归第。俾优游颐养以著述自娱，则造道资深而又得假以宽闲之岁月者，谓非遭遇之极隆欤。集凡十八卷，皆公所手定，而命和以一言序之。窃杂李汉之于昌黎，苏轼之于欧阳，皆能知而能言者。和则奚能为役，顾自杂少以文字受知于公，言论风采亲承有年，诗云："高山仰止，景行行止。"固深以得附姓氏为幸也。乃不敢以不文辞而谨书数语于简末。

道光二年二月朔受业英和谨序。

(5) 魏成宪《梅庵全集序》

年谱之作，昉自南宋，编纂行事，年经而月纬之。吴仁杰之谱，靖节少陵吕大防，洪兴祖之谱，昌黎文安礼之谱柳州是已。然犹属异代也。六一谱于薛齐谊南丰谱，于朱子三苏谱，于何榆紫阳谱，于李方子勉斋谱，于潘植、郑元肃、陈义和，或亲问业或私淑诸人，信而有徵辞不虚美，体制谨严，洵有当乎。编年纪月之法，近代宛陵施愚山先生，尝自编年谱，海丰吴二南尚书有《蚁园自记年谱》。据事直书而品绩文章大略可观，较之排比出自他人者更亲，且切读者题之。

宫保铁公，一代宗臣学者，仰之如泰山北斗，赐历中外垂五十年，夫经术以饰，治跻民物于春台。遭际三朝知遇之隆，为九列百僚亿万军民所倾心，而仰镜所谓文武威风持大体有成绩者，更仆未可悉数蟠错屡试。宠辱不惊，读万卷书，行万里路，讫能功在苍生眷优。黄发遗爱之碑与人之诵，中和乐职，宣布之诗至今。尚偏于吴、鲁、齐、楚之邦，皆公之治谱也。今公于予告之年，出手辑年谱见示，且命成宪恭校缀言于后，忆公承命为七省漕师，成宪方迁秩江安粮储，幸厕属吏，既公开府大东，复以观察充沂备员，节下晋督江南特以贱名首登剡牍，受公之知经。今卅载凡公之实心实政进贤，退不肖率励廉耻敦厚风俗而一一出之以和神清节，当与古名臣韩范富、欧阳之立心行事并垂不朽。成宪曩时所亲炙而奉行者。若清漕之整纲饬纪，丁民交便，张秋运道之堵筑如期飞刍。不后济东兖曹之灾区，赈恤半载，无一道殣，竟事无一诉牒，皆大端卓卓可纪可传。核兹年谱所载，曾未及十之一二。盖公之自视歉然过人远矣。公叠掌文炳得人最盛，河汾门下卿相林立，而参校缀言之役，不于群公是属，而偏属之白首。郎潜蔬贱不文之故，吏者岂非以其克知灼见，信而有征，辞不虚美耶。公之诗古文词，驾愚山先生而上之，其阴德及人之善政，视二南尚书有过之无不及，则世济其美必有如二南尚书，令子之兄弟并持节钺，及愚山先生曾孙之。重厘年谱者，理有固然，福有自致顷公手辑，以寿属七旬为准继。自今午樯独乐岁月，正长安车蒲轮恩纶特召。庆累朝之耆旧，跻千叟之寿筵，大书特书。不一书正未，有艾稽诸有宋叶信公之谱，编于子应支范文正公之谱，编于五世孙之柔行，见续笔绳绳。恭嗣辈门施行马闳十年而一缮。成宪虽日眵头雪尚思风为参校，而敬陈于我公书策琴瑟之前也。

道光元年太岁在辛巳秋八年之朔魏成宪谨跋。

(6) 冯元锡《梅庵全集序》

夫为国家生名世之人，则必有名世之用。所以黼黻隆平润色鸿业抒才，猷为经济本学术为文章，使其著述既足显于当时，而必扬于后世。则人不徒藉文以传，而文实自因人而重，岂偶然也哉？唐有韩、白，宋有欧、苏尚已。吾师铁梅庵先生，钟乾坤之闳气，秉河岳之淳精，通敏性成宏伟博达。笃嗜坟典百家六艺之篇，靡不究览洞贯大义，不屑屑为章句之学。善诗歌负奇气，为文辞操笔立成，才识高迈，时争传诵，惊龙之质自少已然矣。早岁通籍佐铨政，综理优赡，独持简要，见重宰执执，以文字受纯皇帝特达之知。朝迁学士，涉陟容台精白，一心分典三礼。表章制度夙夜惟寅，两典春闱屡司文柄。壬子莅江南，甲寅历山东，戊午任顺天。得士称极盛洪河北斗学者，翕然宗仰之。

睿皇帝亲政，由少宰迁少司农兼尹陪都时，漕政疲敝，命公督运江淮军储用济。自是擢山左总督两江，受寄方崇，许身弥确。所至与编除害饬、纪振纲、励学校、戡奸究、濬河渠、严海防，向度机宜，匡正民俗，其纡筹之良策，干济之嘉，猷精深详密一一具见于奏疏中。及下僚侵赈事发，公被累往涉轮台万有余里。单军就道宠辱不惊，气量过人，达甚矣。寻起公学士绥理回疆旋应内召，于是有《玉门诗钞》，回疆土俗诸记再掌宗伯晋领，天官方竭公忠勤思寅亮复以回疆疑狱谪赴吉林，公旅居数年，屏谢人事，惟以文字自遣。初为少宗伯时，曾奉命撰《八旗通志》，抚山东之日，进所选八旗诗，赐名《熙朝雅颂集》，皆煌煌乎巨儒报国之文也。旧著《梅庵诗钞》早行于世，碑版诸刻，书名弛海内久矣。睿皇帝知公学问，复起为洗马，今上御极眷念耆旧，方欲响用公时，患目疾，以年跻七旬，鉴大夫悬车之义，因乞致事。恩旨优允晋爵，家居乐志，颐和翛然林下遄取，自著年谱，并前后所作赋、序、传、记、杂说诸篇及旧刻诗钞，附以诗余，厘为六卷，题曰：《惟清斋全集》。元锡授读之元锡自杂谬陋弱，即受知趋承函丈者几三十年于兹矣。习见公内行醇备气节森然，常居大臣之位，独耽儒素之风。服官三朝，耆德昭灼，扬历中外，政在邦家。虽屡踬屡起，经纶之大未究其用，而著作之业因以益宏，进退雍容出处一致。谓非道充养邃而能然哉。近窥宫墙之美富得问夫子之。文章本乎性灵，辅以学力，昌明雅健，朴茂渊深。大则元气值包含，细则川留之条析，陶钧六籍，吐纳群言。篇帙之中，诸体尽善，是以神与古会趣若天成，即偶然涉笔亦皆有卓识精理以蕴乎其问学者。读公之文而垂后固宜。公自序尚言不敢追抗古人，何辞之谦而心之善下也。元锡愧无子贡有若之智，不足以仰测高深，顾窃念叨与编校之役，得缀名简末，以自附于不朽之例，其亦厚幸巳夫。

道光元年岁次幸巳秋七月中瀚受业冯元锡谨序。

(7) 瑞元《梅庵自编年谱跋》

家大人年六十时，在喀什噶尔参赞任内所序，内无一字虚饰。凡有关公事者，必奉有谕旨允行，始敢序入，意在存信以示后人。此次年谱所由作业，是年补授吏部侍郎，奉诏回京。十八年正月补授礼部尚书镶白旗汉军都统。四月抵京，八月补礼部尚书正蓝旗满洲都统，是时逆匪林清滋事。大人不避艰险，遇事直陈章数，十上国事不敢存稿。时吏部处分繁重，各直省官吏才具少优者，多为处分挂碍不能升用，以故督抚不能得人。

大人与同官公议，每召对时，细陈利弊。上以为是两降谕旨，令吏部核议删减正在筹办间，因十六年喀什噶尔回民敛钱一案，议者以前任参赞误听回民捏禀，办理错误。大人褫职谪戍吉林，到戍后闭门思过日，惟以学书自遣。凡古人字迹无论大草细书，无不临摹。不下数十迫至百余，过便中寄京交元等收存。元以老年笔墨恐致散失，交善手摹勒六卷，以垂久远。

二十三年奉恩旨补授司马经局洗马。六月回京供职，因大人在戍所专心八法，未免有伤目力，至道光元年四月，目疾增剧，不敢恋位，于初八日据实呈请开缺调理。经吏部奏明仰蒙恩旨，赏给三品卿衔休。致具折谢恩，并蒙召见温语优加体恤倍至。元因年谱谨序，六十年似应绩行增入。大人谓："余六十年以前，三任督抚。六十年以后，奉职不及一年，即外戍东垂，内还翰苑，有何足录。徒费文词可以不必。"

元谨遵严命，不敢复请。以副大人核实存真，至意谨述其颠末如此元谨跋。

(8) 百龄《梅庵诗钞》

诗也者，性情诣力之所寄也。人非总角交，则无以得其性情之真，而窥其诣力之至。使知造物者钟毓有独厚，而盛年乃益厎于成。冶亭先生诗名满天下。当世之想望丰采者，徒见其赐历中外三十余年。陶淑勋华彪弸照世，以为和声鸣盛之学，自应美富如是。是未足以尽知先生者也。予弱冠时与先生同里闱切刮帖括，往来无间。见先生所为诗英锐之气，不可一世。目为畏友嗣，即同出春甫王夫子之门，益复讨论淹雅佩其操斛弄翰盖莫不辍造，应官后，或仍岁不相值，然归而首未尝不剪灯快读新诗也。顾先生屡典江南山左之试，山川胜地、人物风流皆入蒐，讨微论大邦绝特之士，拔无遗，即其他之贤士大夫，亦无不赌韵分笺，推先生主持坛坫，故其时箧中诗帙，衰然日多。犹忆早年隽句，如山行云草深僻，路客谈虎日落远，山入牧羊秋兴云，细雨尚滋当路笋，西风未损向阳花。咏史云全销铁甲兵，仍结不筑长城治，亦难传诵一时者，尚在悔其少作之列。云台中丞为编次梓行之予，受为卒读。既以美选定之精审，且知奚囊中尚多旧绣也。今又十数年矣。先生袖领封圻治行为天下第一。发为诗歌弥复宏富，其音淳庞而雍容，铿鍧而鞈鞳，如王子晋向月吹凤笙，随风抑扬声在云外，至其声洪实，大如河流之发源于天江汉之朝宗于海。岂浅学所能骤窥堂奥，综前后而谕之，乃叹韽戳昌明，蔚然炳然成一代之巨制。予固早珍声价于数十年以前，而尤以验后此之勋夜文章于勿替也。予老矣，立言、立功无所表见，念两人交谊之久，无有如此深切挚者，用弁数严以志缱绻。若云导扬鸿制则先生门生故吏散步宇内，魁柄风雅又焉用予之弇鄙不文为哉。时乙丑闰夏既望，愚弟百龄拜撰于章江舟中。

(9) 吴锡麒《梅庵诗钞序》

国家肇基大东统一区寓，魁兀连灵之圣作。于上助期叶辅之臣承，于下渊岳一心萧勺群恩，美哉，盛矣！若夫声英克炳则望若神人，毫翰如流则蔚乎作者拟之康哉。陈于虞陛，穆如扇于姬代铿鍧焜耀震荡耳目，如制使梅荪（同庵）先生者，盖其人焉。先生感星精而生负岩立之概。金桃应对于早岁，铜雀成文于援笔。每当燃脂冥写摘叶晨吟，能屏谢铅华，折衷训故。风雅一律优乐系乎苍生，经济万言雷雨起于方寸。宏量远致虽沂国和羹之句，莱公野渡之章，揆厥兆瑞犹渺渺尔，云路既接骒蹄斯骋。

时令弟阆峰先生，连裾于芸阁，分鲙于莲池卿，并清华饮耽文字，而锡麒

264

雅荷宾筵之召。交腾酒座之欢，笔点新毫砚墨。残石每至，乌阳欲下，鱼轮旋催，归已脂车，吟犹在口，也不谓寻诗之梦。春草已非对床之谈，秋雨欲歇。独先生仰邀殊宠涉历崇阶，往往怆念鸰原寄怀莺谷。安石系望久在东山召伯循行，遂来南国。得以仍亲履写重问起居，感其高牙大蠹之间，不忘白发青灯之侣，思光赋海许读于长康太冲研都微言于元宴业承光诵，敢效愚忱。今夫骅骝异驰，必总辔于造父之肆，弦匏殊响终协律于师旷之庭。是故取多者用宏虑周音藻密。况先生采玭珠于元圃，采环宝于幽穴。祥金跃而镆铘出，素腋聚而狐裘成。尝辑满洲诗人数千余家进呈乙览。

纶言嘉奖俾即刊行。此则文苑英华，麟师凤仪之美玉音问答龙言夔拊之休。不朽让乎古人嘉惠被于后学，而先生金针度出海水收回统大魁，而为笙据中流而作柱。其大固无不包也。其神亦无不贯也，而且歌出塞之曲，则身历临榆赋。观海之篇，则目穷溟渤，以至持荡节载韩章，涉跋山川，命名草木佐天子塞晏之化。陈斯民疾苦之源词欲吐，而白凤飞掌乍开，而灵蛇耀大抵树汉魏之骨，而连以神明剖李杜之精，而增其气象。其间性情之挚在，忠爱之深，韦孟文章独含悱恻沈觊，著述不尚浮华沉思，极乎杳冥真气酿为醇厚。岂徒子虚奏赋敲宫女之铜春雪，裁诗织弓衣之锦而已哉。锡麒自揣寸莛，无益鲸叩，敢矜萤耀希附龙烛。徒以同直承明知地，谬辱知己之。素习览篇什，有扩闻见。谨就遭际以谕高深，则大夫九能擅升高之。选会昌一品名，等身之集，庶乎盛业，可得而称所惜。喆弟多才，风流顿歇，不获合埙篪之唱，刊棠棣之碑用，敢述职简端，既幸名世之得见于今益。今胜会之难忘于昔云。

嘉庆十年岁次乙丑夏，四月。钱塘吴锡麒拜撰。

(10) 徐端《梅庵诗钞序》

自古通艺之儒，所以驰誉扬声传之无穷者有二焉，曰书家，曰诗家。言诗之士所以信今传后，卓然不磨者有二焉，曰选家，曰作家。书者，诗之形也。诗者，书之志也。是志也，可以体物，可以言情，可以崇正熙浮，而选家之首可以和声鸣盛，而为作者之宗。故读其诗而知其书之工，读其所作之诗而知其所选之尽善，此自然之理也。古之长于书者，无过太傅右军，而皆不以诗名。唐褚遂良、欧阳询，书传而诗不传，杜审言自谓文章过屈宋书迹过右军，然诗传而书又不传。独虞永兴有《从军行》诗作，颜平原有癸亭诸作与其书法并传，张旭善草书，而以近体诗传顾寥寥然罕，或成集宋之世。若苏若黄若蔡若米，皆以书名，而能诗者独有苏、黄二家，盖多才多艺若此，其难也。古之选家所选，或不传矣，而自为之文若诗或不少概见。惟梁《萧统文选》为后世词人之祖，统其诗具载集中，梁书以为统集有二十卷，而经止六卷。陈徐陵撰《玉台新咏》而陵自有集六卷，隋书以为三十卷。他如《箧中集》撰于唐元结，而结自有《次山集》；《松陵集》撰于陆龟蒙，而龟蒙自有《甫里集》；《西昆酬唱集》撰于宋杨亿，而亿自有《武夷新集》。唐百家诗选撰于王介甫，而介甫自有《临川集》《中州集》。唐诗鼓吹撰于金元好问，而好问自有《遗山集》。《唐贤三昧集》明二家诗选唐人万首绝句。选撰于国朝王世正明诗综撰于朱彝尊，而二公自有精华录及《曝书亭集》，炳炳麟麟著于后世，非独择之。精抑其吟咏性情逸群，而绝伦也。

吾师铁保梅庵先生，工于为书，于刘石庵相国，王梦楼太守，梁山舟学士齐名。相伯仲又精于选诗，手辑八旗诗，上溯崇德至乾隆六十年得诗百三十卷，为昭代文献奏上。天子嘉其搜罗富有选择得宜。下诏褒美制序冠简端，命名《熙朝雅颂集》，世之慕先生者，皆曰先生书法之妙，选政治精已足以成不朽之业矣。而端曰是未知先生之深者也。夫玉蕴而虹见于天珠藏，而岸为之润其外。著者美矣，而谓其至精，且良者唯在，于是其可乎。盖先生善为文，若诗延者，以诗若干卷示端。端受而读之，见其薄风骚，窥汉魏，沉浸浓郁，卓荦纡余。遵古人之规矩，而神明之揽古人之菁华，而酝酿之。盖举其作书之神，选诗之识而皆见于其作之诗，美哉。所谓至精且良者，其在是乎，抑更有进者先生济世材也。理漕运、抚山东，帝用嘉赖民用讴思尝诒端。诗曰：文章、政事两相须始信，吾徒术不疏，然则先生之为诗，乃其经济之绪余发为文章，而读其诗可以相见其人。则岂惟书法之妙，选政之精，未足以尽先生之学。即以先生所作之诗日读，万过亦犹执一草一木以言山也夫。

嘉庆甲子嘉平既望门人清溪徐端谨序。

(11) 阮元《梅庵诗钞序》

梅庵分体诗钞四卷，吾师座宫铁保冶亭夫子所著，乃此诗之第二刻也。襄师于甲寅之岁，典试济南时，元以詹事之职，撮官学使揭晓后得请于师。乃付浆椠，兹复以传写之。过烦易编年为分体，裁汰不多取，盈稍半爱。自拟古而降，杂以开府所作山谷精华之录，在史季温未补以前，东坡分类之编，出王龟龄已注之后，诗之推重于世。如此师斧藻群言琢磨，令德敦篇孝友陶写性灵，乃至体有四变。官及七迁则自序已群哉。言之矣，若夫忠规武碛物疏道亲荣问日流激昂成业，质疑斯在勤奋不朽。以经济为文章，以匡弼为根本，则扬蕙尤陛似以准的乎。典雅韩范文富不足，羽仪其清丽，使舟所至，尺一交驰持荡节于海隅，披绣衣于于鲁甸转粟碻磝。塞上饮马拓跋城南纸墨一飞，宫商互激，吐纳珠玉之音，卷舒风云之气。虽穆如之颂无以尚焉。且以渊源学问砥砺节操，祭彤兄弟并著贤劳，韦贤父子代有重望。一时桃李多出公门，九列槐棘半皆弟子，此又非耶。律湛然之集所能参其骏伟之词。西涯怀麓之编，可以效其纾余之思。以今准古蒉以方诸，元少愧锥囊，遂攀凤举夙亲笙典，得御龙门。非北海之多能，有彭宣之殊遇。窃意古人编诗半出门人手，故昌黎一集，李汉之论，则以为周情。孔思持正之详，又以为涵今茹古，不揽梼昧。窃取此义，昔师甄择群材天颜。惟穆徽刻《熙朝雅颂集》一书。元深以地附名简末为幸，兹复导扬仁风纳绎斯恺。虽道园学古斯文未遑，而东国人伦服膺有在，书如杂记重见圣德之。编诗之比毛公，敢为大小之序。

嘉庆十年春三月受业扬州阮元谨序。

(12) 吴鼒《梅庵诗钞序》

座师长白宫保公，维清堂编年诗。座师中丞仪徵阮公刻直山左，在嘉庆丙辰丁巳间，凡十有卷。海内伟抱朴学之士，既仰北斗复御南车思王之作言成一家。昌黎之碑诵者万遍，厥制伟矣。群尚翕然而公冲怀不盈，进取无倦资至深造，悔其少作。覆加刊定。盖存者十之五六焉。益以戊午以后之诗，易编年为分体。乙丑春河师徐公如刻之济宁凡十有卷。公陲示其门下士全椒吴鼒读之，而命之叙维公之诗。问津雅材探源选理树律，必依杜曲通变兼及剑南，此深于诗者，皆能知之矣取鼒言，顾尝辱暗索之明继都讲之后。神渊九藩遍与诸生广厦万间，独依幸舍。余晖亲炙真诗可言。窃以为公之立言，所以跻于古者，本乎性情之正，兼乎忠孝之全也。公内行绝人至性甄物，百日之制，自遵朝章。终身之慕无间，中岁与令弟少宰公阮舍虽分姜被，仍共或看云华陛，或听雨先庐离合不渝，悲欢无间，如形在而影随，如拇伤而心痛迮乎。谢草之梦，竟遥孔梨之欢，用罢忆联床之乐对客失声闻断雁之鸣。登高罢会抚犹子于孤露砺率祖以清风婚冠之礼，早成师两朝之知遇士林倚其中立。圣人知其无党不援势已求进，不狥众以固荣，述清第之世范。惧惭长道昔贤之素，尚足式廉懦，既乎九棘列位八州，作督不浊之泉。出山能润直上之云，触石为霖且公弱冠登朝盛年秉节树人之心。庆内外八座，奠川之绩，拱揖三公撰乡人之集。

至尊赐名购大贤之书，远裔得宝，而乃位尊心下地腆身瘠愚眉有戒防。惟严于厅事，又于坐卧处大书公于节署悬礼、义、廉、耻四字疏其弊，以自警骄奢淫逸四字。故能因心捄藻履道成章，七音中度而无繁声，五问焕彩而无间色。读者生其礼让之心，笃其君亲之爱诗，非小道于兹信矣。他日功德益崇，津梁未倦，稷契许身大川克济文章。华国名山允藏鼒门下士，又部人也叙会昌一品之集赋，中和率职之诗歌，善言德行或进。于是二月望，受业吴鼒拜手谨序。

(13) 王芑孙《梅庵诗钞序》

芑孙不自量度刻行所谓诗歌、古文辞。吾师冶亭先生方巡抚山东，得其书为序，以夸异之已，而公亦自定其前所行诗，增著若干卷。命艺孙序，诸其端状。念公门生故吏，偏天下其能文章，善持论把旎持节，身在日月际者，故多有。乃独有取于孤贱无所知名如艺孙者，岂以其事公，久有礛礛不解随人为俯仰而言之粗。若有可信用是不敢承亦不敢辞，皇恐累日而为之序。曰：天将以一代之文，付诸其人，则必与之以高一世之气廓之，以容一世之量。其人以一代之文，自任则必有其肶然不自已之情。与其歉然不自满之志，古为有不如是，而能以其一日之遭际，自存天壤，揭诸千世百世者。公出满洲以进士起家，自高宗朝扬，历中外三十。余年所结知于圣天子者不专用文字顾，犹以文字为性命。儒生学子联茵接襆，摧扬下上不异。老寒士手缉我朝崇德已来满足蒙古八旗作者三千人诗为《熙朝雅颂集》上之朝上，既命之名又亲我制序颁行。

盖自国家肇基建号于兹，百有九十年矣。然后满洲蒙古八旗文献粲然备见于世，自非天以一代之文付公，公以一代之文自任，何繇及是公既自任以一代之文，其恢恢乎，无所不有所为。诗久已传颂艺林，其于字句得失豪芒之间，宜无足置虑，然公必踌躇审，固一再洗削无憾，而后即安。今于事物而肶然不自已，歉然不自满之心。虽于诗犹如是也。比者公由巡抚奉命总督江南、江西疆域，纵横数千里，嗣此江南西四布政使司，三提督总兵官，所领隶文武吏民，凡所待治于公者，为之措正施行于其间，上以报国，下厌时望其心之所歉然不自满，而肶然不自已，一如此诗矣。书以复于公，并以待读公诗者，共质焉。

嘉庆十年春三月门下士王艺孙谨序。

(14) 徐端《梅庵诗钞跋》

诗三百篇论者谓诗之为教，唯其言不唯其人。言有足采，虽望卷之作，亦所不遗。此论诗之不探其原也。盖诗以言志而以一己之志导天下之志，于中正和平，非大人则不能。昔三百之兴也，由在位有制作之功，业以鼓吹扬诩于上，而后小雅之材，七十四大雅之材，三十一后先接迹迭相唱和。使四始之义粲然大备，而诗始得列之为经。然则主持风教非大人事与，维我梅庵夫子可谓志古大人之志者矣。子由词垣济历公卿典试东南，以文学结。

主知授之节，铖倚若股肱，民生国计，硕画嘉猷，既足以光昭斯世，垂之不朽矣。岂屑夸耀韵语，与布衣韦带者争字句之高下、得失云乎哉？虽然尹吉甫周之名臣也。其自言曰："吉甫"，何以不自让其美，而后之君子又何以不疑其言之自矜，则以风教主持，非大人莫属故也。夫子殆与吉甫之志有隐相合欤。其所自为诗，浸注杜、韩、苏诸大家，溯源晋魏而上不名一体，二诸体悉归自然。凡身心所接，行役之光华，山川之游览，史家之纪述，有感于中。即见于诗，至其于君父、昆弟、朋友间情文周浃蔼，然流溢意言之表。令人生忠孝爱敫油油而不能自已，以此叹作者，无意于传而自不能不传也。

端昔官淮安时，侧闻绪论。每公余入谒坐，光风霁月中。剖析源流谆谆复不厌大旨，总靳自得为主。吾夫子发于事业，见于文章，一出之于中正和平，而非若世之模拟雕琢汩于性情者之无当于三百之旨也。谓之曰：志古大人之志，不诚然哉。爰既为序，复跋数语，以告世之读是诗者。

嘉庆甲子嘉平既望门人清溪徐端谨跋。

（15）金湘《梅庵诗钞跋》

梅庵夫子以诗名天下，浙中丞阮芸台先生，尝刊以行之。既为艺苑矜式矣。甲子冬，夫子自编其所作，又得五卷以湘。忝列门下函二册，见示俾先生海内之士，而读焉。湘非敢谓知诗者也。然窃论夫子之诗，肆力诸体，振古拔俗。乐府则以汉魏之老苍，兼齐梁之流丽，不肯蹈袭一句，亦不如杨廉夫李东阳之独开蹊径，以求工业。五七古出入韩苏，其浑灏沉郁处直登少陵，堂奥不为行似。七律乃唐十子之遗音，而五律则有唱而愈高者，羚羊挂角无迹可寻。所云妙臻无尚者欤。昔杜子美自道其诗云："读书破万卷，下笔如有神。"东坡论书法，亦曰："读万卷始通神。"夫子之于诗既兼有古人之美，又精行楷。晋宋诸家，书神与之化要，皆自万卷中来甚矣。学之不可无本原也，虽然此特其绪余尔，其遭时遇，主筹国济时不强人，以不能而求有。实证才智之英循谨之士，一时俱乐为之用。散十九州县赈而民不争采，买六十余万仓谷而农不扰，堵筑张秋漫口三百余丈，而旬日奏功吏治焕然改观。至于品藻人伦奖予后进尤名公卿之所难。自此以往衣被益无涯涘。湘知修办之彦，如鸟归凤，如山宗岱，皆以今之欧阳公目之。不独团扇家家书放翁而已也。因敬跋数语于卷尾以志仰止之私云。

嘉庆甲子嘉平既望门人金湘谨跋。

（16）庆格《玉门诗钞跋》

梅庵先生以硕德重望，出镇疏勒抚驭。余闲寄情歌咏，著《玉门诗钞》二卷。经济识力以及忠爱慈惠之诚，于是乎在非如昔人塞下诸曲，仅备铙歌一体也。时余以先生旧属协赞徕宁间，亦勉相唱酬，以志同声之应。

壬申冬，先生以稍窄还朝，余亦拜直皋恩。命既归，请其稿为付剞劂。先生一代宗匠，诗集遍海内，岂借兹刻传？余亦以末学，幸得附名卷末，欲藉先生之诗传耳。至于事异题襟集非唱和，余元唱和作概不附录，事有体例，非徒藏拙已也。庆格跋。

（17）笪立枢《玉门诗钞跋》

《玉门诗钞》先生于役轮台及总制西域之作也。时枢负笈从游，受命编次。

先生论诗以"真意"为宗，旧刻《梅庵诗钞》六卷，传遍海内。近作另辟一格，情随事迁，亦自写其真境而已。

先生自记以老自嘲，枢窃谓："先生总督两江时，筹海防河心力交瘁，齿危目昏不敢言老。"今以边陲务简，泛可小憩。齿之摇者，复坚目之昏者，复明裁决。庶务敏速周至胜少年十倍。以故边风不惊，塞草咸靡得以余兴，希踪风雅。是先生不老，然自通籍以来，扬历中外，四十余年。国计民生洞达谙练，无出其右。方今元老舍先生其谁？如欲以庾信文章老，恐圣天子与天下苍生所不许也。枢门下士于先生之诗何敢赞一词，谨以复于先生者缀诸简末，受业笪立枢谨跋。

三、铁保生平大事记列表

年份	年龄	地点	大事记
乾隆十七年 公元1752年	1岁	北京	正月十四生
乾隆十八年 公元1753年	2岁	北京	
乾隆十九年 公元1754年	3岁	北京	出痘极危，得生
乾隆二十年 公元1755年	4岁	北京	
乾隆二十一年 公元1756年	5岁	北京	
乾隆二十二年 公元1757年	6岁	甘肃	其父由侍卫迁甘肃镇海营参将，随任
乾隆二十三年 公元1758年	7岁	甘肃	随任
乾隆二十四年 公元1759年	8岁	甘肃	其弟玉保生

年份	年龄	地点	大事记
乾隆二十五年 公元1760年	9岁	甘肃	随任
乾隆二十六年 公元1761年	10岁	甘肃	随任
乾隆二十七年 公元1762年	11岁	陕西	其父升陕西神木协副总兵余,随任
乾隆二十八年 公元1763年	12岁	陕西	随任
乾隆二十九年 公元1764年	13岁	陕西	随任
乾隆三十年 公元1765年	14岁	北京	其父赴伊犁,铁保回京
乾隆三十一年 公元1766年	15岁	北京	在京学习
乾隆三十二年 公元1767年	16岁	北京	入国子监,肄业
乾隆三十三年 公元1768年	17岁	河北	其父授直隶泰宁镇总兵,随任
乾隆三十四年 公元1769年	18岁	河北	随任
乾隆三十五年 公元1770年	19岁	北京	应顺天恩科乡试,中式第二十一名举人
乾隆三十六年 公元1771年	20岁	北京	因疾未参加礼部考试,师从童湘岩
乾隆三十七年 公元1772年	21岁	北京	会试中式第十一名进士,授吏部文选司额外主事

年份	年龄	地点	大事记
乾隆三十八年 公元1773年	22岁	北京	吏部文选司额外主事
乾隆三十九年 公元1774年	23岁	北京	其父卒于泰宁镇署
乾隆四十年 公元1775年	24岁	北京	吏部文选司额外主事
乾隆四十一年 公元1776年	25岁	北京	五月为文选司主事；十二月承袭恩骑尉
乾隆四十二年 公元1777年	26岁	北京	补吏部员外郎
乾隆四十三年 公元1778年	27岁	北京	三月，补吏部郎中，掌考功司印；十一月，兼内务府六库郎中
乾隆四十四年 公元1779年	28岁	北京	五月，调户部颜料库郎中仍兼吏部行走
乾隆四十五年 公元1780年	29岁	北京	补詹事府少詹事，仍兼部行走；其弟玉保中乡试
乾隆四十六年 公元1781年	30岁	北京	玉保成进士，改翰林院庶吉士
乾隆四十七年 公元1782年	31岁	北京	户部员外郎
乾隆四十八年 公元1783年	32岁	北京	户部员外郎
乾隆四十九年 公元1784年	33岁	北京	户部员外郎
乾隆五十年 公元1785年	34岁	北京	二月，吏部郎中掌考功司印；三月，补翰林院侍讲学士仍兼吏部行走

年份	年龄	地点	大事记
乾隆五十一年 公元 1786 年	35 岁	北京	翰林院侍讲学士仍兼吏部行走
乾隆五十二年 公元 1787 年	36 岁	北京	十一月，充日讲起居注官
乾隆五十三年 公元 1788 年	37 岁	北京	三月，转侍读学士；十二月，奉旨补内学士兼礼部侍郎
乾隆五十四年 公元 1789 年	38 岁	北京	礼部右侍郎，稽察四译馆，兼镶红旗蒙古副都统
乾隆五十五年 公元 1790 年	39 岁	北京	会试知贡举
乾隆五十六年 公元 1791 年	40 岁	北京	十一月，辉赫太夫人卒；十二月，转礼部左侍郎
乾隆五十七年 公元 1792 年	41 岁	北京	五月，射布靶，中三箭，赏戴花翎；八月，充江南乡试正考官
乾隆五十八年 公元 1793 年	42 岁	北京	三月，镶黄旗汉军副都统；五月，为正白旗蒙古副都统，充会试副考官
乾隆五十九年 公元 1794 年	43 岁	济南	充山东乡试正考官；长子瑞元生
乾隆六十年 公元 1795 年	44 岁	北京	充恩科会试知贡举
嘉庆元年 公元 1796 年	45 岁	北京	充会试知贡举
嘉庆二年 公元 1797 年	46 岁	北京	稽查右翼宗学
嘉庆三年 公元 1798 年	47 岁	北京	八月，调吏部右侍郎，充顺天乡试副考官；十二月，调正白旗满洲副都统；是年其弟玉保卒

年份	年龄	地点	大事记
嘉庆四年 公元1799年	48岁	北京 沈阳	正月，转补吏部左侍郎，总理咸安宫学务，教习庶吉士；二月，降补内阁学士，仍兼办各衙门事务；三月，调补盛京兵部侍郎；五月，调补盛京刑部侍郎，兼奉天府府尹，督理九边门；九月，仍调补吏部侍郎兼正红旗汉军副都统；十一月，调正蓝旗满洲副都统；十二月，补漕运总督兼兵部侍郎
嘉庆五年 公元1800年	49岁	浙江	二月，调剂浙省运务；五月，余督运北上时，留心体察；七月，余酌定新漕事宜，奏请详定章程，以期经久
嘉庆六年 公元1801年	50岁	浙江	马孺人卒
嘉庆七年 公元1802年	51岁	浙江	筹办事宜，得二十余条约
嘉庆八年 公元1803年	52岁	山东	调补山东巡抚；三月奏请各府，立昭忠祠
嘉庆九年 公元1804年	53岁	山东	二月，次子瑞恩生；三月，加太子少保；五月，恭进所辑八旗诗，赐名《熙朝雅颂集》；七月，筹买仓谷
嘉庆十年 公元1805年	54岁	江苏、江西、安徽	正月，补授两江总督；闰六月，筹议河务；十一月，宿州匪徒
嘉庆十一年 公元1806年	55岁	江苏、江西、安徽	赈济灾民五月初，先事预防灾情十一月，堵合减坝缺口
嘉庆十二年 公元1807年	56岁	江苏、江西、安徽	四月，降为二品顶戴仍兼兵部尚书都察院右都御史；十月，因秋汛安澜，赏还头品顶戴仍赏戴花翎
嘉庆十三年 公元1808年	57岁	天津	三月，皇上巡视天津；《惟清斋字帖》刻成

年份	年龄	地点	大事记
嘉庆十四年 公元 1809 年	58 岁	江苏、江西、安徽	筹议添设尊经、正谊书院；七月，失察山阳县谋毒冒赈案，谪戍乌鲁木齐
嘉庆十五年 公元 1810 年	59 岁	新疆	六月，为叶尔羌正办大臣，升喀什噶尔参赞大臣；七月，补授翰林院侍读学士，仍留参赞之任
嘉庆十六年 公元 1811 年	60 岁	新疆	三月，查勘叶尔羌增租，当照向例核定；三月，查阅各城，减少参赞例带随辕兵役；五月，阿克苏赈灾；十月，补授浙江巡抚；十一月，升授吏部左侍郎兼官国子监事务自编年谱，以反顾一生经历
嘉庆十七年 公元 1812 年	61 岁	北京	补授吏部侍郎，奉诏回京
嘉庆十八年 公元 1813 年	62 岁	北京	正月，补授礼部尚书镶白旗汉军都统；四月，抵京；八月，补吏部尚书正蓝旗满洲都统
嘉庆十九年 公元 1814 年	63 岁	吉林	因在喀什噶尔办理回民资助叛裔玉素音一案中，误听人言，革职发往吉林
嘉庆二十年 公元 1815 年	64 岁	吉林	谪居
嘉庆二十一年 公元 1816 年	65 岁	吉林	谪居
嘉庆二十二年 公元 1817 年	66 岁	吉林	谪居
嘉庆二十三年 公元 1818 年	67 岁	北京	授司经局洗马；六月，回京供职
嘉庆二十四年 公元 1819 年	68 岁	北京	
嘉庆二十五年 公元 1820 年	69 岁	北京	

年份	年龄	地点	大事记
道光元年 公元 1821 年	70 岁	北京	四月，因目疾呈请开缺，赏三品卿休衔
道光二年 公元 1822 年	71 岁	北京	家中休养
道光三年 公元 1823 年	72 岁	北京	家中休养
道光四年 公元 1824 年	73 岁	北京	卒于家中

注：本表依据铁保《梅庵自编年谱》；赵尔巽《清史稿》；李桓《国朝耆献类征初编》；蔡冠洛《清代七百名人传》；李元度《国朝先正事略》所制。